Krimi Bergisches Land

Bergischer Verlag

Daniela Schwaner

Geboren 1971, im Wuppertaler Stadtteil Barmen aufgewachsen und zur Schule gegangen. Ab 1991 Studium der Anglistik/Amerikanistik/Germanistik an der BUGH Wuppertal. Während der Studienzeit war sie Mitglied einer Theatergruppe, mit der sie Auftritte in Wuppertal und London hatte.

Schon immer liebte sie es zu schreiben und schloss sich an der Uni dem „After Twelve Crime Fiction Club" an, wo sie kriminalistische Kurzgeschichten in englischer Sprache verfasste.

Nachdem sie einige Jahre im benachbarten Hessen verbracht hat, lebt Daniela Schwaner heute mit ihrem Mann in Wuppertal.

Daniela Schwaner

Ein gutes Alibi

Kriminalroman

Bergischer Verlag

Daniela Schwaner – Ein gutes Alibi
Reihe: Krimi Bergisches Land

ISBN 978-3-945763-89-6

2. Auflage 7/2020
© Bergischer Verlag © Daniela Schwaner

Bergischer Verlag
RS Gesellschaft für Informationstechnik mbH & Co. KG
Verleger Arndt Halbach, Martin Czialla
Auf dem Knapp 35 / 42855 Remscheid
E-Mail: info@BergischerVerlag.de / www.BergischerVerlag.de

Lektorat: Katrin Adam
Titelfoto: Beyenburger Stausee - zoonar/travelphoto
Gesamtherstellung: Bergischer Verlag, Ernst-Wilhelm Bruchhaus
Druck: in Deutschland

Für meinen lieben Mann

Das Ziel ist nicht mehr im Weg.

Ich habe mich bemüht, die gewählten Schauplätze so authentisch wie möglich zu belassen. Dennoch war es an einigen Stellen unerlässlich, ein paar Anpassungen vorzunehmen. Sollten Sie zum Beispiel einen Besuch in der Mördergrube oder dem Art G planen, muss ich Ihnen leider mitteilen, dass es keins der beiden Geschäfte im Luisenviertel gibt. Auch was die Innenräume der Gebäude angeht, habe ich meiner Fantasie freien Lauf gelassen. Es handelt sich in diesen Fällen also nicht um Recherchefehler, sondern um die vielgepriesene künstlerische Freiheit. Sollten Ihnen andere Diskrepanzen auffallen, entschuldige ich mich dafür mit den Worten meiner Hobbyermittlerin Sophie: Das Einbahnstraßengewirr in Wuppertal kann einen ganz wuschig machen.

SONNTAG, 21.11.2010

1

Es hatte den ganzen Tag nicht aufgehört zu regnen. Fast machte es den Eindruck, als hätten die Wolken sich zu einem Familienausflug in Wuppertal verabredet und würden diesen feierlichen Anlass ausgiebig begießen.

Der nasse Asphalt glitzerte im Licht der Straßenlaternen. Zum Glück war es noch nicht kalt genug, um die Straßen in vorweihnachtliche Eisbahnen zu verwandeln. Doch der Wind hatte aufgefrischt und trieb der Frau, die eilig die Straße entlanglief, den Regen gnadenlos entgegen. Sie hätte auf ihrem gewohnten Einstellplatz neben dem Gebäude parken können, das wäre bedeutend bequemer gewesen, aber sie hatte es vorgezogen, den Wagen in einer entlegenen Seitenstraße abzustellen. Sie konnte nicht sagen, warum, doch es war ihr lieber, wenn sie unbemerkt blieb. Die Wahrscheinlichkeit, dass einer der Anwohner ihr Auto erkannte, war zu groß, und es würde die Frage aufwerfen, was sie um diese Zeit hier trieb. Eine Frage, die sie sich selbst stellte und zum jetzigen Zeitpunkt nicht beantworten konnte.

Nach wenigen Minuten war sie nass bis auf die Knochen. So fühlte es sich zumindest an. Sie fröstelte und wickelte ihren Schal enger um den Hals. Doch das Zittern, das ihren gesamten Körper erfasst hatte, wollte sich nicht legen. Es war nicht nur das Wetter, das ihr kalte Schauer über den Rücken jagte. Das ungute Gefühl kam tief aus ihrem Inneren, auch wenn es bislang keinen Anlass gab, in Panik zu verfallen. Trotzdem schnürte es ihr die Kehle zu, und sie hatte dieses seltsame Kribbeln auf der Zunge, das normalerweise nichts Gutes ankündigte. Diese Vorahnungen trogen sie selten.

Ihre Gedanken wanderten zu dem seltsamen Gespräch am Freitag. Sie war aus seinen wirren Worten nicht recht schlau geworden, doch an der Eindringlichkeit, mit der er sprach, hatte sie gespürt, wie wichtig es ihm war, dass sie ihn verstand. Sie verstand jedoch gar nichts und hatte ihn vertröstet, erst einmal nachdenken zu müssen, ehe sie eine Entscheidung fällen konnte.

Nachgedacht hatte sie tatsächlich, doch zu einem Entschluss war sie nicht gelangt. Wie konnte sie auch? Seine Informationen waren viel zu vage gewesen, und was er in dieser Sache von ihr erwartete, war ihr immer noch nicht klar. Was hatte sie mit alldem zu tun?

Doch sie war, trotz aller Verunsicherung, neugierig geworden. Also hatte sie ihn gestern zurückgerufen und ein Treffen mit ihm vereinbart. Mittlerweile bereute sie es zutiefst. Er hatte nervös geklungen und etwas von einem Beweisstück gebrabbelt, das er mitbringen würde. Das würde ihr endgültig die Augen öffnen.

Ein Geräusch ließ sie herumfahren. Ihr Herz schlug bis zum Hals, als sie die dunkle Gestalt sah, die langsam auf sie zukam. Sie wich einige Schritte zurück und zog die Kapuze tiefer ins Gesicht.

»Scheißwetter, was?«, meinte der Mann, als er sie erreicht hatte. »Meine Frau wollte den Köter unbedingt, aber sobald es draußen regnet, darf ich mit ihm Gassi gehen.«

Erst jetzt bemerkte sie, dass er in Begleitung eines kleinen Hundes war. Die Frau nickte stumm und wandte sich ab, in der Hoffnung, er würde nicht auf die Idee kommen, ihr ein Gespräch über die Wetterlage aufzudrängen. Dazu hatte sie wirklich nicht den Nerv.

Der Mann schien unschlüssig, doch sein Hund wusste genau, was er wollte: ab zum nächsten Baum, Pipi machen und dann so schnell wie möglich zurück nach Hause, wo es warm und trocken war. Sie konnte den kleinen Kläffer gut verstehen. Das Tier zerrte ungeduldig an der Leine und verfiel in vorwurfsvolles Bellen. Der Mann zuckte entschuldigend mit den Schultern und eilte seinem Hund hinterher, ehe dieser sich mit seinem Halsband strangulierte.

Sie atmete erleichtert auf und wartete einige Sekunden, bis die beiden aus ihrem Blickfeld verschwunden waren, bevor sie ihren Weg fortsetzte. So viel zum Thema unbemerkt bleiben. Als sie bei dem eisernen Tor angelangt war, blieb sie unschlüssig stehen. Sie blickte erst nach links, dann nach rechts, doch die Straße war menschenleer. Es kam ihr zum wiederholten Mal in den Sinn, dass dieses Treffen eine ganz dumme Idee gewesen war. Niemand wusste, wo sie war, es gab niemanden in ihrem Leben, den es interessierte, mit wem sie sich traf oder was mit ihr geschah. Er könnte sonst was mit ihr anstellen, sie würde sich kaum wehren können. Vielleicht war es am Ende genau das, was er plante. Vielleicht wollte er sie in eine Falle locken. Und dumm wie sie war, tappte sie geradewegs hinein. Plötzlich wünschte sie sich, der Mann mit dem Hund würde zurückkehren.

* * *

Karl Goebel stand vor dem Regal neben der Tür und betrachtete zufrieden sein Werk. So sah es schon viel besser aus. Sämtliche Fingerabdrücke waren beseitigt. Wenn nur alles so unkompliziert wäre. Einfach mit einem Lappen drüberreiben und fertig. Doch das war es leider nicht. Im Gegenteil, es wurde alles immer verfahrener. Er wandte sich um und ließ sich mit einem Seufzer an seinem Schreibtisch nieder. Er drehte nachdenklich den Lappen in seinen Händen, bevor er ihn beiseitelegte. Der Geruch nach Chemikalien war doch recht penetrant.

Er blätterte einige Unterlagen durch, um sich noch ein paar weitere Minuten abzulenken, konnte sich aber auf nichts konzentrieren. Schließlich gab er auf und schob den Stapel Blätter ans andere Ende des Schreibtischs. Er verschränkte die Hände wie zum Gebet ineinander und ließ seinen Gedanken freien Lauf. Es war sinnvoll, sich alles noch einmal durch den Kopf gehen zu lassen. So konnte er sich die richtigen Argumente zurechtlegen.

Morgen würde alles enden. Auf die eine oder andere Weise. Nach all den Monaten des untätigen Verharrens hatte er sich endlich dazu durchgerungen, reinen Tisch zu machen. Nun gab es kein Zurück mehr. Wenn er jetzt einen Rückzieher machte, würde er nicht nur sein Gesicht verlieren, sondern auch das letzte bisschen Achtung, das er noch vor sich selbst hatte.

Er hatte sein Leben komplett versaut, das war ihm in den letzten Wochen bewusst geworden. Nicht nur sein eigenes, wenn er schon dabei war, ein ehrliches Fazit zu ziehen. Immer hatte er zuerst an sich gedacht, und das war für ihn all die Jahre mehr als in Ordnung gewesen. Aber jetzt, da er am Rande des Abgrunds stand, merkte er, dass er es schön fände, wenn ihm jemand die Hand reichen würde. Dieser Jemand musste ihn ja nicht vom Abgrund wegzerren, sondern einfach nur da sein, um ihn zu trösten, ihm zu zeigen, dass er diesen Weg nicht allein gehen musste. Zu dumm, dass er in der Vergangenheit sämtliche Hände weggeschlagen hatte.

Auf die Unterstützung seiner Familie konnte er nicht mehr hoffen; sie alle hatten sich längst von ihm abgewandt. Er konnte es ihnen nicht verdenken, denn er war nie ein guter Ehemann oder Vater gewesen. Und in den letzten Monaten musste das Zusammenleben mit ihm geradezu unzumutbar geworden sein. Wenn er sich selbst schon nicht mehr ertrug, wie konnte er es von seiner Frau und seinen Söhnen erwarten?

Der einzigen Person, die ihm in den letzten Monaten noch nahegestanden hatte, hatte er so übel mitgespielt, dass sie ihm eher hinterherwinken würde, wenn er in den Abgrund stürzte. Die Hand würde sie ihm gewiss nicht reichen. Er hoffte, der Brief, den er ihr geschrieben hatte, würde ihr zeigen, wie sehr er sein Verhalten bedauerte, dass er aber dieses eine Mal ausnahmsweise nicht eigennützig gehandelt hatte. Nicht wie damals, als er beschlossen hatte, lieber den Kopf in den Sand zu stecken und sich aus allem herauszuhalten, anstatt das Richtige zu tun.

Er hatte es sich seinerzeit mit der Entscheidung wirklich nicht leichtgemacht. Tagelang hatte er das Für und Wider abgewägt, war aber letzten Endes zu dem Entschluss gelangt, dass die Nachteile die Vorteile bei Weitem überwogen. Also war er mit sich selbst übereingekommen, die Angelegenheit auf sich beruhen zu lassen. Er schadete ja niemandem damit. Im Gegenteil.

Das komische Gefühl in der Magengegend, die Stimmungsschwankungen und die ständigen Kopf- und Rückenschmerzen hatten wenig später begonnen. Zuerst konnte er es sich nicht erklären, er war bislang immer kerngesund gewesen. Daher kamen ihm seine plötzlichen Gebrechen recht ungewöhnlich vor. Er war sogar so weit gegangen, die Symptome zu googeln. Für Leute, die das Internet nach Krankheiten durchforsteten, hatte er bislang immer nur Spott übrig gehabt, doch das Spotten war ihm in den letzten Monaten gründlich vergangen.

Von gefährlichen Erbkrankheiten bis hin zu Mundfäule war auf den einschlägigen Websites alles dabei gewesen. Aber nichts, was alle seine Beschwerden auf einmal erklärt hätte. Irgendwann war er auf einer dieser esoterischen Seiten gelandet. Versehentlich natürlich. Doch dort war ihm wider Erwarten die Erleuchtung zuteil geworden. Es waren Schuldgefühle, die die körperlichen Schmerzen verursachten und ihm nachts Albträume bescherten. Das behaupteten zumindest die User, die sich dort im Forum tummelten. Er hatte bislang nie Gewissensbisse gehabt, wie sollte er da die Symptome erkennen? Einige Leute würden vermutlich sogar beschwören, er hätte erst gar kein Gewissen.

Aber wenn er tatsächlich solch ein skrupelloser Schuft war, warum ließ sich diese Geschichte dann nicht aus seinen Gedanken vertreiben? Sie schwirrte ständig in seinem Kopf herum. Jeden Tag, jede Nacht. Er fand keine Ruhe mehr und keine Erklärung, weshalb das so war. Er konnte nichts für das, was geschehen war, er hätte nichts tun können, um es zu verhindern. Wieso musste er sich also mit so etwas wie Schuldgefühlen herumplagen? Das war mehr als ärgerlich, doch er wurde den Ballast, den er unfreiwillig mit sich herumschleppte, nicht wieder los. Die selbsternannten Esoterik-Gurus auf den Websites rieten dazu, sich den Gefühlen zu stellen, sich seine Fehler einzugestehen und Buße zu tun. Das war so gar nicht nach seinem Geschmack. Es musste einen anderen Weg geben. Nur fand er keinen. Nicht, dass er explizit danach gesucht hätte. Er hatte einfach gehofft, das Problem würde sich von allein lösen, wenn er es lange genug vor sich herschob.

Selbst als ihm vor einigen Wochen die Vergangenheit quasi mit Anlauf ins Gesicht gesprungen war, hatte er die Augen vor der Tatsache verschlossen, in der Hoffnung, das Offensichtliche nicht zu sehen. Geholfen hatte es nicht. Im Gegenteil. Die Kopfschmerzen waren schlimmer geworden. So schlimm, dass er sich schließlich aufraffte und einen Arzt aufsuchte. Das konnten jetzt nicht mehr nur Schuldgefühle sein. Er wünschte, er hätte dieses eine Mal Unrecht gehabt.

Nach einigen schlaflosen Nächten, die er damit zugebracht hatte, mit seinem Schicksal zu hadern, beschloss er, diese Sache mit dem Bußetun doch einmal auszuprobieren. Vielleicht würde er dadurch endlich seinen Frieden finden. Er musste versuchen, ein bisschen von dem wiedergutzumachen, was er in der Vergangenheit verbockt hatte. Die Sache mit seinen Söhnen und diese andere Geschichte. Vor allem die andere Geschichte. Er hoffte, dass ihm noch genug Zeit blieb, seine guten Vorsätze in die Tat umzusetzen.

Er sah auf die Uhr an der Wand gegenüber seinem Schreibtisch, als könne er auf ihr die ihm verbleibende Zeit ablesen. Er lauschte dem monotonen Ticken und merkte, wie seine Hände zu zittern begannen. War das die Angst vor der unausweichlichen Konfrontation oder schon wieder ein neues Symptom? Rasch verbarg er die Hände in seinem Schoß. Sie durfte nichts davon bemerken. Sie könnte es als Unsicherheit interpretieren und versuchen, ihn umzustimmen. Aber sein Entschluss stand fest, er würde seine Meinung nicht mehr ändern, egal welche Konsequenzen es nach sich zog. Die Zeit für Schuldgefühle war abgelaufen. Endgültig!

2

»Tell me why ... I don't like Mondays!«

Der alte Hit der Boomtown Rats dröhnte aus den kleinen Boxen, während Ben Liebermann seinen Wagen die steile, enge Straße hinauf in Richtung der Grundschule in Beyenburg lenkte. ›Road to nowhere‹ würde auch gut passen, dachte er und begann vor lauter Selbstmitleid zu schluchzen. Allein bei dem Gedanken, heute das Gejohle der Kinder ertragen zu müssen, begann sein Schädel fürchterlich zu pochen. Okay, das mochte mitunter auch daran liegen, dass sich die Geburtstagsfeier seines Schwiegervaters gestern Abend wie erwartet zu einem feucht-fröhlichen Saufgelage entwickelt hatte. Er erinnerte sich kaum noch daran, wie er nach Hause gekommen war. Und wann! Doch da er heute Morgen wie gewohnt in seinem Bett aufgewacht war, musste er es wohl irgendwie geschafft haben. Ben atmete tief ein und blies mit gespitzten Lippen die Luft aus seinen aufgeblähten Wangen, in der Hoffnung, die leichte Übelkeit, die ihn seit dem Aufstehen plagte, würde sich allmählich legen.

Er stellte sein Auto in einer der markierten Parkbuchten neben dem Tor zum Schulhof ab und stieg seufzend aus. Die anderen Parkplätze waren noch nicht belegt. Er schien heute Morgen der Erste zu sein. Das war ja mal ganz was Neues. Normalerweise war sein Chef immer vor ihm da. Manchmal hatte Ben den Verdacht, dass er in der Schule übernachtete. Ein Blick auf seine Armbanduhr verriet ihm, dass es erst halb sieben war. Verflixt, da hatte er sich gestern Nacht beim Stellen des Weckers wohl etwas vertan.

Das Schluchzen kam wieder hoch und mit ihm ... Ben schluckte, was auch immer es sein mochte, das sich den

Weg durch seine Speiseröhre nach oben bahnen wollte, schnell wieder hinunter. An den Häusern auf der anderen Straßenseite waren einige Fenster bereits zum Lüften geöffnet. Es würde wie ein Lauffeuer durch Beyenburg gehen, wenn jemand beobachtete, wie er auf den Parkplatz kotzte. Das musste nicht sein. Er blieb ein paar Sekunden mit geschlossenen Augen an seinen Wagen gelehnt stehen, bevor er sich endlich dazu aufraffte, das Tor zu öffnen und über den Schulhof zum Haupteingang zu schleichen.

Er schloss die gläserne Eingangstür auf und betrat den Flur. Die Tür glitt mit einem langgezogenen Quietschen wie in Zeitlupe zurück ins Schloss. Er stöhnte und griff sich an den Kopf, der jede Sekunde zu platzen drohte. In seinen Ohren summte es beharrlich. Er stand einige Sekunden stockstein mitten in der Eingangshalle und versuchte, das nervtötende Geräusch aus seinem Kopf durch die Kraft seiner Gedanken zu vertreiben. Im Flur roch es unangenehm nach Angstschweiß und Käsefüßen. Das kam seiner Übelkeit nicht gerade entgegen. Aber es ließ auf wundersame Weise das Summen verschwinden. Ben grunzte, ging zurück zur Tür und betätigte den Lichtschalter links davon.

Die plötzlich einsetzende Helligkeit ließ ihn in Versuchung geraten, sich auf der Stelle zu Boden fallen zu lassen, doch er beherrschte sich und schlurfte langsam den Gang entlang, vorbei an der großen Glasvitrine mit den errungenen Sporttrophäen. Sein Chef war in dieser Hinsicht sehr ehrgeizig. Lieber tot als Zweiter, lautete seine Devise. Aber wo war der große Silberpokal des Sparkassen-Cups, dem Fußballturnier für Grundschulen, den sie im letzten Schuljahr errungen hatten? Der Stolz der ganzen Schule? Er stand jedenfalls nicht auf seinem Ehrenplatz. Ben glotzte auf den Einlegeboden der Glasvitrine, wo ein staubfreies Quadrat die Umrisse des verschwundenen Pokals andeutete. Die Tür stand einen Spalt breit offen. Sehr seltsam.

Kopfschüttelnd betrat er den Verwaltungstrakt der Schule und ging zum Lehrerzimmer. Erstmal brauchte er einen starken Kaffee, dann würde er wieder zu Kräften kommen. Er schloss die letzte Tür zu seiner Rechten auf. Im Raum war es stockdunkel. Er schaltete das Licht ein, nicht ohne diesmal vorher sicherheitshalber die Augen zusammenzukneifen, dann wandte er sich nach links zur Anrichte, die den Lehrern als improvisierte Kaffeeküche diente, und bereitete die Kaffeemaschine auf ihren ersten Tageseinsatz vor. Während das Gerät geräuschvoll vor sich hin gluckerte und schlürfende Geräusche von sich gab, meldeten sich die Schmerzen in seinem Kopf wieder. Sein Gehirn schien mit kleinen Fäusten von innen gegen seinen Schädel zu hämmern. Vielleicht fühlte es sich bei ihm nicht mehr wohl und wollte raus.

Er ging um die Tischgruppe in der Mitte des Raums herum zum anderen Ende, wo sich die Tür zum Amtszimmer befand. Hoffentlich fand er noch eine Schmerztablette in seiner Schreibtischschublade. Er steckte den Schlüssel ins Schloss und drehte ihn. Es klackte, und die Tür sprang auf. Eigenartig, es war gar nicht abgeschlossen. Erst die Vitrine, jetzt die Tür. Hier ging es ja zu wie auf einem Basar. Dabei achtete der große Boss doch sonst immer so akribisch darauf, dass alles ordnungsgemäß verrammelt war. Er steckte eine Hand durch den Türspalt und tastete nach dem Lichtschalter.

Die Neonröhren flackerten und gaben knackende Laute von sich, ehe sie eine nach der anderen ansprangen und den Raum in ungemütlich grelles Licht tauchten. Ben schob die Tür weiter auf und machte einen Schritt ins Zimmer. Entsetzt prallte er zurück; sein Gehirn stellte das Hämmern und sämtliche anderen Aktivitäten ein. Auf dem Boden lag er, der Stolz der ganzen Schule. In einer dunkelroten Lache.

**

Der Radiowecker plärrte einen Hit der achtziger Jahre.

»Radio Wuppertal, hundertsieben vier! Der beste Mix! Kulthits und das Beste von heute«, verkündete der nachfolgende Jingle, und die Moderatorin versprach einen regenreichen Novembertag.

Zeit zum Aufstehen. Dabei hatte sie die ganze Nacht kein Auge zugemacht. Sie hatte verzweifelt versucht, den gestrigen Abend aus ihren Gedanken zu verdrängen. Es war ihr nicht gelungen. Sie zog sich die Decke über den Kopf. Am liebsten würde sie so liegenbleiben. Nichts hören und nichts sehen. Aber irgendwann würde sie sich der Realität wohl oder übel stellen müssen, wenn sie nicht den Rest ihres Lebens hier verbringen wollte. Außerdem roch es unter der Bettdecke langsam unangenehm, und stickig war es auch.

Sie seufzte, schaltete den Wecker aus und wälzte sich schwerfällig auf. Warum nur hatte sie sich auf das Treffen gestern Abend eingelassen? Ihr hätte klar sein müssen, dass nichts Gutes dabei herauskommen würde. Sie hätte auf ihr Gefühl vertrauen sollen. Das hatte sie nun von ihrer Neugier.

Müde schlich sie ins Bad und betrachtete ihr Spiegelbild. Ein zerfurchtes Gesicht und dunkle Augenringe glotzten ihr entgegen. Entzückend! Es schien, als sei sie über Nacht um mindestens dreißig Jahre gealtert. Genauso fühlte sie sich auch.

Nachdem sie geduscht hatte, ging es ihr etwas besser. Aber nicht viel. Allzu gern wäre sie zurück ins Bett gekrochen.

Sie fühlte sich nicht mal ansatzweise dazu in der Lage, heute jemandem unter die Augen zu treten. Jeder würde ihr an der Nasenspitze ansehen, dass etwas nicht stimmte. Nun galt es, ihr bestes Pokerface aufzusetzen. Sie übte ein paar belanglose Gesichtsausdrücke vor dem Spiegel. Das klappte ja super. Da kam auch der Dümmste sofort darauf, dass sie etwas zu verbergen hatte. *Jetzt reiß dich zusammen, du dumme Kuh*, ermahnte sie sich selbst und nickte ihrem Spiegelbild aufmunternd zu. *Wird schon schiefgehen.* Sie glaubte nicht daran.

Sie warf sich ihren Bademantel über und ging ins Wohnzimmer. Die CD, die sie gestern an sich genommen hatte, lag auf dem kleinen Sekretär neben ihrem Laptop. Sie war ziemlich erstaunt gewesen, als er sie ihr in die Hand gedrückt hatte. Was sollte sie damit? Auf der CD seien wichtige Beweise, hatte er mit unheilverkündender Stimme gemeint. Und dann erzählte er ihr von Dingen, die sie nie für möglich gehalten hätte. Dinge, von denen sie lieber nie etwas erfahren hätte. Dinge, die, sollten sie je ans Tageslicht kommen, ihr ganzes Leben auf den Kopf stellen würden. Wollte sie das? Alles verlieren, um der Gerechtigkeit willen? Sie kannte die Antwort. Aus diesem Grund hatte sie es bislang nicht über sich gebracht, die Datei anzuschauen, die sich auf der CD befand.

Sie nahm den Datenträger in die Hand und besah sich gedankenverloren die Vorderseite. Lediglich eine Zahl stand darauf. Dreiundzwanzig. Hieß das, es gab noch mindestens zweiundzwanzig andere CDs, oder hatte die Zahl etwas anderes zu bedeuten? Sie hatte keine Ahnung und wollte es genau genommen gar nicht wissen. Sie steckte die CD in die Papierhülle zurück und verstaute sie in einer Schublade ihres Sekretärs. Alles zu seiner Zeit. Die CD würde sich nicht in Luft auflösen. Sie schloss die Schublade ab und steckte den Schlüssel in ihre Tasche. Sicher war sicher.

3

Dietmar Reinstett schnaufte, während er versuchte, den Lenker seines klapprigen Fahrrads gerade zu halten und gleichzeitig in die Pedale zu treten. Er war erst vor wenigen Minuten von zu Hause aufgebrochen und bereits jetzt klatschnass. Und das lag nicht allein am peitschenden Regen, der unablässig auf ihn eindrosch. Dietmar warf einen wütenden Blick in den Himmel, als wollte er Gott höchstpersönlich für das schlechte Wetter tadeln, und radelte schwer schnaufend weiter.

Als er am Wochenende beschlossen hatte, endlich seinen überschüssigen Pfunden zu Leibe zu rücken, hatte er es für eine prima Idee gehalten, mit dem Rad zur Arbeit zu fahren. War ja auch wahnsinnig gesund. Warum nur hatte ihn keiner davor gewarnt, wie fürchterlich anstrengend die Sache werden würde? Wer war schon so dämlich und fuhr im Bergischen Land freiwillig Fahrrad? Das machten nur die ganz Kernigen, die vor nichts zurückschreckten. Dieses ewige Auf und Ab. Und in Beyenburg schienen die Hügel besonders steil zu sein. Wenn er nicht auf der Stelle eine Pause einlegte, würde er tot über dem Lenker zusammenbrechen, so viel war sicher.

Er bremste abrupt, fiel dabei fast seitlich von seinem Drahtesel und versuchte keuchend wieder zu Atem zu kommen, während er mit dem rechten Bein Halt suchend über das Pflaster hüpfte. Nein, Radfahren war nichts für ihn, das würde er in Zukunft schön bleiben lassen. Das war reiner Selbstmord. Sein Blick fiel auf das Schulgebäude zu seiner Linken.

Er runzelte die Stirn, als er die Gestalt sah, die durch die Eingangstür taumelte, einen orangefarbenen Ordner vor die Brust gepresst. Wer hielt sich denn um diese Zeit schon in der Schule auf? Die Gestalt beugte sich über einen Busch, der ein paar Meter weiter links stand, und gab würgende Geräusche von sich. Ein Betrunkener, der sich unbefugt Zugang zu einem öffentlichen Gebäude verschafft hatte und nun das Buschwerk vollkotzte? Das ging so aber nicht. Dem würde er jetzt mal gehörig die Leviten lesen.

Er straffte die Schultern, atmete tief ein und setzte die strengste Miene auf, die er in seinem Repertoire hatte. Er ließ das Fahrrad auf den Bürgersteig fallen, zog unter dem durchsichtigen Regencape die Jacke seiner Polizeiuniform zurecht und marschierte strammen Schrittes auf den Mann zu, der sich soeben in das Grünzeug erbrach.

* * *

Eva ließ sich in den hohen Lehnstuhl fallen und seufzte demonstrativ, als sie bemerkte, wie ihr Sohn Lennart seine Cornflakes in sich hinein schaufelte. Dabei kleckerte er die Hälfte der Milch auf den Esstisch. Das Kind aß wie ein Hängebauchschwein. Nüchtern betrachtet sah es auch so aus. Ganz der Vater. Da konnte sie sich noch so sehr bemühen, Lennart Manieren beizubringen. »Der Papa machts genauso«, war seine lapidare Antwort, wenn sie ihn mal wieder zurechtwies. Dem konnte sie nicht widersprechen.

Ihr Mann hatte sich wie jeden Morgen hinter der Tageszeitung verschanzt. Das einzige, was sie von ihm sah, war seine fleischige Hand, die hin und wieder nach der Tasse oder dem Brötchen griff. Dabei verschüttete er in schöner Regelmäßigkeit einen Schwall Kaffee und krümelte den Boden voll. Am liebsten würde sie eine Axt nehmen und ihm seine verdammte Hand abhacken. Oder ein wenig Arsen auf seinem Marmeladenbrötchen verteilen. Er würde es hinter der Zeitung ja nicht bemerken. Aber wenigstens musste sie auf diese Weise seine dumme Visage nicht ertragen. Sein Schmatzen und Schlürfen drangen allerdings ungefiltert in ihr Ohr und ließen die mühsam unterdrückten Aggressionen in ihr hochkochen. Sie ballte die Hände zu Fäusten und zwang sich, ruhig zu atmen. Axt oder Arsen?

Lennart war mittlerweile mit dem Frühstück fertig und sprang auf. Die Schüssel riss er gleich mit. Sie fiel zu Boden und zerbarst mit einem lauten Knall auf den Fliesen.

»'tschuldigung!«, rief er – immerhin – über seine Schulter hinweg und rannte aus der Küche, ohne sich um die Scherben zu kümmern.

Sein Vater sah noch nicht mal auf. Den interessierte rein gar nichts von dem, was sich um ihn herum abspielte. Eva murmelte einen Fluch vor sich hin und machte sich auf den Weg zum Abstellraum, um eine Kehrschaufel zu holen. Warum tat sie sich das eigentlich an? Warum nahm sie nicht die Beine in die Hand und lief davon, so schnell sie nur konnte? Als würde es jemand bemerken, wenn sie sich einfach vom Acker machte. Oder interessieren. Doch sie kannte die Antwort. Sie hing viel zu sehr an dem komfortablen Leben, das sie dank ihrer Ehe führte, als dass sie diesen Status freiwillig aufgeben würde. Eine Scheidung kam bei dem knallharten Ehevertrag, den sie hatte unterzeichnen müssen, nicht in Frage. Erst musste sie etwas gegen ihren Mann in der Hand haben, bevor sie auch nur daran denken konnte, ihn zu verlassen. Etwas, das es ihr ermöglichen würde, ihn auszunehmen wie eine Weihnachtsgans.

Sie seufzte bei dem Gedanken daran, dass sie noch vor kurzem ganz nah dran gewesen war, die Gans zu rupfen. Sie hatte den köstlichen Duft der Freiheit förmlich riechen können. Wenn sie sich nicht so dumm angestellt hätte, wäre sie ihren Mann endgültig los. Nun war alles schlimmer als je zuvor. Er wusste, dass sie es wusste. Und trotzdem nichts gegen ihn ausrichten konnte. Tränen der Wut über die vertane Chance schossen Eva in die Augen. Sie blinzelte sie weg. Die Blöße würde sie sich nicht geben, vor ihrem Mann zu heulen.

4

Dietmar Reinstett stand wie angewurzelt im Türrahmen zum Amtszimmer der Grundschule. Sein Mund stand weit offen. Er konnte nicht fassen, was er sah. Was um Himmels willen war hier geschehen?

Karl Goebel saß, mit dem Rücken zur Tür, vornübergebeugt am vorderen der beiden Schreibtische. Dietmar erkannte den Schulleiter lediglich an dessen gelbem Pullunder. Der Kopf, oder das, was davon noch übrig war, ruhte auf der Tischplatte. Die Schädeldecke war wie eine Eierschale aufgeplatzt, das Gehirn eine blutige Masse. Da hatte jemand heftig zugeschlagen. Unter dem Stuhl hatte sich eine Blutlache gebildet. Der Gerinnungsprozess hatte eingesetzt, und ein unangenehmer metallischer Geruch erfüllte den Raum. Ein silberner Pokal mit Steinsockel lag auf dem Boden.

Der Polizist wich langsam einige Schritte zurück, ließ den Leichnam dabei nicht aus den Augen, als befürchtete er, Karl Goebel könnte plötzlich wieder zum Leben erwachen und sich wie in einem Zombie-Film auf ihn stürzen. Der kalte Schweiß brach ihm aus. Mechanisch griff er in seine Jackentasche, um sein Handy herauszuholen. Mit zitternden Fingern scrollte er durch das Menü, bis er die Nummer fand, die er suchte.

»Karl ist tot«, hauchte er in den Hörer, als er die Stimme am anderen Ende hörte, erleichtert darüber, den Schock an jemanden weitergeben zu können.

Einige Sekunden herrschte Stille, dann schien sein Gesprächspartner sich wieder gefangen zu haben.

»Jemand hat ihn erschlagen«, erwiderte Dietmar auf die ihm gestellte Frage.

Er lauschte ergeben, als die Person am anderen Ende der Leitung auf ihn einredete. Dann schüttelte er heftig den Kopf.

»Wie, das Ganze noch ein wenig hinauszögern?« Dietmars Stimme überschlug sich fast vor Panik. »Karl liegt in der Schule. Der Konrektor hat ihn gefunden, der steht draußen und kotzt sich die Seele aus dem Leib. Die Kinder kommen gleich, wie soll ich das denn wohl machen?« Er verstummte und hörte wieder zu. »Ja, ist ja gut, ich sehe mal, was ich tun kann.«

Er legte auf, ohne sich zu verabschieden, und atmete tief ein. Keine gute Idee, angesichts des unangenehmen Geruchs, der in dem Raum herrschte. Er musste würgen, was jedoch nicht ausschließlich dem Aroma des Todes geschuldet war. Wieso zum Teufel hatte er den Kerl angerufen? Das tat er jedes Mal, wenn es unangenehm zu werden drohte, und jedes Mal bereute er es. Aber er war in der Beziehung wie ferngesteuert, als sei ihm ein Chip implantiert worden, der aus ihm einen willenlosen Roboter machte. Das war nicht nur dämlich, sondern konnte sich irgendwann als ziemlich gefährlich erweisen.

Letztendlich war nicht auszuschließen, dass der Typ für diese Schweinerei hier verantwortlich war. Genau genommen war es sogar ziemlich wahrscheinlich. Sehr überrascht oder erschüttert hatte er in Dietmars Ohren jedenfalls nicht geklungen. Und dann die Bitte, nein es war eher ein Befehl gewesen, die Nachricht über den Tod des Schulleiters noch eine Weile zurückzuhalten. Als würde das etwas an den Tatsachen ändern. Karl würde nicht wieder lebendig werden, wenn man seine Ermordung totschwieg. Oder wollte der Bursche sich auf die Schnelle ein Alibi zurecht klöppeln? Das hätte er sich auch vorher überlegen können.

Dietmar rutschte das Herz in die Hose. Wenn herauskam, dass er dem Kerl bei der Vertuschung von was auch immer geholfen hatte, saß er verdammt tief in der Scheiße. Als stünde die ihm nicht ohnehin schon bis zum Hals.

***

Ben hatte sich, nachdem Reinstett ihn beim Busch zurückgelassen hatte, wieder einigermaßen gefangen. Er umklammerte den orangefarbenen Ordner, von dem er gar nicht mehr wusste, warum er ihn mitgenommen hatte, und stieg die Stufen zum Eingang empor. Er war vom Regen durchnässt und fühlte sich wie einmal durch die Wupper gezogen. Ihm war gar nicht wohl dabei, so einsam und verlassen auf dem Schulhof herumzustehen. Langsam könnte Reinstett mal wieder auftauchen, um die notwendigen Dinge in die Wege zu leiten. Was trieb der überhaupt so lange da drin?

Als hätte der Polizist seine Gedanken gelesen, wankte er in dieser Sekunde zur Tür heraus. Er war kreidebleich.

»Ich habe die Kripo verständigt. Sie schicken ein Team«, sagte er tonlos. »Bis dahin sollen wir beide jeden, der vorbeikommt, daran hindern, ins Gebäude zu gehen.«

Ben starrte den Polizisten entgeistert an. Er sollte jetzt hier den Tatort abriegeln? Das wurde ja immer schöner. Wäre er heute nur im Bett geblieben. Er rieb sich die Brust, unter der sein Herz ziemlich heftig schlug. Beklemmung, Atemnot, Herzrasen – waren das nicht Anzeichen eines Herzinfarkts? Er könnte jeden Moment tot umfallen, und niemanden interessierte es.

24

»Können wir einen Krankenwagen rufen?«, fragte er mit brüchigem Stimmchen.

»Ich glaube, der Karl braucht keinen Krankenwagen mehr«, erwiderte Reinstett lapidar.

»Ich meinte auch eher für mich. Ich fürchte, ich habe einen Herzinfarkt.« Wie zur Bestätigung atmete Ben ein paar Mal rasselnd ein und aus und deutete anklagend auf seinen Brustkorb.

»Das ist sicher nur der Schock«, beruhigte ihn der ältere Mann. »Wir trinken nachher ein schönes Schnäpschen, dann gehts uns wieder besser.«

Ein Schnäpschen! Ben brauchte eine OP am offenen Herzen, kein Schnäpschen. Außerdem hatte er gestern Abend genug Schnäpschen für die nächsten Jahre gehabt. Er grummelte etwas Unverständliches, ging über den Schulhof zur Straße und begann, Ausschau nach den Einsatzfahrzeugen der Polizei zu halten. Sofort überfiel ihn eine weitere Herzattacke.

Barbara Ehrhardt-Gonzmann, die Kollegin des Grauens, schlurfte die Straße hinauf, eingehüllt in ihren unvermeidlichen grünen Strickponcho und die schicke rote Pumphose. Mit gesenktem Kopf und hängenden Schultern, als läge die Last der ganzen Welt auf ihnen, tapste sie ihm in ihren braunen Gesundheitsschuhen entgegen. So, wie sie daherkam, war bestimmt wieder eine mindestens tödliche Krankheit bei ihr im Anflug. Warum konnte sie sich nicht ausgerechnet heute krankmelden wie sonst auch?

Sie war mittlerweile bis zu Ben herangeschlurft und sah ihn durch ihre dicken Brillengläser mit wässrig-blauen Augen an, als wolle sie jeden Moment in Tränen ausbrechen.

»Ist etwas passiert?«, jammerte sie statt einer Begrüßung.

Sie raufte sich die strähnigen Haare und zog die Mundwinkel nach unten. Ben wandte sich zu Reinstett um. Der war hier der Experte. Sollte er sich doch eine Geschichte ausdenken. Der Polizist, der sich zu ihnen gesellt hatte, erwiderte nichts, sondern starrte stattdessen angestrengt die Straße hinunter. Das war natürlich sehr hilfreich. Ben sah auf die Uhr und versuchte, Barbara zu ignorieren.

Hoffentlich kam die Polizei bald. Gleich würde die Hölle los sein, wenn die restlichen Lehrerinnen eintrudelten und die Schüler ins Gebäude drängten. Bei dem Gedanken daran, wie er gemeinsam mit dem dicken Reinstett und der ahnungslosen Barbara eine Kette bildete, um die Schar davon abzuhalten, den Schulhof gewaltsam zu stürmen, musste Ben unwillkürlich losprusten. Seine beiden Mitstreiter sahen ihn verständnislos an.

Ben nuschelte eine Entschuldigung und lieferte sich mit Reinstett einen heimlichen Wettkampf im Ignorieren von Barbara Ehrhardt-Gonzmann, die nun auch begann, konzentriert die Straße hinunterzuschauen, wenn ihr auch nicht ganz klar sein konnte, warum. Aus der Ferne erklang Sirenengeheul.

5

Carsten Kantner stand in der Tür zum Amtszimmer und ließ die Atmosphäre auf sich wirken, wie er es immer machte, wenn er den Ort eines Verbrechens das erste Mal betrat. Der Hauptkommissar war viel gewohnt und neigte nicht mehr dazu, Tatorte vollzukotzen, auch nicht nach durchzechter Nacht, aber bei diesem Anblick war er froh, heute Morgen das Frühstück ausgelassen zu haben. Nur nichts anmerken lassen. Flach atmen. Wie zur Bestätigung hörte er hinter sich seinen Kollegen Lukas Maier würgen.

»Wenn Sie kotzen müssen, gehen Sie raus«, fuhr er ihn unwirsch an, und Maier lief gehorsam in Richtung Ausgang.

Der Knabe taugt auch nur als Figur im Setzkasten, dachte Carsten und folgte ihm. Vorerst hatte er genug gesehen. Die Kollegen von der KTU mochten es ohnehin nicht gern, wenn jemand vor ihnen eintraf und durch unbedachte Bewegungen den Tatort kontaminierte. Aber er verschaffte sich eben gern einen ersten Eindruck, bevor alles mit Fingerabdruckpulver, Beweisfähnchen und dem ganzen anderen Kram versehen wurde. Außerdem war dieser Dietmar Reinstett auch schon hier durchgetrampelt.

Carsten trat hinaus auf den Schulhof und blickte sich um. Lukas Maier verschwand gerade auf der Toilette, die Hand vor den Mund gepresst. Die uniformierten Beamten hatten den Bereich um die Schule mit einem rot-weißen Band abgesperrt und hielten die zahlreichen Schaulustigen, die sich auch vom Dauerregen nicht vertreiben ließen, in Schach. Carsten bezeichnete diese Gaffer immer als die Unvermeidlichen. Dumm im Weg rumstehen, kluge Sprüche reißen und, wenn es darauf ankam, schweigen wie ein Grab.

Hinter der Absperrung war es bedeutend leerer als davor. Dietmar Reinstett, der Dorf-Sheriff, stand im Regen und sah sich immer wieder hektisch nach allen Seiten um. Er wirkte, wohlwollend formuliert, leicht überfordert mit der Situation. Carsten hatte ihn vor einigen Jahren kennengelernt, als er wegen der Brandstiftung im Bootshaus des Beyenburger Kanusport-Vereins ermittelte. Auch damals hatte der Kollege bei ihm nicht unbedingt einen qualifizierten Eindruck hinterlassen. Den oder die Täter hatten sie bis heute nicht gefunden.

Am Fuße der Treppe stand ein Paar unter einem riesigen Stockschirm. Der großgewachsene Mann mit den wirren

Haaren war der Konrektor, Ben Liebermann, der in einem Arm einen Ordner hielt und den anderen um eine kleine Frau gelegt hatte, die tapfer den Schirm über sie beide hielt und eifrig plapperte. Carstens Augen verengten sich zu Schlitzen. Das konnte doch nicht wahr sein! Wo kam die denn her? Wer zum Teufel hatte sie durch die Absperrung gelassen? Und weshalb wirkte sie so frisch und munter, während er gegen Übelkeit und Kopfschmerz kämpfte?

Wütend marschierte er auf das Paar zu und baute sich vor den beiden auf. Die Frau bemerkte ihn als erstes und sah freundlich lächelnd an seinen knapp zwei Metern empor. Neben ihm wirkte sie wie ein Püppchen. Sie war durchaus niedlich anzusehen, mit ihren halblangen braunen Locken und den riesigen Rehaugen, die ihn gerade freudig anblitzten, aber das tat jetzt nichts zur Sache.

»Wer hat dich denn durchgelassen?«, maulte er statt einer Begrüßung.

»Gerd Schröder«, erwiderte Sophie Liebermann und deutete auf einen der Uniformierten, der ihr fröhlich zuwinkte. »Was guckst du denn so finster? Oder ist das dein Tatort-Gesicht? Sieht zum Fürchten aus.«

Carsten ächzte genervt. Das hatte ihm zu seinem Glück noch gefehlt, dass seine kleine Schwester an einem seiner Tatorte auftauchte. Seit er beim Dezernat für Kapitaldelikte arbeitete, mischte sie sich in seine Fälle ein. Bislang hatte sie sich darauf beschränkt, ihm ungefragt gute Tipps und Ratschläge zu geben. Als sei sie diese Miss Marple aus den Kriminalromanen und er irgendein dösiger Dorfpolizist, der nicht bis drei zählen konnte. Er hätte ahnen müssen, dass sein Schwager sie anrufen würde, um sie über seinen Fund zu informieren. Und Sophie hatte natürlich nichts Eiligeres zu tun gehabt, als alles stehen und liegen zu lassen, um zum

Mordschauplatz zu eilen. Von einer solchen Gelegenheit träumte sie schon seit Jahren.

»Ich nehme mal an, es macht nicht viel Sinn, dir zu sagen, dass du hier nichts verloren hast?«, fragte er ohne jede Hoffnung.

Sophie schüttelte erwartungsgemäß den Kopf. »Ich lasse Ben in dieser Situation doch nicht allein«, entgegnete sie entrüstet.

Sein Schwager, der alte Verräter, drückte sie demonstrativ enger an sich und sah Carsten mit Dackelblick und leidender Miene an. Der Hauptkommissar massierte sich mit zwei Fingern die Nasenflügel und fügte sich in sein Schicksal. Was sollte er auch die nächsten Stunden damit zubringen, mit Sophie zu diskutieren? Er würde ohnehin den Kürzeren ziehen. Er kannte das schon. Wenn sie sich einmal etwas in den Kopf gesetzt hatte, war dagegen nichts auszurichten.

»Ist ja schon gut. Dann bleib hier und pfleg deinen Liebsten. Aber du fasst nix an und hältst den Mund, klar?«

* * *

Anton blinzelte verschlafen, als es in seiner Kammer plötzlich hell wurde. Er rieb sich die Augen, als ihn jemand unsanft an der Schulter rüttelte.

»Aufstehen, du Faulpelz«, schimpfte der Mann und zerrte den Jungen vom Bett hoch.

Anton taumelte vorwärts. Er schüttelte sich, um den Rest Schlaf aus seinen Gliedern zu vertreiben, und drückte beide Hände auf die Augen. Die Nacht war viel zu kurz gewesen. Wie eigentlich alle Nächte in den letzten Monaten. Er kam selten vor drei Uhr ins Bett und das nicht, weil er zu viel feierte.

»Hallo, wach werden«, forderte der Mann unfreundlich und gab dem Teenager einen Klaps auf die Wange.

Anton blickte seinen Bruder finster an, während er sich die rote Stelle in seinem Gesicht rieb.

»Wird Zeit, dass du in die Gänge kommst! Wasch dich, zieh dich an – und zwar dalli.«

Der Mann stieß ihn vorwärts, und der Junge stolperte aus seinem kleinen Zimmer, tappte müde einen dunklen Flur entlang in ein fensterloses Bad. Unter den wachsamen Augen seines Bruders zog Anton seinen Schlafanzug aus und wusch sich. Das Wasser war eiskalt, obwohl er es auf die heißeste Stufe eingestellt hatte. Aber in der miesen Baracke, in der sie hausten, war warmes Wasser ungefähr so selten wie Regen in der Wüste, insbesondere, wenn Theo vor ihm unter der Dusche gewesen war. Und er selbst konnte gucken, wie er zurechtkam. Sein magerer Körper begann zu zittern. Nicht allein wegen der Kälte, sondern vor allem, weil alles, was sein Bruder tat, ihn so unendlich wütend machte.

»Wasch dich ordentlich«, wies Theo ihn mitleidlos an. »Auch den Schniedel.« Sein Finger kreiste um die Körpermitte des Jungen.

»Ich bin kein Baby mehr«, brummte Anton. »Ich kann das durchaus allein.« Nicht, dass Theo noch auf die Idee kam, es für ihn zu übernehmen.

»Ich bin für dich verantwortlich«, erinnerte ihn sein Bruder.

Als wüsste Anton das nicht. Verantwortlich! Theo war für vieles verantwortlich, vor allem für die Tinte, in der sie gemeinsam saßen. Und da war seine einzige Sorge, dass Antons Schniedel ordnungsgemäß eingeseift war. Der Junge hätte lachen können, wäre da nicht dieser tiefblaue, dickflüssige See, in dem er zu ertrinken drohte.

»Jetzt beeil dich mal.« Theo versetzte ihm einen nicht besonders brüderlichen Schlag auf den Hinterkopf. »Mein

Gott, bist du eine Trödelliese. Das Frühstück kannst du dir abschminken. Wenn du in fünf Minuten nicht abmarschbereit bist, kannst du was erleben.«

Er drehte sich auf dem Absatz um und stampfte aus dem Raum. Anton streckte die Zunge heraus, als sein Bruder außer Sichtweite war. Wenn Theo wüsste, was sein kleiner Bruder angestellt hatte, wäre ein ungewaschener Schniedel noch seine geringste Sorge. Hoffentlich würde er niemals dahinterkommen. Ansonsten würde Anton sich von seinem Schniedel, ob gewaschen oder nicht, verabschieden können.

6

»Hierher, Maier, hier bin ich«, rief Carsten und winkte genervt.

Sein Kollege schlich gerade aus der Toilette und sah sich dabei suchend um. Er war immer noch blass im Gesicht und wirkte ziemlich mitgenommen. Wie war der Knabe nur auf die Idee verfallen, Mordermittler zu werden? Er wollte wohl mehr als dringend in die Fußstapfen seines Vaters treten. Leider waren die ihm ein paar Nummern zu groß, denn Ludwig Maier galt im Präsidium als eine Art Legende. Sobald sein Name fiel, gerieten die älteren Kollegen ins Schwärmen, während die Jüngeren, die Maier senior nicht mehr in Aktion erlebt hatten, ehrfürchtig den Geschichten lauschten, die über ihn erzählt wurden. Carsten fragte sich manchmal, wie viel davon tatsächlich der Wahrheit entsprach. Wenn man all dem, was die Kollegen so berichteten, Glauben schenkte, war Ludwig Maier Superman und Batman in einer Person. Mindestens! Sein Sohn wirkte eher wie der kleine Hobbit. Nun ja, auch der war am Ende über sich hinausgewachsen. Vielleicht überraschte Maier junior sie irgendwann noch alle, doch Carsten glaubte nicht so recht daran.

Lukas Maier gesellte sich stumm zu Carsten, Sophie und Ben und sah mit kleinen Äugelchen in die Runde. Hoffentlich klappte er nicht zusammen.

»Das sind Sophie Liebermann, meine Schwester, und ihr Mann Ben. Er ist Konrektor an der Schule und hat die … äh … den Schulleiter gefunden«, klärte Carsten seinen Kollegen auf.

»Wir kennen uns doch«, meinte Sophie und reichte Maier die Hand.

Lukas Maier sah ein wenig schuldbewusst drein. »Du hast mir mal Nachhilfe in Englisch gegeben«, murmelte er schüchtern.

»Ja, weiß ich doch. Ich vergesse nie ein Gesicht«, erwiderte sie. »Bist du also auch Polizist geworden, wie dein Vater. Er ist doch bestimmt stolz. Wie gehts denn so?«

»Och«, meinte er.

»Sophie, wir sind hier nicht zum Kaffeeklatsch«, ermahnte Carsten seine Schwester. »Hatte ich nicht gesagt, du sollst den Mund halten?«

Sophie presste pflichtschuldig die Lippen aufeinander und ahmte mit Daumen und Zeigefinger die Drehbewegung eines Schlüssels nach. Carsten verkniff sich ein Grinsen und nickte zufrieden.

Hinter ihnen machte sich ein Trupp weiß gewandeter Menschen bereit, den Tatort zu untersuchen.

»Ah, die Spusi macht sich auf den Weg. Dann werde ich ihnen mal zeigen, wo es langgeht«, sagte Carsten.

»Also, ich bin bereit.« Sophie rieb sich erwartungsvoll die Hände. »Wegen mir können wir. Kriege ich auch so einen schicken Overall?«

»So weit kommts noch«, erwiderte ihr Bruder und ließ sie stehen.

* * *

Die Lehrerinnen der Grundschule hatten sich mit den Kindern in das Vereinsheim des Bergischen Turnerbunds Beyenburg, das neben der Schule lag, zurückgezogen. Elke Isenberg, eine burschikose Mittfünfzigerin, war im Vorstand des BTB und im Besitz eines Schlüssels. Sie hatten die Kinder möglichst schnell von der Straße hierher gescheucht und sie mit der Erklärung abgespeist, im Schulgebäude habe es einen Wasserrohrbruch gegeben. Die Frage eines vorlauten Viertklässlers, warum dann die Polizei und nicht die Feuerwehr vor Ort und wo überhaupt das Wasser sei, wurde geflissentlich ignoriert.

»Lennart, hör auf der Chantal aufn Kopp zu hauen«, ermahnte Elke einen dicklichen Jungen mit dröhnender Stimme.

Barbara Ehrhardt-Gonzmann, die es sich auf einer der Holzbänke etwas abseits des Trubels bequem gemacht hatte, fuhr erschrocken zusammen und sah in Richtung der beiden Kinder, die ihre Kollegin gerade so rüde angeschnauzt hatte.

Manchmal würde sie der Chantal auch gern auf den Kopf hauen, kam es ihr in den Sinn. Vielleicht bekäme sie auf diese Weise etwas Wissen in das Kind hinein. Lennart interessierte es herzlich wenig, was Frau Isenberg zu sagen hatte, wie ihn auch sonst alles herzlich wenig interessierte. Der Junge war der schlimmste Albtraum eines jeden Lehrers. Respektlos, besserwisserisch und ohne Gnade, wenn es darum ging, das Bestmögliche für sich herauszuschlagen. Im wahrsten Sinne des Wortes. Ganz der Vater, wenn Barbara es recht bedachte.

Sie merkte, wie Elke auffordernd in ihre Richtung starrte, schließlich war sie Lennarts Klassenlehrerin, und das Kind fiel somit in ihren Zuständigkeitsbereich. Die Lehrerin presste die Hände auf die Schläfen. Ihre Migräne meldete sich mal wieder. Wie immer im denkbar ungünstigsten Moment. Sie schloss die Augen und versuchte, den Lärm um sich herum auszublenden.

»Meditiert die, oder was?«, hörte sie Elke fragen. »Hey Barbara, alles klar?« Ihre Kollegin bemühte sich redlich, ihrer Stimme einen besorgten Klang zu verleihen. Es gelang ihr nicht mal im Ansatz. Selbst wenn sie ehrlich besorgt war, was selten genug vorkam, schlug sie diesen meckernden Tonfall an, der einen glauben machte, etwas verbrochen zu haben.

Barbara schreckte auf. »Ja, ja«, versicherte sie. »Ich war nur in Gedanken.«

»Kümmere dich mal um deinen Wonneproppen«, meinte Elke und deutete auf Lennart, der immer noch die arme Chantal malträtierte.

»Lennart, lass das bitte«, rief Barbara matt.

Lennart warf seiner Klassenlehrerin einen belustigten Blick zu und zog seiner Mitschülerin am Zopf, was diese mit lautstarkem Geheul quittierte. Barbara war es egal. Sie konnte an nichts anderes denken als an Karl, der tot an seinem Schreibtisch saß.

Sie musste zugeben, sie hatte ihn nie gemocht. Von Anfang an nicht. Sie hatte schon, als sie ihn vor zehn Jahren kennenlernte, gewusst, dass der Mann nichts als Ärger bedeutete. Er war genau der Typ, dem es Spaß machte, sich auf Kosten anderer zu profilieren. Wie oft war sie selbst das Opfer seiner Spötteleien geworden? Sie hatte aufgehört zu zählen. Karl hatte rasch gemerkt, dass ihr Beliebtheitsgrad im Kollegium gegen Null tendierte. Also konnte er sie nach Herzenslust der Lächerlichkeit preisgeben, ohne befürchten zu müssen, dass sich die anderen Lehrerinnen gegen ihn wenden und zu ihr stehen würden. Sie lachten lauthals mit. Solange er auf Barbara herumhackte, waren sie vor ihm sicher.

Nun hatte er sein wohlverdientes Ende gefunden. Doch ein Gefühl des Glücks wollte sich bei ihr nicht einstellen. Barbara unterdrückte ein Schluchzen. Nur nicht weiter darüber nachdenken, was sich gestern Abend abgespielt hatte. Aber sie bekam die Bilder nicht aus dem Kopf.

Sie spürte, wie eine Hitzewelle von ihren Füßen aufwärts waberte. Trotzdem fror sie entsetzlich. *Nur das nicht*, bat sie stumm, *bitte keine Panikattacke*. Nicht hier und nicht jetzt. Nicht, wenn Elke in der Nähe war. Sie versuchte, langsam und ruhig zu atmen und an etwas Schönes zu denken. Ihr fiel nur nichts Schönes ein. Das Geschrei der Kinder hallte dumpf in ihrem Kopf wider und wurde nach und nach immer leiser. Die Umgebung verschwamm vor ihren Augen. Wie in Zeitlupe sank sie von der Bank.

7

Carsten bemühte sich, den fleißig arbeitenden Kollegen der Spurensicherung nicht im Weg zu stehen, was sich, angesichts der Enge des Raums, als nicht einfach erwies. Überall stand oder lag etwas herum, die Regale an den Wänden quollen über von Ordnern und anderem Zeug, das man als Schulleiter offenbar dringend benötigte. In der Mitte des Amtszimmers standen, einander gegenüber, zwei große Schreibtische, die den Raum noch kleiner erscheinen ließen.

Er begann, den Schreibtisch des Opfers näher zu inspizieren. Darauf befanden sich nur die Tastatur und ein Monitor.

Der dazugehörige Rechner fehlte. Auf dem Boden lagen wild verstreut Papiere, die teilweise in der Blutlache klebten.

»Können Sie schon was zur Todesursache sagen?«, fragte Carsten die Rechtsmedizinerin, die mit der ersten Untersuchung des Toten begonnen hatte.

Dr. Amelie Brandt runzelte die Stirn. »Ist das nicht offensichtlich?«, meinte sie und deutete auf die klaffende Wunde am Hinterkopf des Opfers.

»Sie sind ja wie immer ein Ausbund an Informationen«, erwiderte er sarkastisch.

»Kommen Sie zur Obduktion, dann habe ich mehr für Sie.«

»Nein danke, mir ist schon schlecht.«

Amelie Brandt zuckte gleichgültig mit den Achseln. Der Hauptkommissar wusste, dass die Rechtsmedizinerin es nicht mochte, wenn man ihr bei der Arbeit über die Schulter guckte. Mehr als einmal hatte sie mit der Autopsie begonnen, ehe der vorschriftsmäßige Polizeibeamte eingetroffen war. Irgendwann würde sie sich damit richtig Ärger einhandeln, doch das war nicht sein Problem.

»Ich habe die Brieftasche des Toten in seiner Gesäßtasche gefunden«, meinte sie versöhnlich und reichte die Börse an Carsten weiter, der sie rasch aufklappte, ehe einer der Kollegen sie ihm aus der Hand reißen konnte.

Mehrere Kreditkarten, ein Führerschein, Fahrzeugschein, der Personalausweis des Toten, etwas Bargeld und das Foto eines pummeligen kleinen Mädchens befanden sich darin.

»Damit können wir Raubmord wohl ausschließen«, meinte Carsten. »Haben Sie sonst noch etwas gefunden?«

»Wieso? Suchen Sie etwas Bestimmtes?«, wollte Amelie Brandt wissen.

Carsten rollte mit den Augen. Die Frau war so was von

anstrengend. Jede Frage musste sie mit einer Gegenfrage beantworten. »Todeszeitpunkt?«

»Von dem hier?« Sie deutete auf den Leichnam vor sich.

»Nein, vom Nikolaus.« Herrgott noch mal, gleich platzte
er.

»Ja, den gab es. Also den Todeszeitpunkt, nicht den Nikolaus.« Sie kicherte albern. »Gestern Abend, nicht später als
Mitternacht. Genauer weiß ich es …«

»Nach der Untersuchung. Schon klar.«

Der Hauptkommissar war erleichtert. Nicht, dass er Ben
ernsthaft verdächtigt hätte, seinen Chef ermordet zu haben,
aber sein Schwager war definitiv aus dem Schneider, denn
gestern Abend hatte er mit der gesamten Familie Kantner
zusammengesessen.

∗ ∗ ∗

Sophie und Ben hatten unter dem Vordach Schutz vor
dem Regen gesucht. Als Carsten wieder zu ihnen stieß,
wandte er sich an seinen Schwager. »Erzähl mal was von
deinem Chef. Wie war er? Hatte er Feinde? Was ist mit seiner Familie?«

Ben kramte einige Sekunden in seinem Gedächtnis, in
dem sich zurzeit eine erstaunliche Leere breitmachte. »Puh!
So richtig gut kannte ich ihn nicht, ehrlich gesagt. Privat,
meine ich. Er war da sehr zurückhaltend. Hat nicht viel geredet. Soweit ich weiß, ist er geschieden. Zumindest lebten
er und seine Frau seit Anfang des Jahres getrennt. Sie ist
wohl ausgewandert. Zwei Söhne hat er. Einer arbeitet hier
in Beyenburg bei der Sparkasse, der andere studiert in Wuppertal, wenn ich mich recht entsinne. Gesehen hab ich noch
keinen von denen. Nur die Schwiegertochter und seine Enkelin. Die sind mal auf einem Schulfest aufgetaucht. Karl
war nicht sehr begeistert. Er konnte seine Schwiegertochter

37

nicht leiden, das hat man gemerkt. Hat sie ziemlich von oben herab behandelt, wenn er überhaupt das Wort an sie gerichtet hat. Er war so ein richtig …«, er suchte nach den richtigen Worten. »Fieser Möpp.« Ja, das traf es.

»Fieser Möpp«, wiederholte Carsten amüsiert, »so, so. Und wie äußerte sich das?«

»Bestimmte Leute behandelte er, als seien sie es nicht wert, dass man sie beachtet. Wie seine Schwiegertochter oder den Hausmeister zum Beispiel. Die waren unter seinem Niveau. Außerdem machte es ihm Spaß, die Geheimnisse und Schwächen anderer aufzuspüren und öffentlich zu machen. Wenn er etwas Peinliches erfuhr, von dem man auf keinen Fall wollte, dass es herauskommt, posaunte er es durch die Gegend und ritt wochenlang darauf herum. Erstaunlicherweise wusste er auch immer über alles Bescheid. So als läge er ständig auf der Lauer nach neuem Klatsch und Tratsch.«

»Was ist mit wütenden Eltern? Gibts da was?«

Ben hob erstaunt die Augenbrauen. Meinte Carsten das ernst? Wenn es so weit kam, dass selbst die Lehrer einer Grundschule ihres Lebens nicht mehr sicher waren, weil sie schlechte Noten verteilten, würde er den Beruf wechseln. Obwohl der Ton manch unzufriedener Eltern tatsächlich rauer geworden war. Doch die winkten eher mit dem Schulamt oder der Presse als mit einem Pokal. Dennoch fiel ihm etwas ein.

»Am Donnerstag hat Karl sich im Büro mit Herrn Siebenhausen gezofft. Er ist der Vater eines Jungen aus der zweiten Klasse.« Ben verzog das Gesicht beim Gedanken an Lennart Siebenhausen, den Schrecken der Schule. Ein wahrhaft fürchterliches Kind, das an schlechtem Benehmen nur noch von seinem Vater übertroffen wurde. »Aber um Lennart ging es, glaube ich, nicht.«

»Sondern?«, fragte Carsten.

Ben zuckte mit den Achseln. »Irgendwas mit einer Eva. Ich glaube, das ist seine Ehefrau. ›Sollte so etwas nochmal vorkommen, wird das Konsequenzen haben. Eva ist ab sofort tabu‹, hat Siebenhausen gesagt. Da habe ich mich dann lieber aus dem Staub gemacht. Der Typ ist schon ungemütlich genug, wenn er gute Laune hat. Dem will ich nicht in die Quere kommen, wenn er mies drauf ist.«

»Schade eigentlich.« Carsten kritzelte eifrig in seinen Notizblock, die Zunge zwischen die Lippen geschoben, wie ein Kleinkind bei seinen ersten Bastelversuchen. »War es üblich, dass sich dein Chef an einem Sonntag in der Schule aufhält?«

»Weiß ich nicht. Manchmal hatte ich schon den Eindruck, dass er mehr hier ist als zu Hause. Kann ich ihm nicht verdenken, wenn es dort niemanden gab, der auf ihn wartete.«

»Vielleicht hatte er eine Verabredung, die er nicht nach Hause einladen wollte«, schlug Sophie vor, die sich erstaunlich lange zurückgehalten hatte.

»Möglich. Aber warum? Und mit wem? Und was ist dabei schiefgelaufen?«, grübelte Carsten.

»Tja, gute Frage«, antwortete Sophie. »Jedenfalls war es kein geplanter Mord.«

»Wie kommst du darauf?«, wollte Carsten wissen.

»Na ja, wenn ich vorhabe, jemanden zu töten, bringe ich doch meine eigene Waffe mit und hoffe nicht darauf, dass am Tatort zufällig eine herumliegt«, erwiderte seine Schwester.

Ben kassierte einen tadelnden Blick seines Schwagers. Scheinbar hätte er seiner Frau nicht erzählen sollen, wie und wodurch Karl zu Tode gekommen war.

»Ja, du vielleicht«, meinte Carsten schließlich. »Aber du hast recht, wahrscheinlich war die Tat nicht geplant. Irgendwie ist die Situation zwischen Goebel und seinem Angreifer eskaliert. Aus welchem Grund auch immer.«

Er sah Ben erwartungsvoll an, als verlangte er, dass seinem Schwager spontan etwas dazu einfiel. Doch Ben schob nur nachdenklich die Unterlippe vor und kratzte sich am Hals wie ein unsicherer Hund.

»Die Frage, die ich mir die ganze Zeit stelle«, meinte er, »ist, warum die Vitrine offenstand. Sie ist normalerweise abgeschlossen. Und der Schlüssel liegt in einer Schublade in Karls Schreibtisch, die auch immer abgeschlossen ist.«

»Vielleicht hat der Mörder seinen eigenen Schlüssel benutzt«, mutmaßte Sophie.

Ben schüttelte energisch den Kopf. Es gab nur den einen Schlüssel, und den hütete Karl wie einen kostbaren Schatz.

»Oder ein Dietrich-Set?«, schlug sie dann vor.

»Ich dachte, ihr beide«, er deutete erst auf seine Frau und dann auf seinen Schwager, »hättet beschlossen, dass der Mord im Affekt passiert ist. Wieso sollte der Mörder erst zur Vitrine laufen, den Pokal holen – wie auch immer er sie geöffnet hat –, anschließend zurück ins Amtszimmer gehen und ihn Karl von hinten … na ihr wisst schon?«

»Ja, ja, so viele Fragen, so wenig Antworten«, resümierte Carsten, und klang leicht verstimmt darüber, dass sein Schwager seine ersten Theorien zerpflückte, bevor sie überhaupt zu echten Theorien werden konnten. »Das werden wir alles noch überprüfen. Und mit *wir* meine ich mich und meine Kollegen, damit das klar ist, Schwesterherz. Wir sind nicht in einem Roman deiner heißgeliebten Miss Marple. Aber apropos überprüfen. Maier?«

Er winkte seinen Kollegen zu sich, der sich an der Straße

postiert und einige Anwohner befragt hatte. Maier steckte seinen Notizblock in die Tasche und eilte im Laufschritt über den Schulhof.

»Tun Sie mir einen Gefallen, und fahren Sie zum Haus des Opfers, um dort nach dem Rechten zu sehen«, wies Carsten ihn an.

Maier schien von der Idee nicht sonderlich angetan, er starrte sehnsüchtig das Flatterband am Rande des Schulhofs an.

»Das kann ich doch machen. Ich weiß, wo Goebel wohnt«, schlug Dietmar Reinstett vor und kam ebenfalls näher.

Im Gegensatz zu Maier wollte Reinstett dem Ort des Geschehens offenbar so schnell wie möglich den Rücken kehren. Jedenfalls hatte Ben den Eindruck, als bereute der Polizist es zutiefst, heute keinen anderen Weg zur Arbeit genommen zu haben.

»Dann können Sie Herrn Maier ja den Weg beschreiben. Der wirds schon finden. Gell, Maier?« Carsten wartete dessen Antwort erst gar nicht ab, sondern sprach gleich weiter. »Sie, Herr Reinstett, könnten gemeinsam mit dem Kollegen Schröder ein paar Worte mit den Lehrerinnen wechseln. Sie kennen die Damen doch gewiss, da merken Sie wahrscheinlich am ehesten, wenn eine von ihnen lügt.«

»Und was mache ich?«, fragte Sophie.

»Du? Du fährst jetzt schön nach Hause oder in deinen Laden oder sonst wohin. Und ich werde der Familie Goebel einen Kondolenzbesuch abstatten. Nein, dazu brauche ich keine weibliche Unterstützung«, wehrte er ab, als Sophie den Mund öffnete.

8

Als Ben das Vereinsheim des BTB betrat, empfing ihn heilloses Durcheinander. Die Kinder, die von ihren Eltern nicht wieder mit nach Hause genommen worden waren, spielten johlend Cowboy und Indianer. Offensichtlich wussten sie nicht, was passiert war, sondern freuten sich über den unverhofft unterrichtsfreien Tag. Die Lehrerinnen standen in der Nähe der kleinen Küche am anderen Ende des Raums. Ben bahnte sich einen Weg durch die Indianermeute auf dem Kriegspfad und gesellte sich zu ihnen.

»Hey, was machst du denn hier? Wir dachten, du würdest es vorziehen, den Tag zu Hause zu verbringen, angesichts der Tatsache, dass du heute Morgen die Ehre hattest, Karl zu finden«, wurde er von Elke Isenberg begrüßt.

Sofort überkam ihn das ungute Gefühl, etwas falsch gemacht zu haben. Seine Kollegin hatte diese Wirkung auf andere. Er mochte sie nicht besonders. In gewisser Weise ähnelte sie Karl. Sie war stets darauf aus, das Bestmögliche für sich aus jeder Situation herauszuholen, auch wenn sie dabei über Leichen gehen musste. Ben zuckte innerlich zusammen. Hoffentlich hatte sie die Redewendung nicht in die Tat umgesetzt. Zuzutrauen wäre es ihr allemal. Doch sie war eine der wenigen, die gut mit Goebel auszukommen schienen. Zumindest war sie nie das Opfer seiner beißenden Kommentare geworden.

»Es geht schon«, antwortete er kurz angebunden, in der Hoffnung, die Damen würden keine detaillierte Beschreibung des Tatorts von ihm erwarten. Diesen Anblick würde er nie wieder von seiner Festplatte löschen können. »Ich dachte, ihr könntet meine Hilfe gebrauchen.«

»Ach was, wir haben alles im Griff«, meinte Elke und machte eine wegwerfende Handbewegung.

Als Ben die anderen Kolleginnen so betrachtete, gewann er nicht unbedingt den gleichen Eindruck. Paula Vogel machte ihrem Namen alle Ehre; sie stand wie ein verschreckter Spatz in der Mauser da und zuckte ab und an mit den Oberarmen, als versuchte sie, davonzuflattern. Die anderen Damen sahen nicht wesentlich besser aus. Das dynamische Duo, Hildegard Becker und Gabi Weiss, sonst ein Ausbund an Energie und Tatendrang, hing schlaff in einer Ecke, unfähig, auch nur einen Laut von sich zu geben. Ingeborg Diepenthal wischte in hektischer Betriebsamkeit Kaffeepulver vom Boden auf, nachdem sie zuvor die Dose umgestoßen hatte. Ben sah, wie ihre Hände dabei zitterten. Nur Elke wirkte, als sei nichts passiert. Die hatte echt ein Gemüt wie ein Fleischerhund. Lag vielleicht daran, dass sie aussah wie eine Bulldogge. Wenigstens empfand Ben es so.

»Wo ist denn Barbara?« Er blickte sich suchend im Raum um, konnte die Lehrerin jedoch nirgends entdecken.

»Nervenzusammenbruch oder so. Ein Krankenwagen hat sie vor ein paar Minuten abgeholt«, antwortete Elke mit gewohnt süffisanter Stimme.

Etwas in der Art hatte der Konrektor befürchtet. Barbara hatte psychisch schon auf dem letzten Loch gepfiffen, als sie an der Schule angekommen war. Und zu dem Zeitpunkt wusste sie noch gar nicht, was geschehen war. Die Nachricht von Karls Tod hatte ihr wohl den Rest gegeben.

»Ich glaube, sie wollten sie ins Helios-Klinikum nach Barmen bringen. Tannenhof wäre bei der auch mal angebracht.«

Elkes Zeigefinger kreiste um ihre Schläfe, um zu verdeutlichen, dass bei Barbara Ehrhardt-Gonzmann eine Schraube locker und sie in der psychiatrischen Einrichtung im benachbarten Remscheid besser aufgehoben wäre.

Sina Monhaupt, das Nesthäkchen des Kollegiums, stolperte durch die Tür und unterbrach die aufkeimende Diskussion über den geistigen Zustand ihrer labilen Kollegin. Sie schüttelte sich wie ein nasser Hund.

»Meine Güte«, meinte sie, während sie durch den Raum marschierte und dabei ihren Zopf auswrang. »Was ist denn passiert? Überall ist Polizei, die hätten mich beinahe nicht durchgelassen.«

Ben nahm sie hastig beiseite, damit die Kinder nichts mitbekamen, und klärte seine junge Kollegin leise auf. Sinas Augen wurden groß wie Untertassen, ihr Mund formte sich zu einem stummen Oh.

»Lieber Gott«, murmelte sie, als sie die Sprache wiedergefunden hatte. »Weiß man schon, was genau passiert ist?«

Ben schüttelte den Kopf. »Nein. Jedenfalls hat man uns nichts mitgeteilt. Wir harren jetzt der Dinge, die da kommen. Am besten wird sein, wir berufen einen Elternabend ein, damit wir gemeinsam überlegen können, wie es in den nächsten Tagen weitergehen soll, oder was meint ihr?«

»Warum guckst du nicht in den schicken Notfallordner, wenn du ihn schon mitgebracht hast?«, schlug Elke vor.

»Ach ja, den hab ich völlig vergessen«, meinte Ben mit Blick auf das orangefarbene Ungetüm, das immer noch unter seinem Arm klemmte.

Nachdem sich auch an deutschen Schulen die Amokläufe häuften, hatten sich die Politiker die Köpfe rauchig geredet, wie man solche Gräueltaten in Zukunft verhindern könne. Herausgekommen war ein dickes Pamphlet mit Verhaltensregeln im Falle terroristischer Aktivitäten. Es war schon sehr beruhigend zu wissen, was zu tun war, wenn ein Amokläufer durch die Schule tobte. Man griff einfach zum Notfallordner, um damit im Zweifel auf den Attentäter einzuschlagen. Das würde seine Wirkung garantiert nicht verfehlen. Hoffentlich hatten die Damen und Herren auch ein Kapitel eingefügt, das einem verriet, welche Maßnahmen zu ergreifen waren, wenn man seinen Chef ermordet an seinem Schreibtisch vorfand.

Zwei Uniformierte betraten den Raum. Sie sahen sich suchend um und bahnten sich dann einen Weg durch die Kinderschar.

***

Nett ist es hier, dachte Carsten, während er den Wagen durch den Ginsterweg lenkte, wo, laut Dietmar Reinstett, der Sohn von Karl Goebel mit seiner Familie wohnte. Beyenburg war wahrlich ein schönes Fleckchen am Rande von Wuppertal. Im alten Ortskern gab es viele Fachwerkhäuschen, die eine wunderbare Fernsicht mit Blick über den Stausee boten. Es war ein idealer Ort, wenn man gern draußen in der Natur war und auf Altstadtflair stand. Hier oben, nicht weit entfernt von der Schule, standen allerdings hauptsächlich Einfamilienhäuser neueren Datums. Sie waren zwar auch ganz nett, aber wenn man in Beyenburg wohnte, fand Carsten, dann doch stilecht in einem bergischen Haus.

Er stellte den Wagen am Straßenrand ab und machte sich auf die Suche nach der richtigen Hausnummer. Er war schon fast an der Kreuzung zur nächsten Straße angelangt, als er auf ein verlottertes Haus zulief. Das dreieckige Rasenstück rechts davon war seit Monaten nicht gemäht worden, und die teilweise von Efeu umrankte Fassade benötigte dringend einen neuen Anstrich. Der nachträglich an das Haus angebaute Wintergarten hatte seine besten Tage lange hinter sich, da konnte nur noch die Abrissbirne helfen. Alles in allem war das Haus in einem erbärmlichen Zustand.

Dass hier jemand wohnte, war kaum vorstellbar. Die windschiefe Nummer neben der verwitterten Tür zeigte ihm jedoch, dass er sein Ziel erreicht hatte.

Carsten stieg ein paar ausgetretene Stufen hinauf und betätigte den Klingelknopf, über dem ein selbst getöpfertes Schild informierte: Hier wohnen Kalli, Melli und Elli Goebel. Ja, dann. Er lauschte den Klängen von Big Ben, die sein Kommen im Inneren des Hauses ankündigten. Ziemlich imposante Auftrittsmelodie für diese Bruchbude.

Nach wenigen Sekunden öffnete eine junge Frau mit einem Kleinkind auf dem Arm die Tür. Sie machte einen ähnlich nachlässigen Eindruck wie ihr Heim. Sie war etwa Mitte zwanzig, hatte strohiges schwarzes Haar, das ein wenig an ein verlassenes Vogelnest erinnerte, und trug einen grobmaschigen Pullover, der ihre stattlichen Ausmaße nur unzureichend kaschierte. Die ausgebeulte Jogginghose rettete den Gesamteindruck auch nicht mehr. Ihr Gesicht war eigentlich ganz hübsch, wirkte aber irgendwie aufgedunsen und ein wenig teigig. Carsten musste unwillkürlich an den Pfefferkuchenmann denken. Sein Magen begann zu knurren. Das kleine Mädchen auf dem Arm der Frau lutschte hingebungsvoll an einem Schokoladenriegel und gab zufriedene Grunzlaute von sich. Sein rundes Gesichtchen hatte er erst vorhin auf dem Foto in Goebels Geldbörse gesehen, wenn auch nicht von Schokolade verschmiert.

Die junge Frau starrte Carsten mit großen Augen von oben bis unten an, als wollte sie ihn mit ihren Blicken verschlingen, gab aber keinen Ton von sich. Der Hauptkommissar nestelte umständlich in seiner Jackentasche, um seinen Dienstausweis hervorzuziehen.

»Hauptkommissar Carsten Kantner von der Kriminalpolizei Wuppertal«, stellte er sich vor.

Die Frau glotzte ihn weiterhin stumm an. Vielleicht war sie noch mit der Verdauung des letzten Besuchers, der es gewagt hatte, bei ihr zu läuten, beschäftigt.

»Und Sie sind ...?«, versuchte er es erneut.

Endlich schien sie sich an ihm sattgesehen zu haben, denn sie begann tatsächlich zu sprechen.

»Oh, Entschuldigung, wie unhöflich. Melli Goebel, die Schwiegertochter von dem Ermordeten.«

Carsten blickte die Frau irritiert an. Woher zum Teufel wusste sie von dem Mord?

9

Kommissaranwärter Lukas Maier stand vor Karl Goebels Haus und pustete nervös in seine steif gefrorenen Hände. *Tief durchatmen*, sagte er sich. *Du schaffst das.* Aber er konnte nicht umhin zu erkennen, dass ihm der Hintern gewaltig auf Grundeis ging. Er durfte sich keinen Fehler mehr erlauben. Das Erlebnis vorhin hatte ihm gereicht. Gerade noch rechtzeitig hatte er es auf die Toilette geschafft. Natürlich war er sich der Peinlichkeit der Situation mehr als bewusst, aber es ließ sich nicht mehr ändern. War es nicht außerdem normal, dass einem Polizisten an seinem ersten Tatort schlecht wurde? Das konnte man ihm doch wirklich nicht ankreiden. Oder würde Kantner ihm daraus wieder einen Strick drehen? Seinen Fauxpas mit der DNA-Probe letzte Woche hatte er jedenfalls genüsslich im Präsidium herumerzählt. Seitdem mussten seine Kollegen immer niesen, wenn er in der Nähe war. Wirklich witzig.

Lukas wusste, dass alle heimlich über ihn lachten und ihn hinter seinem Rücken den kleinen Hobbit nannten. Wahrscheinlich wunderten sie sich, wie der legendäre, oft kopierte, selten erreichte Ludwig Maier einen solch mickrigen

Sprössling hatte zeugen können. Lukas ahnte, dass der sich das selbst auch häufiger fragte, und er wollte ihm und allen anderen beweisen, dass er ebenso gut war wie sein Vater. Nein, besser sogar. Nur aus diesem einen Grund war er Polizist geworden. Wenn man ihm bloß nicht immer Steine in den Weg legen würde. Es war schon schwer genug für ihn, nicht ständig über die eigenen Füße zu stolpern, da waren Hindernisse auf seinem Weg nicht besonders hilfreich.

Die größte Hürde, die es zu erklimmen galt, würde vermutlich Carsten Kantner sein. Warum musste Maier ausgerechnet ihm zugeteilt werden? Kantner wirkte immer übellaunig und hatte einen starken Hang zum Sarkasmus. Mit solchen Menschen konnte Lukas gar nicht umgehen. Sie machten ihn unsicher und verleiteten ihn dazu, Fehler zu machen. Noch mehr Fehler als üblicherweise.

Warum hatte Kantner ihn eigentlich hierher geschickt? Wahrscheinlich, weil er ihn aus dem Weg haben wollte. Sollte er jetzt hier vor dem Haus warten, bis – ja bis was? Er festgefrorenen war? Das Spurensicherungsteam eintraf? Er trat leicht unschlüssig von einem Fuß auf den anderen, unsicher, was von ihm erwartet wurde. Vor den Fenstern im Erdgeschoss waren die Jalousien heruntergelassen, er konnte also keinen unverfänglichen Blick ins Innere des Hauses werfen. Er ging zur Eingangstür und rüttelte am Knauf. Abgeschlossen, natürlich.

Er ging an der Haustür vorbei zur Garage und drehte am Griff des Tors, doch es ließ sich nicht öffnen. Er lief weiter bis zu einer eisernen Pforte, die vermutlich in den Garten führte, und drückte die Klinke herunter. Auch verschlossen. Und es gab keine Möglichkeit, darüber zu klettern. Lukas wandte sich um und kratzte sich ratlos am Kopf. Er ging den Weg zurück, am Haus vorbei zur nächsten Seitenstraße und folgte ihr einige Meter, bis er einen Sportplatz am Waldrand erreichte. Auf dem Parkplatz davor standen zwei Autos, doch es war weit und breit niemand zu sehen. Wahrscheinlich drehten die Besitzer eine Joggingrunde durch den Wald. Oder führten ihre Hunde Gassi.

Er überquerte den Platz und schlug sich durch die Büsche rechts davon, bis er auf der Rückseite von Goebels Grundstück stand. Lediglich ein kleiner Jägerzaun und einige verkümmerte Buchsbäume trennten ihn vom Garten. Er kletterte über den Zaun, schob die Bäumchen auseinander und lief über den Rasen bis zur Terrasse.

Hier waren die Jalousien nicht heruntergelassen. Die Terrassentür stand sperrangelweit offen. Lukas fuhr der Schreck in die Glieder. Jemand war ins Haus eingedrungen. Jemand, der vermutlich denselben Weg genommen hatte wie er selbst gerade. Der junge Polizist betete, dass er keine Beweise zertrampelt hatte und steckte vorsichtig den Kopf durch die Terrassentür, um in das Zimmer zu schauen. Auf dem Boden lagen Scherben. Der Täter musste das Glas eingeschlagen haben.

Aus dem Augenwinkel nahm er eine Bewegung wahr. Er verspürte einen kurzen Luftzug, dann krachte etwas gegen seinen Kopf. Rückwärts auf die Terrasse taumelnd, stolperte er über einen der Gartenstühle und schlug im Fallen mit dem Hinterkopf auf den Holztisch auf. Das Letzte, was er hörte, war das Knirschen von Glas unter Schuhsohlen.

***

Carsten ließ seinen Blick durch das Wohnzimmer der Familie Goebel junior schweifen. Sofern man dieses Durcheinander aus Kinderspielzeug, Essensresten und Strickzeitschriften nebst Wollknäueln als Wohnzimmer bezeichnen konnte. Die Möbel waren alt, kein Stück passte zum anderen, und die Wände warteten sehnsüchtig auf einen neuen Anstrich. Wie konnte man sich hier wohlfühlen? Er ließ sich auf dem Sofa nieder, dessen Bezug an einigen Stellen eingerissen und notdürftig geflickt worden war. Die Sprungfedern bohrten sich unangenehm in seinen Hintern.

Er hörte, wie sich ein Schlüssel im Schloss drehte. Kurz darauf öffnete sich die Haustür und wurde geräuschvoll wieder zugeworfen.

»Das wird mein Mann sein, ich hab ihn vorhin auf dem Handy angerufen, um ihn zu informieren, dass sein Vater …«, rief Melanie und wollte aufspringen.

Doch Kalli Goebel hatte das Wohnzimmer schon betreten. Er sah aus, als hätte er gerade einen Marathon hinter sich gebracht. Als er den Besucher auf seinem Sofa bemerkte, zuckte er kurz zusammen und warf seiner Frau einen fragenden Blick zu.

»Die Polizei«, erläuterte sie und deutete auf Carsten.

Kalli nickte und wischte sich mit der linken Hand über das verschwitzte Gesicht. Er war vielleicht Ende zwanzig, sah aber wesentlich älter aus. Um seine zu schmalen Lippen bildeten sich bereits die ersten Falten, die grauen Augen lagen tief in den Höhlen. Im Vergleich zu seiner Frau wirkte Karl junior klein und ausgemergelt in seinem schlechtsitzenden grauen Anzug und dem zerknitterten Hemd. Wahrscheinlich futterten Melli und Elli ihm alles weg. Da war das Essen dann für Kalli alli. Carsten biss sich auf die Zunge und erhob sich, um den Hausherrn zu begrüßen. Jetzt nur nicht lachen, das war gerade gar nicht angebracht.

»Hauptkommissar Carsten Kantner von der Kripo Wuppertal.« Er schüttelte dem jungen Mann die Hand, die zwar eiskalt aber trotzdem schweißnass war. Sie fühlte sich an wie ein glitschiger Aal.

»Sehr, äh, ›erfreut‹ ist, glaube ich, das falsche Wort«, meinte Karl Goebel junior und bedeutete Carsten mit einer schlaffen Geste, wieder Platz zu nehmen. Er selbst zog sich einen der klapprigen Esstischstühle heran.

»Ja, es tut mir sehr leid. Sicherlich war es ein fürchterlicher Schock für Sie.«

»Das war es«, bestätigte Melanie für ihren Mann.

Sie versuchte, eine betroffene Miene aufzusetzen, was ihr gründlich misslang. Die Tragödie, die so unvermittelt über die Familie hereingebrochen war, schien sie eher in einen Freudentaumel zu versetzen. Kalli hingegen starrte apathisch auf seine schmutzigen Schuhe.

»Es tut mir leid, aber ich muss Ihnen ein paar unangenehme und sicher auch schmerzhafte Fragen stellen«, setzte Carsten an.

»Nur zu, Herr Hauptkommissar!« Karl junior riss sich aus seiner Lethargie und nickte Carsten aufmunternd zu. »Wir werden versuchen, Ihnen, so gut es geht, bei Ihren Ermittlungen zu helfen. Schließlich wollen wir alle, dass der Mensch, der das getan hat, seine gerechte Strafe erhält. Die arme Elli, sie hing so sehr an ihrem Opa.«

Im Moment hing die arme Elli eher wie ein Schluck Wasser in der Kurve auf dem Schoß ihrer Mutter und machte Verrenkungen wie ein Akrobat vom chinesischen Staatszirkus, um an die Kekse heranzukommen, die in einer Plastikdose auf dem Couchtisch standen.

»Entschuldigen Sie, ich raube Ihre kostbare Zeit«, fuhr Kalli mit schleppender Stimme fort.

»Aber nicht doch«, versicherte Carsten höflich. »Lassen Sie sich alle Zeit der Welt. Vielleicht beginnen Sie damit, mir etwas über Ihren Vater zu erzählen.«

»Wo soll ich da nur anfangen?« Kalli schüttelte den Kopf

und musste einige Sekunden nachdenken. »Er war immer sehr beschäftigt mit seiner Schule. Sie war sozusagen sein drittes Kind, dem er die meiste Zeit widmete. Da blieb für uns nicht viel übrig.«

Seine Lippen formten sich zu einem dünnen Strich und Carsten sah dem Sohn des Opfers die Verbitterung über die fehlende väterliche Fürsorge deutlich an.

»Ja, die Schule war sein liebstes Kind, das einzige, das seiner Meinung nach keine Enttäuschung für ihn gewesen war«, fügte Melanie boshaft hinzu und schlug sich schnell mit der Hand auf den Mund, als hätte sie sich die Zunge verbrannt.

Ihr Mann kniff die Augen zusammen und fixierte sie. Er sah aus, als würde er ihr am liebsten den Mund zukleben. Melli stand hastig auf, entschuldigte sich mit den Worten, dass sie jetzt einen schönen Kaffee machen gehe, und verließ den Raum mit der protestierenden Elli, die gerade kurz vor der Enterung des ersten Kekses stand.

»Wo war ich?« Kalli hatte böse die Wohnzimmertür angestarrt, durch die seine Frau verschwunden war, nun richtete er seinen Blick an die Decke, als stünde dort ein Text geschrieben, den er ablesen konnte. »Mein Vater war ein Perfektionist. Er hatte seine eigenen Vorstellungen, wie etwas zu laufen hat und setzte alles daran, seine Ideen umzusetzen. Wenn man nicht so spurte, wie er es sich vorstellte, ... na ja.«

Er verstummte und verfiel wieder in dumpfes Brüten. Anscheinend war die Beziehung zwischen Vater und Sohn recht angespannt gewesen. Carsten lehnte sich nachdenklich auf dem Sofa zurück. Nach allem, was er gehört hatte, schien der alte Karl Goebel kein besonders sympathischer Zeitgenosse gewesen zu sein. Offenbar hatte er von anderen stets erwartet, nach seiner Pfeife zu tanzen. Und gestern Abend war jemand aus der Reihe getanzt. Wenn er Kalli Goebel so betrachtete, konnte er sich nicht vorstellen, dass der den nötigen Mumm dafür aufbringen würde. Aber man konnte nie wissen.

»Entschuldigen Sie die nächste Frage, aber ich muss sie routinemäßig stellen: Wo waren Sie gestern Abend?«

»Na, zu Hause, wo sonst? Seit Elli auf der Welt ist, haben wir nicht mehr viel Gelegenheit auszugehen. Einen Babysitter können wir uns nämlich nicht leisten, und Karl hätte ja nie freiwillig auf seine Enkelin aufgepasst. Jedenfalls nicht, um uns einen Gefallen zu tun.«

Melanie Goebel war ohne Elli, aber mit einem Tablett, auf dem ein paar angestoßene Becher und eine Warmhaltekanne standen, ins Wohnzimmer zurückgekehrt und hatte für ihren Mann geantwortet. *Befürchtete sie, er könnte etwas Falsches sagen?*, fragte sich Carsten. Kalli betrachtete wieder eingehend seine Schuhe und nickte dann langsam.

Wenn das mal keine faustdicke Lüge war, wusste Carsten auch nicht mehr weiter. Einer der beiden war gestern Abend nicht zu Hause, darauf würde er ein Jahresgehalt verwetten. Allerdings konnte er nicht sagen, wer von beiden. Ihm persönlich gefiel die Vorstellung von der dicken Melli Goebel, die wie eine Furie auf ihren Schwiegervater eindrischt.

»Wie ich hörte, haben Sie noch einen Bruder?«, wechselte er das Thema, weil er spürte, dass er an dieser Stelle vorerst nicht weiterkommen würde.

Kalli nickte betrübt. »Philipp. Er ist einige Jahre jünger als ich und studiert an der Uni Wuppertal. Aber er wird Ihnen nicht weiterhelfen können. Er hat gar keinen Kontakt mehr zu unserem Vater.«

»Weshalb?«

Der junge Mann hob entschuldigend die Arme. »Keine Ahnung. Sie haben sich nie sonderlich gut verstanden. Philipp ist ein künstlerischer Typ, da kann … konnte Vater gar nichts mit anfangen. Wahrscheinlich ging es um Philipps Freund.«

»Das ist nur zu verständlich«, fuhr Melli dazwischen. »Der Typ benimmt sich wie der liebe Herrgott persönlich. Philipp hat ihn einmal zu einer Familienfeier mitgebracht. Ein fürchterlicher Kerl. Er hat eine Galerie in der Luisenstraße oder so. *Art G.*« Sie rümpfte angewidert die Nase, als handelte es sich bei besagter Galerie um ein Bordell. »Wenn ich jemandem eine solche Tat zutraue, dann dem«, fügte sie mit Nachdruck hinzu.

Meine Güte, klang diese Frau verbittert, ging es Carsten durch den Kopf. *Die hatte ja an jedem Mann etwas auszusetzen.* Kalli zog die Stirn kraus und warf seiner Frau einen warnenden Blick aus den Augenwinkeln zu.

»Wie heißt der Herr?«, wollte Carsten wissen.

»Arndt«, erwiderte Kalli. »Weiter weiß ich nicht mehr.«

»Und die Adresse Ihres Bruders?«

Kalli zuckte mit den Schultern. »Seit er sich mit Vater überworfen hat, wohnt er in einem der Studentenwohnheime. Falls er nicht inzwischen mit diesem Arndt zusammenlebt.«

»Handynummer?«

Das Ehepaar sah sich ratlos an. Eine Handynummer hätten sie nicht, bedauerten sie. Der Kontakt sei halt nicht so eng. Ziemlich seltsame Familienverhältnisse, dachte Carsten, der sich nicht vorstellen konnte, ohne seine Eltern oder seine Schwester auskommen zu müssen. Auch wenn sie ihm manchmal auf die Nerven gingen.

Er bedankte sich und beschloss, die beiden vorerst in Ruhe zu lassen. Viel würde er von ihnen nicht mehr erfahren.

Er verfluchte im Stillen die Buschtrommeln, die den beiden schon vor seinem Erscheinen die frohe Kunde von Goebels gewaltsamem Ende verkündet hatten. So hatten sie sich ihre Ausreden schön zurechtlegen können, auch wenn die Absprachen untereinander seiner Ansicht nach mehr als dürftig ausgefallen waren. Er quälte sich aus der Couch und murmelte ein paar Worte des Bedauerns, nicht zum Kaffee bleiben zu können. Ein Blick in die schlecht gespülten Becher hatte ihm gereicht. Seine beiden Gastgeber schienen sichtlich erleichtert über den Aufbruch und begleiteten den Polizisten zur Tür. Carsten reichte Kalli eine Visitenkarte.

»Falls Ihnen noch etwas einfallen sollte«, erklärte er.

Kalli und Melli ohne Elli blieben im Türrahmen stehen und warteten, bis er aus ihrem Blickfeld verschwunden war.

10

Arndt Giercke stand am Empfangstresen seiner Kunstgalerie und blätterte frustriert in einem Katalog. Den ganzen Morgen hatte sich kein einziger Kunstinteressierter hierher verirrt. So ging das schon seit Monaten. Ende des letzten Jahres hatte er die Monet-Ausstellung im Von der Heydt-Museum in der Innenstadt nutzen wollen, um ein bisschen Werbung für seine Galerie zu machen. Er hatte einen attraktiven Studenten Werbeflyer der Galerie an die Besucher verteilen lassen, die täglich in kilometerlangen Schlangen vor dem Museum auf Einlass warteten. Tatsächlich war der eine oder andere neugierige Tourist daraufhin in sein Geschäft gepilgert. Leider konnte sich keiner von ihnen dazu durchringen, die horrenden Preise zu zahlen, die er für die Kunstwerke verlangte. Dabei waren sie jeden Cent wert. Doch die Leute kauften lieber billige Nachdrucke im Museumsshop. Kunstbanausen allesamt, aber was konnte man anderes erwarten? Was den attraktiven Studenten anging ... Es dauerte nicht lange, bis Giercke ihn in sein Bett locken konnte. Zumindest in dieser Hinsicht waren seine Bemühungen von Erfolg gekrönt gewesen.

Als die Ausstellung Ende Februar zu Ende ging, verirrte sich kaum mehr jemand in den Laden. Er stand kurz vor der Pleite, als ihm im Sommer dieses unglaublich verlockende Angebot ins Haus flatterte. Doch damit waren die Probleme erst richtig losgegangen. Seitdem schlief er kaum noch eine Nacht durch, und das lag nicht an dem attraktiven Studenten. Jedenfalls nicht mehr.

Arndt klappte den Katalog rasch zu, als die melodische Türglocke ertönte und potentielle Kundschaft ankündigte. Er reckte sich zu seiner vollen Größe von einem Meter siebzig auf, rückte das gelbe Tüchlein zurecht, das in der Brusttasche seines blauen Samt-Jacketts steckte, und setzte ein strahlendes Lächeln auf.

»Ach, du bist es«, maulte er enttäuscht, als er seine Geschäftspartnerin Franziska erkannte.

Draußen schüttete es wie aus Kübeln. Die junge Frau fegte einige Tropfen von ihrem roten Lackmantel und fuhr sich mit den Fingern durch ihr langes blondes Haar. Anschließend stolzierte sie wie ein Laufsteg-Model quer durch den Ausstellungsraum auf ihn zu, wobei ihre Stilettos bei jedem Schritt auf dem Parkettboden klackten. Arndt stellten sich jedes Mal die Nackenhaare auf, wenn er daran dachte, wie sie mit ihren verfluchten Pfennigabsätzen den teuren Boden ruinierte. Doch ein ruinierter Parkettboden war inzwischen die geringste seiner Sorgen, und das war allein ihre Schuld.

Es war die dümmste Idee seines Lebens gewesen, einen Teilhaber für die Galerie zu suchen. Doch sein chronischer Geldmangel hatte ihm kaum eine Wahl gelassen, und das Angebot, das sie ihm machte, war auf den ersten Blick grandios gewesen. Sie würde eine stille Teilhaberin sein, hatte sie behauptet. Er habe weiterhin das Sagen und könne alle Entscheidungen allein treffen. Das hatte ihn letztes Endes überzeugt.

Eigentlich hätte er sofort wittern müssen, dass an der Sache etwas faul war. Niemand war derart großzügig, ohne einen Hintergedanken zu verfolgen. Doch er hatte nur an das Geld denken können, das sie investieren wollte. Als er seinen Irrtum erkannte, war es zu spät. Er saß in der Falle. Traue niemals einer schönen Frau, hatte sein Vater ihn gewarnt. Man sollte immer auf seinen Vater hören, doch Arndt hätte nie gedacht, dass ausgerechnet er einmal auf eine schöne Frau hereinfallen würde. Und schön war sie, gar keine Frage. Sie hatte selbst ihn beeindruckt, und das war gar nicht so einfach. Ein blonder Engel, der vom Himmel gefallen schien, um ihn zu retten. Geradewegs in die Hölle hatte sie ihn gelockt. Es gab nun einmal keine Engel. Nur böse Hexen, die sich als Engel verkleideten.

»Was willst du hier?«, meckerte er statt einer Begrüßung.

»Karl Goebel ist ermordet worden«, platzte sie heraus.

Arndt klappte die Kinnlade herunter. Er schob sich die Brille in die Stirn und starrte sie fassungslos an.

»Wie, ermordet? Von wem?«

»Jetzt tu nicht so erschüttert«, giftete Franziska.

»Wer wäre denn bei so einer Nachricht nicht erschüttert?«, entgegnete Arndt beleidigt.

»Wirklich? Das hätte ich jetzt nicht gedacht.« Sie beäugte ihn mit unverhohlenem Misstrauen.

»Was willst du denn damit sagen?«

Franziska winkte ab. »Nichts, vergiss es. Ich hab versucht, Philipp zu erreichen, aber sein Handy ist mal wieder ausgeschaltet.«

Arndt runzelte die Stirn. Alles, was mit Philipp zu tun hatte, durfte ihn nicht mehr interessieren, und sie wusste genau, weshalb. Das war auch eine Sache, die ihn auf die Palme brachte. Warum musste sie sich ausgerechnet mit seinem Liebhaber anfreunden? Gab es keine anderen Männer auf der Welt? Er hatte geahnt, dass es nur Ärger bringen würde. Und er sollte wie immer Recht behalten.

»Es wird bestimmt ein Schock für ihn sein, wenn er davon erfährt«, fuhr Franziska fort.

»Wieso sollte es?«, erwiderte Arndt mitleidlos. »Er hatte doch keinen Kontakt mehr zu Goebel. Und wenn er wüsste, was sein Vater ihm angetan hat, würde er dem Täter vermutlich noch das Mörderhändchen schütteln.«

Franziska wurde bleich.

»Was hast du?«, fragte er.

Sie schüttelte den Kopf. »Nichts«, meinte sie wenig überzeugend.

»Du hast es ihm doch nicht etwa gesagt?«, forschte er.

Sie lächelte nervös. »Nein ... ich ... nun, vielleicht habe ich eine Andeutung gemacht.«

Arndt schlug wütend mit der Hand auf die Ladentheke. »Hast du komplett den Verstand verloren? Hast du mit deinem losen Mundwerk nicht schon genug angerichtet?«, schrie er. »Warum rufst du nicht gleich bei der Wuppertaler Rundschau an und erzählst es denen auch noch?«

Franziska hob beschwichtigend die Hände. »Ich habs ihm doch gar nicht erzählt«, versicherte sie. »Also, nicht so richtig. Er weiß lediglich, dass Karl von dir verlangt hat, dich von ihm zu trennen, aber nicht, warum.«

»Ach, das ist alles. Da bin ich ja beruhigt«, erwiderte Arndt sarkastisch. »Und was ist, wenn er seinen Alten deswegen zur Rede gestellt hat? Oder Schlimmeres?«

Die beiden blickten sich unsicher an. Was, wenn es tatsächlich so gewesen war?

* * *

Sophie war nach Hause gefahren, hatte sich umgezogen und etwas frisch gemacht, bevor sie sich auf den Weg zur Mördergrube machte. Sie hatte die kleine Buchhandlung, in der es alles rund um das Thema Krimi zu kaufen gab, vor drei Jahren gemeinsam mit ihrem besten Freund und Studienkollegen Robert Werbeck eröffnet und sich damit einen lang gehegten Traum erfüllt. Mittlerweile hatte sich die Adresse im Luisenviertel, nahe der Elberfelder Innenstadt, zu einem Geheimtipp für alle Krimi-Begeisterten entwickelt.

Sie stiefelte zur Schwebebahnstation an der Völklinger Straße, um mit dem Wuppertaler Wahrzeichen die vier Stationen bis zur Ohligsmühle zu schweben. Die Schwebebahn war proppenvoll, und sie war heilfroh, als sie wieder aussteigen durfte. Bei ihrer Größe kam sie kaum an die Haltegriffe heran, wurde von nicht besonders rücksichtsvollen Mitmenschen gern übersehen und beinahe niedergetrampelt. Als wäre sie unsichtbar. Sie hasste das. Carsten hätte ihr ruhig ein paar Zentimeter übriglassen können. Zum Glück war es draußen wenigstens so kalt, dass ihre Mitfahrer in mehrere Schichten Kleidung gehüllt waren und sie somit nicht gezwungen war, mit dem Gesicht in den behaarten Achselhöhlen irgendeines ungewaschenen Machos im Muskelshirt zu stecken. Man musste immer das Positive sehen.

Sie flanierte, mit einem weiteren Wahrzeichen Wuppertals, dem Regenschirm, bewaffnet, durch das Luisenviertel.

Das Gerücht, demzufolge die Babys in Wuppertal mit einem Regenschirm zur Welt kamen, hielt sich hartnäckig, ließ sich aber bis heute nicht belegen. Ihre Mutter behauptete allerdings, bei Carstens Geburt habe es sich zumindest so angefühlt, als hätte er ein aufgespanntes Schirmchen bei sich gehabt.

Als sie die Mördergrube betrat, verriet ihr ein kurzer Blick auf das Chaos, das sich quer über den Raum verteilte, dass Robert damit beschäftigt war, die neu eingetroffene Weihnachtsdekoration auszupacken. Im Laden sah es aus, als hätte der Nikolaus kurz Halt gemacht und einfach alles vom Schlitten geworfen. Einen Preis als bester Innenausstatter würde Robert garantiert nicht gewinnen. Der Ärmste war gerade dabei, ihre Stammkundin Frau Hamacher zu beruhigen, die unablässig auf ihn einredete, wobei der Plümmel ihrer gelben Strickmütze heftig hin und her wackelte.

Sophie grinste breit, als Robert, der sie sofort bemerkt hatte, ihr über den Rand seiner Nickelbrille hinweg einen flehenden Blick zuwarf. Auf seiner Stirn bildeten sich Mitleid erregende Dackelfalten, was so viel hieß wie ›Bitte rette mich!‹. Von wegen! Sie winkte ihm kurz zu und hastete in die Kaffeeküche im hinteren Bereich des Ladenlokals, ehe Frau Hamacher sie entdecken konnte. Sollte Robert sich mal schön allein mit ihr plagen. Der pickte sich sonst immer nur die Rosinenkunden heraus.

Sie nahm ihren Lieblingsbecher aus dem Regal, goss sich einen Kaffee ein und wartete in der Deckung darauf, dass die alte Dame sich endlich für eines der Bücher, die Robert ihr mehr oder minder geduldig präsentierte, entscheiden würde.

11

Als Carsten Karl Goebels Adresse in das Navigationsgerät eingab, stellte er fest, dass der Schulleiter quasi bei seinem Sohn um die Ecke wohnte. Er ließ den Wagen stehen und ging das kurze Stück zu Fuß. Beim richtigen Haus angekommen, sah er sich irritiert um. Wo war Kollege Maier abgeblieben? Hatte er sich auf dem kurzen Weg von der Schule bis hierher etwa verfahren? So dämlich konnte doch noch nicht mal er sein. Andererseits war der Knabe ziemlich schusselig. Erst letzte Woche hatte er auf die DNA-Probe eines Verdächtigen geniest. Wer konnte da schon sagen, wo er hingefahren war. Vielleicht irrte er mittlerweile durch Radevormwald.

Er ging ein paar Schritte die Straße entlang, bis er den Wagen seines Kollegen entdeckte. Also hatte Maier doch hierher gefunden. Er beugte sich hinunter, um einen Blick durch das Seitenfenster zu werfen. Im Auto saß niemand. Vor dem Haus stand Maier aber auch nicht. Ob er einen Weg hineingefunden hatte?

Carsten ging zurück. Auf der anderen Straßenseite bemerkte er einen alten Mann, der ungeduldig mit seinem Gehstock auf die Pflastersteine pochte.

»Sind Sie vonne *Polizei*?«, rief er mit krächzender Stimme.

Carsten überquerte die Straße und stellte sich vor. Der alte Mann studierte akribisch den Dienstausweis.

»Dat wed abber auch *Zeit*, dat sich mal einer kümmert. Ich hab schon vor 'ner halben *Ewichkeit* angerufen.« Als der Hauptkommissar fragend die Brauen hob, fuhr der alte Mann fort. »Na, wegen, weil hier so ein Junge *rumgelungert* hat. Der hat bei meinem Nachbarn gegenüber an allen Türen gerüttelt. Irgendwann isser de Straße runtergegangen.

Un da habbich gedacht, der versuchdet getz *bestimmt* von hinten. Un deshalb habbich angerufen. Abber so lange, wie *dat* schon her is, is der längst übber alle Berge mit sein Diebesgut.«

»Na, jetzt bin ich ja da, Herr …«

»Dat wed auch Zeit«, wiederholte der Alte. »Geiermann, *Kucht* Geiermann.«

Carsten betrachtete den alten Mann, bei dem der Name Programm zu sein schien. Aus seinem verschrumpelten Gesicht, das fatal an eine Rosine erinnerte, stach die viel zu große, krumme Nase wie ein Schnabel hervor. Die konnte man bestimmt prima in fremde Angelegenheiten stecken. Der Kopf saß auf einem langen, dürren Hals, und die paar fusseligen, weißen Haare, die erstaunlich wirr vom Kopf des Alten abstanden, erinnerten den Kommissar fatal an einen der Geier aus dem ›Dschungelbuch‹.

»Der Junge, den Sie gesehen haben, war wahrscheinlich mein Kollege«, erklärte er.

Geiermann wackelte mit dem Kopf. »So sah der abber *nich* aus. Der hatte so 'ne blaue Strickmütze mit Ohrenklappen aufm Kopp. Wie sieht *dat* denn bitte aus? So wat trächt doch kein Polizist.«

»Glauben Sie mir, es war mein Kollege«, bestätigte Carsten und gab Geiermann insgeheim recht. Aber immerhin war die Mütze blau.

»Wen die heutzutage alles zur *Polizei* lassen. Da wundert et einen nich, dat dat überhand nimmt mitte Verbrecher. Wieso wollte *der* denn eigentlich in dat Haus? Hat der Goebel wat *verbrochen*? Wundern tät mich dat ja nich.« Er hatte die Stimme zu einem vertraulichen Flüstern gesenkt, und seine Augen glänzten sensationslüstern.

»Nein, nein, keine Sorge. Gehen Sie nur wieder ins Haus.«

Ein Gespräch mit dem alten Herrn wäre sicherlich interessant, aber im Moment erschien es Carsten wichtiger, den Kollegen Maier ausfindig zu machen. »Vielleicht darf ich später noch vorbeischauen und Ihnen einige Fragen stellen?«

»Na, wenn Se meinen. Der Goebel hat übrigens einen Schlüssel da in dem Blumenpott versteckt.«

Kurt Geiermann deutete mit seinem Stock auf einen Pflanzenkübel mit einem verdorrten Buchsbaum. Dann schlurfte er kopfschüttelnd zurück in sein Haus.

Carsten wartete einige Augenblicke, bis sich die zerschlissene Gardine hinter einem der Fenster bewegte. Natürlich ließ der Alte es sich nicht entgehen, wenn in seiner Straße endlich mal etwas los war. Erstaunlich genug, dass er sich so schnell hatte abwimmeln lassen. Er ging zur Eingangstür von Goebels Haus und wühlte ein wenig in der trockenen Erde der ehemaligen Grünpflanze herum, bis er einen Schlüssel ertastete. Er schloss auf und betrat einen schmalen Flur, der im Dunkeln lag.

»Maier?«, rief er in den Raum hinein.

Keine Antwort. Carsten betrat das erste Zimmer zu seiner Linken und betätigte den Lichtschalter neben der Tür. In dem Raum stand kein Ding mehr an seinem vorgesehenen Platz. Dem Hauptkommissar stellten sich die Nackenhaare auf. Irgendetwas stimmte hier nicht. Das war nicht das kreative Chaos eines unordentlichen Menschen. Er zog seine Waffe und entsicherte sie, dann warf er einen vorsichtigen Blick hinter die Tür. Hier war niemand. Weder Maier noch ein Eindringling. Er verließ das Zimmer, ging den Flur entlang und untersuchte die Küche rechts von ihm. Doch auch dort gab es nichts Interessantes zu entdecken. Schließlich öffnete er langsam die Tür am Ende des Flurs und fand sich

im Wohnzimmer wieder. Die Polster des Sofas lagen aufgeschlitzt auf dem Boden, in der Glasvitrine neben der Couch
herrschte gähnende Leere. Dafür lagen einige Pokale auf
dem Boden davor. Auf der gegenüberliegenden Seite gaben
ein bodentiefes Fenster und eine Terrassentür den Blick auf
den Garten frei. Die Tür stand offen. Carstens Blick wanderte nach draußen.

»Scheiße!«

***

Vanessa Schneider nahm den dicken Umschlag entgegen
und drückte dem Fahrradkurier ein Trinkgeld in die Hand.
Sie klemmte sich den Umschlag unter den Arm, nahm ein
Tablett, auf dem eine Thermoskanne Kaffee, eine Tasse und
eine Schale mit Gebäck standen, von ihrem Schreibtisch
und ging ins Büro ihres Chefs.

Peter Siebenhausen schob hastig eine Schublade zu, als sie
das Zimmer betrat. Vanessa verzog verächtlich die Mundwinkel. Als ob sie nicht wüsste, dass ihr Chef über den
Tag verteilt immer wieder eine Flasche Whisky aus seinem
Schreibtisch hervorzauberte, um sich einen hinter die Binde
zu gießen. Es war albern von ihm, das vor ihr zu verbergen.
Als würde sie seine Fahne nicht riechen, wenn er hinter sie
trat, um einen Blick auf ihren Bildschirm zu werfen. Oder
vorzugsweise in ihre Bluse. Seitdem sie sein Interesse an
ihrem Ausschnitt bemerkt hatte, trug sie nur noch hoch-
geschlossene Oberteile. Mittlerweile kam sie so trutschig
daher, dass man meinen konnte, sie stünde kurz vor der
Rente und hätte nicht gerade erst die Dreißig überschritten.
Sie bemühte sich, möglichst unattraktiv zu erscheinen, was
Siebenhausen jedoch nicht davon abhielt, sie weiterhin unauffällig zu betatschen. Wenn sie den Job nicht so dringend
bräuchte, hätte sie schon längst das Weite gesucht.

»Ihre Frau hat angerufen, bevor Sie gekommen sind«, informierte sie ihn, während sie das Tablett auf seinem Schreibtisch abstellte. Dabei vermied sie es, ihn anzusehen. Sein Anblick widerte sie an. Alles an ihm widerte sie an. Sein aufgedunsenes Gesicht, sein anzügliches Grinsen, seine dicken Pranken mit den Wurstfingern. Die vor allem.

»Was wollte sie?«, fragte er mit mäßigem Interesse.

»Sie klang ziemlich aufgeregt. Wenn ich sie richtig verstanden habe, ist der Rektor an der Schule Ihres Sohnes zu Tode gekommen.«

Siebenhausen hob eine Augenbraue. »Tatsächlich?«, hakte er nach.

Es klang weniger überrascht, als vielmehr erfreut, fand Vanessa. Auf keinen Fall war er über die Neuigkeit erschüttert, wie es jeder wäre, der vom plötzlichen Ableben eines Bekannten erfährt. Sie nickte beklommen. Siebenhausen zog die Schublade seines Schreibtischs wieder auf und nahm nun doch die Whisky-Flasche heraus.

»Auch einen? Auf den Schreck?«

Er schwenkte die Flasche einladend vor ihrer Nase hin und her. Sie lehnte dankend ab. Siebenhausen zuckte gleichgültig mit den Schultern und schenkte sich ein Glas ein.

»Weiß man schon, was passiert ist?«, fragte er beiläufig, während er sich bemühte, nichts zu verschütten. Lag es daran, dass er sich heute schon den einen oder anderen Schluck genehmigt hatte, oder war das Zittern seiner Hände ein Indiz dafür, dass er den erforderlichen Alkoholpegel noch nicht erreicht hatte? Oder war er doch erschrockener, als es den Anschein hatte?

»Er wurde in seinem Büro gefunden«, berichtete Vanessa Schneider. »Offenbar ermordet. Mehr wusste Ihre Frau nicht. Sie hat um Ihren Rückruf gebeten.«

Siebenhausen machte eine wegwerfende Handbewegung und trank zugleich sein Glas in einem Zug leer. »Nein, da hab ich jetzt keinen Nerv zu. Ich melde mich später bei ihr. Sie können Mittagspause machen.«

Vanessa Schneider verließ das Büro und kehrte zu ihrem Schreibtisch zurück. Siebenhausen war ganz schön abgebrüht. Er hätte wenigstens so tun können, als sei er vom Tod des Schulleiters seines Sohnes betroffen. Sie selbst hätte fast angefangen zu heulen, dabei kannte sie Goebel noch nicht einmal persönlich. Aber Siebenhausen war kein Mensch, der seine Gefühle öffentlich zur Schau stellte. Es sei denn, er war wütend. Dann konnte er lauthals poltern, so dass man ihn kilometerweit hören konnte. Über Karl Goebel hatte er in den letzten Tagen ziemlich heftig gepoltert.

12

»Maier? Maier?«

Carsten kniete vor seinem Kollegen und beugte sich besorgt über ihn. Das fehlte ihm noch zu seinem Glück, dass jemand den kleinen Mann ermordet hatte. Dessen Vater würde Carsten wahrscheinlich schreddern, wenn seinem kostbaren Thronfolger etwas passierte. Den Knaben konnte man wirklich keine Sekunde aus den Augen lassen. Er rüttelte leicht an Maiers Schulter. Sein Kollege gab ein leises Stöhnen von sich und schlug dann langsam die Augen auf. Gott sei Dank, er lebte.

»Was ist los?«, fragte der junge Beamte benommen.

»Das wüsste ich gern von Ihnen«, antwortete Carsten. »Ich hab Sie ohnmächtig hier auf der Terrasse gefunden.«

Maier stöhnte noch einmal und griff sich an die Stirn. Er versuchte, sich aufzurichten. Der Hauptkommissar legte ihm stützend eine Hand auf den Rücken und half ihm vorsichtig hoch. Sein Kollege schwankte leicht, konnte sich aber aufrecht halten.

»Kommen Sie erst mal rein ins Haus, Sie sind ja patschnass.«

Er legte sich Maiers Arm um die Schultern, und die beiden Männer schwankten gemeinsam ins Wohnzimmer. Maier musste sich alle paar Schritte an einem Möbelstück festhalten. Carsten stellte einen der umgestürzten Esstischstühle auf und bugsierte seinen Kollegen auf die Sitzfläche.

»Können Sie sich an irgendwas erinnern?«

Maier schüttelte den Kopf, stöhnte dann wieder und stützte die Hände auf die Knie.

»Mannomann«, murmelte er. »Mein Kopf!«

»Zeigen Sie mal her.«

Carsten schob vorsichtig die Mütze seines Kollegen hoch. Darunter kam eine Beule, groß wie ein Hühnerei, zum Vorschein.

»Das muss gekühlt werden.« Carsten lief in die Küche und riss den Kühlschrank auf. Im Gefrierfach fand er einen Behälter mit Eiswürfeln. Er drückte ein paar davon in ein Geschirrtuch, das auf der Spüle lag, und eilte zurück zu Maier, der immer noch benommen wirkte. »Hier!«

Er reichte Maier das Bündel. Der nahm es gehorsam entgegen und presste es erst gegen seine Stirn, dann an seinen Hinterkopf. Nach einer Weile schilderte er Carsten, was sich ereignet hatte.

»Der hat mir ganz schön die Lichter ausgeblasen«, schloss er seinen Bericht. »Aber darin hatte er ja wohl schon Übung.«

»Allerdings«, stimmte Carsten zu. »Aber was wollte der Kerl hier?«

»Wenn ich das wüsste. Ich könnte mir vor Wut in den Hintern beißen, dass er mir durch die Lappen gegangen ist.«

Carsten war auch wütend, aber mehr auf sich selbst. Da schickte er diesen grünen Jungen hierhin, der offenbar keine Ahnung hatte, wie man sich einem potentiellen Tatort nähert, sondern einfach unbedarft durch die Gegend stolpert, anstatt sich selbst um die Angelegenheit zu kümmern. Wer konnte aber auch ahnen, dass sich der Mörder noch im Haus aufhielt.

»Soll ich einen Krankenwagen rufen?«, erkundigte er sich.

»Nee, geht schon«, meinte Maier tapfer. »Zwei Ibuprofen und ich bin wieder auf dem Damm.«

»Nix da«, widersprach der Hauptkommissar. »Ich rufe jetzt die Kollegen, und dann lassen Sie sich schön nach Hause fahren. Sie haben bestimmt eine Gehirnerschütterung.«

»Ach Quatsch, das geht schon, echt.« Maier stand demonstrativ auf und lief ein paar Schritte. »Uiuiui!«

Carsten eilte herbei und fing ihn auf, ehe er zu Boden sinken konnte.

»Ja, geht echt gut«, meinte er ironisch und setzte Maier wieder auf den Stuhl. Dann zog er sein Handy aus der Tasche und rief seine Kollegen an.

***

Wenige Minuten später fuhren Gerd Schröder und einige Beamte der Spurensicherung vor.

»Ach du Scheiße«, entfuhr es einem der Polizisten, als er den lädierten Maier sah.

»Genau«, meinte Carsten und reichte ihm Maiers Wagenschlüssel. »Sei so gut und bring den Jungen nach Hause. Oder besser noch ins Krankenhaus.«

»Ich will nicht ins Krankenhaus«, meuterte Maier weinerlich wie ein kleines Kind. »Und ich bin kein Junge.«

»Schon gut, ich fahr dich nach Hause, Junge.«

»Moment!«, rief Maier plötzlich und ließ alle zusammenzucken. »Mir fällt da noch was ein.«

»Was denn?«, wollte Carsten wissen.

»Auf dem Parkplatz bei der Sportanlage standen zwei Autos. Ein Mercedes und ein VW. Golf oder Polo, glaub ich.«

»Aha.« Dem Hauptkommissar war nicht ganz klar, weshalb Maier deswegen so ein Geschrei machte.

»Eins davon könnte doch meinem Angreifer gehören.«

Das lag natürlich im Bereich des Möglichen. »Haben Sie sich die Kennzeichen gemerkt?«

Verschämt musste Maier zugeben, darauf nicht geachtet zu haben. Er erinnerte sich lediglich daran, dass beide Wagen von dunkler Farbe gewesen waren. Carsten hatte aufgrund der mageren Beschreibung kaum Hoffnung auf einen Fahndungserfolg, schickte aber trotzdem einen Beamten los, der sich auf dem Parkplatz umsehen sollte.

»So, Jungchen, nu bring ich dich mal in dein Bettchen«, bestimmte der uniformierte Kollege und klemmte sich den Kommissaranwärter buchstäblich unter den Arm, um ihn zu dessen Auto zu schleppen.

»Wie siehts in der Schule aus?«, wollte Carsten wissen, als die beiden das Haus verlassen hatten.

»Chaotisch«, erwiderte Schröder. »Reinstett und ich haben die Lehrerinnen vernommen.«

»Und?«

»Leider konnten sie nichts Interessantes berichten. Niemand weiß angeblich etwas aus dem privaten Umfeld unseres Opfers. Er soll diesbezüglich sehr verschlossen gewesen sein. Noch nicht einmal die Damen, die schon länger mit ihm zusammenarbeiteten, konnten da Licht ins Dunkel bringen. Eigentlich seltsam. Der Typ wird sich doch nicht den ganzen Tag in seinem Büro eingeschlossen und mit niemandem geredet haben. Kann ich mir nicht vorstellen. Ist bei uns doch auch nicht so. Mit irgendwas halten die hinterm Berg, das spür ich in meinem linken Zeh«, behauptete Schröder mit ernster Miene.

Carsten warf unwillkürlich einen Blick auf dessen Füße. Wenn es doch so leicht wäre, einen Täter zu überführen. Einfach den linken Zeh des Kollegen Sowieso fragen, der findet es schon heraus. Ob Schröders Zeh recht hatte? Der Hauptkommissar dachte einen Moment nach. Selbst Ben wusste nicht allzu viel über seinen Boss, und er teilte sich seit mehr als zwei Jahren das Büro mit ihm. Wieso sollte eine der Lehrerinnen schlauer sein? Und auch wenn Schröder behauptete, bei ihnen im Präsidium sei es anders, wussten die Kollegen weniger über Carsten, als sie glaubten. Auch er war niemand, der sein Herz auf der Zunge trug.

»Was ist mit ihren Alibis für gestern Abend?«, fragte er.

Schröder blätterte in seinem Notizbuch. »Die Damen, die verheiratet sind, Hildegard Becker, Gabriele Weiss und Ingeborg Diepenthal, haben den Abend und die Nacht brav mit ihren Ehemännern verbracht, eine Frau Monhaupt hat bei einer Bekannten in Solingen übernachtet, und zwei Kolleginnen, Elke Isenberg und Paula Vogel, haben angeblich einen Mädelsabend gemacht.« Schröder grinste abfällig. »Mädelsabend, da träumen die wahrscheinlich von. Die sind beide weit in den Fünfzigern. Die Vogel ist zwar auch verheiratet, aber ihr Mann ist zurzeit auf Geschäftsreise. Nun, wir werden das alles überprüfen. Ach so, eine der Damen ist zusammengeklappt, als sie von dem

Mord hörte. Eine Barbara Ehrhardt-Gonzmann. Sie liegt im Krankenhaus. Reinstett meinte, die sei etwas zartbesaitet.«

»Ist Reinstett noch an der Schule?«

»Nein, er hat sich angeboten, mit der Schwester des Opfers zu reden.«

»Ach, der hatte eine Schwester?«, fragte Carsten, dem dieser Umstand neu war.

Schröder nickte. »Gudrun Schmittke. Reinstett wollte ihr die Neuigkeit schonend beibringen. Er kennt sie noch von früher.«

»Wie nett von ihm«, entfuhr es Carsten.

Das fand Schröder, dem die Ironie in der Stimme seines Kollegen völlig entgangen war, auch. Er hasste es, schlechte Nachrichten zu überbringen. Deswegen war er dankbar, dass Reinstett ihm diese Aufgabe freiwillig abgenommen hatte.

»Ich glaube, der ist ganz froh, dass er mal was anderes zu tun hat, als kleinen Kindern das Fahrradfahren beizubringen«, vermutete er.

»Ja dann.« Carsten war im Gegensatz zu seinem Kollegen weniger begeistert von dieser Entwicklung. Schließlich konnte er die Schwester des Opfers als Verdächtige nicht ausschließen, solange er nicht mit ihr gesprochen hatte. Wenn Reinstett sie jetzt mit Samthandschuhen anfasste oder ihr Einzelheiten zum Tathergang verriet, weil sie im Sandkasten zusammen gespielt hatten, war das nicht besonders hilfreich. Leider war es zu spät, daran noch etwas zu ändern. Warum hatte der Dorf-Sheriff ihm nichts von ihr erzählt?

»Können wir anfangen?«, fragte einer der Kollegen der KTU.

»Ja klar. Auch wenn Maier und ich hier alles kontaminiert

haben«, erwiderte Carsten.

»Wir werden es überleben. Gegenüber hängt übrigens ein alter Sack im Fenster und behauptet, du wolltest mit ihm sprechen.«

»Ja, richtig. Sag ihm, ich komme später.«

»Der will jetzt aber sein Mittagsschläfchen halten, meint er.«

Carsten seufzte. Alte Menschen hatten ihre festen Gewohnheiten. Daran durfte man auf keinen Fall rütteln. Er kannte das von seiner Omma Lotte. Wenn Kurt Geiermann jeden Tag zur selben Zeit sein Mittagsschläfchen machte, dann durfte man das unmöglich verschieben.

***

»Gehts denn?«, fragte Dietmar Reinstett und tätschelte fürsorglich Gudrun Schmittkes Hand.

Sie zog sie unwirsch zurück. »Natürlich geht es«, schnappte sie. »Es ist ja nicht so, als wären Karl und ich ein Herz und eine Seele gewesen. Das müsstest du doch am besten wissen.«

Dietmar starrte zerknirscht auf seine Schuhe. Natürlich wusste er es. Wie dumm von ihm. Gudrun hatte ihm anvertraut, wie traurig sie darüber war, dass ihr Bruder sich nach dem Tod ihres Mannes im letzten Jahr so wenig um sie gekümmert hatte. Er, Dietmar, war es gewesen, der für sie dagewesen war. Nicht ganz uneigennützig, wie er zugeben musste, war er doch schon seit Ewigkeiten in Gudrun verliebt. Aber sie hatte Bernd ihm seinerzeit vorgezogen und war mit ihm weggegangen. In Laaken hatten sie sich ein Haus gekauft, einem Wuppertaler Ortsteil nur wenige Kilometer von Beyenburg entfernt. Dietmar war es vorgekommen wie die Entfernung zum Mond. Gott sei Dank war sie wieder hierher gezogen, nach dem Unfall.

Er hatte sich redlich bemüht, sie in der schweren Zeit zu unterstützen. Im Gegensatz zu Karl, der einfach so tat, als habe sein Schwager nie existiert. Na ja, die beiden hatten einander nicht ausstehen können. Bernd war einer der wenigen Menschen gewesen, die Karl Paroli boten. Aus diesem Grund hatte Karl den Kontakt weitestgehend eingeschränkt. Mit Kritik an seiner Person hatte er nie umgehen können. Doch seine eigene Schwester in der Not im Stich zu lassen, lag außerhalb von Dietmars Vorstellungsvermögen. Für Karl jedoch war es typisch. Unversöhnlich bis zum bitteren Ende.

»Du musst Irene Bescheid geben«, meinte er nach einer Weile.

Gudrun lachte höhnisch auf. »Meinst du, die interessiert sich noch für Karl? Die gibt jetzt irgendwelche Töpferkurse auf Ibiza.«

Irene, Karls Frau, hatte Anfang des Jahres den Duft der großen, weiten Welt geschnuppert und sich mit einem feurigen Spanier auf und davon gemacht. Dietmar konnte es ihr nicht verdenken. Er hatte sich ohnehin immer gewundert, wie sie es so lange mit Karl ausgehalten hatte, wusste er doch, wie umtriebig der Schulleiter gewesen war. Jedem Rockzipfel war er hinterhergelaufen. Meistens mit Erfolg. Karl konnte überaus charmant sein, wenn er sich ins Zeug legte. Doch sobald er sein Ziel erreicht hatte, verlor er das Interesse. Wäre Irene damals nicht mit Kalli schwanger geworden, wäre sie wohl auch nur ein kurzes Intermezzo in Karls Leben gewesen. Dietmar musste daran denken, wie die Geschichte sich wiederholte. Kalli war es mit seiner Melli ebenso ergangen.

»Habt ihr schon jemanden in Verdacht?«, wollte Gudrun wissen.

Er schüttelte den Kopf. »Nicht wirklich. Wenn ich bedenke, wie viele Menschen dein Bruder vor den Kopf gestoßen hat, scheint mir die Liste auch recht lang zu werden.«

Seinen eigenen Verdacht behielt Dietmar lieber für sich. Davon musste Gudrun nichts wissen. Ebenso wenig wie seine Kollegen. Wenn die erst anfingen zu wühlen, würden sie schneller als ihm lieb war, die Verbindung zu ihm selbst ausbuddeln.

13

»Gibs zu, auf eine solche Gelegenheit wartest du schon seit Jahren«, meinte Robert. »Einmal in einen richtigen Mordfall verwickelt sein.«

Sophie errötete wie ein ertapptes kleines Schulmädchen. Robert war Frau Hamacher endlich losgeworden. Nun saß er mit Sophie in der Leseecke der Mördergrube. Seine Geschäftspartnerin hatte gerade ihren Bericht über die Ereignisse des Vormittags beendet.

»Was war dieser Goebel denn für ein Typ?«, wollte Robert wissen.

»Viel weiß ich, ehrlich gesagt, nicht über ihn«, gab sie zu. »Vor allem nicht viel Gutes. Er hat wenig Privates mit Ben besprochen. Die beiden konnten nicht so gut miteinander. Na ja, mit Karl konnte wohl keiner so richtig gut. Ich bin ihm nur hin und wieder auf Schulfesten begegnet. Omma Lotte würde ihn als ollen Knörwel bezeichnen, weil er immer so miesepetrig aussah.«

»Da war der Name wohl Programm.«

»Häh?«

»Na, Goebel.« Robert machte würgende Geräusche.

»Och, Werbeck, du bist mal wieder echt lustig«, stöhnte Sophie und fragte sich, wie oft Karl sich diesen Witz wohl hatte anhören dürfen.

»Tut mir leid, den Elfmeter musste ich versenken. Aber wenn er so ein Kotzbrocken war, wie du behauptest, gab es doch sicher eine Menge Leute, die ein Motiv gehabt hätten, ihn zu töten, oder?«

Sophie nickte und erzählte ihm, was sie von Ben über Peter Siebenhausen erfahren hatte.

»Er ist mir letztes Jahr beim Weihnachtsbasar in der Schule vorgestellt worden. Ein ganz schmieriger Typ mit aufgedunsenem Gesicht, schwarz gefärbten Haaren und so eklig wulstigen Lippen. Er lief die ganze Zeit mit einem aufgesetzten Grinsen durch die Gegend und glaubte, jedem die Hand schütteln zu müssen, ob man wollte oder nicht. Der hat sich aufgeführt, als sei er der Repräsentant der Schule. Ich glaube, Karl hätte ihn am liebsten erwürgt, jedenfalls sah er so aus. Kann ich gut verstehen. Gesagt hat er allerdings nichts dazu.«

»Nun ist aber nicht Siebenhausen, sondern Karl ermordet worden. Was ist denn mit der Frau?«

»Vom Siebenhausen?« Sie überlegte einige Sekunden. »Die ist wesentlich jünger als ihr Mann und ein richtiger Eisblock. Wenn die dich anguckt, gefriert dir das Blut in den Adern. Die hat den bestimmt nur wegen des Geldes geheiratet.«

Sophie schüttelte den Kopf bei dem Gedanken an die aufwendig zurechtgemachte Frau, die so gar nicht nach Beyenburg passen wollte. Sie hatte den ganzen Nachmittag mit einer Kaffeetasse in der Hand in der Eingangshalle der Schule gestanden und ein Gesicht gemacht, als sei es unter ihrer Würde, ihre Zeit mit einer solchen Veranstaltung zu verplempern.

Worüber mochte Karl sich mit dem Bauunternehmer gestritten haben?

»Vielleicht hatte Karl eine Affäre mit der eisigen Gattin«, schlug Robert vor, der offensichtlich ihre Gedanken gelesen hatte.

Sie verzog das Gesicht zu einer Grimasse. Allein die Vorstellung ließ sie erschaudern. »Das kann ich mir nun wahrlich nicht vorstellen, dass die sich auf den ollen Karl eingelassen haben soll. So toll sah der nun auch wieder nicht aus. Es sei denn, man steht auf Alt-Achtundsechziger mit grauem Rauschebart und schlechtem Klamottengeschmack. Und genug Kohle hatte er auch nicht, um interessant für sie zu sein, denke ich mal.«

»Na gut, also keine heiße Affäre mit der Eisprinzessin.« Robert schien ein wenig enttäuscht. »Wie sieht es mit den Lehrerinnen aus?«

»Ich glaub kaum, dass da etwas in der Art lief. Die mochten ihn alle nicht besonders. Die meisten von denen halten sich bedeckt. Machen ihre Arbeit und fahren nach Hause, sagt Ben. Viel weiß ich nicht von denen. Die Einzige, die ich ganz gut kenne, ist Barbara. Aber der traue ich einen Mord am allerwenigsten zu. Und erst recht keine Affäre mit Karl. Der hat ihr das Leben echt schwergemacht. Dabei hat sie es so schon nicht leicht. Die Ärmste ist ein ausgemachter Pechvogel. Ihr Mann ist mit einer anderen durchgebrannt, ihre Mutter hat Alzheimer, und sie ist auch ständig krank. Aber ein herzensguter Mensch.«

»Das sind die Schlimmsten«, nickte Robert wissend.

»Nein, ehrlich. Die könnte so was nicht. Wenn ich einer der Damen einen Mord zutrauen würde, wäre das Elke Isenberg. Die hat, laut Ben, Haare auf den Zähnen.«

»Du weißt aber, was man über bellende Hunde sagt, oder?«, erinnerte Robert sie.

»Ja, schon klar.«

»Neulich war doch mal eine Kollegin von Ben hier. So eine kleine, dürre. Was ist denn mit der?«

Sophie dachte einen Moment lang nach. »Ach, du meinst Paula Vogel. Stimmt, die ist ein wenig seltsam. Ben erwähnte mal, sie leide unter Verfolgungswahn. Wenn man die von hinten anspricht, springt sie vor Schreck fast an die Decke.«

»Vielleicht hat sie ein schlechtes Gewissen, weil sie ein furchtbares Geheimnis hütet«, schlug Robert vor. »Wenn dieser Karl es aufgetan hat, wer weiß …«

Sophie nagte an ihrer Unterlippe. »Ich weiß nicht so recht. Ob sie das körperlich geschafft hätte?«

»Ich denke, um jemandem mit einem Gegenstand von hinten eins über den Schädel zu ziehen, muss man nicht zwingend Wladimir Klitschko sein.«

»Wir können das ja bei Gelegenheit mal nachstellen. Das machen die in den CSI-Serien doch auch immer. Ich hab ja ungefähr die Größe und Statur von Paula.«

Robert strahlte und rieb sich die Hände. »Au fein! Ich geh gleich zum Metzger und besorg uns ein Schwein. Das machen wir hier im Laden. Sozusagen eine Live-Performance.«

»Spitzen-Idee. Und das Ergebnis präsentieren wir dann Carsten.«

Robert schüttelte entschieden den Kopf, bis seine Brille verrutschte. »Bist du irre? So verfressen wie dein Bruder ist, verputzt der uns doch glatt das Beweismaterial.«

* * *

Dietmar war zu Gudruns Erleichterung endlich gegangen. Sie wollte lieber allein sein, um nachdenken zu können. Dietmars unterwürfige Art und sein ständiges Mitgefühl gingen ihr gewaltig auf die Nerven. Er war so ganz anders als Bernd, ihr verstorbener Mann. So phlegmatisch und wenig ehrgeizig. Wie lange schob er schon Dienst auf der Wache in Beyenburg? So lange sie denken konnte, und er unternahm nichts, um an diesem Zustand etwas zu ändern. Lieber versauerte er dort oder starb an Langeweile, als das Risiko einzugehen, die Karriereleiter ein wenig emporzuklettern. Da oben müsste man ja eventuell eigene Entscheidungen treffen. Das überließ Dietmar lieber anderen. So war er immer schon gewesen.

Eigentlich war er gar nicht ihr Typ. Aber er schien genauso einsam zu sein wie sie. Vielleicht verbrachte sie deshalb so viel Zeit mit ihm. Eine Art Zweckgemeinschaft. Sie konnte wirklich nicht behaupten, tiefere Gefühle für ihn zu hegen. Doch Dietmars Gesellschaft war besser als keine. Fair ihm gegenüber war das nicht. Aber so war es nun einmal.

Sie stand auf und ging in die Küche, wo sie sich daran machte, das Geschirr zu spülen. Während sie einen Teller nach dem anderen ins heiße Wasser gleiten ließ, schweiften ihre Gedanken zu ihrem Bruder. Dietmar hatte recht. Die Liste der Menschen, die Karl gehasst hatten, war lang und fing mit seiner Familie an. Es war ernüchternd, so etwas über den eigenen Bruder sagen zu müssen, doch sie waren nie gut miteinander ausgekommen. Karl war schon als Kind intrigant gewesen und hatte sich in brenzlige Situationen manövriert. Aber irgendwie verstand er es, stets mit heiler Haut davonzukommen und andere für seine Schandtaten büßen zu lassen. Zu Hause war es Gudrun, die die Strafe für ihn einstecken musste, denn ihre Eltern standen immer auf Karls Seite. Die beiden konnten sich schlicht und einfach nicht vorstellen, dass ihr Goldjunge jemals etwas anstellen würde. Gudrun hingegen trauten sie ohne Weiteres alles Mögliche zu. Karl hatte ja auch lange genug darauf hingearbeitet, ihren Ruf zu zerstören.

In der Schule war Dietmar der Sündenbock gewesen, und der hatte immer freudig den Kopf hingehalten. Die erhoffte Anerkennung hatte ihm das nicht eingebracht, sondern nur Ärger und das Gespött der anderen Kinder.

Letzte Nacht hatte es niemanden gegeben, der den Kopf für Karl hinhielt. Den Schlag hatte er selbst kassieren müssen.

14

Die letzten Kinder waren von ihren Eltern abgeholt worden, und die Lehrerinnen und Ben hatten sich in die kleine Küche des Vereinsheims zurückgezogen. Zur Lagebesprechung, wie Elke es formulierte. Was im Klartext bedeutete, dass Elke alle möglichen fiesen Anekdoten über Karl kundtat. Gott hab ihn selig. Dass sie nicht noch eine Flasche Sekt aus dem Hut zauberte, war erstaunlich. Paula schüttelte pikiert den Kopf. Sie hatte geglaubt, sie würden eine Trauerfeier für Karl planen. Doch dieser Gedanke schien ihrer Kollegin erst gar nicht zu kommen.

Was Elke heute Morgen den Polizisten alles vorgelogen hatte, ging auch auf keine Kuhhaut. Von wegen, *ich kann Ihnen gar nichts über Karls Privatleben sagen, dazu kannte ich ihn zu wenig.* Paula wusste besser, als jede Andere hier, wie gut Elke und Karl einander tatsächlich gekannt hatten. Dennoch hatte sie geschwiegen. Wie immer war sie zu feige gewesen, den Mund aufzumachen.

Als Elke dann noch versucht hatte, den Verdacht auf Barbara zu lenken, wäre Paula vor Wut fast an die Decke gegangen. Richtig fies war das gewesen, wo die sich doch nicht wehren konnte. Zum Glück war Ben für die abwesende Kollegin in die Bresche gesprungen. Am liebsten würde Paula Elke mal so richtig die Meinung geigen. Vor versammelter

Mannschaft. Aber natürlich fehlte ihr auch dazu der Mut. Sie war und blieb eine elende Memme. Sie biss sich aus Wut über sich selbst so heftig auf die Unterlippe, dass sie zu bluten begann.

»Also, ich hätte ihn bestimmt nicht als Chef des Jahres vorgeschlagen.«

Elke sah sich beifallheischend um. Einige Kolleginnen nickten zögernd. Paula verzog das Gesicht zu einer Grimasse. Zur Kollegin des Jahres hätte sie Elke auch nicht gekürt. Die fand sie inzwischen noch schlimmer als Karl, und das wollte einiges heißen.

»Immer musste er seinen Kopf durchsetzen. Andere Ideen als seine eigenen hat er nicht gelten lassen«, fuhr Elke fort. »Früher ging es ja noch mit ihm, aber dann kam er wohl in die Midlifecrisis oder so. Vielleicht lags auch daran, dass seine Olle sich aus dem Staub gemacht hat.«

»Vielleicht hat er Druck von oben bekommen«, wagte Ben einzuwerfen.

Mit der Schulrätin war auch nicht immer zu spaßen.

»Verflixt, jetzt hat Elke mich schon so weit gebracht, dass ich anfange, Karl zu verteidigen«, raunte er Paula zu.

»Wer weiß, was mit ihm los war«, meinte Hildegard, die sich offenbar auch genötigt sah, dieses unerfreuliche Thema in andere Bahnen zu lenken. »Er äußerte sich ja nicht. Das Schweigen im Walde war gesprächig gegen ihn. Also können wir nicht wissen, was in ihm vorging.«

Das stimmte nicht ganz. Paula wusste nur zu gut, was Karl in den letzten Monaten umtrieb, und das waren nicht die Midlifecrisis oder die Schulrätin. Aber das war ein Geheimnis zwischen ihr und Karl und ging niemanden etwas an, am allerwenigsten ihre Kolleginnen.

Sina Monhaupt hockte stumm wie das eben zitierte

Schweigen im Walde auf der Anrichte. Sie hatte offenbar keine Lust, sich an dem Gespräch zu beteiligen. Paula konnte es ihr kaum verdenken. Sina hatte Karl am wenigsten gekannt, war sie doch erst nach den Sommerferien an die Schule gekommen. Manchmal tat sie Paula ein bisschen leid. So ein junges Ding unter all den alten Schachteln. Ben war mit seinen Fünfunddreißig zwar ein paar Jahre jünger als der Rest, aber er war eben ein Mann. Und Karl, der alte Schwerenöter, hatte sich natürlich sofort an das arme Mädchen herangemacht.

Ob Sina sich darauf eingelassen hatte? Sie wirkte verstörter als die anderen. Sie hatte schon den ganzen Tag diese hektischen roten Flecken im Gesicht, und ihr Lächeln schien mehr als gequält. Vielleicht hatte sie Karl doch näher gestanden, als es den Anschein machte. Wenigstens zeigte sie eine dem Anlass angemessene Reaktion. Im Gegensatz zu Elke. Wenn ihr der Tod von Karl schon nicht naheging, könnte sie zumindest die Klappe halten. Aber das war nicht Elkes Art. Es sei denn, es war in ihrem eigenen Interesse zu schweigen.

* * *

Carsten stand vor Goebels Haus und sog die frische Luft ein. Nach einer halben Stunde im muffigen Wohnzimmer von Kurt Geiermann, wo er den Staub von Jahrzehnten hatte einatmen müssen, brauchte seine Lunge erst mal eine Ladung Sauerstoff. Der Geruch nach ungewaschenem, altem Mann steckte ihm immer noch in der Nase.

Leider hatte er von dem Nachbarn nicht viel Nützliches erfahren. Er und Goebel wohnten einander schon seit fast dreißig Jahren gegenüber, und genauso lange dauerte der Kleinkrieg zwischen den beiden Männern. Das ging vom ungepflegten Vorgarten Geiermanns über das quietschende

Garagentor Goebels bis hin zu ungeputzten Fenstern auf beiden Seiten.

Doch ausgerechnet gestern Nacht wollte der alte Geiermann nichts Ungewöhnliches bemerkt haben. Er neige nicht dazu, seinen Nachbarn hinterher zu spionieren, behauptete er mit beleidigter Stimme. Carstens Blick war auffallend langsam zur Fensterbank gewandert, auf der ein Aschenbecher, eine Zigarettenschachtel und ein Fernglas das Gegenteil bewiesen. Geiermann musste widerwillig zugeben, bemerkt zu haben, wie Goebel am Abend zuvor gegen acht Uhr in seinem Wagen wegfuhr. *Das quietschende Garagentor, der Herr Kommissar wisse schon.* Ansonsten sei ihm nichts aufgefallen. Weder habe er in der Nacht das Splittern von Glas gehört, noch jemand Verdächtiges im Haus beobachtet. Nur den Jungen am Morgen, aber den habe er ja sofort der Polizei gemeldet.

Carsten war ziemlich enttäuscht. Von dem alten Mann hatte er sich mehr erhofft, so neugierig, wie der war. Man konnte nicht alles haben. Er betrat das Haus und begab sich in den kleinen Raum, der Goebel als Arbeitszimmer gedient hatte. Kollege Schröder stand mitten im Chaos und kratzte sich ratlos am Kopf.

»Der Täter hat ganz schön gewütet. Was meinst du, was er gesucht hat? Oder war es Hass, der ihn angetrieben hat?«, fragte Schröder und blickte Carsten an, als wüsste der, was hier geschehen war.

Man konnte wirklich den Eindruck gewinnen, jemand hätte in blinder Wut alles aus den Regalen und Schränken gerissen. Nach gezielter Suche sah es jedenfalls nicht aus, aber das bedeutete nicht, dass es sich hierbei um einen Racheakt an dem Toten gehandelt hatte. Es sei denn, Geiermann hatte sich wie Rumpelstilzchen aufgeführt, doch da war wohl eher Carstens Wunsch Vater des Gedanken. Schröder deutete auf den Wust von Papieren, Ordnern, Büchern und Dekorationsartikeln zu ihren Füßen und hob in einer hilflosen Geste die Arme.

»Du siehst ja selbst, wie es hier aussieht, und in den anderen Räumen ist es nicht besser. Es lässt sich unmöglich feststellen, ob der Täter gefunden hat, wonach auch immer er suchte. Falls er etwas gesucht hat. Da Goebel allein wohnte, können wir niemanden fragen, ob etwas fehlt.«

Carsten sah sich den Raum genauer an. Abgesehen von dem Chaos, das sich wie ein roter Faden durch die untere Etage des Hauses zog, sah es beinahe so aus, als hätte Karl Goebel seit dem Auszug seiner Frau nichts verändert. Er konnte sich nicht vorstellen, dass ein Mann freiwillig derart viele Stehrümchen in den Regalen stehen hat. Jedenfalls ging Carsten davon aus, dass sie normalerweise im Regal standen. In seiner eigenen Junggesellenbude sah es unpersönlicher aus als in einem Wartezimmer beim Arzt. Dieser ganze Dekokram setzte nur Staub an, und das ging gar nicht.

»Hat die Suche nach den Autos, die Maier gesehen haben will, eigentlich was ergeben?«, fragte er.

Schröder schüttelte bedauernd den Kopf. »Nein, die standen natürlich nicht mehr da. Und sonst gab es da nichts Interessantes zu entdecken.«

»Wär auch zu schön gewesen«, meinte Carsten. »Dann machen wir hier mal weiter.«

Er inspizierte die anderen Räume des Hauses. Durch eine Tür in der Küche gelangte man in die Garage. An den Wänden waren Regale befestigt, die mit allerlei Werkzeug, Autoreifen und Kartons gefüllt waren. Wenn man ein Eigenheim besaß, stellte Carsten fest, sammelte sich über die Jahre ziemlich viel unnötiger Krempel an. Ein Grund mehr, in seiner kleinen, übersichtlichen Junggesellenbude zu bleiben.

Hier gab es sonst nichts zu sehen. Goebels Auto war nicht da. Carsten machte sich eine Notiz in seinem Hinterkopf, den Wagen ausfindig machen zu lassen, doch das eilte erst mal nicht. Der würde irgendwo in der Nähe der Schule stehen, vermutete er.

Er ging zurück in den Flur und stieg die Stufen zur ersten Etage empor. Im Schlafzimmer fiel ihm auf, dass nur eine Seite des Betts bezogen war. Recht pragmatisch, aber ziemlich trostlos. Wie Goebel sich wohl gefühlt haben mochte, als seine Frau ihre Sachen gepackt hatte, um ein Leben ohne ihn zu beginnen? War er erleichtert gewesen, sie los zu sein, oder hatte er versucht, sie davon zu überzeugen, bei ihm zu bleiben, und sei es nur, um der Einsamkeit zu entgehen?

Wie lange lag Carstens letzte Beziehung eigentlich zurück? War schon einige Jahre her. Genauer gesagt, waren es drei Jahre, zwei Monate und siebzehn Tage. Sie – er mochte ihren Namen nicht einmal mehr denken – hatte damals auch einfach ihre Sachen genommen und ward nicht mehr gesehen. Hatte ihn zurückgelassen wie einen schäbigen Mantel, der aus der Mode gekommen war. Ihn in der Altkleidersammlung entsorgt. Carsten war niemand, der schnell Vertrauen fasste, und so hatte ihn der überhastete Aufbruch seiner Freundin damals ziemlich aus der Bahn geworfen. Seitdem konzentrierte er sich hauptsächlich auf den Job. Das erschien ihm sicherer. Da konnte ihn niemand enttäuschen. Abgesehen von Maier vielleicht, aber von dem erwartete er ohnehin nicht viel.

War er wirklich so viel besser dran als Goebel, der sich in seiner Schule quasi häuslich eingerichtet hatte? So wie er wollte Carsten auf keinen Fall enden. Also so einsam, nicht so tot. Na ja, so tot natürlich auch nicht. Abgesehen von ein paar One-Night-Stands, herrschte bei ihm in den letzten Jahren Dauerflaute. Wahrscheinlich würde er als einsamer, missgelaunter Miesepeter enden. Also doch wie Karl Goebel. Oder Kurt Geiermann. Ein fieser Möpp. Keine besonders vielversprechende Perspektive für die Zukunft.

Er ging zurück ins Arbeitszimmer und packte noch ein paar Ordner ein. Die Bodendielen knarzten unter seinem Gewicht, und eine der Bohlen schien leicht nachzugeben. Er blickte nach unten. So dick war er nun auch wieder nicht, dass der Boden unter seinen Füßen wegbrechen musste. Immerhin konnte er sie noch sehen. Er wippte mit dem rechten Fuß. *Knarz, knarz.* Das klang interessant.

Na, Herr Goebel, dachte er, *dann wollen wir doch mal schauen, ob wir hier nicht was finden.* Er ging in die Hocke, schob den Läufer beiseite und betastete vorsichtig die Bretter. Tatsächlich, mit ein bisschen Geschick ließ sich eines davon herauslösen. Carsten warf einen neugierigen Blick in das freigelegte Loch und pfiff durch die Zähne.

* * *

»Wo willst du hin?«, fragte Melli erstaunt, als sie sah, wie ihr Mann im Flur in seine Jacke schlüpfte. »Du kannst doch jetzt nicht weggehen.«

»Wieso nicht?«, fragte Kalli ungerührt zurück.

»Na, weil … also, ich meine … dein Vater wurde ermordet.«

»Und deswegen muss ich für den Rest meines Lebens zu Hause hocken oder was? Oder brauchst du etwa eine Schulter, an der du dich ausweinen kannst, weil du ja so sehr an deinem Schwiegervater gehangen hast? Was sollte überhaupt der Scheiß heute Morgen, von wegen, wir beide waren gestern Abend zu Hause?«

»Na, ich dachte, du bräuchtest vielleicht ein Alibi«, erwiderte Melli kleinlaut. »Was weiß ich denn, wo du warst?«

»Was weiß ich denn, wo *du* warst. Wolltest du dir nicht vielmehr selbst ein Alibi verschaffen?«

»Meinst du etwa, ich hätte mir Elli auf den Rücken geschnallt und wäre in die Schule gefahren, um deinem Vater eins über den Schädel zu ziehen?«, schnappte Melli.

Kalli musste sich, angesichts der Vorstellung, ein Grinsen verkneifen. »Meinst du etwa, ich hätte ihn getötet? Mach dir um mich und mein Alibi mal keine Sorgen.«

Er nahm seine Schlüssel aus der Schale, die auf einer Kommode stand, und öffnete die Haustür.

»Und wo willst du jetzt hin?«, fragte Melanie noch einmal.

»Ich mache mich auf die Suche nach Philipp, was sonst. Irgendjemand muss ihn ja informieren.«

Er schlug die Tür hinter sich zu und ging eilig zu seinem alten VW Golf. Nicht, dass Melli am Ende noch auf die Idee kam, ihn mit Elli zu begleiten. Was hatte ihn eigentlich jemals an dieser Frau gereizt? Diese Frage konnte er ebenso wenig beantworten wie die, warum er sich von ihr dazu hatte überreden lassen, diese marode Bruchbude zu kaufen. Mal ganz davon abgesehen, dass er in ständiger Angst lebte, das Dach könnte über ihnen einstürzen, lag das Schlafzimmer auch noch direkt neben einem Trafo-Häuschen. Das stetige Gebrumme des fließenden Stroms trieb ihn Nacht für Nacht in den Wahnsinn und raubte ihm den Schlaf. Er konnte sich nicht vorstellen, sich jemals an dieses Geräusch zu gewöhnen, und wenn es noch so monoton war.

Er ließ den Wagen an und fuhr bis zur Kreuzung, dann bog er nach links ab. Je größer die Distanz zu seinem Haus wurde, desto besser fühlte er sich. Normalerweise hätte man ihnen Geld dafür zahlen müssen, damit sie dort einzogen. Doch Melli meinte, das Haus wäre ein Rohdiamant, dem sie den nötigen Feinschliff verpassen würde. Wer es glaubte …

Er fragte sich, wie Melli irgendetwas einen wie auch immer gearteten Feinschliff verpassen wollte. Aber zu mehr hatte ihr Geld einfach nicht gereicht. Eigentlich nicht einmal dafür.

Geld war überhaupt das leidige Thema, das alles andere überschattete. Es war einfach nie genug davon da. Es zerrann einem zwischen den Fingern und versickerte, ohne einen bleibenden Eindruck hinterlassen zu haben. Das wohlige Gefühl, das sich gerade erst eingestellt hatte, verpuffte schnell, als ihm in den Sinn kam, wie tief er in der Patsche saß. Was um alles in der Welt sollte er tun? Es war nur eine Frage der Zeit, bis das Kartenhaus über ihm zusammenstürzen würde. Dagegen war selbst der windschiefe Kasten, den er sein Zuhause nannte, stabil.

Wie schnell würde die Lebensversicherung seines Vaters wohl ausgezahlt werden? Wahrscheinlich nicht schnell genug, um ihn zu retten. Falls er überhaupt der Begünstigte war. Wie er seinen Vater einschätzte, hatte er die Kohle wahrscheinlich der Schule vermacht, nur um ihm eins auszuwischen.

Wie er es auch drehte und wendete, es würde verdammt schwer werden, den Kopf aus der Schlinge zu ziehen. Was er brauchte, war eine höllisch gute Idee und das so schnell wie möglich.

15

Ben war im Bad, als es an der Tür klingelte. Sophie stürmte aus der Küche zur Gegensprechanlage.

»Es ist Carsten«, informierte sie ihren Mann.

»Was will der denn?«, rief er durch die Tür. »Ein kostenloses Essen abstauben?«

»Das hab ich gehört«, erwiderte sein Schwager, der die Treppen zur Dachgeschosswohnung der Liebermanns in Windeseile erklommen haben musste.

Natürlich, alles, was Carsten nicht hören sollte, hörte er garantiert immer. Ben öffnete die Badezimmertür. Er trug einen schwarzen Anzug, darunter ein hellblaues Hemd und eine dazu passende Krawatte. Seine Haare waren ausnahmsweise ordentlich gebürstet.

»Willst du auf einen Ball?«, fragte der Hauptkommissar erstaunt und schloss eine Wette mit sich selbst ab, wie lange es wohl dauern würde, bis die Haare seines Schwagers wie immer in alle Richtungen abstanden. Eine Minute? Oder doch zwei?

Ben zog einen Flunsch, der unmissverständlich zum Ausdruck brachte, wie unwohl er sich in diesem Aufzug fühlte. »Nee, außerordentlicher Elternabend zum Thema ›Tod eines Schulleiters‹. Man muss die Feste feiern, wie sie fallen.«

Er fuhr sich mit einer Hand über den Hinterkopf bis zur Stirn und wieder zurück. *Dreißig Sekunden. Respekt!* Carsten starrte fasziniert auf das, was für ganz, ganz kurze Zeit einmal Bens Frisur gewesen war. Jetzt sah es wieder so aus, als hielte ein vollgefressenes Eichhörnchen auf seinem Kopf ein Nickerchen. Wer es tragen konnte … Sophie war der festen Überzeugung, Bens Haare wären auch dann noch strubbelig, wenn er eine Glatze hätte.

»Ist was?«, wollte Ben wissen, dem Carstens amüsierter Blick nicht entgangen war.

»Nein, nein, alles okay«, versicherte sein Schwager hastig. »Hast du denn noch ein paar Minuten Zeit? Ich hätte da noch die eine oder andere Frage.«

Ben sah unwillig auf die Uhr. »Aber nur kurz. Die Schulrätin kommt auch, die mag es gar nicht, wenn man zu spät ist.«

Die beiden gingen ins Wohnzimmer. Sophie folgte ihnen neugierig.

»Schwesterchen?«, gurrte Carsten und klimperte mit den Augen wie ein koketter Backfisch.

»Was?«, fragte das Schwesterchen argwöhnisch.

»Hast du vielleicht etwas Essbares da? Ich hab den ganzen Tag noch nichts gegessen. Noch nicht mal Frühstück.« Er deutete anklagend auf seinen Bauch, als sei es Sophies Schuld, dass der so bedrohlich knurrte.

Wusste ich es doch, dachte Ben, *der will nur ein kostenloses Essen abstauben.*

»Ist ja schon gut«, maulte Sophie und machte sich auf den Weg in die Küche, die direkt an das Wohnzimmer angrenzte. »Aber lasst die Tür auf und sprecht laut, ich will auch was hören.«

Ihr Bruder grinste. Die Kleine wollte eifrig mitmischen, war ja klar. Auch wenn er es selbst unter Folter niemals zugeben würde, waren ihre Ideen manchmal tatsächlich ganz brauchbar. Das lag bestimmt an den Miss-Marple-Romanen, die sie so gern las. Zu irgendwas mussten die ja nütze sein. Sollte sie diesmal ihren Senf dazugeben, vielleicht hatte er dann in Zukunft seine Ruhe. Er erzählte seinem Schwager, was sich im Laufe des Tages ergeben hatte.

»Tja, und dann habe ich im Haus deines Chefs noch eine interessante Entdeckung gemacht«, schloss er seinen Bericht und sah Ben triumphierend an.

»Nämlich?«, fragte sein Schwager brav nach, als Carsten keine Anstalten machte, weiterzureden. Er war dieses majestätische Schweigen zwecks Spannungsaufbau und

Wichtigtuerei gewöhnt. Sophie machte das auch manchmal. Das war so eine Unsitte im Hause Kantner.

»In einem Versteck unter den Dielen im Arbeitszimmer habe ich Bargeld gefunden. 20.000 Euro! Druckfrisch!«

Aus der Küche hörten sie es scheppern. Kurz darauf kam Sophie ins Wohnzimmer geeilt.

»Wow! Falschgeld?«, keuchte sie und schwang aufgeregt den Pfannenwender.

»Nee, die Scheine waren echt. Hunderter, fein gebündelt, mit Banderole.«

»Was wollte Karl denn damit?«, wollte Ben wissen.

»Die Frage ist vielmehr, woher hatte er es?«, konterte Carsten.

»Tja, keine Ahnung. Von mir jedenfalls nicht.«

»Vielleicht hat er sich am Schulkonto bedient«, schlug Sophie vor.

»Kein schlechter Gedanke«, meinte Carsten nachdenklich.

Der Geruch von Verbranntem stieg ihnen in die Nase, und Sophie hastete zurück in die Küche. Verdammt, gerade jetzt, wo es spannend wurde. Hätte Carsten sich nicht eine Pizza mitbringen können? Sie kippte etwas Wasser in die Pfanne, aus der es bedrohlich zu zischen und zu dampfen begann.

»Könnte er sich am Schulkonto bedient haben?«, griff Carsten die Idee seiner Schwester auf, während sie damit beschäftigt war, sein Essen zu retten.

Ben dachte einen Moment nach und schüttelte dann zögernd den Kopf. »Ich traue ihm einiges zu, aber dass Karl ausgerechnet seine eigene Schule bestehlen würde, kann ich mir beim besten Willen nicht vorstellen. Unmöglich! Außerdem muss jede Transaktion von jemandem mit unterschrieben werden, um so etwas zu verhindern.«

»Unmöglich ist nichts«, widersprach Carsten. »Hast du das an eurer Schule gemacht?«

»Mich am Schulkonto bedient? Oder unterschrieben? Nein, das war Barbara Ehrhardt-Gonzmann. Also, sie hat unterschrieben, meine ich.«

»Wer weiß, was sonst noch«, sinnierte Carsten. »Wahrscheinlich haben sie und Goebel gemeinsame Sache gemacht.«

»Das glaube ich nicht«, widersprach Ben. »Die konnten sich nicht ausstehen. Außerdem ist Barbara grundehrlich, die würde so was niemals machen. Und Karl traue ich es, wie schon gesagt, eigentlich auch nicht zu. Jedenfalls nicht, was das Geld der Schule angeht.«

Carsten hatte da so seine Zweifel. Man konnte den Leuten nur vor den Kopf gucken. Was dahinter vorging, blieb meist verborgen. Ehrhardt-Gonzmann war doch diejenige, die den Nervenzusammenbruch gehabt hatte. Warum wohl? Weil sie Panik bekommen hatte, dass im Zuge der Mordermittlungen ihre illegalen Aktivitäten auffliegen würden? Oder Schlimmeres? Irgendwas war bei der Frau im Busch. Darauf würde er seinen Bart verwetten. Er musste dringend mit ihr sprechen.

»Ist sonst noch was?«, fragte Ben. »Ich muss jetzt wirklich los.«

»Ich glaub, das wars erst mal. Wenn du morgen früh Zeit hast, könntest du im Präsidium vorbeischauen. Dann kannst du meinen Kollegen bei der Überprüfung der Schulkonten und so weiter zur Hand gehen. Du kennst dich doch da bestimmt ein wenig aus.«

Ben zuckte mit den Achseln. »Wenn du meinst. Obwohl ich mir wirklich nicht vorstellen kann, dass du da fündig wirst.«

***

»Das mit deinem Vater tut mir so leid«, sagte Franziska und legte tröstend eine Hand auf Philipps Arm.

Sie saßen an einem ruhigen Tisch in der Uni-Kneipe, wo Philipp an einigen Abenden in der Woche kellnerte. Sie war froh, ihn endlich gefunden zu haben. Unbedingt musste sie herausfinden, ob es stimmte, was Arndt vermutete. Das wäre furchtbar.

Philipp schniefte ein wenig und zog ein Taschentuch aus seiner Hosentasche. »Ich kann es noch gar nicht fassen«, murmelte er und putzte sich die Nase.

»Ich auch nicht.« Philipp wusste zwar, dass sie und sein Vater sich flüchtig gekannt hatten, doch in welcher Beziehung sie tatsächlich zueinander gestanden hatten, ahnte er nicht. Wenn es nach ihr ginge, musste er das auch niemals erfahren.

»Ich weiß, er war nicht einfach«, fuhr Philipp fort, »aber so zu sterben hat er nicht verdient.«

Franziska nickte. Sie erwähnte lieber nicht, dass ihr erst am Morgen der Gedanke gekommen war, Philipp könnte durchaus der Meinung gewesen sein, sein Vater hätte so etwas verdient. Sein Verhältnis zu ihm war, gelinde gesagt, kompliziert gewesen. Sie hätte ihm niemals verraten dürfen, dass Karl bei der Trennung von Philipp und Arndt eine entscheidende Rolle gespielt hatte. Doch Philipp hatte ihr so leid getan, da war es ihr einfach herausgerutscht.

Er war in ihren Augen der wundervollste Mann, den es gab. Schade, dass er schwul war. Ihm würde sie bis ans Ende der Welt folgen. Das war ihr sofort klar gewesen, als sie ihn das erste Mal in der Galerie gesehen hatte, wo er Arndt besuchte. Sie verstand nicht, was er an diesem Lackaffen fand. Vielleicht sah er in ihm eine Art Vaterfigur. Da war er jedoch vom Regen in die Traufe geraten.

Aber so war es wohl immer, wenn man ein schwieriges Verhältnis zu seinem Erzeuger hatte. Man verliebte sich garantiert in den Falschen. Oder man verliebte sich in den Richtigen, aber der war schwul, wie in ihrem Fall. Damit wurde der Richtige wiederum zum Falschen. Das Leben konnte manchmal echt kompliziert sein.

Eigentlich war sie glücklich gewesen, als Arndt seinen Freund in die Wüste geschickt hatte. So hatte sie Philipp für sich allein. Selbst wenn aus ihnen niemals ein Paar werden konnte, war seine Freundschaft besser als nichts. Hätte sie nur ihren Mund gehalten, dachte sie zum wiederholten Mal. Dann müsste sie sich keine Gedanken darüber machen, ob Philipp ein Mörder war oder nicht. Doch es war zu spät, sich darüber zu grämen.

»Hast du eigentlich nochmal mit deinem Vater gesprochen?«, fragte sie vorsichtig.

Er schüttelte den Kopf und putzte sich erneut die Nase. »Nein, ich habe ihn seit März nicht mehr gesehen. Ich wollte ja mit ihm reden, nach dem, was du mir letzte Woche erzählt hast, aber …« Er brach ab.

Franziska atmete erleichtert auf. Wenn er Karl nicht mehr gesprochen hatte, war er nach wie vor ahnungslos. Und hatte seinen Vater selbstverständlich nicht ermordet. Sie hatte es ihm ohnehin nicht wirklich zugetraut. Aber sicher konnte man nie sein.

»Ist alles okay bei dir?«, wollte Philipp wissen. »Du siehst nicht gerade gut aus. Was ist eigentlich mit deinem Auge?«

»Hab mir die Tür vom Badezimmerschrank vor die Rübe gedonnert«, antwortete sie und wandte sich schnell ab. Sie hatte gehofft, man würde das Veilchen unter der ganzen Schminke nicht bemerken. Aber Philipp war ein guter Beobachter.

»Bist du sicher?«, meinte er zweifelnd.

»Ja«, erwiderte sie knapp und hoffte, er würde nicht weiter nachhaken.

Am Ende würde sie ihm noch alles erzählen. Das wäre das Schlimmste, was sie tun könnte. Das hatte sie einmal getan, und der Schuss war gewaltig nach hinten losgegangen. Damit hatte sie eine Lawine ausgelöst, unter der sie fast begraben worden wäre. So ein Fehler durfte ihr nicht noch einmal unterlaufen.

16

Nachdem er Ben verabschiedet hatte, gesellte sich Carsten zu seiner Schwester in die Küche und schnupperte erwartungsvoll.

»Was gibts denn Fei... HAATSCHI!«

»Kriegst du ʼne Erkältung?«, fragte Sophie und drehte weiter an der Pfeffermühle.

»Nicht so viel«, rief er und griff nach ihrer Hand.

»Ach was, da muss doch Geschmack dran.«

»Du klingst schon wie Omma. Was soll das überhaupt sein?« Er warf erst einen zweifelnden, dann einen verzweifelten Blick in die Pfanne.

»Bratkartoffeln mit Ei.«

»Bist du sicher?«

»Ruhe! Es wird gegessen, was auf den Tisch kommt.«

Sophie kratzte die leicht verkohlte Pampe auf einen Teller und knallte ihn auf den Küchentisch. Carsten schluckte unbehaglich. *Na ja, besser als nichts*, dachte er. Er war inzwischen so hungrig, er hätte auch das Platzdeckchen gegessen. Wäre vielleicht sogar die bessere Alternative. Er überdeckte das Elend auf seinem Teller mit einer halben Flasche Ketchup. Kochen gehörte definitiv nicht zu den Stärken seiner Schwester.

»Hast du eigentlich mit Siebenhausen gesprochen?«,

fragte Sophie, die sich ihm gegenüber hingesetzt hatte.

»Ich war vorhin bei ihm zu Hause, aber da war niemand … Wahrscheinlich hat er sich schon auf den Weg zum Elternabend gemacht. Aber dem werde ich morgen früh gleich auf den Zahn fühlen.«

Apropos Zahn. Carsten hatte das dumpfe Gefühl, dass sich soeben eine Plombe verabschiedet hatte. Er befühlte das harte Stück in seinem Mund vorsichtig mit der Zunge. Gott sei Dank, es war wohl nur ein Stückchen Speck. Kross gebraten. Extrem kross gebraten.

»Was haben denn deine Kollegen von der Spusi gefunden?«, wollte Sophie wissen.

Carsten winkte ab und fuchtelte dabei mit der Gabel in der Luft herum. »Nicht viel. In der Schule und in Goebels Haus sieht es aus wie nach 'nem Bombenangriff, aber dass man verwertbare Spuren sicherstellen kann, ist eher unwahrscheinlich.«

»Nicht mal eine Hautschuppe, aus der man die DNA des Mörders herausfiltern kann? Oder der Zigarettenstummel einer Marke, die es in ganz Deutschland nur in einem einzigen Laden gibt und dort nur von einem einzigen Kunden gekauft wird, an dessen Namen sich der Kioskbesitzer natürlich sofort erinnert, weil es ein Stammkunde ist?«

»Du guckst zu viele dieser CSI-Serien. Bei uns kommt kein Labormensch nach zehn Minuten angestiefelt und präsentiert uns den Täter, inklusive sämtlicher ausgewerteter Beweismittel, auf einem Silbertablett. Schön wäre es. Das eigentliche Problem sind auch nicht die fehlenden Spuren, sondern dass es viel zu viele gibt. Vor allem in der Schule. Wie sollen wir da die richtigen dem Täter zuordnen?«

Darauf fiel Sophie so spontan auch keine Antwort ein.

»Muss der Täter nicht irgendwie Blutspritzer oder so abbekommen haben?«, fragte sie dann.

Carsten nickte. »Wahrscheinlich. Aber solange er nicht mit blutverschmierten Klamotten am Tatort auftaucht, können wir mit dieser Erkenntnis nicht viel anfangen.«

»Bei CSI wechseln die Mörder nie die Sachen«, merkte Sophie an.

»Darum kommt man denen auch immer so schnell auf die Schliche. Oder ist dir heute Morgen jemand aufgefallen, der Blut und Gehirnmasse auf seinem Pullover kleben hatte?«

Sophie verzog angewidert das Gesicht. »Nee, zum Glück nicht.«

»Siehst du.« Carsten fuchtelte wieder mit seiner Gabel in der Luft herum. »Jetzt mal was anderes. Wir versuchen, den jüngeren Sohn von Goebel aufzutreiben. Keiner hat seine Adresse oder Telefonnummer, aber Melli Goebel meinte, der Stecher von ihrem Schwager hätte eine Kunstgalerie in der Luisenstraße. Art G heißt sie wohl. Kennst du die?«

»Ach Gott, das Arschie«, entfuhr es Sophie.

»Nein, Art G, du Banause. *Art* wie Kunst und *G* wie … , was auch immer.«

»Giercke. So heißt der Kerl. Der kommt sich so toll vor, dass er mit uns anderen Geschäftsleuten nichts zu tun haben will. Wir sind alle unter seinem Niveau. Deswegen heißt die Galerie bei uns im Luisenviertel nur das Arschie.«

»Aha! Na, die Melli klang auch nicht gerade begeistert von ihm. Kennst du den Kerl denn näher?« Carsten legte sein Besteck auf den leeren Teller und beugte sich interessiert vor.

»Nicht wirklich. Wie gesagt, er will mit keinem von uns näheren Kontakt haben. Die Galerie liegt zwischen der Sophienkirche und dem Katzengold, der Kneipe, nur auf der anderen Straßenseite, da komm ich nicht so häufig vorbei.

Ist aber ein ziemlich schönes Haus. Altbau.«

Carsten wusste gleich, von welchem Gebäude sie sprach. »Ach da. Na, da bin ich ja mal gespannt. Werde wohl morgen mal einen Blick hineinwerfen, vielleicht kann ich Goebels Sohn ja da auftreiben.« Er gähnte laut und reckte sich. »Vielleicht sollte ich langsam in meine einsame Wohnung und in mein leeres, kaltes Bettchen krabbeln.«

»Das hört sich aber ziemlich weinerlich an, mein lieber Bruder«, bemerkte Sophie.

»Ja, irgendwie überkam mich heute in Goebels Haus der Katzenjammer. Was hatte er denn noch, außer seiner Arbeit? Er scheint seine komplette Familie vertrieben zu haben. Ich habe erst gar keine. Ich habe bislang noch keine Frau gefunden, die meine Arbeitszeiten auf Dauer aushält. Außer«, er senkte die Stimme, »Du-weißt-schon-wer.«

Sophie nickte stumm. Nach all den Jahren brachte ihr Bruder es immer noch nicht über sich, Susannes Namen auszusprechen. Als sei sie Lord Voldemort, der böse Zauberer aus Harry Potter. Manchmal war Carsten ganz schön kindisch.

»Wenn es dir zu Hause zu einsam ist, kannst du gern hier auf der Gästecouch pennen«, schlug sie vor.

»Lass mal, so schlimm ist es auch wieder nicht. Aber danke für das Angebot.«

Carsten stand auf und umarmte seine Schwester. Er drückte ihr einen Kuss auf den Scheitel, wie er es schon seit Jahren machte, damit er sich nicht allzu tief bücken musste. Sophie begleitete ihn zur Tür und sah ihm nachdenklich hinterher, als er die Stufen hinunterging.

Sie wollte es ihm nicht direkt ins Gesicht sagen, aber sie war überzeugt davon, dass Carstens Mangel an ernsthaften Beziehungen weniger an seinen Arbeitszeiten, sondern vielmehr an seiner Verschlossenheit lag. Dabei war er wirklich ein feiner Kerl, und das dachte sie jetzt nicht nur, weil er ihr Bruder war. Man konnte ihn sich ganz gut von vorn angucken, er war immer für einen da, wenn man ihn brauchte, und wenn er wollte, konnte er durchaus witzig sein. Man musste ihm nur eine Chance geben und ihn näher kennenlernen. Doch genau da lag der Hund begraben.

Seit dem Debakel mit Susanne hatte er keine Frau mehr an sich herangelassen. Körperlich natürlich schon. Kurz nachdem Susanne – wie verwegen, jetzt hatte sie den Namen schon zweimal gedacht – ausgezogen war, hatten sich die Damen für einige Zeit quasi die Klinke in die Hand gegeben. Doch auch das lag schon lange zurück.

Wieso fing er ausgerechnet jetzt an zu jammern, weil zu Hause niemand auf ihn wartete? Die letzten Jahre schien es ihn auch nicht gestört zu haben. Wenigstens hatte er sich nie darüber beschwert. Aber er gehörte nicht zu den Männern, die über ihre Gefühle sprachen. Womit sie wieder beim Kernproblem angelangt war. Vielleicht war er so rührselig, weil sein vierzigster Geburtstag vor der Tür stand.

* * *

Melanie Goebel hockte erschöpft in ihrem alten Ohrensessel und starrte ins Leere. Vor einer halben Stunde war Elli endlich eingeschlafen. Das Mädchen war natürlich noch zu klein, um zu verstehen, was mit ihrem Opa passiert war. Dennoch spürte es instinktiv die gedrückte Stimmung und war dementsprechend quengelig. Wenn Melanie so darüber nachdachte, hatte ihre Tochter gestern Abend vermutlich genau in dem Moment angefangen zu brüllen, als Karl ermordet wurde. Die Kleine wollte sich überhaupt nicht beruhigen lassen. Nicht einmal ein Stück Schokolade konnte sie trösten. Im Nachhinein betrachtet, kam es einem beinahe unheimlich vor. So als hätte Elli gespürt, dass etwas Schreckliches passierte. Vielleicht besaß sie das zweite Gesicht.

Die junge Frau fiel vor Schreck fast aus dem Sessel, als die Big-Ben-Melodie einsetzte. Verdammt, wer war das denn jetzt? Hatte Kalli seinen Schlüssel vergessen?

Ding-dong, ding-dong, ding-ding-ding-dong. Der klingelnde Besucher ließ sich durch Ignorieren nicht vertreiben, und so erhob sich Melanie ächzend, um in den Flur zu schlurfen. Hoffentlich wachte Elli nicht auf. Wütend riss sie die Tür auf und bereute es in derselben Sekunde. Im trüben Licht der Lampe im Eingangsbereich erblickte sie einen großgewachsenen, bulligen Kerl, der sie grob beiseite stieß, um sich Einlass zu verschaffen. Ohne sie weiter zu beachten, stürmte er ins Wohnzimmer, wo er einige Sekunden im Türrahmen stehend verharrte. Dann drehte er sich langsam zu ihr um. Melanie zitterte am ganzen Leib und zupfte ängstlich an ihrem Pullover herum.

»Wo ist dein Mann?«, fragte der Fremde mit unüberhörbar russischem Akzent.

»Mein Mann?«, wiederholte sie leise.

»Bist du taub oder was?«

»Ne… nein, ich meine, ich weiß nicht.« Sie schluckte und riss sich zusammen. »Ich weiß nicht, wo Kalli ist. Was wollen Sie von ihm?«

»Was glaubst du denn?«, erwiderte der Mann und grinste unfreundlich. Er kam ein paar Schritte auf Melanie zu, die verstört zurückwich. »Letzte Woche Zahltag. Mein Boss nicht sehr erfreut, wenn er sein Geld nicht bekommt. Klar?«

Er drängte Melanie an die Wand und umfasste ihre Arme mit seinen riesigen Händen. Er kam ihr so nahe, dass sie riechen konnte, dass der Russe zum Abendessen irgendetwas mit Fisch zu sich genommen hatte. Ihr wurde beinahe schlecht.

»Ich … ich weiß wirklich nicht, wo Kalli ist«, wiederholte

sie flüsternd, bemüht, nicht durch die Nase zu atmen. »Ich weiß auch nicht, von welchem Geld Sie reden.«

»Mir egal, was du weißt und was nicht. Ich hier zum Geld abholen. Also, wo es ist?«

Der Russe versetzte Melanie einen Stoß, und sie schlug mit dem Hinterkopf unsanft gegen die Wand. Er stapfte zurück ins Wohnzimmer, wo er anfing, die Schubladen der Kommode aufzureißen und zu durchwühlen. Alles, was ihn nicht interessierte, ließ er einfach zu Boden fallen.

»Ich … wir haben nichts im Haus«, murmelte Melanie, die ihm gefolgt war.

Der Mann schüttelte ein paar Strickzeitschriften, wohl in der Hoffnung, Geldscheine würden herausflattern, und warf sie achtlos durch die Gegend, als dem nicht so war.

»Bitte«, begann Melanie flehentlich. »Es ist wirklich nichts da. Aber Kalli wird das Geld bestimmt auftreiben. Wenn Ihr, äh, Boss sich noch ein wenig geduldet. Mein Schwiegervater ist gestern gestorben und …«

Sie wusste nicht so recht, was sie ihm damit eigentlich sagen wollte. Dass ihr Mann ein großes Erbe zu erwarten hatte? Oder hoffte sie etwa, der fiese Kerl würde sich pietätvoll zurückziehen?

»Ich weiß«, meinte der Russe ungerührt. Er ließ die Zeitung fallen und packte Melanie grob am Kragen ihres Pullovers. Er brachte sein Gesicht nah an ihres. »Hör zu, Frauchen. Wenn dein Mann nicht bald bezahlt, geht es dir oder deiner Kleinen da oben genau wie seinem Alten, sag ihm das.«

DIENSTAG, 23.11.2010

17

Die Dienstbesprechung, zu der sich die im Mordfall Goebel ermittelnden Beamten am nächsten Morgen im Polizeipräsidium versammelten, verlief nicht sehr ergebnisreich. Die Kollegen der Spurensicherung hatten, trotz einer Nachtschicht, noch keine nennenswerten Resultate hervorgebracht.

»In einem der Spülbecken auf dem Jungen-Klo haben wir Blutspuren im Abfluss gefunden. Aller Wahrscheinlichkeit nach von unserem Opfer.«

»Was bedeutet das?«, fragte Carsten.

»Dass der Täter sich nach getaner Arbeit dort gewaschen hat, nehme ich an. Und dass er ein Junge war.«

Carsten rang sich ein gequältes Lächeln ab. »Sonst war da nichts?«

»Eine ganze Menge«, erwiderte der Mitarbeiter der KTU, »das ist ja das Problem. Wenn ich an der Schule was zu sagen hätte, würde ich mich mal um eine neue Reinigungsfirma bemühen. Wahrscheinlich finden sich da noch die Fingerabdrücke von Lehrern, die seit zwanzig Jahren pensioniert sind.«

»Ja, das habe ich schon befürchtet«, meinte Carsten. »Gibt es Zeugen, die etwas bemerkt haben?«

Allgemeines Kopfschütteln. In der näheren Umgebung der Schule hatte niemand etwas gesehen oder gehört. Keiner hatte den Schulleiter am späten Abend in der Schule bemerkt, geschweige denn jemanden, der sich ins Gebäude geschlichen hatte, um einen Mord zu begehen. Auch den Nachbarn von Goebel war nichts Ungewöhnliches aufgefallen, weder in der Nacht, noch am nächsten Morgen. Nichts hören, nichts sehen, nichts sagen und sich darüber aufregen, wenn die Polizei einen Täter nicht binnen Stunden dingfest macht.

»Habt ihr schon die Alibis der Lehrerinnen überprüft?«, wollte Carsten wissen.

Schröder, der ihm gegenüber saß, nickte. »Gestern Abend noch. Da scheint so weit alles zu stimmen. Es hat sich niemand in Widersprüche verwickelt und alle Aussagen wirkten glaubwürdig. Aber natürlich sind Alibis von Familienangehörigen immer mit Vorsicht zu genießen.«

»Was ist mit dem Haus des Opfers?«, fragte Carsten in die Runde. »Gibts da irgendwas?«

Wieder bedauerndes Kopfschütteln und Schulterzucken.

»Wir sind noch bei der Auswertung. Aber auf den ersten Blick sieht es nicht so aus, als gäbe es da was Interessantes«, bequemte sich schließlich ein Beamter zu einer Antwort. »Wir haben ein paar Fasern an den Überresten der Terrassentür gefunden. Scheint sich um Leder zu handeln. Mehr können wir leider noch nicht sagen. Und ehe du fragst: Nein, unser Mörder hat sich beim Einschlagen der Scheibe nicht verletzt und uns keine hübsche Blutspur hinterlassen.«

»Zu schade«, meinte Carsten missmutig. »Und was ist mit dem Computer in der Schule?«

»Nicht mehr vorhanden«, war die lapidare Antwort. »Genau wie das Notebook, das Goebel angeblich besaß.«

Carsten ging die Liste mit den Gegenständen durch, die im Amtszimmer sichergestellt worden waren. Der Pokal natürlich, einige Aktenordner, ein Parka, der wohl dem Opfer gehört hatte; darin fanden sich ein paar Hustenbonbons und ein zerknülltes Taschentuch. Kein Handy. Komisch. Heutzutage besaß doch jeder ein Handy. Außer seiner Omma Lotte, aber die verließ ihr Zimmer im Altenheim ohnehin nur noch selten. Außerdem war sie fast neunzig. Sie kam kaum mit dem Tastentelefon klar und wünschte sich ihre geliebte Wählscheibe zurück. Er kratzte sich am Kopf. War da nicht noch irgendwas? Also irgendwas, das nicht da war? Er kam nicht drauf, der Gedanke an Omma Lotte hatte ihn aus dem Konzept gebracht.

»Hat sich irgendwo das Handy des Opfers eingefunden?«, fragte er.

»Nein, da war kein Handy.«

Hatte der Täter es mitgehen lassen, um zu verhindern, dass man seine Telefonnummer aufspüren konnte? Dann hatte er leider Pech gehabt, denn Carsten würde sich eine Liste der Telefonate von Goebels Provider zuschicken lassen.

***

»Maier, was wollen Sie denn hier?«, fragte Carsten, als er in sein Büro kam, das er sich seit Kurzem mit seinem Kollegen teilen musste.

Maier saß an seinem Schreibtisch in der Ecke und bot einen bedauernswerten Anblick. Sein Gesicht war blass, bis auf die riesige Beule auf der Stirn, die sich blau verfärbt hatte. Unter den Augen hatten sich ähnlich dunkle Ringe gebildet. Er zitterte ein wenig, als habe er Schüttelfrost. Vermutlich hatte er sich eine dicke Erkältung eingefangen, nachdem er gestern den halben Vormittag im Regen auf Goebels Terrasse herumgelegen hatte.

»Tut mir leid, dass ich zu spät bin«, murmelte der junge Polizist.

»Das meine ich nicht. Ich meine, Sie gehören ins Bett.«

»Ach, das geht schon«, wehrte Maier ab. »Sieht schlimmer aus, als es ist. Was liegt heute an?«

»Ein bisschen Fußarbeit. Leute ausquetschen und so. Ich werde gleich mal bei diesem Siebenhausen vorbeischauen.

Er hat eine Baufirma in Nächstebreck. Nordheim Bau. Wenn Sie wollen, können Sie nach Düsseldorf fahren und einen Schwatz mit unserer Rechtsmedizinerin halten«, schlug Carsten vor.

Das, fand er, war eine gute Idee. Er war nicht unbedingt ein Fan von Amelie Brandt. Manchmal hatte er das untrügliche Gefühl, dass sie jede sich bietende Gelegenheit nutzte, um mit ihm zu flirten. Und da die meisten sich bietenden Gelegenheiten in ihrem Fall mit Mord und Totschlag zusammenhingen, fand er ihr Verhalten ziemlich unangebracht.

Ein weiterer Tag ohne Maier schien ihm zudem eine verlockende Aussicht zu sein. Davon abgesehen war der Bursche so in der Nähe eines Krankenbetts, falls er zusammenklappen sollte. Alles in allem eine Win-Win-Situation.

Beim Thema Krankenbett fiel ihm Barbara Ehrhardt-Gonzmann ein. Der sollte er als Erstes einen Besuch abstatten, ehe sie sich aus dem Krankenhaus schleichen und verduften konnte.

»Maier? Bevor Sie in die Rechtsmedizin fahren, müssen Sie mich noch eben zu einem anderen Krankenbesuch begleiten.«

Carsten klatschte voller Tatendrang in die Hände und polterte zur Tür. Maier seufzte, schnappte sich Jacke, Mütze und Handschuhe und beeilte sich, ihm zu folgen.

18

Paula Vogel stand am Fenster ihres Wohnzimmers und hing trüben Gedanken nach. Was Karl wohl in den letzten Stunden seines Lebens gemacht hatte? Hatte er das Unheil auf sich zukommen sehen? Oder war er völlig ahnungslos gewesen?

Elke hatte recht mit ihrer Feststellung von gestern. Karl hatte sich in den vergangenen Monaten verändert. Zwar war er nie besonders umgänglich gewesen – es lag wohl nicht in seiner Natur, freundlich zu sein, ohne einen Hintergedanken zu verfolgen –, doch in letzter Zeit war er richtiggehend aggressiv geworden. An allem und jedem hatte er etwas auszusetzen gehabt. Mehr als gewöhnlich. Manchmal kam es ihr vor, als suchte er geradezu nach etwas, über das er sich aufregen konnte. Als bräuchte er ein Ventil, um die aufgestaute Wut, die er in sich zu tragen schien, abzulassen.

Sie hatte eine Ahnung, was an ihm nagte, doch er hatte auf ihre Frage dahingehend nur unwirsch den Kopf geschüttelt und behauptet, dass sie irgendwelchen Hirngespinsten nachjagte. Und obwohl sie sicher war, dass er log, hatte sie die Sache auf sich beruhen lassen. Insgeheim war sie erleichtert, hing doch auch ihre eigene Existenz davon ab.

Doch mit jedem Tag, der verging, wurden die Zweifel größer und die Stimmen in ihrem Kopf lauter. Er musste einfach etwas wissen, es konnte gar nicht anders sein. Wie sie die Sache auch drehte und wendete, sie kam immer wieder zum selben Ergebnis. Dennoch traute sie sich lange Zeit nicht, das Thema erneut anzusprechen, aus Angst vor dem, was er sagen würde. Das war schon immer ihr Schwachpunkt gewesen. Sie steckte den Kopf lieber in den Sand, in der Hoffnung, die Probleme würden sie nicht entdecken und an ihr vorbeilaufen. Leider war das Leben nicht so einfach. Schon gar nicht, wenn einem das eigene Gewissen keine Ruhe ließ.

Letzte Woche hatte sie allen Mut zusammengenommen und Karl noch einmal auf die Sache angesprochen. Sie musste einfach Gewissheit haben, auch wenn sie spürte, dass es ihr danach nicht besser gehen würde. Karl hatte sie müde angesehen, als sei er das Versteckspiel leid, und bestätigte all ihre Befürchtungen. Obwohl sie es die ganzen Monate tief in ihrem Inneren geahnt hatte, war es, als hätte er ihr den Boden unter den Füßen weggezogen. Was sie tun sollten, hatte sie gefragt. Sie solle sich keine Sorgen machen, er würde es nun endlich in Ordnung bringen, versicherte er ihr. Sie hätte damit nichts zu tun, er würde sie heraushalten. Sie wagte nicht, ihn zu fragen, wie er das bewerkstelligen wollte.

* * *

Sophie hockte mit angezogenen Beinen auf dem Sofa und nippte hin und wieder an ihrem Kaffee, der längst kalt geworden war. Ihre Gedanken kreisten um den Mord. Welches Motiv mochte dahinterstecken?

Karl musste seinen Mörder gekannt haben, sonst hätte er ihn nicht hereingelassen. Wahrscheinlich war er sogar mit ihm – oder ihr – in der Schule verabredet gewesen. Die Lehrerinnen hätten sich natürlich mit ihrem eigenen Schlüssel Zutritt verschaffen können. War eine von ihnen heimlich in die Schule gegangen und dabei von Karl überrascht worden? Doch was hätte sie dort Schlimmes anstellen können, um sich genötigt zu sehen, den Schulleiter zum Schweigen zu bringen? Das Buchstabenhaus anzünden? Den Pokal klauen? Oder handelte es sich am Ende um eine heiße Liebesnacht, die irgendwie danebengegangen war? Erschreckende Vorstellung!

Sophie zuckte zusammen, als das Telefon klingelte. Sie fluchte, als sie sich den Rest ihres Kaffees über die Hose goss.

»Liebermann?«, rief sie in den Hörer, nachdem sie sich von dem Schreck erholt hatte. Hoffentlich war es nicht Ben, der ihr eine weitere Leiche melden wollte. Ach nein, der war ja heute im Präsidium.

»Hi, hier ist Cordula«, sagte eine weibliche Stimme am anderen Ende.

»Ach, Cordi, hi. Na, wie gehts?«

Die beiden Frauen waren schon im Kindergarten die besten Freundinnen gewesen, hatten sich in den letzten Jahren aber aus den Augen verloren, als Cordula zum Medizinstudium nach München gezogen war. Dort hatte sie sich einen zwanzig Jahre älteren Arzt angelacht und war in Bayern geblieben. Nach dem Scheitern ihrer Ehe war sie vor einigen Wochen nach Wuppertal zurückgekehrt, hockte seitdem in ihrem alten Kinderzimmer bei ihren Eltern und blies Trübsal.

»Ich wollte fragen, ob es bei unserem Treffen heute Abend bleibt. Halb acht im Katzengold?«, fragte Cordula.

Die Verabredung hatte Sophie komplett verdrängt. Gut, dass ihre Freundin sich nochmal gemeldet hatte, sonst würde die Ärmste sich heute Abend die Beine in den Bauch stehen.

»Ich weiß nicht so recht«, antwortete sie und berichtete ihr von den gestrigen Ereignissen.

»Du lieber Himmel! Der arme Ben. Ich hab zwar gestern in der Lokalzeit gesehen, dass ein Schulleiter in Wuppertal ermordet worden ist; aber dass es sich dabei um den Chef von Ben gehandelt hat, wusste ich nicht. Wie gehts ihm denn? Also Ben, nicht dem Schulleiter.«

»Ach, er hält sich eigentlich ganz wacker. Ich mag ihn nur nicht allein zu Hause sitzen lassen, verstehst du?«

»Klar verstehe ich das. Verschieben wir es auf ein anderes Mal.«

Cordula klang ein wenig enttäuscht. Klar, sie mochte wahrscheinlich auch nicht allein zu Hause sitzen. Aber darauf konnte Sophie heute keine Rücksicht nehmen. Sie verabschiedete sich von ihrer Freundin und erhob sich widerwillig vom Sofa.

So langsam sollte sie mal zu Potte kommen, denn sie wollte vor der Arbeit noch schnell ins Krankenhaus, um nach Barbara zu sehen. Und umziehen musste sie sich ja auch noch, fiel ihr beim Blick auf ihre Hose auf. Große Lust, sich Barbaras Gejammer anhören zu müssen, hatte sie eigentlich nicht, aber die arme Frau bekam sicherlich sonst keinen Besuch. Vielleicht konnte sie ihr bei der Gelegenheit auch noch weitere Informationen über Karl entlocken, die ihnen bei den Ermittlungen weiterhalfen.

Also dann, Ohren zu und durch, dachte sie und machte sich entschlossen auf den Weg.

19

Carsten und Maier standen vor dem Schwesternzimmer der Privatstation im zehnten Stock des Hochhauses der Helios-Klinik in Barmen. Eine resolute Dame, deren Namensschild sie als Oberschwester Marianne auswies, versuchte den beiden Beamten klarzumachen, dass Frau Ehrhardt-Gonzmann zurzeit nur bedingt vernehmungsfähig war und sie bei der Befragung äußerst feinfühlig vorgehen mussten.

Carsten nickte eifrig wie ein braver Schuljunge und versicherte, die Feinfühligkeit in Person zu sein. Hauptsache, der Schwesterndrache ließ ihn durch. Er wusste selbst am besten, wie er mit Frauen wie dieser doppelnamigen Hypochonderin umgehen musste. Der würde er einen guten Grund für einen Nervenzusammenbruch liefern, wenn er sie – ganz feinfühlig – wegen Mordes an Karl Goebel verhaftete. Entschlossen stapfte er auf das Zimmer zu, das die Oberschwester ihm gezeigt hatte.

»Und denken Sie daran, die Patientin nicht aufzuregen«, rief sie ihnen hinterher und wedelte mit dem Zeigefinger.

Carsten winkte genervt ab und betrat den Raum, ohne anzuklopfen. Die Lehrerin lag, mit dem Gesicht zum Fenster, in ihrem Bett und rührte sich nicht.

»Frau Ehrhardt-Gonzmann?«, sprach Carsten sie an.

Langsam bewegte Barbara ihren Kopf und wandte sich den beiden Polizisten zu. Ihre Augen waren rotgeweint, ihr schlecht geschnittenes braunes Haar hing ihr strähnig in die Stirn. Sie blickte ihre Besucher an, ohne sie wirklich wahrzunehmen. *Die spielt ihre Rolle echt gut*, dachte Carsten anerkennend.

»Wer sind Sie? Was wollen Sie?«, fragte sie endlich mit schleppender Stimme.

»Mein Name ist Carsten Kantner, ich bin von der Kriminalpolizei Wuppertal. Das ist mein Kollege, Lukas Maier.«

Er sprach betont langsam und deutlich, als hätte die Lehrerin nicht mehr alle Tassen im Schrank. Die beiden Beamten nickten Barbara freundlich zu, doch die wandte den Kopf wieder ab und starrte aus dem Fenster.

»Wir ermitteln im Mordfall Karl Goebel und würden Ihnen diesbezüglich gern ein paar Fragen stellen, wenn Ihnen das nicht zu viel ist«, wagte Carsten einen erneuten Vorstoß.

Ein tiefer Seufzer musste ihm als Antwort genügen. Die Lehrerin drehte ihnen weiterhin den Rücken zu, als hoffte sie, ihre Besucher würden unverrichteter Dinge wieder abziehen, wenn sie sie nur lange genug ignorierte. Da machte sie die Rechnung allerdings ohne Carsten. Er ging um das Bett herum und postierte sich zwischen Barbara und dem Fenster. Wenn das so weiterging, standen sie morgen noch hier, und sie hatten nur fünf Minuten bis der Schwesterndrache das Zimmer stürmen würde, um sie hinauszuwerfen. Außerdem war sein Geduldsfaden äußerst knapp bemessen.

»Frau Ehrhardt-Gonzmann, Sie können sich und uns eine Menge Zeit und Ärger ersparen, wenn Sie sich kooperativ zeigen. Wenn Sie jetzt nicht mit uns reden wollen, müssen wir Sie aufs Präsidium bitten. Wenn Sie unsere Fragen beantworten, sind Sie uns in ein paar Minuten wieder los.«

Er blickte sie scheinbar aufmunternd an. Ein Lächeln verkniff er sich, weil Sophie einmal behauptet hatte, dass sein Lächeln, wenn es nicht ehrlich gemeint war, einem Zähne fletschenden Haifisch ähnelte. Er wollte sich nicht vorwerfen lassen, es mangele ihm an Feingefühl. Die Lehrerin seufzte wieder herzzerreißend und richtete sich ein wenig in ihrem Bett auf. Meine Güte war diese Frau umständlich.

»Was wollen Sie denn wissen?«, fragte sie und schniefte.

Na also, geht doch. »Frau Ehrhardt-Gonzmann, können Sie sich vorstellen, wer Ihrem Chef nach dem Leben trachten würde?«

Barbara sah von Carsten zu Maier, der rasch sein Notizbuch zückte und sie dabei aufmunternd anlächelte, als wolle er ihr Mut machen. Der sah keinesfalls wie ein Haifisch aus. Eher wie ein knuddeliges Meerschweinchen, dem man eine Gurke vor die Nase hielt.

Sie seufzte wieder. »Karl war nicht sonderlich beliebt«, sagte sie mechanisch. »Er war sehr verschlossen und redete nicht viel.«

Ja, ja, erzähl mir was Neues. »Wenn ich das richtig verstanden habe, haben Sie gemeinsam mit ihm die finanziellen Transaktionen der Schule geregelt?«, fragte Carsten, um das Gespräch in die für ihn relevante Bahn zu lenken.

»Äh – ja?«

»War das jetzt eine Frage? Sie müssen doch wissen, was Sie da unterzeichnen. Können Sie mir irgendwas über den Finanzstatus der Schule sagen?«

Barbara blickte ihn erstaunt an. »Was sollte ich darüber wissen? Das ist nicht meine Angelegenheit. Karl legt mir die Belege hin, und ich unterschreibe sie. Stimmt denn etwas nicht damit?«, fragte sie vorsichtig.

»Das würden wir gern von Ihnen wissen.«

»Da kann ich Ihnen aber gar nichts zu sagen.« Barbaras Kopf flog hektisch zu Maier, der in der Ecke des Zimmers stand und konzentriert mitschrieb.

»Frau Ehrhardt-Gonzmann, können Sie sich vorstellen, dass Herr Goebel Geld von der Schule für private Zwecke abgezweigt hat?«, richtete Carsten ihre Aufmerksamkeit wieder auf sich.

Die Lehrerin machte einen mehr als verstörten Eindruck. »Nein, das würde Karl nie tun. Er liebte die Schule. Mehr als alles andere.«

»Frau Ehrhardt-Gonzmann, wir überprüfen zurzeit die Finanzen der Schule und Herrn Goebels private Geldangelegenheiten. Wir gehen davon aus, dass er Gelder veruntreut hat und dabei zumindest auf Ihr stillschweigendes Einverständnis angewiesen war.«

Barbaras Augen wurden größer. »Ich habe doch gesagt, Karl würde so etwas nicht tun, und ich mit Sicherheit auch nicht«, beharrte sie. »Wir haben nie irgendetwas getan, was der Schule geschadet hätte, und dabei bleibe ich. Wie kommen Sie nur auf so etwas? Wenn Sie jetzt bitte gehen würden, ich bin sehr erschöpft.«

Sie schloss demonstrativ die Augen und zog die Decke ein Stück höher.

»Wir sind noch nicht ganz fertig. Wo waren Sie gestern Abend?«

* * *

Melanie pirschte unruhig durch ihr Häuschen. Die alten Dielen knarzten und ächzten Mitleid erregend unter ihrem Gewicht. Sie ging zum gefühlten fünfzigsten Mal die Treppe hinauf in ihr kleines Schlafzimmer, um sich zu vergewissern, dass Kalli nicht dort war. Nein, stellte sie fest, auch unter dem Bett war er nicht. Wo steckte er nur?

Sie hatte gestern Abend eigentlich wach bleiben wollen, um Kalli von ihrem ungebetenen Besucher zu unterrichten und eine Erklärung zu verlangen, doch irgendwann war sie auf der Couch eingeschlafen. Als sie am frühen Morgen erwachte, war es im Haus mucksmäuschenstill gewesen. Melanie war rasch hinauf ins Kinderzimmer gegangen, um sich zu vergewissern, dass der fiese Russe nicht zurückgekehrt war und ihre Tochter entführt hatte. Doch Elli hatte in ihrem Bettchen gelegen und tief und fest geschlafen. Melanie hatte erleichtert aufgeatmet und sich auf den Weg ins Schlafzimmer gemacht, im Glauben daran, ihren Mann im Bett vorzufinden. Doch es war leer gewesen. War er schon wieder fortgegangen? Oder war er gar nicht erst nach Hause gekommen?

Sie riss die Türen des Kleiderschranks auf, um festzustellen, ob seine Sachen fehlten. Soweit sie es beurteilen konnte, hing alles an seinem Platz. Allerdings wusste sie nicht wirklich, was er so besaß. Was in der Schmutzwäsche lag, stopfte sie in die Waschmaschine und pfefferte es anschließend in den Schrank.

Melli kratzte sich ratlos am Kopf, ließ die Schranktüren offenstehen und ging zurück ins Erdgeschoss. In der Küche begann Elli, mittlerweile wach und munter, zu singen und mit dem Löffel auf ihre Schüssel zu hämmern. Das Kind hatte wohl Hunger. Es hatte eigentlich immer Hunger. Ihr selbst war der Appetit seit gestern Abend ausnahmsweise vergangen. Wenn sie an diesen ekligen Kerl dachte, lief es ihr jetzt noch eiskalt den Rücken herunter. Sie erstarrte. Hoffentlich war Kalli ihm nicht in die Arme gelaufen.

Sie eilte ans Fenster im Wohnzimmer, um zu überprüfen, ob ihr Mann nicht vielleicht tot im Garten lag. Nein, auch da war nichts von ihm zu sehen. Ebenso wenig wie von seinem Wagen, der normalerweise immer an der Ecke stand. Die zum Haus gehörige Garage war leider nicht nutzbar. Dieses dösige Trafohäuschen stand so ungünstig, dass man die Kurve zur Einfahrt höchstens mit einem Bobby-Car bewältigen konnte.

Melanie ließ sich erschöpft auf das Sofa sinken. Wo zum Teufel steckte Kalli?

20

Oberschwester Marianne klärte Sophie gerade darüber auf, dass zurzeit zwei Polizeibeamte bei Frau Ehrhardt-Gonzmann seien und sie jetzt unmöglich stören dürfe, als aus einem der Zimmer lautes Geschrei ertönte. Die Oberschwester rannte sofort los, um nach dem Rechten zu sehen. Sophie, die glaubte, eine ihr nur allzu vertraute Stimme erkannt zu haben, folgte ihr ahnungsvoll. Als die beiden Frauen das Zimmer betraten, bot sich ihnen ein grotesker Anblick. Barbara Ehrhardt-Gonzmann, nur mit einem Flügelhemdchen bekleidet, das den Blick auf ihre Kehrseite freigab, stürzte sich gerade auf den hünenhaften Mann, der sich, von dem unerwarteten Angriff völlig überrascht, auf den Hosenboden setzte, während der kleinere Mann in der Ecke einen Notizblock in die Luft warf und losstürzte, um dem Kollegen zu Hilfe zu eilen.

»Der Angriff auf mich verbessert Ihre Position nicht gerade«, keuchte Carsten unter der Last seiner Angreiferin.

Schwester Marianne hastete zum Bett und drückte den Klingelknopf, um Hilfe herbeizurufen. Maier versuchte unterdessen, Barbara von seinem Chef herunterzuziehen, während Sophie fassungslos im Türrahmen stand und nicht wusste, ob sie lachen oder schockiert sein sollte. Wie um alles in der Welt hatte ihr Bruder es geschafft, diese sanftmütige Frau, die sonst keiner Fliege etwas zuleide tat, in eine rasende Furie zu verwandeln, die ihm an die Kehle wollte? So wie sie sich aufführte, war Barbara vielleicht doch zu einer Bluttat fähig.

Die Lehrerin saß auf Carstens Bauch und trommelte mit den Fäusten wild auf seinem Brustkorb herum, bis sie schließlich anfing, haltlos zu schluchzen. Sie ließ sich in Lukas Maiers Arme sinken, der unbeholfen versuchte, sie zu trösten. Sophie kam ihm zu Hilfe, übernahm Barbara und bugsierte sie, beruhigende Worte flüsternd, wieder ins Bett.

Carsten rappelte sich, immer noch verblüfft, wieder hoch. Er sah unsicher zu Maier, der seinen Notizblock vom Boden fischte. Oberschwester Marianne packte den Hauptkommissar zornig am Arm und zerrte ihn wie einen unartigen Buben aus dem Zimmer.

Maier wusste nicht, was er nun tun sollte. Gerade noch rechtzeitig fiel ihm ein, der armen Barbara Ehrhardt-Gonzmann eine Visitenkarte zu überreichen, für den Fall, dass ihr noch etwas einfallen sollte. Das machte der Chef doch auch immer so. Ehe er seinen Spruch aufsagen konnte, riss Sophie ihm die Karte aus der Hand und knallte sie auf den Nachttisch.

Die Turnhalle der Grundschule diente als vorläufiges Auffanglager, um die wenigen Kinder zu beherbergen, die heute von ihren Eltern geschickt worden waren. Das Schulgebäude selbst war bis auf Weiteres gesperrt. Es stellte sich ohnehin die Frage, ob man es jemals wieder unbeschwert würde betreten können.

Die Schüler, die inzwischen erfahren hatten, was gestern passiert war, wirkten ein wenig verstört und spielten still miteinander oder lasen etwas. Keines der Kinder schien Lust auf ausgelassenes Toben zu verspüren. Selbst Lennart Siebenhausen hielt sich für seine Verhältnisse zurück. Den Lehrerinnen war es recht. Keine von ihnen fühlte sich im Moment auch nur annähernd in der Lage, einer Horde wild gewordener Indianer Paroli zu bieten.

Hildegard und Gabi, das dynamische Duo, hatten sich auf eine Bank im Geräteraum verkrochen und unterhielten sich leise.

»Ben hat angerufen und gesagt, Sina hätte sich krankgemeldet. Ist das nicht eine Frechheit? Als ob die krank wäre«, empörte sich Gabi. »Gestern beim Elternabend wirkte sie jedenfalls noch sehr gesund.«

»Ach, die Jugend von heute, die verträgt nix mehr. Wir Alten gehen mit dem Kopf unterm Arm arbeiten, aber das junge Gemüse … da passiert ein kleiner Mord und schon kriegen sie ein Magengeschwür. Die sind heutzutage das Arbeiten einfach nicht mehr gewohnt.« Hildegard machte eine wegwerfende Handbewegung. »Na ja, wer weiß, was ihr über die Leber gelaufen ist. Vielleicht hatte sie ja was mit Karl …«

Dieser Gedanke war Gabi ebenfalls gekommen. Sie konnte sich zwar nicht vorstellen, dass ausgerechnet die attraktive Sina sich mit Karl eingelassen haben sollte, doch wenn Karl erst mal hinter einem Rock her war, ließ er nicht so schnell locker. Gabi kannte ihn gut genug, um das beurteilen zu können, wenn es auch lange her war, dass er an ihrem Rockzipfel gehangen hatte.

»Eine wie sie hätte Karl sich nicht entgehen lassen«, bemerkte Hildegard treffend. »Kein Wunder, dass seine Frau ihn verlassen hat. Der war doch hinter allem her, was nicht bei drei aufm Baum war.«

Sie warf einen verstohlenen Blick in Richtung Elke und Paula, den Gabi nicht recht deuten konnte. Sie war nur froh, dass die Kollegin nicht sie ansah.

»Selbst wenn sie was miteinander hatten, was hat das mit seiner Ermordung zu tun?«, fragte Gabi, die es bedauerte, sich nicht auch krankgemeldet zu haben. Auf eine Diskussion dieser Art hatte sie absolut keine Lust.

Hildegard zuckte mit den Schultern. »Vielleicht war es ein Mord aus Eifersucht.«

»Auf Sina oder auf Karl?«

»Such dir was aus.«

»Na, was habt ihr denn für Geheimnisse?«, fragte Ingeborg Diepenthal, die unbemerkt nähergekommen war und sich nun zu den beiden auf die Bank gesellte. »Versucht ihr herauszufinden, wer Karl ermordet hat?«

Gabi ächzte genervt. Inzwischen bereute sie es bitterlich, heute Morgen nicht einfach im Bett geblieben zu sein. Jetzt würden die Kolleginnen gewiss anfangen, die alten Geschichten ans Tageslicht zu zerren.

»Was meinst du denn?«, fragte Hildegard an Ingeborg gerichtet. »Vielleicht Barbara?« Sie kicherte gehässig.

»Ach Quatsch, die doch nicht«, erwiderte Ingeborg verächtlich. »Die hätte nicht den nötigen Mumm dafür.«

»Wie stehts mit dir?«, wollte Gabi wissen.

Ingeborg zuckte entschuldigend mit den Achseln. »Kein Motiv«, meinte sie und klimperte unschuldig mit den Augen. »Außerdem habe ich ein Alibi.«

»Genau wie wir anderen«, warf Hildegard ein. »Ein Abend im trauten Heim mit dem lieben Gatten zählt für die Polizei allerdings nicht unbedingt.«

»Waren sie bei euch auch?« Gabi schaute ihre beiden Kolleginnen fragend an.

»Na klar. Mein Mann war total begeistert. Kam sich vor wie im Tatort«, sagte Ingeborg.

»Meinst du, sie verdächtigen eine von uns?«

»Wer weiß. Auszuschließen ist es ja nicht. Keine von uns war sonderlich begeistert, Karl als Chef zu haben.«

»Bis auf Elke«, entgegnete Hildegard geheimnisvoll.

Die beiden anderen sahen sie überrascht an.

»Habt ihr etwa nicht gemerkt, wie ölig die den immer angeglotzt hat?«

Gabi schüttelte entschieden den Kopf. »Blödsinn. Die lästert doch ständig über ihn.«

Hildegard lächelte weise und tätschelte mitleidig Gabis Hand. »Alles nur Tarnung«, versicherte sie. »Die war total verknallt in Karl. Glaub mir, ich hab ein Auge für so was.«

Gott sei Dank, ging es Gabi durch den Kopf, *hat Hildegard kein Auge dafür, dass es nicht Elke war, sondern ich eine Zeitlang das Bett mit Karl geteilt habe.*

»Weswegen sollte Elke ihn umbringen, wenn sie angeblich in Karl verknallt war?«, wollte Ingeborg wissen.

»Na weshalb wohl? Weil Karl sie nicht erhört hat.«

»Oder weil er sie wegen Sina fallengelassen hat«, vermutete Gabi, die sich an Hildegards Vermutung diesbezüglich erinnerte. Und an Karls Art, ähnlich einer Biene, von Blüte zu Blüte zu ziehen.

21

In der Krankenhaus-Cafeteria reihte Maier sich in die Schlange an der Theke ein, um Kaffee für alle drei zu organisieren, während Sophie und Carsten an einem abgelegenen Tisch Platz nahmen.

»Was war das denn gerade?«, platzte Sophie heraus. »Was hast du bloß getan, dass Barbara so ausgeflippt ist?«

»Wie kommst du darauf, dass ich etwas damit zu tun habe?«, erwiderte Carsten, die Arme trotzig vor der Brust verschränkt.

Sie warf ihm einen vielsagenden Blick zu. »Weil ich dich schon länger kenne, als mir lieb ist. Also?«

»Was meinst du denn? Ihr gesagt, dass ich sie für die Komplizin in der Unterschlagungssache halte, natürlich. Und für die Mörderin.«

Sophie vergrub ihr Gesicht kurz in den Händen und verharrte einige Sekunden in stummer Meditation. Carsten war manchmal so feinfühlig wie ein führerloser Bulldozer. Die arme Barbara musste gedacht haben, ihr letztes Stündlein hätte geschlagen. Sophie hätte ihren Bruder gern vom Stuhl geschubst, aber jetzt hieß es, ruhig Blut zu bewahren. Je mehr sie auf ihrem Standpunkt beharrte, desto mehr würde er mauern. Sie kannte das. Besser war es, ihm in vernünftigem Ton beizubringen, dass er sich auf dem Holzweg befand, und selbst dann konnte man nicht sicher sein, ob er seinen Fehler einsah. Wahrscheinlich eher nicht.

»Barbara würde niemals …«, begann sie.

»Hast du nicht gesehen, wie die auf mich losgegangen ist?« Carsten ruderte mit den Armen, um ihr die Szene wieder ins Gedächtnis zu rufen. »Wenn man die genug reizt, ist sie zu allem fähig. Wer weiß, was Goebel mit ihr angestellt hat. Möglich ist es, du hast es selbst erlebt.«

Sie musste ihm widerwillig zustimmen. Ihr war schließlich derselbe Gedanke gekommen, als sie in diese bizarre Szene hineingeraten war. Wenn schon ein paar Minuten mit Carsten ausreichten, um sie derart aus der Fassung zu bringen, was würden zehn Jahre unter der Knute von Karl Goebel bei ihr auslösen? Aber wenn Sophie das zugab, würde Carsten triumphieren. Das ging gar nicht.

»Das mag ja sein, aber sie wäre niemals in der Lage gewesen, die ganze Sache zu vertuschen«, meinte sie daher. »Wenn sie sich wieder beruhigt hätte, wäre sie zur Polizei gegangen und hätte sich gestellt. Außerdem kann sie es ja wohl kaum gewesen sein, die Lukas in Karls Haus eins über die Rübe gezogen hat. Nette Beule übrigens.«

»Danke.« Maier war mit einem Tablett, auf dem drei dampfende Tassen standen, beim Tisch angelangt. Er verteilte stumm die Becher und setzte sich zu den beiden.

»Eigentlich hat Sophie recht, Chef«, warf er ein. »Als ich überfallen wurde, war die Lehrerin bereits auf dem Weg ins Krankenhaus.«

»Da hast du es«, nickte Sophie bestätigend und nippte an ihrem Kaffee. »Außerdem: Was ist, wenn in den Unterlagen gar nichts Unlauteres zu finden ist? Dann stehst du ganz schön blöd da. Hinterher verklagt Barbara dich noch wegen Polizeiwillkür oder so.«

»Die Sache mit der Unterschlagung war doch deine tolle Idee«, ätzte Carsten, dem es langsam auf die Nerven ging, sich ständig für seine Vorgehensweise rechtfertigen zu müssen. Wer war denn hier der Hauptkommissar? Und was fiel Maier ein, ihm in den Rücken zu fallen und sich auf die Seite dieser Möchtegern-Miss-Marple zu schlagen? Der wollte sich wohl bei ihr einschleimen. Es war ohnehin schon peinlich genug, dass ausgerechnet die beiden

Zeugen des Angriffs geworden waren.

Er trommelte genervt mit den Fingern auf die Tischplatte. Nach wie vor war er von seinem Verdacht überzeugt. So wie die Lehrerin sich aufführte, hatte sie garantiert etwas zu verbergen. Allerdings lag Sophie auch nicht falsch damit, dass seine Theorie sofort wie ein Kartenhaus in sich zusammenfallen würde, sollten in den Schulunterlagen keine Unregelmäßigkeiten festzustellen sein. Und ein anderes Motiv für die Ehrhardt-Gonzmann hatte er bislang nicht vorzuweisen.

Er sah demonstrativ auf die Uhr, um zu zeigen, dass der Kaffeeklatsch für ihn beendet war. Es wurde allmählich Zeit, sich nach Nächstebreck aufzumachen, um diesen Siebenhausen näher unter die Lupe zu nehmen. Vielleicht brachte ein Gespräch mit dem Bauunternehmer neue Erkenntnisse.

* * *

Auf der Beyenburger Wache war erstaunlich wenig los. Erstaunlich nicht deshalb, weil hier sonst der Bär tobte, aber angesichts der Tatsache, dass man erst gestern im Ort eine Leiche entdeckt hatte, kam es Dietmar beinahe gespenstisch ruhig vor. Keine panischen Eltern, die um das Leben ihrer Kinder fürchteten, keine Omis, die auf Polizeischutz bestanden. *Hoffentlich ist das nicht die Ruhe vor dem Sturm,* dachte er. Als hätte er das Unheil heraufbeschworen, öffnete sich die Eingangstür. Ein Mann kam rückwärts herein und schüttelte im Gehen seinen Schirm aus. Dann drehte er sich langsam um.

Als Dietmar den Mann erkannte, zuckte er erschrocken zusammen. Winnie, sein alter Schulkamerad. Was um alles in der Welt hatte der hier verloren? Wie auf Kommando brach dem Polizisten der Schweiß aus. Zu seinem Leidwesen passierte ihm das immer, wenn es unangenehm zu werden drohte. Weshalb er mit diesem Problem überhaupt Polizist geworden war, wusste er selbst nicht mehr. In den letzten Monaten war es immer schlimmer geworden. Mittlerweile duschte er zweimal täglich.

»Was willst du denn hier?«, fragte er den Mann und zog ein Taschentuch aus seiner Hose.

»Na na, wer wird denn so garstig sein?«, erwiderte Winnie und ließ sich auf einen der Stühle fallen. Er sah sich im Raum um, und seine Augen bekamen einen nostalgischen Glanz. »Weißt du noch, was wir früher hier alles angestellt haben?«

Dietmar musste überlegen, was sein Freund damit meinte. Er konnte sich nicht erinnern, dass Winnie jemals hier gewesen wäre. Dann fiel es ihm wieder ein: Er und sein ungebetener Gast saßen gerade in ihrem alten Klassenzimmer. Das Gebäude, in dem sich die Wache befand, war früher einmal das Schulhaus gewesen, bevor man sich in den Siebzigerjahren für einen Neubau oben am Siegelberg entschied. Wenn man es so betrachtete, hatte Dietmar die Grundschule nie verlassen.

Aber Winnie war doch nicht allen Ernstes hier, um über alte Zeiten und ihre Lausbubenstreiche zu plaudern.

»Gibt es schon Neuigkeiten im Fall unseres toten Freunds?«, kam Winnie nun auf den Grund seines Besuchs zu sprechen.

Wie war ihm das denn wieder zu Ohren gekommen? Es hatte zwar gestern Abend einen Bericht im Fernsehen gegeben und natürlich war der Mord heute Morgen die Schlagzeile der lokalen Zeitung gewesen, doch weder Karls Name, noch der der Schule waren dabei erwähnt worden. Aber wenn er so darüber nachdachte, konnte Dietmar sich schon denken, aus welcher Ecke die Information geflossen war.

Aus seiner ausnahmsweise nicht. Jedenfalls nicht direkt.

»Keine Ahnung«, erwiderte er. »Ich gehöre nicht zum Team der Mordkommission.« *Zum Glück*, fügte er in Gedanken hinzu.

»Aber du kennst gewiss jemanden, der dir darauf eine Antwort geben könnte. Hör dich einfach mal ein bisschen um. Oder hast du Lust darauf, dass deine Kollegen hinter unseren kleinen Deal kommen?«

Nein, das hatte Dietmar eigentlich nicht. Aber so langsam fragte er sich, ob das nicht die angenehmere Alternative wäre. Doch sein sogenannter Freund hatte seine Spione überall. Wenn der merkte, dass Dietmar auch nur daran dachte, auszupacken, könnte das böse für ihn enden. Warum interessierte sich Winnie überhaupt für den Stand der Ermittlungen? Dem war doch sonst alles egal, was nicht unmittelbar mit ihm zu tun hatte. Ein Gedanke durchzuckte den Kopf des Polizisten wie ein Blitzschlag.

Hatte Winnie am Ende etwas mit der Sache zu tun? Er und Karl waren schon immer erbitterte Konkurrenten in allen Bereichen gewesen, auch wenn sie stets so taten, als seien sie die besten Freunde. Und nachdem Karl Winnie die Freundin ausgespannt hatte, war der Ofen ganz aus. Winnie hatte sogar die Stadt verlassen. Dabei wäre das gar nicht nötig gewesen, denn Karls Glut war so schnell wieder erloschen, wie sie aufgeflammt war. Er war eben ein Jäger und kein Sammler. Aber das lag viele Jahre zurück.

Oder wiederholte sich die Geschichte? So wie die beiden sich letzte Woche in der Wolle gehabt hatten, war das durchaus denkbar. Hatte Winnie einen unliebsamen Mitbewerber um die Gunst einer gewissen Dame mehr oder weniger elegant aus dem Weg geräumt?

Er musste an Karls Anblick gestern Morgen denken. War

nicht schön gewesen. Er verspürte nicht das Verlangen, auf die gleiche Art zu enden. Also brav die Augen zumachen und den Mund halten.

22

»Ein Hauptkommissar Kantner ist hier und möchte mit Ihnen sprechen«, ertönte Schneiderchens Stimme aus der Sprechanlage.

Peter Siebenhausen zögerte kurz, dann verstaute er rasch die Whisky-Flasche und das Glas in der Schublade seines massiven Kirschholz-Schreibtischs.

»Was will er?«, fragte er, um einige Sekunden Zeit zu gewinnen.

»Es geht um Karl Goebel.«

Natürlich! Worum sollte es auch sonst gehen? Peter wusste nicht, ob er erleichtert oder besorgt sein sollte. Weshalb kam man in dieser Sache ausgerechnet zu ihm? Oder wurden alle Eltern der Schule vernommen? Dann hatte die Polizei aber viel zu tun. Es machte keinen Sinn, sich darüber den Kopf zu zerbrechen, der Polizist würde sich sicherlich nicht abwimmeln lassen. Seine Hand zitterte leicht, als er den Knopf der Sprechanlage drückte.

»Soll reinkommen«, verkündete er souveräner, als er sich fühlte.

Die Tür öffnete sich, und ein großgewachsener, gut aussehender Mann trat ein. Peter fühlte sich automatisch ein Stückchen kleiner, und das ärgerte ihn gewaltig. Früher war er auch einmal so stattlich gewesen, doch das war, wie er bedauerlicherweise zugeben musste, etliche Jahre her. Inzwischen hatten die Fettmassen die Herrschaft über seinen Körper übernommen und die Muskeln, die er sich mühsam antrainiert hatte, verdrängt. Mit Kennerblick bemerkte er, dass auch der Hauptkommissar aufpassen musste, damit es ihm in naher Zukunft nicht ähnlich erging. Das versöhnte ihn ein wenig.

Der Bauunternehmer wies auf den Stuhl vor seinem Schreibtisch und wartete, bis sein Gast Platz genommen hatte. Dann beugte er sich vor, verschränkte die Hände auf der Schreibtischplatte ineinander und blickte den Polizisten erwartungsvoll an. Er versuchte, die Lässigkeit eines Mannes, der nichts zu verbergen hatte, auszustrahlen, war sich aber nicht sicher, ob es ihm gelang.

»Nun, Herr, äh, Kommissar, Sie wollten mit mir über Karl Goebel sprechen?«, fragte Peter und tat so, als sei der Name des Polizisten für ihn so unwichtig, dass er ihn bereits wieder vergessen hatte.

Doch entweder bemerkte der Mann es nicht oder es war ihm egal. Der Kerl schien ein ziemlich harter Hund zu sein. Das konnte sich zu einer zähen Angelegenheit entwickeln. Er musste verdammt auf der Hut sein, um dem Bullen, der ihn jetzt arrogant musterte, nicht zu viel zu verraten. Gott, er brauchte jetzt dringend einen Schluck Whisky.

»Richtig«, erwiderte Kantner.

Der Hauptkommissar fixierte Peter mit einem undurchdringlichen Blick, und ein paar Sekunden maßen die beiden Männer sich in einem heimlichen Starr-Wettbewerb, bevor Peter sich geschlagen gab und den Blick auf seine Hände richtete.

»Was führt Sie da zu mir? Reine Routine, oder besteht ein konkreter Anlass?«, erkundigte er sich.

»Ein bisschen von beidem«, gab Kantner zu. »Wir müssen natürlich jeden aus dem näheren Umfeld des Opfers befragen. Ich habe jedoch eine Zeugenaussage, die belegt, dass Sie kurz vor Herrn Goebels Tod einen Streit mit ihm gehabt haben. Warten Sie, ich habe mir das aufgeschrieben.« Er kramte betont umständlich in seinem Jackett und zog einen kleinen Block hervor. Er blätterte ein paar Mal hin und her, räusperte sich und las dann vor, was er sich notiert hatte. »Diese Eva, von der die Rede war, ist Ihre Frau, nehme ich an?«

»Sie nehmen richtig an.« Es machte wenig Sinn, das zu leugnen. Peter schluckte und zögerte einige Sekunden. »Ich versuche gerade, mich daran zu erinnern, worum es bei dem Disput am Donnerstag gegangen sein könnte.«

Verdammt, er hatte es geahnt. Irgendeine dieser bekloppten Lehrerinnen hatte seinen Streit mit Karl mitbekommen. Nein, der Konrektor musste es gewesen sein, dieser Liebermann. Der hatte am Donnerstag noch in der Schule herumgelungert, als er, blind vor Wut, ins Amtszimmer gestürmt war. Sicher hatte dieser kleine Möchtegern sein Ohr an die Tür gelegt. Den würde er auf der nächsten Schulkonferenz einen Kopf kürzer machen. Der konnte sich schon mal warm anziehen.

Aber was sollte er jetzt diesem Kommissar erzählen? Die Wahrheit wohl kaum. Ihm musste schnell etwas einfallen, Kantner tippte schon ungeduldig mit seinem Bleistift eine Melodie auf den Schreibtisch. Wehe, der schlug ihm eine Macke ins Holz.

»Ah, jetzt fällt es mir wieder ein.« Peter hob triumphierend den Zeigefinger. »Meine Frau hat mir anvertraut, Herr Goebel sei ihr auf dem letzten Sommerfest in der Schule etwas zu nahe getreten. Deswegen habe ich ihn zur Rede gestellt. Sie sehen, Herr Kommissar, eine unangenehme Sache, aber kein Grund, jemanden zu ermorden. Herr Goebel hat sich entschuldigt und versprochen, dass so etwas nie wieder vorkommen würde.«

Er sah dem Kommissar an, dass der kein Wort von dem glaubte, was er da erzählte. Würde er auch nicht an dessen Stelle. Aber der sollte ihm erst mal das Gegenteil beweisen. Hoffentlich hatte Liebermann nicht noch mehr gehört, als das, was der Bulle ihm gerade vorgelesen hatte, fiel ihm plötzlich ein. Nun, falls dem so war, würde er es wohl in den nächsten Minuten erfahren. Aber Kantner machte sich nur eine Notiz in sein Heft.

»Jetzt wollen Sie bestimmt wissen, was ich am Abend des Mordes gemacht habe.« Angriff war immer noch die beste Verteidigung. Peter legte die Spitzen seiner Zeigefinger an die wulstigen Lippen und nickte einige Male. »Nun, ich saß die halbe Nacht in meinem Arbeitszimmer zu Hause über einem neuen Konzept, das ich am Montag im Rathaus vorstellen wollte. Als Zeugen kann ich Ihnen leider nur meine Frau nennen, die im Wohnzimmer saß und ihre Lieblingssendung geschaut hat. Inspektor Barnaby.«

Und wenn die dumme Pute das nicht bestätigt, dann setzt es was. Er würde sie anrufen, sobald dieser Kommissar endlich gegangen war. Sie war ja sowieso Schuld an allem. Hätte sie sich nicht mit Karl eingelassen, wäre jetzt alles in bester Ordnung. Am liebsten würde er ihr ebenfalls den Schädel einschlagen.

Er sah, wie der Polizist seinen Notizblock zurück in die Jackentasche schob und aufstand. Gott sei Dank. Vorerst war er in Sicherheit. Aber wie lange würde das anhalten? Er musste unbedingt mit Winnie sprechen. Der war schließlich nicht ganz unbeteiligt an der Sache. Er würde ihn gleich nach Eva anrufen.

»Ich danke Ihnen für Ihre Zeit, Herr Siebenhausen«, meinte Kantner.

Der Bauunternehmer erhob sich, um dem Hauptkommissar

die Hand zu schütteln und ihn hinauszubegleiten. Er verabschiedete sich hastig und schlug die Tür zu. Mit drei langen Schritten war er zurück an seinem Schreibtisch, zog die Schublade auf und griff nach der Whisky-Flasche. Er öffnete den Schraubverschluss und machte sich nicht einmal die Mühe, das Glas zu füllen, sondern nahm einen großen Schluck direkt aus der Flasche.

***

Vanessa Schneider saß an ihrem Schreibtisch und lächelte Carsten an. Sie war ein altersloses Wesen irgendwo zwischen zwanzig und sechzig. Besser konnte er es wirklich nicht schätzen. Er fragte sich, ob sie das mausgraue Kostüm und die biedere Hochsteckfrisur mit Absicht gewählt hatte, um älter zu erscheinen, als sie war. Oder unattraktiver. Dieser Siebenhausen hatte seine Grabbelfinger gewiss überall, er schien Carsten genau der Typ dafür zu sein. Ob ihn die Verkleidung seiner Sekretärin davon abhielt, sie zu befummeln, war allerdings fraglich.

Das Vorzimmer war wesentlich weniger prunkvoll eingerichtet als das Büro von Siebenhausen, wirkte aber trotzdem edel und repräsentativ. Wenigstens repräsentativer als die Sekretärin selbst. An der langen Wand standen mehrere Vitrinen mit Miniaturen irgendwelcher Prachtbauten. Wahrscheinlich verschiedene Projekte der Nordheim Bau. Sie sahen nur wenig besser aus als die abscheulichen Skulpturen in Siebenhausens Büro. Da hatte es aus allen Ecken nach Geld gestunken. Die Geschäfte liefen offenbar ganz gut. Gab ja auch genügend Baustellen in Wuppertal. Und der Umbau des Hauptbahnhofs hatte noch nicht einmal richtig angefangen. Carsten wurde jetzt schon schlecht bei dem Gedanken an das Verkehrschaos am Döppersberg, das den Wuppertalern in den nächsten Jahren bevorstand.

Nur gut, dass er nicht bei der Verkehrspolizei war.

»Und?«, unterbrach Frau Schneider seine Gedanken. »Konnte Herr Siebenhausen Ihnen bei Ihren Ermittlungen weiterhelfen?«

Carsten bemerkte die Ironie in ihrer Stimme und schüttelte den Kopf. »Nicht wirklich.«

»Das dachte ich mir.« Sie senkte die Stimme zu einem Flüstern, so dass der Hauptkommissar näher an sie heranrücken musste. »Ich kann Ihnen sagen, dass Herr Siebenhausen in der letzten Woche ziemlich sauer auf Herrn Goebel war.«

»Wissen Sie auch, weshalb?«, flüsterte Carsten zurück.

»Das nicht. Aber er hat ziemlich herumgeschrien am Telefon. Es ging um Goebel und dass der sich nur ja nicht mehr blicken lassen soll. Ich weiß nicht, mit wem er gesprochen hat. Normalerweise muss ich ihn immer verbinden, aber die Nummer hat er selbst gewählt.«

»Wann war das?«, fragte Carsten.

Sie überlegte einige Sekunden. »Ich glaube, am Donnerstag. Danach ist er sofort abgehauen.«

»Könnte es bei dem Streit um Frau Siebenhausen gegangen sein?«

Frau Schneider machte eine abwägende Handbewegung. »Vielleicht. Eines kann ich Ihnen aber versichern. Siebenhausen hat mehr zu verbergen, als Sie ahnen.«

»Und was wäre das?«

Die Tür von Siebenhausens Büro öffnete sich wieder.

»Sie sind ja noch hier«, stellte der Bauunternehmer wenig erfreut fest. »Ein kleiner Flirt mit meiner Sekretärin? Schneiderchen, ich brauche Sie zum Diktat. Tut mir leid, Herr ... äh ... Kommissar.«

Vanessa Schneider wurde rot und sprang auf, um dem

Bauunternehmer in sein Büro zu folgen. Carsten sah den beiden hinterher und machte sich dann endgültig auf den Weg nach draußen. Das war doch reine Absicht von Siebenhausen gewesen, sein Gespräch mit Schneiderchen zu unterbrechen. Sie wusste etwas über ihren Boss, vermutlich mehr, als der ahnte. Ein weiteres Schwätzchen mit ihr wäre mit Sicherheit aufschlussreich. Aber nur, wenn dieser Siebenhausen ihnen nicht wieder dazwischenfunkte.

23

Sophie war gerade dabei, etwas Ordnung in Roberts Dekorationsversuche vom Vortag zu bringen, als die Türglocke Kundschaft ankündigte.

»Morgen, schöne Frau!«, begrüßte sie der junge Mann. »Ich brauche neues Lesefutter. Hoffentlich haben Sie was Spannendes für mich da.«

Sie lächelte ihn an und nickte. Der gutaussehende Bursche zählte seit einigen Monaten zu ihren treuesten Kunden. Er kam fast jede Woche vorbei, um sich mit neuen Büchern einzudecken oder einen kleinen Plausch über Literatur zu halten, und war eine weitaus angenehmere Gesellschaft als Frau Hamacher. Schon allein, weil er viel hübscher anzusehen war.

Sie ging voraus und führte ihren Kunden zum Regal mit den Neuerscheinungen. Er folgte ihr, wirkte aber bei Weitem nicht so enthusiastisch wie sonst immer.

»Stimmt etwas nicht?«, fragte sie. »Sie wirken irgendwie traurig.«

»Ja, die letzte Woche war ziemlich beschissen für mich. Erst hat mich mein Freund vor die Tür gesetzt, und dann ist auch noch mein Vater gestorben«, erklärte er.

»Das tut mir aber leid. War Ihr Vater krank?«

»Nein, um ehrlich zu sein, er, äh ...«, er stockte und fuhr mit dem Finger über einen Buchrücken. »Er wurde ermordet. Sonntagnacht.«

Sophie starrte ihn mit offenem Mund an. Wie viele Männer waren wohl Sonntagnacht in Wuppertal ermordet worden? Sie wusste nur von einem.

Der junge Mann deutete ihren Gesichtsausdruck falsch. »Ziemlich übel, was? Ich wäre auch fast aus den Latschen gekippt, als ich davon erfuhr. Na ja, ehrlich gesagt, stand ich meinem Vater nicht sehr nahe. Genau genommen hatte ich im letzten Jahr keinen Kontakt zu ihm. Aber jetzt, wo er tot ist ...« Die Stimme schien ihm zu versagen.

Langsam war sich Sophie mehr als sicher, wen sie da vor sich hatte. Da kannte sie den jungen Mann seit Monaten, ohne zu ahnen, dass es sich bei ihrem Lieblingskunden um den Sohn von Karl Goebel handelte. Wie klein Wuppertal doch mal wieder war. Sie versuchte, ihren Schock zu überspielen, und eilte in den Pausenraum, um einen Kaffee zu kochen.

Als sie zurückkehrte, hatte sie sich wieder einigermaßen gefangen. Philipp Goebel studierte gerade das Regal mit den Neuerscheinungen. Was sollte sie jetzt machen?

»Warum hatten Sie denn keinen Kontakt mehr zu Ihrem Vater?«, nahm sie seinen Faden auf.

Philipp fuhr herum und sah sie einen Moment nachdenklich an. »Ach, wir hatten schon immer Probleme miteinander«, meinte er. »Früher war meine Mutter so eine Art Knautschzone zwischen uns. Seit sie ihn verlassen hat, ging es gar nicht mehr. Zum endgültigen Bruch kam es, als ich ihm meinen Freund vorgestellt habe. Nicht, dass er ein Problem damit hatte, dass ich homosexuell bin. Das hat er erstaunlich locker aufgenommen. Aber er konnte Arndt von

Anfang an nicht leiden und weigerte sich hartnäckig, ihn überhaupt richtig kennenzulernen. Dabei störte ihn doch nur, dass Arndt einige Jahre älter ist als ich. Immer wieder hat er versucht, uns auseinanderzubringen. Das hat er dann ja letztendlich auch geschafft.«

***

Franziska öffnete die Tür des Art G. Arndt stand gedankenverloren vor einer hölzernen Skulptur, die sie entfernt an einen abgebrannten Vogel erinnerte. Einen komischen Geschmack hatte er. Das ganze Zeug, das hier herumstand, war einfach nur lachhaft. Arndt musste sich nicht wundern, wenn er nichts verkaufte. Wer wollte schon so einen Plunder? Und das zu Preisen, die einen schwindelig werden ließen. Wenn es nach ihr ginge, würde sie den ganzen Laden gehörig umkrempeln. Aber er ließ sich bei der Auswahl der Exponate nicht reinreden. Schließlich war er derjenige mit dem abgeschlossenen Kunststudium, und er hatte vertraglich festhalten lassen, dass sie auf ein Mitspracherecht verzichtete. Ihr Geld hatte er jedoch, ohne mit der Wimper zu zucken, angenommen. Und nun tat er so, als sei es nur seiner Gnade zu verdanken, dass sie hier ab und an vorbeischauen durfte. Dabei würde sie lieber heute als morgen von hier verschwinden. Oder den Laden abfackeln. Vielleicht sollte sie von Arndt verlangen, sie auszuzahlen. Dann konnte er sofort dichtmachen. Doch das hatte nicht sie zu entscheiden. Sie hatte über gar nichts zu entscheiden. Nicht einmal über ihr eigenes Leben.

Giercke hatte sie mittlerweile bemerkt und drehte sich zu ihr um. Er starrte sie mit finsterer Miene an, als wolle er sie durch die Kraft seiner Gedanken verschwinden lassen. Nun, so einfach war das leider nicht.

»Hast du dich bei Philipp gemeldet?«, fragte sie, um das

unangenehme Schweigen zu brechen.

»Machst du Witze?« Er tippte sich an die Stirn.

Sie hob abwehrend die Hände. »Meine Güte, ich frag doch bloß. War die Polizei schon bei dir?«

»Wieso sollte sie?«

»Wegen des Mordes an Karl Goebel vielleicht?«, entgegnete Franziska.

»Was hab ich damit zu tun?« Er besah sich scheinbar desinteressiert seine Fingernägel.

Franziska platzte fast der Kragen. Wen wollte er hier von seiner Unschuld überzeugen? Er wusste ebenso gut wie sie, wie sehr er davon profitierte, dass Karl für immer schweigen würde. »Wenn den Bullen erst mal zu Ohren kommt, was du so treibst …«

Gierckes Gesicht nahm einen lauernden Ausdruck an. Augenblicklich bereute sie ihre Worte. Es waren ohnehin nur leere Drohungen, schließlich saß sie im selben Boot wie er. Und sie war nicht diejenige, die bestimmte, in welche Richtung sie ruderten.

»Willst du dich vielleicht bei denen ausheulen? Das hast du doch schon zur Genüge getan, findest du nicht auch?«, erinnerte er sie.

Sie presste die Lippen aufeinander und nickte. Er hatte recht, sie hätte Karl niemals einweihen dürfen. Aber wie hätte sie ahnen können, welche Wellen ihr Geständnis schlagen würde. Sie hatte gehofft, Karl könnte ihr einen Ausweg aus ihrer verfahrenen Situation bieten, stattdessen hatte er das, was er von ihr erfahren hatte, eiskalt für seine eigenen Zwecke genutzt. Die Quittung für ihr vorlautes Mundwerk hatte sie bekommen. Sie wünschte, sie hätte ihn nie kennengelernt.

Sie betastete vorsichtig ihre Wange. Es tat immer noch

weh, auch wenn die Schwellung inzwischen zurückgegangen war. Manchmal kam es ihr vor, als würden alle Männer in ihrem Leben sie nur ausnutzen. Und sie lächelte brav und tat so, als sei alles in Ordnung. Doch tief in ihr brodelte es wie in einem alten Dampfkessel. Irgendwann würde sie explodieren und alle mit in den Abgrund reißen.

24

Eva Siebenhausen saß in ihrem spartanisch eingerichteten Wohnzimmer und rauchte. Während Peters Büro mit schweren, dunklen Möbeln bestückt und von oben bis unten mit diversen Kunstgegenständen vollgestopft war, liebte sie es hell und übersichtlich. Schneeweiße Regale vor weißen Wänden, der Boden weiß gefliest, die Sofas mit einem hellgrauen Lederbezug. Der Wohnzimmertisch, auf dem ein übervoller Aschenbecher und ein Glas mit Weißwein standen, hatte eine weiße Lackplatte. Peter fand es hier ungefähr so gemütlich wie in einem Obduktionssaal, aber das war ihr egal. Je unwohler er sich fühlte, umso seltener war er zu Hause, und das konnte ihr nur recht sein. Nur am Donnerstag, da war er natürlich überraschend früh daheim gewesen. Meine Güte, was hatte er getobt. Die kostbare Kristallvase war dabei zu Bruch gegangen. Dann war er mit wehendem Mantel zu Karl Goebel geeilt. Einen Moment hatte sie gehofft, er würde an einem Herzinfarkt verrecken, so rot, wie sein Gesicht angelaufen war. Aber wie immer gönnte der liebe Gott ihr nichts.

Und jetzt verlangte dieser Kretin allen Ernstes, dass sie die Polizei belügen sollte. Das sei sie ihm schuldig. Lächerlich! Sie schuldete ihm rein gar nichts, nach allem, was sie über ihn erfahren hatte. Leider konnte sie nichts davon beweisen. Nicht mehr.

Sie zog nervös an ihrer Zigarette. Normalerweise rauchte sie nicht im Haus, aber draußen war es zu kalt und zu nass, und sie brauchte jetzt einfach das Nikotin, um ihre Nerven zu beruhigen. Sicher, sie könnte der Polizei einfach erzählen, was sie wusste, die würden dem Hinweis gewiss nachgehen. Aber Peter war schon immer perfekt im Vertuschen seiner Schandtaten gewesen. Und wenn er herausfand, dass sie ihn verraten hatte, konnte sie schon mal einen Termin beim Schönheitschirurgen machen. Falls er überhaupt etwas von ihr übrigließ.

Sie drückte die erst halb gerauchte Zigarette aus, als es an der Tür klingelte. Es war so weit. Auftritt der Polizei. Jetzt galt es, ihre beste Vorstellung zu geben. Die eiskalte Schneekönigin, die nichts preisgab. Sie hatte es mit den Jahren perfektioniert, ihre Gefühle unter Kontrolle zu halten und äußerlich alles an sich abperlen zu lassen. Wie es in ihrem Inneren aussah, ging niemanden etwas an. Manchmal wusste sie es selbst nicht mehr.

* * *

Anton saß auf einem kleinen Mauervorsprung auf dem Schulhof und beobachtete die anderen Jugendlichen, die betont lässig und cool herumstanden und sich unterhielten. Wann immer er die Zeit dazu fand, mischte er sich unter die Schüler und tat, als gehörte er dazu. Manchmal fing er ein Gespräch mit einem hübschen Mädchen an, meistens stand er einfach nur dabei und hörte den Gesprächen zu. Die Kids hatten echt Probleme, die hätte er auch gern. Am liebsten würde er den einen oder anderen am Kragen packen und durchschütteln. Anstatt froh darüber zu sein, zur Schule gehen zu dürfen und das Abitur zu machen, nörgelten sie nur herum. Anton hätte seinen linken Arm hergegeben, um mit ihnen tauschen zu dürfen.

Seine Grundschullehrerin hatte seiner Mutter damals empfohlen, ihn aufs Gymnasium zu schicken, aber sein Bruder Theo war strikt dagegen gewesen. Er war der Mann im Haus, seit ihr Vater in einer Nacht- und Nebelaktion klammheimlich kurz nach Antons Geburt verschwunden war. Seine Mutter war, seit der Junge denken konnte, krank gewesen, also hatte Theo die Geschicke der Familie in seine fiesen Hände genommen. Für Anton, so beschloss der zehn Jahre ältere Bruder, müsse ein Hauptschulabschluss reichen. Kurze Zeit später war ihre Mutter gestorben und Anton seinem Bruder auf Gedeih und Verderb ausgeliefert. Er fragte sich bis heute, wie Theo es geschafft hatte, die Behörden zu überzeugen, ihm das Sorgerecht für seinen Bruder zu übertragen. Waren die beim Jugendamt taub und blind? Aber wahrscheinlich waren die Sozialarbeiter froh um jeden, um den sie sich nicht kümmern mussten.

Er konnte von Glück sagen, dass Theo ihn nicht sofort von der Schule genommen hatte, damit Anton Geld für den gemeinsamen Lebensunterhalt heranschaffte. Aber das hatte er sich wohl doch nicht getraut. Es gab nämlich so etwas wie Schulpflicht, dagegen kam auch Theo nicht an. Und dass die Bullen irgendwann bei ihnen vor der Tür stehen würden, war nicht in seinem Sinne. Überhaupt wunderte sich Anton, weshalb sein Bruder ihn unbedingt bei sich behalten wollte. Er hatte nicht den Eindruck, dass Theo besonders an ihm hing. Nun, das beruhte auf Gegenseitigkeit.

Nach dem Schulabschluss hatte sein Bruder ihm diese sogenannte Lehrstelle besorgt. Von wegen Lehrstelle. Moderne Sklaverei war das. Gelernt hatte er bislang noch nichts, und das bisschen Geld, das er bekam, wurde von seinem Bruder konfisziert. Wahrscheinlich war das der Grund für die brüderliche Fürsorge. Anton schuftete bis zum Umfallen, und Theo kassierte die Kohle dafür.

Ein Klingeln kündigte das Pausenende an, und die Schüler machten sich widerwillig auf den Weg zurück ins Gebäude. Anton wäre ihnen nur zu gern gefolgt. Aber er musste zurück an die Arbeit. Wie er diesen Job hasste. Und Sammer, seinen Boss. Und seinen Bruder. Den am allermeisten. Er sehnte den Tag herbei, an dem er endlich volljährig wurde. Dann konnte Theo ihm nichts mehr vorschreiben. Dann würde er endlich sein Leben selbst in die Hand nehmen und etwas Besseres aus sich machen. Das Abitur nachholen und studieren vielleicht. Doch bis dahin waren es noch zwei endlos lange Jahre.

Oft träumte er von einem schönen Haus, in dem er mit netten Eltern lebte, die ihn liebten und ihn in eine Schule gehen ließen, die angemessen für ihn war. Das waren doch wirklich keine zu hohen Ansprüche für einen Teenager. Das war doch eigentlich die Normalität. Sollte es zumindest sein.

Anton seufzte und sprang von der kleinen Mauer. Vom Träumen würden seine Träume nicht in Erfüllung gehen. Dafür musste er selbst etwas tun. Damit angefangen hatte er bereits. Aber reichte das? Und war es ein Fehler gewesen, die Frau da mit hineinzuziehen? Er hatte auf ihre Hilfe gehofft. Immerhin hatte sie es ihm angeboten. Aber bislang hatte er nichts mehr von ihr gehört. Was, wenn sie ihn hinterging und ihr eigenes Ding durchzog? Dann stand er am Ende wieder mit leeren Händen da. So weit durfte es nicht kommen. Er musste sich etwas einfallen lassen.

25

Lukas Maier schlich missmutig durch den endlos langen Gang des Rechtsmedizinischen Instituts zu Dr. Brandts

Büro. Er versuchte, den hämmernden Schmerz hinter seiner Schädeldecke und die immer wieder aufflackernde Übelkeit zu ignorieren. Wahrscheinlich hatte er sich gestern tatsächlich eine Gehirnerschütterung zugezogen, wie Kantner vermutete. Zu allem Übel schien sich auch noch eine dicke Erkältung anzubahnen. Aber er konnte es sich einfach nicht erlauben, krankzufeiern. Außerdem wäre ihm dann die Szene vorhin im Krankenhaus entgangen. Er musste ein Grinsen unterdrücken. Das war wirklich fabelhaft gewesen, wie die dicke Lehrerin sich auf den Hauptkommissar gestürzt und die Oberschwester ihn anschließend aus dem Zimmer geschleift hatte. Was für eine Blamage für Kantner, und Maier war live dabei gewesen. Herrlich! Und dann noch Sophie, die sich ihren Bruder in der Cafeteria vorgeknöpft hatte. Kantner schien sich von seiner kleinen Schwester ziemlich unterbuttern zu lassen. Erstaunlich, denn ansonsten war der Hauptkommissar nicht gerade dafür bekannt, sich von irgendjemandem etwas sagen zu lassen. Doch Sophie konnte ziemlich stur sein, daran erinnerte Lukas sich noch gut ...

Mittlerweile war er beim Büro der Rechtsmedizinerin angelangt. Er klopfte an die Tür und wartete einige Sekunden. Niemand machte sich die Mühe, ihn hereinzubitten. Entschlossen drückte er die Klinke herunter, doch die Tür war abgeschlossen. Lukas hatte keine Lust, sich auf die Suche nach Doktor Brandt zu machen, also beschloss er zu warten. Vielleicht war sie ja noch damit beschäftigt, an einem armen Verstorbenen herumzuschnippeln. Da musste er nicht unbedingt dabei sein. Mit Schaudern erinnerte er sich an die bislang einzige Autopsie, an der er gezwungen gewesen war teilzunehmen. Er hatte danach drei Tage nichts essen können. Ein gefundenes Fressen für seinen Vater, der ihn noch weitere drei Tage damit aufgezogen hatte.

Zum Glück war ihm das dieses Mal erspart geblieben, denn Frau Dr. Brandt hatte den Leichnam Goebels bereits gestern Nachmittag obduziert. Es entsprach zwar nicht den Vorschriften, laut derer ein Polizeibeamter bei einer Autopsie zugegen sein musste, aber damit hatte die Rechtsmedizinerin wohl keinen Vertrag. Ihm war es recht.

»Wollen Sie zu mir?«, fragte eine dröhnende Stimme in seinem Rücken.

Lukas fuhr erschrocken zusammen und musste sich mit einer Hand an der Wand abstützen.

»So schreckhaft? Keine Sorge, ich tu Ihnen schon nichts. Jedenfalls noch nicht.«

Eine korpulente Frau kam hinter ihm zum Vorschein und schlug ihm kameradschaftlich die Hand auf die Schulter. Sie trug die übliche Krankenhauskleidung und hatte ihre dicken grau-braunen Haare zu einem Zopf geflochten. Sie schloss die Bürotür auf und machte eine einladende Geste. Lukas folgte ihr in den kleinen Raum, der von oben bis unten mit Büchern und Akten vollgestopft war. Amelie Brandt nahm hinter ihrem Schreibtisch Platz, und der junge Polizist hatte Mühe, sie hinter den Papierbergen überhaupt zu sehen. Er blickte sich kurz um, nahm einen Stapel Ordner von einem Stuhl, legte ihn auf dem Boden ab und schob den Stuhl zurecht, bis er das Gefühl hatte, der Rechtsmedizinerin gegenüber zu sitzen. Die Ärztin räumte einen Stoß Papiere von ihrem Schreibtisch.

»Ich seh ja gar nichts«, meinte sie vorwurfsvoll, als habe Lukas das Chaos in ihrem Büro verursacht.

»Kommissaranwärter Lukas Maier«, stellte er sich höflich vor. »Von der Kripo Wuppertal. Wir haben vorhin telefoniert. Ich komme wegen Karl Goebel.«

Er zog sich hastig die Mütze vom Kopf.

»Na, da haben Sie aber eine unangenehme Begegnung mit einem stumpfen Gegenstand gehabt«, sagte Amelie Brandt und deutete auf seine Stirn. »Nudelholz?«

»Äh, nein. Ich wurde im Haus von Karl Goebel niedergeschlagen«, erwiderte Lukas widerwillig.

»Ach, ist nicht Ihr Ernst. Etwa vom Mörder?«

Er zuckte mit den Achseln. »Scheint so. Leider ist er mir entkommen.«

»Da haben Sie ja Glück gehabt, dass Sie nicht auch noch auf meinem Tisch gelandet sind. Sie sind sicherlich wegen der Obduktionsergebnisse hier, stimmts?«

Sie wartete seine Antwort gar nicht erst ab, sondern begann sofort, in ihrem Aktenberg zu wühlen.

»Wo hab ich denn …? Ah, hier.« Triumphierend schwenkte sie einen Pappordner hin und her. »Haus verliert nix.«

Sie schlug ihn auf und las noch einmal, was sie während der Autopsie in ihr Diktiergerät gesprochen hatte.

»Also, Herr Goebel wurde am Sonntag zwischen 22 und 23 Uhr mit einem stumpfen Gegenstand«, sie blickte Lukas vielsagend an, »am Hinterkopf getroffen. Es war nur ein Schlag, aber der war so heftig, dass er ausreichte, um einen Schädelbruch zu verursachen. Goebel war innerhalb weniger Minuten tot. Wahrscheinlich hat er nicht einmal gemerkt, dass jemand hinter ihm war, denn es gibt keinerlei Abwehrverletzungen, und es hat nicht den Anschein, als hätte er sich umgedreht, während der Angreifer zuschlug. Der am Tatort sichergestellte Pokal ist mit an Sicherheit grenzender Wahrscheinlichkeit die Mordwaffe.« Sie blätterte weiter. »In seinem Bart und an seinen Fingern haben wir eine Substanz gefunden. Die chemische Analyse läuft noch, aber es roch mir verdächtig nach Ammoniak.«

»Rasierschaum?«, schlug Lukas vor.

»Das würde natürlich erklären, weswegen Sie keinen Bartwuchs haben«, erwiderte Amelie Brandt augenzwinkernd und traf damit einen wunden Punkt auf Lukas' glatter Babyhaut.

»Fledermaus-Kacke«, meinte er dann, um zu zeigen, dass er im Bio-Unterricht aufgepasst hatte.

Dr. Brandt sah ihn irritiert an. »Äh, nein. Ich tippe eher auf ein Silberputzmittel. Wir haben auch Abstriche von der Oberfläche des Pokals gemacht. Dieselbe Substanz. Ich würde wetten, das Opfer hat kurz vor seinem gewaltsamen Ableben noch diesen Pokal poliert. Na, die Mühe hätte er sich sparen können, oder?«

Lukas nickte unbehaglich bei dem Gedanken daran, dass Goebel seine eigene Mordwaffe vorher nett hergerichtet hatte. »Sonst noch etwas?«, fragte er.

»Aber sicher, das Beste kommt immer zum Schluss, das wissen Sie doch. Ich hätte es fast übersehen, kein Wunder, bei dem Schaden, den der Mörder angerichtet hat.«

***

Sophie war mit der Dekoration ihres Ladens halbwegs zufrieden und sortierte ein paar verirrte Bücher in die richtigen Regale ein. Das Gespräch mit Philipp Goebel spukte ihr noch im Kopf herum. Sie fragte sich, was der junge Mann gemeint hatte, als er andeutete, sein Vater hätte es geschafft, ihn und seinen Freund auseinanderzubringen. Hatte Karl dem Galeristen Geld angeboten, damit der die Finger von seinem Sohn ließ?

Philipp wusste angeblich nicht, inwieweit genau sein Vater seine Hände im Spiel gehabt hatte. Er habe keine Gelegenheit mehr gehabt, ihn danach zu fragen. Schade eigentlich. Es hätte sie brennend interessiert, was dahintersteckte.

Vorausgesetzt der junge Mann sagte die Wahrheit.

»Na, Mädchen, alles in Ordnung?«

Sophie fuhr erschrocken herum, und die Bücher auf ihrem Arm polterten zu Boden.

»Ach, Professor, haben Sie mich erschreckt. Sie sollen sich doch nicht immer so anschleichen«, begrüßte sie den älteren Herrn, der sie mit einer leichten Verbeugung bedachte.

Bei dem Professor handelte es sich um einen Obdachlosen, der das Luisenviertel zu seinem Revier erklärt hatte und bei den Ladenbesitzern und seinen ›Kollegen‹ gleichermaßen anerkannt und beliebt war. Er war nämlich wesentlich netter als das Wuppertaler Original Peter Held, den Bürgern besser bekannt als Husch Husch, der in den Dreißigerjahren des letzten Jahrhunderts als Hausierer seine Runden durch die Stadt gedreht hatte. Der hatte wohl ziemlich unangenehm werden können, wenn ihm etwas nicht passte. Angeblich rührte sein Spitzname daher, dass er immer versucht hatte, die Kinder mit einem unfreundlichen »Husch husch« zu vertreiben, wenn sie ihn belagerten und verspotteten.

Ihr hauseigenes Original ohne Namen verbrachte seine Tage damit, von Geschäft zu Geschäft zu tippeln, um einen Kaffee oder etwas Essbares zu schnorren oder einfach nur, um sich aufzuwärmen und einen kleinen Plausch mit den Ladeninhabern zu halten. Irgendjemand hatte ihm den Spitznamen ›Professor‹ verpasst, denn er hatte für jeden, der seinen Weg kreuzte, einen guten Ratschlag parat. Seinen richtigen Namen kannte niemand, und er selbst schwieg sich über seine Vergangenheit aus. Da konnte man ihn noch so geschickt ausfragen. Vielleicht war er ja beim Geheimdienst gewesen.

»Na, na, so tief in Gedanken versunken, dass du noch nicht mal die Türglocke gehört hast? Von wegen anschleichen.

Bin ganz normal hereinspaziert. Was spukt dir denn so im Kopf herum, Mädchen, du guckst ganz belämmert aus der Wäsche. Hast du was ausgefressen?«

»Nicht direkt«, erwiderte sie nach kurzem Zögern. »Ich hab nur vorhin etwas erfahren, was ich eigentlich meinem Bruder berichten müsste.«

»Deinem Bruder, dem Bullen?«

»Hab nur den einen. Also ja.« Sie bückte sich, um die heruntergefallenen Bücher wieder aufzusammeln.

»Wenn es was Wichtiges ist, solltest du es ihm lieber nicht vorenthalten. Sonst buchtet er dich noch ein, wegen Zurückhalten von Beweismitteln oder so. Die sind da schnell bei der Sache in dem Verein.«

So überzeugt, wie er klang, sprach er wohl aus Erfahrung. Er war bestimmt beim Geheimdienst gewesen.

»Ich weiß gar nicht, ob es wichtig ist, und wenn ich es ihm erzähle, bringe ich vielleicht jemanden unnötig in Schwierigkeiten. Ich werde mir erst mal selbst ein Bild von der Sache machen, ehe ich Carsten einschalte. Aber Sie können mir vielleicht helfen.«

»Ich? Ja gern, Mädchen. Um was gehts denn? Brauchst du ein Alibi?«

»Häh? Ach Quatsch. Was wissen Sie über die Galerie hinten in der Luisenstraße? Art G?«

»Ach, um Gottes willen, Mädchen, du willst dir doch wohl keins von den überteuerten Machwerken, die der eitle Geck da feilhält, andrehen lassen? Der Kerl ist doch ein Betrüger, wie er im Buche steht!«

»Nein, ich will da nichts kaufen«, wehrte Sophie ab. »Aber wieso sagen Sie, der Kerl wäre ein Betrüger?«

»Na, wer solchen Schund für diese Preise verkauft, kann kein ehrlicher Geschäftsmann sein. Der tunkt zu Hause bestimmt seine Hunde in Farbeimer und rollt sie dann über eine Leinwand. Genauso sehen die Bilder nämlich aus.«

»Ach so.« Sophie war enttäuscht. Von einem ehemaligen Geheimdienstmitarbeiter hatte sie etwas mehr erwartet.

»Außerdem geht es da nachts häufiger hoch her«, fuhr der Professor fort.

Sie spitzte die Ohren. »Was? Feiert er Orgien in seinem Laden?« Da wäre sie zu gern dabei – als Zuschauerin, nicht zum Mitfeiern. Wäre sicherlich lustig.

»Das vielleicht nicht gerade«, meinte der Professor zu ihrem Bedauern. »Nein, ich sehe nur öfters Licht in seinem Lagerraum. Und dann laufen da ganz zwielichtige Gestalten herum.«

Sophie wiegte den Kopf hin und her. Das musste nicht zwingend etwas bedeuten. Giercke konnte in seinem Laden tun und lassen, was er wollte. Sogar Orgien feiern. Und ausgerechnet den Professor von zwielichtigen Gestalten reden zu hören, war ziemlich absurd. Aber er war immerhin Geheimagent gewesen, da hatte er gewiss eine Antenne für zwielichtige Figuren.

»Na, Mädchen, konnte ich dir behilflich sein?« Der Professor lächelte sie verschmitzt an.

Sophie hatte nicht wirklich das Gefühl, nun klarer zu sehen, wollte den alten Herrn aber nicht enttäuschen. »Ich glaube schon«, antwortete sie ausweichend. »Mit dem Rest muss ich allein klarkommen.«

»Du musst es wissen, Mädchen. Aber reite dich nicht in was rein, was du später bereust. Glaub mir, ich weiß, wovon ich rede. Pass gut auf dich auf.«

Er drückte ihr zum Abschied kurz die Schulter und verließ die Mördergrube. Sophie sah ihm nachdenklich hinterher.

143

26

Carsten drückte den obersten Klingelknopf des Dreifamilienhauses im alten Ortskern von Beyenburg. Das Schieferhaus mit Blick auf den Stausee gefiel ihm wesentlich besser als die moderne, protzige Villa der Siebenhausens, wo er vor einer Stunde der eiskalten Eva seine Aufwartung gemacht hatte. Die Zeit hätte er sich sparen können, denn er hatte von ihr nichts Neues erfahren. Sie hatte, wie auswendig gelernt, die Aussage ihres Mannes in allen Punkten bestätigt. Auch wenn ihm diese Geschichte reichlich fadenscheinig vorkam. Wie viele Monate mochte das Sommerfest wohl zurückliegen? Und da kam die Siebenhausen ausgerechnet jetzt auf die Idee, sich bei ihrem Mann zu beschweren? Das glaubten die beiden doch selbst nicht. Aber solange er ihnen das Gegenteil nicht beweisen konnte, würden sie damit durchkommen.

Er hörte ein Summen und drückte die Tür auf. Gudrun Schmittke stand auf dem Treppenabsatz, lugte neugierig über das Geländer nach unten und lauschte den Schritten, die schwungvoll die Stufen zu ihrer Dachgeschosswohnung erklommen. Sie war eine aparte Frau von Anfang fünfzig mit modernem Kurzhaarschnitt. Bei der Farbe, einem warmen Rotton, hatte vermutlich der Friseur nachgeholfen. Sie war schlank, beinahe zu knochig für Carstens Geschmack. Aber er hatte ja nicht vor, sie um ein Date zu bitten.

»Sie sind bestimmt der Kommissar«, stellte sie nüchtern fest, als er, ein wenig atemlos, oben angekommen war. »Na, dann kommen Sie mal rein und stellen Ihre Fragen.«

Carsten nickte stumm, steckte seinen Dienstausweis, an dem die Dame nicht das geringste Interesse zeigte, wieder ein und folgte ihr ins Innere ihrer Wohnung.

Karl Goebels Schwester führte ihn in ihr kleines, geschmackvoll eingerichtetes Wohnzimmer. Ein cremefarbenes Sofa, flankiert von zwei dazu passenden Sesseln, lud zum Verweilen ein. Ein Blick aus dem Sprossenfenster in der Gaube bot ihm eine fantastische Fernsicht über den Stausee, die Wupper und die davorstehenden Schiefer- und Fachwerkhäuschen, die typisch für das Bergische Land waren. Auf der anderen Seite des Stausees schloss sich ein Wald an. Noch vor wenigen Tagen wäre der Anblick der herbstlich bunt gefärbten Bäume sicherlich atemberaubend gewesen. Wenn man im Bergischen Land wohnte, musste man nicht bis nach Kanada reisen, um einen Indian Summer zu genießen.

Doch mittlerweile waren die Bäume durch die Herbststürme der letzten Woche kahl gefegt. Er hasste diesen trostlosen Anblick, der den nahenden Winter ankündigte. Da bekam er immer Depressionen. Ein weiteres Jahr neigte sich dem Ende zu. Ein Jahr, das, wie die vorangegangenen, ereignislos vor sich hin getröpfelt war. In seinem Leben hatte sich nichts verändert. Seufzend wandte sich Carsten von dem Panorama ab.

»Ich bin unhöflich, Herr Kommissar«, unterbrach Gudrun Schmittke seine Gedanken. »Setzen Sie sich doch. Darf ich Ihnen etwas anbieten? Einen Kaffee vielleicht? Oder ein kühles Bier?«

Obwohl Carsten das kühle Bier vorgezogen hätte, bat er um einen Kaffee und folgte seiner Gastgeberin in die winzige Küche, wo sie damit begann, Wasser in eine Glaskanne zu füllen. Er selbst blieb lieber im Türrahmen stehen, sonst bekam er womöglich noch Beklemmungen.

»Es tut mir sehr leid, die Sache mit Ihrem Bruder«, begann er ungeschickt. Er wusste nie so recht, wie er trauernden

Angehörigen sein Bedauern aussprechen sollte, ohne dass es irgendwie hohl und falsch klang. An diese Seite seiner Arbeit würde er sich nie gewöhnen.

Doch Frau Schmittke winkte ab. »Wir standen uns nicht sehr nahe«, erklärte sie. »Er hat schon immer sein eigenes Ding durchgezogen. Um mich hat er sich nie besonders gekümmert. Nicht einmal, nachdem mein Mann vor einem Jahr tödlich verunglückt ist.«

Sie klang verbittert, aber gleichzeitig so, als habe sie von ihrem Bruder nichts anderes erwartet.

»Das tut mir leid«, sagte Carsten.

Schon wieder diese Phrase. Was tat ihm überhaupt leid? Dass ihr Mann tot war, oder dass ihr Bruder ihr nicht beigestanden hatte? Carsten wusste es nicht genau. Vermutlich beides. Gudrun Schmittke zuckte gleichgültig mit den Schultern, auch wenn man ihr ansah, dass sie diesen Schicksalsschlag noch nicht verwunden hatte.

»Lag vielleicht daran, dass Irene ihn kurz darauf von heute auf morgen verlassen hat. Karls Frau«, fügte sie erklärend hinzu. »Sie war seine Eskapaden leid und hat es ihm mit gleicher Münze heimgezahlt. Sie verkauft jetzt mit ihrem Neuen selbstgebastelte Töpfersachen oder so am Strand von Ibiza.«

»Eskapaden?«, hakte Carsten nach.

Frau Schmittke beobachtete, wie der Kaffee in die Kanne lief, als wollte sie vermeiden, ihm in die Augen zu sehen. »Mein Bruder war kein Kostverächter, was das andere Geschlecht angeht, wenn Sie wissen, was ich meine.«

Aha, der Schulleiter war also einem außerehelichen Abenteuer nicht abgeneigt gewesen. Vielleicht hatte er eine verheiratete Frau beglückt, deren Ehemann die ganze Sache nicht so lustig fand. Vielleicht war die eiskalte Eva von

Goebels Annäherungsversuchen doch begeisterter gewesen, als sie zugegeben hatte.

»Wissen Sie, ob er in letzter Zeit eine, äh, Beziehung hatte?«, erkundigte er sich.

Sie schüttelte bedauernd den Kopf. »Nein, tut mir leid, in so was hätte er mich nicht eingeweiht. Aber an einer Grundschule gibt es doch unter den Kolleginnen genug Auswahl.«

Der Kaffee war inzwischen durchgelaufen und Gudrun Schmittke hangelte in einem der Oberschränke nach zwei Bechern. Anders als bei der jungen Familie Goebel passten beide Stücke zusammen und waren aus hochwertigem Porzellan. Und sauber! Sie goss den Kaffee ein und reichte einen der Becher an Carsten weiter.

»Milch und Zucker?«, fragte sie.

Er lehnte beides dankend ab. Sie gingen zurück ins Wohnzimmer. Frau Schmittke stellte sich mit dem Rücken zum Fenster an die Heizung und pustete in ihre Tasse.

»Nun, Herr Kommissar, haben Sie schon einen Verdacht, wer meinen Bruder ermordet hat?«, fragte sie betont gleichgültig und trank einen Schluck. Carsten entging jedoch nicht, wie sie ihn über den Rand ihrer Tasse hinweg aufmerksam beobachtete.

»Dazu ist es noch zu früh«, antwortete er ausweichend. »Wo waren Sie denn vorgestern Abend zwischen 21 Uhr und Mitternacht?«

Sie stellte ihre Tasse auf dem Esstisch ab und hob erstaunt eine Augenbraue. »Ich war zu Hause. Habe ferngesehen«, meinte sie nach kurzem Überlegen. »Leider ohne Zeugen, außer den Kommissaren Batic und Leitmayer und Inspektor Barnaby.«

Schon wieder dieser Barnaby, schoss es Carsten durch

den Kopf, *wenn das so weitergeht, werde ich ihn zu meinen Ermittlungen hinzuziehen, dann weiß er mal, was richtige Polizeiarbeit ist.* »Fällt Ihnen sonst irgendetwas ein, was Ihnen wichtig erscheint?«

»Nein, eigentlich nicht.«

Frau Schmittke schüttelte bedauernd den Kopf, doch ihm war das kurze Zögern nicht entgangen.

* * *

Ben hatte den Vormittag mehr oder minder erfolgreich damit verbracht, mit drei Polizeibeamten die Finanzordner und Konten der Schule zu überprüfen. Zu neuen Erkenntnissen waren sie nicht gelangt, aber das hätte er seinem Schwager auch vorher sagen können. Nicht, dass es etwas genutzt hätte; Carsten neigte nicht unbedingt dazu, die Ratschläge anderer anzunehmen. Immerhin konnten sie die Unterschlagung von Schulgeldern als Motiv für den Mord nun definitiv ausschließen. Das würde Carsten garantiert nicht gefallen.

Es machte keinen Sinn mehr, noch zur Schule zu fahren, also beschloss Ben, Barbara einen kurzen Krankenbesuch abzustatten. Er war schließlich so etwas wie ihr Vorgesetzter, und als solcher fühlte er sich verpflichtet, ihr die nicht ausgesprochenen Genesungswünsche des Kollegiums zu übermitteln.

Als er ihr Zimmer betrat, schien sie fest zu schlafen. Er legte die mitgebrachten Blumen vorsichtig auf den Tisch beim Fenster und wollte gerade erleichtert auf Zehenspitzen aus dem Raum schleichen, als Barbara sich geräuschvoll herumwälzte und ihn schließlich mit zusammengekniffenen Augen anstarrte. *Mist, erwischt,* dachte Ben, wandte sich aber zu Barbara um und lächelte sie lieblich an.

»Ben, bist du das?«, fragte sie verwundert. Dann tastete sie auf dem Nachttisch nach ihrer Brille und setzte sie sich auf die Nase. »Tatsächlich! Das ist aber lieb, dass du vorbeischaust. So ein lieber Mann bist du.« Sie kicherte über den Scherz, den sie machte, seit Ben Liebermann – ha ha – vor zwei Jahren Konrektor an ihrer Schule geworden war. »Deine Frau war auch schon hier. So ein liebes Ding. Sie hat mir quasi das Leben gerettet.«

»Hat sie? Wie das?«

Barbara schilderte Ben ihren ereignisreichen Morgen. Zum Glück schien sie immer noch unter dem Einfluss ihrer Beruhigungsmittel zu stehen; so musste er keinen weiteren hysterischen Anfall befürchten.

»Also, wie sie diesen schrecklichen Kommissar mit Blicken quasi getötet hat, alle Achtung. Der hat gar nichts mehr gesagt«, schloss sie anerkennend.

Ben nickte und verschwieg seiner Kollegin wohlweislich, dass es sich bei diesem schrecklichen Kommissar um Sophies Bruder handelte. Stattdessen tätschelte er Barbaras Schulter.

»Ja, manchmal kann man Sophie ganz gut gebrauchen«, meinte er ausweichend. »Und nun sieh zu, dass du wieder auf die Beine kommst. Diese Woche ist kein Unterricht; du musst dir also keine Gedanken um deine Klasse machen und kannst dich ganz in Ruhe erholen.«

»Wenn das so einfach wäre. Ich muss immerzu an Karl denken. Ich kann einfach nicht fassen, dass er tot ist. Ich weiß, du kanntest ihn nur als schlechtgelaunten Stinkstiefel, aber er hatte auch seine guten Seiten.«

Das bezweifelte Ben, erwiderte aber nichts. Manchmal war Barbara zu gut für diese Welt. Obwohl Karl nicht müde wurde, sie immer wieder zu triezen, verteidigte sie ihn. Ben drückte seiner Kollegin noch einmal die Schulter und verabschiedete sich dann hastig.

* * *

Barbara blieb allein zurück mit ihren Gedanken. Hätte sie Ben einweihen sollen? Sie mochte ihn recht gern, aber genau deshalb war sie nicht sicher, ob sie ihn in diese Sache hineinziehen durfte. Sie wünschte, sie wäre katholisch, dann könnte sie jetzt einfach nach einem Priester verlangen und ihm alles beichten. Ob man evangelischen Pfarrern auch beichten durfte? Und mussten die genauso schweigen wie ihre katholischen Kollegen?

Ihr gestriger Zusammenbruch war ihr ziemlich unangenehm. Aber nachdem sie von Karls Ermordung erfahren hatte, konnte sie sich einfach nicht mehr auf den Beinen halten. Schon gar nicht, als ihr der unselige Freitagnachmittag wieder einfiel. Sie wünschte, sie hätte noch am selben Tag gehandelt. Sie hatte jedoch niemals damit gerechnet, dass die Geschichte ein solches Ende nehmen würde. Sie hatte Karl auf dem Gewissen. Da hatte der Kommissar mit seinen Fragen vorhin einen empfindlichen Nerv getroffen.

Vielleicht hätte sie ihm einfach alles erzählen sollen, um ihr Gewissen zu erleichtern. Aber so wie er sie behandelt hatte, hätte er sie vermutlich an den Haaren aus dem Krankenhaus direkt ins Gefängnis geschleift, ohne ihr richtig zuzuhören.

Barbara war klar, dass sie nicht länger untätig bleiben durfte. Irgendetwas musste sie unternehmen. Sie dachte einige Minuten angestrengt nach, was angesichts des Beruhigungsmittels, das immer noch durch ihre Blutbahnen waberte und ihr die Sinne vernebelte, nicht ganz einfach war. Schließlich fasste sie einen Entschluss. Sie wusste nicht, ob es das Richtige war, aber etwas anderes fiel ihr im Moment nicht ein. Und besser, als weiterhin mit sich

150

selbst zu hadern und die Löcher in der Deckenverkleidung zu zählen, war es allemal.

Mit einer für sie untypischen Energie setzte sie sich in ihrem Bett auf.

27

»Ach Dietmar, hallo, wie gehts? Lange nichts von dir gehört«, begrüßte Hauptkommissar Paul Mattuschek seinen alten Weggefährten am Telefon. »Bist du immer noch in Beyenburg stationiert?«

»Ja«, antwortete Dietmar knapp.

»Ist ja ganz schön was los bei euch, wie man so hört. Ich meine die Sache mit dem Schulleiter. Kanntest du ihn?«

»Ja, wir sind zusammen zur Schule gegangen. Außerdem war ich der erste Beamte am Tatort. Lag sozusagen auf meinem Weg zur Arbeit.«

»Tja, Alter, war wohl nix mit ruhiger Kugel schieben, was?«

»Kannst du wohl laut sagen.«

»Weswegen rufst du eigentlich an?«

Dietmar begann zu schwitzen. Wie gut, dass es bei der Polizei kein Bildtelefon gab. Und vom Skypen hatte er keine Ahnung. Mattes bestimmt auch nicht. Sie hatten gemeinsam die Polizeischule besucht. Wäre Mattes damals nicht gewesen, hätte er die Prüfungen niemals bestanden. Im Gegensatz zu ihm hatte sein Kollege es geschafft, Karriere zu machen. Während er immer noch in Beyenburg hockte, war Mattes schon seit ewigen Zeiten bei der Kripo. Dietmar hatte sich seit Jahren nicht mehr bei seinem alten Kollegen gemeldet. Kein Wunder, dass es dem seltsam vorkam, plötzlich wieder von ihm zu hören.

»Na ja«, druckste er. »Wo ich doch quasi über die Leiche

gestolpert bin und den Mann persönlich kannte, interessiert es mich natürlich schon, ob es was Neues gibt. Ob ihr jemanden im Visier habt und so.«

Er hoffte, Mattes würde ihm diese fadenscheinige Geschichte abkaufen. Im Erfinden von klugen Ausreden war Dietmar zu seinem großen Bedauern noch nie der Beste gewesen. Er war überhaupt in gar nichts der Beste.

»Natürlich, verstehe ich«, erwiderte Mattuschek zu seiner Erleichterung. »Tut mir leid, aber mit dem Fall habe ich nichts zu tun, da ist Kantner dran.«

»Ja, ich weiß, aber der sagt einem ja nichts.«

Gut, Dietmar hatte ihn auch nicht gefragt, aber wie er Kantner einschätzte, wäre das ohnehin eine ganz blöde Idee. Bei dem hatte man das Gefühl, der sieht einem an der Nasenspitze an, wenn man etwas zu verbergen hat. Im Verbergen war er auch nicht der Beste, fiel ihm bei der Gelegenheit ein. Wie es ihm gelungen war, seine Verbindung zu Winnie so lange geheimzuhalten, war ihm schleierhaft.

»Ja, ich weiß, der gute Carsten macht lieber alles mit sich selbst aus. Ich kann ja mal leise weinend nachfragen, vielleicht erzählt er mir das eine oder andere«, bot Mattes freundlich an. »Ich melde mich bei dir, wenn ich was weiß.«

»Das wäre nett, danke.« Dietmar atmete auf. Das ging ja leichter als gedacht. Irgendwie ging es meistens leichter als gedacht, das war ja das Fatale.

***

Carsten stand vor der verschlossenen Tür des Art G und versuchte, das kleine Schild, das dort hing, zu entziffern. Es wurde wohl langsam Zeit für eine Lesebrille. Er kniff die Augen zusammen. ›Dienstagnachmittag geschlossen‹, stand da. *Na klar, was auch sonst,* dachte er frustriert, zog sein

Handy hervor und wählte die Telefonnummer, die auf einem weiteren Schild angegeben war. Ein Anrufbeantworter teilte ihm mit, zurzeit sei niemand erreichbar, man könne aber gern eine Nachricht hinterlassen. Piep! Carsten seufzte und legte auf.

Er beschloss, seiner Schwester einen Besuch abzustatten, bevor er zurück ins Präsidium fuhr. Wenn Sophie zu Ohren kam, dass er sich im Luisenviertel herumgetrieben hatte, ohne bei ihr vorbeizuschauen, würde sie ihm das noch jahrelang vorhalten. Und er war sicher, es würde ihr zu Ohren kommen.

Auf dem kurzen Weg von der Galerie zur Mördergrube rief er Maier an. Sein Assistent war hörbar mitgenommen, berichtete aber brav, was er von Dr. Brandt erfahren hatte. Das war ja mal eine faustdicke Überraschung. Im wahrsten Sinne des Wortes.

Er war immer noch mit seinen Gedanken beschäftigt, als er die Buchhandlung betrat. Seine Schwester war gerade dabei, auf dem großen Tisch in der Mitte einige weihnachtliche Krimis und dazu passende Dekoration zu arrangieren.

»Na, du Lehrerschreck!«, begrüßte sie ihn, als sie ihn bemerkte.

»Selber Schreck. Hübsch machst du das.«

»Ja, aber ich komm nicht zu dir nach Hause und dekoriere deine Bude, falls du auf so was anspielst.«

Carsten winkte ab. Schneemänner und Nikoläuse fehlten ihm in seiner Wohnung gerade noch. So einsam war er nun auch wieder nicht. Er durchquerte den Laden und ließ sich in einen der Rattansessel fallen. Das Korbgeflecht ächzte unter seinem Gewicht.

»Was ist los?«, fragte Sophie. »Du siehst aus, als hättest du einen Geist gesehen. Was machst du eigentlich hier?«

»Ich wollte bei diesem Giercke reinschauen, aber der hat es wohl nicht nötig, sein Geschäft jeden Tag zu öffnen. Was deine erste Frage angeht: Ich habe gerade mit Maier telefoniert. Er war in Düsseldorf in der Rechtsmedizin. Wegen der Autopsie von Goebel. Ist was Interessantes bei herausgekommen.«

Carsten verstummte und stellte einige Nikoläuse, die verteilt auf dem Tisch vor ihm standen, in Reih und Glied. Sah doch schon viel ordentlicher aus.

Sophie hasste es, wenn er das machte. Sich in kryptischen Andeutungen ergehen und dann nicht mit der Sprache herausrücken. Das tat er doch nur, um sich wichtig zu machen. Normalerweise ließ sie ihn am ausgestreckten Arm verhungern, indem sie sich so lange weigerte nachzufragen, bis er es nicht mehr aushielt und weitererzählte. Jetzt aber siegte ihre Neugier.

»Jetzt schieß schon los! Und hör auf, an meiner Deko rumzumurksen. Das sind Weihnachtsmänner, keine Zinnsoldaten.«

»Wusstest du, dass Karl Goebel einen Hirntumor hatte?«, platzte er mit seiner Neuigkeit heraus.

Sophie sank mit offenem Mund in den anderen Sessel. »Nee, das ist mir neu.«

»Meinst du, Goebel selbst hat davon gewusst?«, fragte Carsten.

»Gesagt hat er nichts. Jedenfalls nicht zu Ben. Aber er war ja auch eher der schweigsame Typ, der alles mit sich selbst ausgemacht hat.«

Carsten nickte. Das kam ihm bekannt vor. Wenn er daran dachte, sich heute Abend zu Hause eine pappige Tiefkühlpizza in den Ofen schieben zu müssen, überkam ihn schon wieder das heulende Elend. Bevor Sophie seine trübsinnige

Stimmung bemerken konnte, stand er auf und schlenderte durch die Mördergrube. Er war nicht unbedingt ein Fan von Kriminalromanen, doch den Dekokram, den seine Schwester im ganzen Laden verteilte, fand er ziemlich gelungen, auch wenn er sich natürlich niemals etwas davon in seine Wohnung stellen würde. Aber Sophie hatte wirklich ein Händchen dafür, den kleinen Laden so herzurichten, dass man sich darin wie daheim fühlte. Ein etwas skurriles Heim zwar, aber dennoch gemütlich.

Er griff nach einem silbernen Männchen, dem ein Dolch im Rücken steckte.

»Was ist das denn?«, fragte er.

»Ein Schlüsselanhänger. Willst du ihn haben? Schenk ich dir zu Nikolaus.«

»Danke. Der macht bestimmt was her …« Er unterbrach sich.

»Was ist?«, wollte Sophie wissen.

»Gerade ist mir eingefallen, was mich heute Morgen an der Liste gestört hat.«

»Was für eine Liste?«

»Mit den Gegenständen aus Goebels Büro. Da war kein Schlüsselbund dabei.«

»Ja und?«

»Wie, ja und? Er muss doch einen Schlüssel bei sich gehabt haben.« Vor lauter Aufregung vergaß er, dass er Sophie eigentlich nicht mehr in seine Ermittlungen einbeziehen wollte.

»Sicher hat der Mörder ihn an sich genommen«, schlug sie vor.

»Und warum hätte er das tun sollen?«

»Vielleicht gefiel ihm der Anhänger.«

28

Sie war nach Hause geeilt und hatte die Tür hinter sich zugeworfen. Sie verschloss sie sorgfältig, drückte prüfend die Klinke herunter und legte die Kette vor. Langsam wurde sie paranoid. Schon gestern hatte sie das Gefühl gehabt, jeder hätte sie argwöhnisch beäugt. So als stünde ihr ihr Geheimnis ins Gesicht geschrieben. Aber das war albern. Niemand konnte davon wissen. Sie musste sich wirklich mehr zusammenreißen.

Sie hastete ins Wohnzimmer und zog den Schlüssel aus ihrer Tasche. Mit zitternden Fingern schloss sie die Schublade ihres Sekretärs auf. Die CD lag noch dort, wo sie sie gestern Morgen zurückgelassen hatte. Wo hätte sie auch hin sein sollen? Es war kaum wahrscheinlich, dass ihr Flügel wuchsen und sie davonflatterte.

Sie ließ sich auf einen Stuhl sinken und fuhr ihren Laptop hoch. Sie hatte es lange genug vor sich hergeschoben. Irgendwann musste sie sich ansehen, was sich auf der CD befand. Wie schlimm konnte es schon sein?

Nach einer gefühlten Ewigkeit war das Notebook endlich einsatzbereit. Sie steckte die CD in den Schlitz an der Seite und wartete, bis das Programm zum Abspielen startete. Es dauerte einige Sekunden, dann poppte das Fenster auf dem Display auf. Offensichtlich handelte es sich um ein Video. Gebannt starrte sie auf den Bildschirm. Sie krallte ihre Finger in das Holz des Sekretärs. Der Anblick war widerlich und trieb ihr die Zornesröte ins Gesicht. Ihr erster Impuls war, die CD herauszuziehen, auf den Boden zu werfen und so lange darauf herumzutrampeln, bis sie sich in ihre Bestandteile aufgelöst hatte. Doch damit würde sie die Bilder nicht von ihrem inneren Auge löschen können. Dort hatten sie sich unwiderruflich eingebrannt.

Sie schreckte hoch, als sie ein Scharren vernahm. Es klang, als würde sich jemand an ihrer Wohnungstür zu schaffen machen. Sie stand langsam auf und schlich auf Zehenspitzen den Flur entlang, um durch den Türspion zu lugen. Doch im Hausflur war es zu dunkel, um etwas zu erkennen. Sie drehte den Schlüssel zweimal, entriegelte die Tür und öffnete sie einen Spalt breit. Vorsichtig steckte sie den Kopf hindurch. Vielleicht hatte jemand eine Bombe auf ihre Fußmatte gelegt. Sie tastete mit zitternden Fingern nach dem Lichtschalter und schrie erschrocken auf, als sie die Klingel erwischte. Hastig drückte sie den darüber liegenden Schalter. Als das Licht endlich anging, war sie einem Heulkrampf nahe. Sie schaute nach allen Seiten, eine Hand immer an der Klinke, um die Tür im Notfall schnell zuwerfen zu können. Doch weit und breit war nichts zu sehen. Kein Nachbar, keine Bombe und auch kein Angreifer, der sich bereitmachte, sie gewaltsam in ihre Wohnung zu drängen und über sie herzufallen.

Sie atmete tief durch, um sich zu beruhigen. Ihr Herz schlug so heftig, dass sie Angst hatte, es könnte ihr aus dem Körper springen. Das war einfach lächerlich. Niemand wusste, was am Sonntagabend passiert war und dass sich die CD in ihrem Besitz befand. Wer in drei Teufels Namen sollte ihr also nach dem Leben trachten?

* * *

Elke lag auf dem Rücken und beobachtete in dem riesigen Spiegel, der an der Decke über dem Bett hing, wie Winnie sich auf ihr rhythmisch vor und zurück bewegte. Er grunzte und stieß heftiger in sie hinein, bevor er mit einem lauten Schrei endlich seinen Höhepunkt erreichte. Gott sei Dank, es war geschafft. Er war nie ein guter Liebhaber gewesen, schon früher nicht. Offenbar hatte sich daran in den letzten dreißig Jahren nichts geändert, außer, dass es länger dauerte, bis er kam. Was leider kein Vorteil war. Winnie war nur auf seine eigene Befriedigung aus; es sei denn, er war der irrigen Meinung, den Frauen gefiel es, wenn er mit seinem Ding wie ein Stabmixer in ihnen herumrührte, als habe er vor, ihre Eingeweide zu verquirlen. Vielleicht gab es tatsächlich die eine oder andere Frau, die auf eine härtere Gangart stand, doch sie war keine von ihnen. Sie hatte ihre Gründe gehabt, weshalb sie Karl seinerzeit vorgezogen hatte. Der grandiose Sex war einer davon.

Winnie rollte sich keuchend von ihr herunter auf den Rücken und betrachtete zufrieden sein Spiegelbild. Der schöne Winnie, so nannte man ihn damals. Das hatte ihm natürlich gefallen. Er war so dermaßen selbstverliebt, dass es schon ans Lächerliche grenzte. Wahrscheinlich begriff er bis heute nicht, warum sie ihn für seinen weniger attraktiven Freund verlassen hatte.

»Das tat gut«, meinte er und verschränkte die Arme hinter dem Kopf. »Oder?«

Elke griff nach der Bettdecke. Sie mochte sich nicht so nackt im Spiegel betrachten oder von ihm betrachtet werden. Doch um Letzteres brauchte sie sich nicht zu sorgen, er hatte nur Augen für sich selbst. Sie gab ihm keine Antwort. Es wäre nicht das gewesen, was er von ihr hören wollte. Es war ihm ohnehin egal, ob es ihr gefallen hatte. Sie bemerkte, wie er sie nun doch im Spiegel beobachtete. Anscheinend war ihm ihre geistige Abwesenheit ausnahmsweise nicht entgangen.

»Ich hab mich gewundert«, begann er, »warum du und Karl nicht geheiratet habt. Ich dachte, er wäre dein Traumprinz.«

Elke zog die Decke ein Stück höher. Sie hatte befürchtet,

dass Winnie dieses Thema irgendwann ansprechen würde. Es war die schlimmste Niederlage ihres Lebens gewesen, Karl an Irene zu verlieren. Irene, dieses zarte Püppchen, das bei jedem Mann den Beschützerinstinkt weckte. Niemals hätte Elke damit gerechnet, dass ausgerechnet Karl auf dieses Kleinmädchen-Getue hereinfallen würde. Doch sie hatte sich gewaltig geirrt. Er war darauf hereingefallen und die Falle in Gestalt von Karl junior war zugeschnappt.

Irene musste es von Anfang an geplant haben, sich möglichst schnell von Karl schwängern zu lassen. Ansonsten wäre er nie bei ihr geblieben. Es hatte Elke gewundert, dass er sich seiner Pflicht gestellt und Irene geheiratet hatte. Das war nicht gerade typisch für Karl gewesen. Sie mochte die Möglichkeit nicht in Betracht ziehen, dass er Irene tatsächlich geliebt haben könnte. Diese Erkenntnis wäre zu schmerzhaft für sie gewesen.

»Hat halt nicht funktioniert«, erwiderte sie ausweichend.

Sie wollte Winnie den Triumph nicht gönnen, dass sie sich damals für den falschen Mann entschieden hatte. Seine Warnung klang ihr noch in den Ohren. »Karl wird sich niemals nur mit einer Frau zufriedengeben«, hatte er gesagt. Und er sollte recht behalten. Immerhin traf dieses Schicksal nicht sie. Irene war mit einem Kerl verheiratet, der alles vögelte, was nicht bei drei auf dem Baum war. Das war eben sein Naturell. Er konnte nicht anders, er brauchte die Bestätigung, ein toller Hecht zu sein. Eigentlich, fand Elke, hatte sie Glück gehabt, dass ihr das erspart geblieben war. Oder, besser gesagt, sie redete es sich ein, um sich nicht eingestehen zu müssen, dass Karl die Liebe ihres Lebens gewesen war. Sie wäre bereit gewesen, mit seiner Untreue zu leben, doch er hatte sie nicht mehr gewollt. Nicht einmal als heimliche Geliebte, wie er ihr unmissverständlich zu verstehen gegeben hatte.

»Und wie hat die Zusammenarbeit zwischen euch geklappt?«, fragte Winnie weiter.

»Wir haben uns arrangiert.«

»Aber er war dein Chef.«

»Ja und?«

»Ich meine, hast du nicht irgendwann mal darüber nachgedacht, dich an ihm zu rächen?«

Winnie kannte sie zu gut. Er wusste, dass sie nicht der Typ Frau war, der sich ungestraft auf ein Abstellgleis schieben ließ.

Elke richtete sich im Bett auf und drehte ihr Gesicht in seine Richtung. »Was willst du damit andeuten? Dass ich ihn ermordet habe? Ich bitte dich. Die Geschichte ist dreißig Jahre her, wir arbeiten seit mehr als zehn Jahren an derselben Schule und ausgerechnet jetzt komme ich auf die Idee, mich an ihm zu rächen?«

Ja, sie hatte die ganze Zeit darüber nachgedacht, wie sie Karl einen Denkzettel verpassen konnte. Als Winnie nach Wuppertal zurückgekehrt war, sah sie ihre Chance gekommen. Sie fing diese unselige Affäre mit ihm an, in der Hoffnung, es würde Karl einen Stich versetzen. Vielleicht, so spekulierte sie, würde er bemerken, dass er sie immer noch liebte, wenn er sie zusammen mit seinem besten Freund aus Kindertagen sah. Damals, als sie noch jung waren, hatte diese Methode vorzüglich funktioniert. Heute nicht mehr. Karl war es gleichgültig, was sie tat und mit wem sie es tat. Sie war ihm gleichgültig. All die Jahre, in denen sie gehofft hatte, er würde eines Tages den Weg zu ihr zurückfinden, waren verschwendet. Oh ja, sie hasste Karl dafür, fast so sehr, wie sie ihn einst geliebt hatte. Doch das würde sie nicht ausgerechnet Winnie auf die Nase binden. Der würde dieses Geständnis nur zu seinem Vorteil nutzen.

»Wie stehts denn mit dir?«, drehte sie den Spieß um. »Ich hatte nicht den Eindruck, dass du und Karl euch in letzter Zeit gut verstanden habt.«

»So, ist dir das aufgefallen?«, fragte er.

»Allerdings«, erwiderte sie. »Also, was war da zwischen euch?«

»Nichts, was dich etwas anginge. Und garantiert nichts, wofür ich einen Mord begehen würde, wenn du darauf hinauswillst.«

Elke betrachtete ihn aufmerksam. Sie glaubte ihm kein Wort. Winnie neigte dazu, schon bei der geringsten Kleinigkeit aus der Haut zu fahren. Das hatte ihn und die anderen schon als Kinder in Schwierigkeiten gebracht. Meistens war es Dickie gewesen, der alles hatte ausbaden müssen. Dumm wie er war, hatte er alles ohne Murren über sich ergehen lassen, in dem Glauben daran, es würde ihm den Respekt seiner Freunde einbringen. Doch das Gegenteil war der Fall. Sie verachteten ihn dafür. Trotzdem hängte er sich wie ein Mühlstein an sie, denn Winnie und Karl verstanden es bestens, seine Bedenken zu zerstreuen. Schließlich war er ihnen als Sündenbock durchaus nützlich. Peter war auch so ein Dummkopf. Der hatte bis heute nicht begriffen, dass er ihnen nur als willkommene Geldquelle diente. Der kam sich so wahnsinnig toll und wichtig vor und war doch nicht mehr als ein armes Würstchen, das etwas Kohle geerbt hatte.

Sie selbst hatte das Spiel, das Winnie mit ihnen allen spielte, schon vor langer Zeit durchschaut. Trotzdem lag sie jetzt hier neben ihm und ließ sich von ihm durchvögeln, um einen Toten zu ärgern, dem sie schon zu Lebzeiten scheißegal gewesen war. Sehr schlau, wirklich. Sie war genauso dämlich wie die anderen.

»Du solltest jetzt gehen«, erklärte Winnie abrupt und stand auf. »Ich habe heute noch einen Termin.«

Er bückte sich, um seine Kleider aufzuheben, die er im Eifer des Gefechts achtlos auf den Boden geworfen hatte. Sie erhob sich ebenfalls, peinlich darauf bedacht, mit der Decke ihre Blöße weiterhin zu verbergen, und ging ins Bad. Sie setzte sich auf den Rand der Badewanne und ließ ihren Tränen freien Lauf.

29

Kantner saß am Schreibtisch und sah seine Notizen durch, als Lukas ins Präsidium zurückkehrte. Auf der A46 war mal wieder Stau gewesen. Kein Wunder bei den ganzen Baustellen, auf denen nie jemand zu arbeiten schien.

»Ich habe gerade mal den Siebenhausen gegoogelt«, sagte Kantner anstelle einer Begrüßung. »Die Nordheim Bau scheint ziemlich gut zu laufen. Wenn da alles mit rechten Dingen zugeht, fress ich einen Besen. Er hat die Firma vor einigen Jahren von seinem Vater übernommen, der sie wiederum von seinem Schwiegervater, Peter Nordheim, geerbt hatte. Der hat sie nach dem Ersten Weltkrieg quasi aus dem Boden gestampft. Im Internet gibt es eine ziemlich lange Liste mit Bauwerken, die von Nordheim errichtet wurden, und eine noch längere Liste mit den guten Taten der Familie. Was während des Zweiten Weltkriegs war, darüber schweigt man sich natürlich wohlweislich aus. Es geht aber das Gerücht, dass der alte Nordheim und Siebenhausen senior kräftig mit den Nazis kooperiert haben. Das schreibt man natürlich nicht in seinen Geschäftsbericht.«

»Vielleicht wusste Goebel mehr darüber und hat Siebenhausen damit erpresst«, schlug Lukas vor, während er seine Jacke ordentlich an den Garderobenständer hängte.

162

»Mag sein. Aber viele Firmen, die heute noch existieren, haben mit den Nazis gemeinsame Sache gemacht. Da schütteln die heutigen Geschäftsführer nur bedauernd mit den Köpfen, äußern ihre Reue und beteuern, dass das alles Vergangenheit sei. Oder zeigen mit dem Finger auf andere, die es noch viel schlimmer getrieben haben sollen.«

»Vielleicht will Siebenhausen trotzdem nicht, dass es ans Licht der Öffentlichkeit gelangt.«

»Vielleicht. Die Überprüfung der Finanzen der Schule hat auch nichts ergeben«, wechselte der Hauptkommissar das Thema. »Da stimmte alles bis auf den letzten Cent. Zumindest, was das letzte Jahr angeht. Damit wäre zumindest dieses Motiv für die Hysterikerin gestorben. Sophie wird sich ins Fäustchen lachen.«

Das hätte Lukas jetzt auch gern getan, aber er beherrschte sich gerade noch und nahm hinter seinem Schreibtisch Platz.

»Woher stammt dann das Geld, das Sie unter den Dielen gefunden haben?«, erkundigte er sich stattdessen.

Kantner zuckte mit den Schultern und schnaubte frustriert durch die Nase. »Jedenfalls weder von einem der Schulkonten, noch von seinem eigenen. Da gab es in letzter Zeit keine so hohen Abhebungen. Und ich glaube nicht, dass er sich den Betrag über Jahre angespart hat. Die Scheine waren neu und der Reihe nach nummeriert.«

»Bliebe noch Erpressung«, konstatierte Lukas.

Kantner antwortete nicht, sondern starrte die graue Wand gegenüber seinem Schreibtisch an, als hielte die auf geheimnisvolle Weise eine Antwort für ihn parat.

»Oder ein Lottogewinn«, fiel ihm schließlich ein.

»Gewinne über 500 Euro werden überwiesen. Damit Hartz-IV-Empfänger nicht auf die Idee kommen, den Geldsegen vor dem Arbeitsamt zu verheimlichen. Haben Sie denn inzwischen den jüngeren Sohn von Goebel ausfindig gemacht?«, fragte Lukas. Scheinbar wollte Kantner die Idee mit der Erpressung nicht weiter vertiefen. Bestimmt, weil es nicht seine eigene gewesen war.

Der Hauptkommissar verzog das Gesicht zu einer Grimasse. »Keine Spur von ihm. Er ist offiziell immer noch bei seinem Papi gemeldet, die Handynummer haben wir noch nicht herausgefunden, und sein Lover war auch nicht zu erreichen.«

Kantner nahm sich den Bericht der Rechtsmedizinerin vor, den Lukas auf seinen Schreibtisch gelegt hatte und überflog kurz die wichtigsten Passagen.

»Wenn es tatsächlich stimmt, was die Brandt vermutet, und Goebel hat den Pokal vor seinem Ableben gewienert, wäre zumindest geklärt, wie der Täter daran gekommen ist«, meinte er. »Das Ding stand noch im Büro.«

Lukas nickte. »Fies, oder? Aber es untermauert Ihre Theorie, dass der Mord im Affekt verübt wurde.«

»Und die Sache mit dem Tumor«, sagte Kantner nachdenklich, als habe er seinen Kollegen nicht gehört. »Das war eine ziemliche Überraschung. Wir sollten morgen ein Gespräch mit Goebels Hausarzt führen.« Er warf einen kurzen Blick auf die große Wanduhr hinter Lukas. »Meine Güte, ist das schon wieder spät. Machen Sie doch Feierabend. Sie sehen gar nicht gut aus. Sie scheinen mir irgendwas auszubrüten.«

* * *

Gudrun Schmittke ging, wie beinahe jeden Abend, die paar Schritte von ihrer Wohnung zum alten Kloster St. Maria Magdalena. Sie überquerte den kleinen Parkplatz, um sich auf einer der Holzbänke hinter dem Kloster niederzulassen.

164

Sie hatte sich schon immer von dem Sandsteingebäude, das Ende des fünfzehnten Jahrhunderts errichtet worden war, angezogen gefühlt. Dabei war sie eigentlich nicht besonders gläubig. Doch die andächtige Ruhe, die sie empfand, wenn sie hier oder in der kleinen Kapelle saß, ließ sie immer wieder neue Kraft schöpfen. Und die hatte sie im Moment bitter nötig.

Als sie im Frühjahr, nur wenige Monate nach dem Tod ihres Mannes, auf dem Weg zum Kloster an dem mit grauen Schieferziegeln verkleideten Haus in einem Fenster der obersten Etage das ›Zu vermieten‹-Schild entdeckt hatte, hatte sie nicht lange gezögert. Das Einfamilienhaus, in dem sie bis dahin mit Bernd gelebt hatte, war für sie allein viel zu groß.

Außerdem lag das Haus viel zu nahe an der L 58, der Straße, auf der man Bernd damals überfahren hatte. Unzählige Male hatte sie ihn davor gewarnt, in der dunklen Jahreszeit mit dem Rad zu fahren, aber er hatte immer gelacht und gemeint, er wäre alt genug, um auf sich aufzupassen. Die Quittung für diesen sträflichen Leichtsinn hatte er dann bekommen.

Nein, es hingen zu viele Erinnerungen an diesem Haus. Also hatte sie es verkauft und war zurück nach Beyenburg in die kleine Wohnung in dem Schieferhaus nahe dem Kloster gezogen. Sie hatte ihrem Bruder und seiner Familie wieder näherkommen wollen, doch da hatte sie die Rechnung ohne Karl gemacht. Der hatte nicht das geringste Interesse an einer Versöhnung. Sie hätte gemeinsam mit Irene und deren Spanier auswandern sollen.

Mittlerweile hatte es aufgehört zu regnen, und so saß sie eine Weile still da, um dem Rauschen der Wupper unterhalb der Mauer hinter sich zu lauschen.

Sie hatte gestern Abend versucht, Kalli zu erreichen, aber nur seine dusselige Frau war zu Hause gewesen. Gudrun hatte sie gebeten, ihm auszurichten, dass er sie zurückrufen solle, doch bis jetzt hatte sie nichts von ihrem Neffen gehört. Hatte Melli es vergessen, oder war Kalli immer noch sauer auf sie, weil sie sich geweigert hatte, ihm zu helfen? Aber was hatte er erwartet? Monatelang meldete er sich nicht bei ihr, und dann stand er auf einmal unangemeldet vor ihrer Tür, um sich Geld von ihr zu leihen. 20.000 Euro brauche er und zwar ganz dringend. Abgesehen davon, dass sie so viel Geld nicht einfach herumliegen hatte, sah Gudrun es überhaupt nicht ein, weshalb ausgerechnet sie ihm aus der Patsche helfen sollte. Hatte er sich je Gedanken um sie gemacht? Hatte er sie im letzten Jahr auch nur einmal angerufen, um sie zu fragen, wie es ihr ging? Jetzt, da er in der Klemme saß, wusste er plötzlich, wo sie wohnte. Sie hatte ihm freundlich, aber bestimmt erklärt, dass er auf sie nicht zählen konnte. Sollte er doch zu seinem Vater gehen. Das habe er schon gemacht, erklärte Kalli. Der habe ihn ebenfalls abgewiesen. Sie sei seine letzte Hoffnung. Er klang wirklich verzweifelt. Fast hätte er sie weichgeklopft, doch gerade noch rechtzeitig hatte sie sich zusammengerissen. Kalli war Karls Problem, nicht ihres.

Hätte sie Kantner von diesem Gespräch erzählen sollen? Oder war es richtig gewesen, den Mund zu halten? Es war schließlich ihr eigener Neffe, den sie in den Mittelpunkt der Ermittlungen rücken würde. Der Kommissar würde sicherlich eins und eins zusammenzählen und auf die naheliegende Lösung kommen, dass Kalli seinen Vater wegen des Geldes ermordet hatte. Würde sie damit leben können, ihn ans Messer geliefert zu haben? Andererseits war sie ihm nichts schuldig, und es war durchaus denkbar, dass der

Junge seinen Vater über die Wupper hatte gehen lassen. Sie warf unwillkürlich einen Blick nach hinten, als könnte ihr toter Bruder jeden Moment im Fluss an ihr vorbeitreiben.

30

Barbara saß auf der Couch und knetete ihre Hände. Hatte sie einen Fehler gemacht? Schon wieder? Sie hätte lieber noch einmal in Ruhe über alles nachdenken sollen, anstatt in kopflosen Aktionismus zu verfallen. Dazu war es nun leider zu spät. Sie konnte keinen Rückzieher mehr machen. Jetzt musste sie es durchziehen. Wenn es ihr nur nicht so verdammt schwerfallen würde.

Sie stand auf und ging zum Fenster, um hinunter auf die Straße zu sehen, die im schummrigen Licht der Straßenlaterne verlassen und trostlos wirkte. *Genauso einsam und trostlos wie mein eigenes Leben,* schoss es Barbara durch den Kopf. Wann war sie eigentlich an dem Punkt angelangt, an dem sie aufgehört hatte zu leben, um nur noch zu existieren? Als sie ihre an Alzheimer erkrankte Mutter schweren Herzens in ein Heim geben musste? Oder schon vorher, als sie vergeblich versucht hatte, sie allein zu Hause zu pflegen? Sie hatte fast alles aufgegeben, was ihr einmal Freude bereitet hatte. Ihre ohnehin nicht zahlreichen Freundschaften waren in die Brüche gegangen, weil ihr einfach die Zeit fehlte, sie aufrecht zu erhalten. Von den kümmerlichen Überresten ihrer Ehe ganz zu schweigen. Sie wusste nicht einmal, wo ihr Ex-Mann jetzt lebte. Er hatte sich mit seiner neuen Liebe schneller aus dem Staub gemacht, als die Tinte auf den Scheidungspapieren trocknen konnte. Um die Pflegekosten für ihre Mutter bezahlen zu können, war sie in diese winzige Bude gezogen. Das Einzige, was ihr noch geblieben war, war ihr alter Kater Moritz.

Barbara ließ ihren Kopf an die kühle Scheibe sinken und sah zu, wie das Glas unter ihrem Atem beschlug. In der Ferne hörte sie den Verkehr rauschen. Sie ging mit schleppenden Schritten zurück zur Couch und ließ sich in die Polster fallen. Die Gedanken kreisten weiter in ihrem Kopf. Was war, wenn sie falschlag? Vielleicht war die Sache ohne jede Bedeutung, und sie machte wie üblich aus einer Mücke einen Elefanten. Warum war sie so neugierig gewesen? Wäre sie einfach nach Hause gegangen, wüsste sie jetzt von nichts und müsste sich keine Sorgen machen. Aber sie wusste es nun einmal, daran gab es nichts zu rütteln. Und sie konnte es nicht einfach kommentarlos hinnehmen. Sie war mit Sicherheit kein mutiger Mensch, aber sie wollte die Angelegenheit geklärt haben, ansonsten hätte sie keine ruhige Minute mehr. Ihre Nerven waren zum Zerreißen gespannt, und sie fürchtete, erneut zusammenzubrechen. Wenn nur endlich alles vorbei wäre.

* * *

Arndt stand im Lagerraum seiner Galerie und sah ungeduldig auf die Uhr. Der Bursche verspätete sich schon wieder. Das war mit Sicherheit das letzte Mal, dass er sich auf diesen Deal einließ. Der blöde Sammer konnte sich jemand anderen für seine krummen Geschäfte suchen. Auch wenn Karl Goebel für immer verstummt war, wer garantierte ihm, dass es nicht weitere Mitwisser gab, die nur auf eine Gelegenheit warteten, ihn zu erpressen?

Er musste an Philipp denken. Was, wenn sein Vater ihn vor seinem Ableben in alles eingeweiht hatte? Oder Franziska hatte ihm mehr erzählt, als sie Arndt gegenüber zugegeben hatte, um sich bei dem Mann ihrer Träume einzuschmeicheln. Das wäre fatal. Dann würde bald die Polizei vor seiner Tür stehen. Oder der nächste Erpresser.

Erstaunlich, dass es noch nicht so weit gekommen war.

Arndt tappte mit seinem linken Fuß ungeduldig auf den Boden. Wenn der Knabe nicht in den nächsten fünf Minuten auftauchte, konnte er ihn mal kreuzweise. Doch der Galerist wusste, dass er zur Not die ganze Nacht warten würde. Genau wie er wusste, dass er weiterhin tun würde, was Sammer von ihm verlangte. Viel zu groß war seine Angst, was der mit ihm anstellte, wenn er jetzt ausstieg. Wahrscheinlich würde er als Fischfutter enden. Oder wie Goebel. Mit einem wie Sammer legte man sich nicht an, wenn einem sein Leben lieb war.

Er grummelte vor sich hin und schnappte sich die Post. Er war heute noch nicht dazu gekommen, sie durchzusehen. So hatte er wenigstens etwas zu tun, während er wartete. Er riss den ersten Umschlag auf. Eine Rechnung, natürlich. Arndt legte den Brief zurück auf den Tisch. Weitere Rechnungen und Werbung folgten. Der letzte Brief war an Franziska adressiert. Wer schickte ihr denn Briefe in die Galerie? Es wusste kaum jemand, dass sie hier Teilhaberin war.

Arndts Neugier war geweckt. Ohne sich um das Postgeheimnis zu kümmern, riss er den Umschlag auf. Das Klingeln des Telefons ließ ihn zusammenfahren.

***

Sophie schloss die Ladentür ab und warf einen prüfenden Blick in den Himmel. Wie auf Bestellung fielen erste Tropfen auf ihr Gesicht. Das war doch nicht mehr normal, selbst für Wuppertaler Verhältnisse. Sie spannte ihren Schirm auf und machte sich auf den Weg zu ihrem Auto. Sie freute sich auf einen entspannten Abend mit Ben. Ein Gläschen Wein, vielleicht ein heißes Bad, so richtig romantisch mit Kerzen, und dann … Sie lächelte bei dem Gedanken daran, was dann passieren könnte. Hoffentlich war ihr Mann in der Stimmung dafür, es würde ihn ablenken. Natürlich würde er in der Stimmung sein, sie war in dieser Hinsicht ziemlich überzeugend.

Sie ging die Friedrich-Ebert-Straße entlang, winkte dem einen oder anderen Ladeninhaber, der sich ebenfalls in den wohlverdienten Feierabend verabschiedete, und bog nach einigen Metern links in die Sophienstraße ein. Sie passierte die Sophienkirche und schlängelte sich durch die dicht an dicht parkenden Autos, bis sie am Ende der kleinen Gasse die Luisenstraße erreichte.

Sie wechselte die Straßenseite und ging ein paar Meter weiter. Vor dem Art G blieb sie stehen und warf einen neugierigen Blick in eines der Schaufenster. Die dort ausgestellten Bilder wurden von jeweils zwei Spots beleuchtet, ansonsten lag die Galerie im Dunkeln. Bei den Gemälden handelte es sich wirklich um ausgesuchte Scheußlichkeiten. Wer kaufte nur so etwas? *Na ja*, dachte sie, *ich hab von Kunst eben keine Ahnung*. Bestimmt waren die Maler steinreich und weltberühmt. Ein Blick auf die Preisschilder schien ihre Vermutung zu untermauern. Das war ja ein halbes Jahresgehalt. Vielleicht sollte sie sich lieber als Malerin versuchen, anstatt Bücher zu verkaufen.

Sie beugte sich ein wenig vor, um das Ladeninnere näher in Augenschein zu nehmen. Der Verkaufsraum war stockdunkel, doch durch einen Spalt im Vorhang, der das Ladenlokal vom hinteren Bereich abtrennte, drang etwas Licht. Sophie drückte sich die Nase am Schaufenster platt, um mehr erkennen zu können, und hielt den Atem an, damit die Scheibe nicht beschlug. Giercke schob gerade den Vorhang ein Stück beiseite und hielt einen Telefonhörer ans Ohr gepresst. Er schien ziemlich wütend zu sein, denn er schritt im Türrahmen auf und ab und gestikulierte heftig.

Schade, dass sie nicht hören konnte, worum es ging. Aber wieso war Giercke eigentlich im Laden? Hatte Carsten nicht erwähnt, die Galerie sei am Nachmittag geschlossen gewesen?

Der Galerist war stehengeblieben und reckte den Hals nun in Richtung Schaufenster, als hätte er etwas bemerkt. Sophie zuckte zurück und machte einige Schritte nach links, um aus seinem Blickfeld zu verschwinden. Mist, hoffentlich hatte er sie nicht gesehen.

Sie wandte sich um und wollte gerade die Straße überqueren, als sie beinahe mit einem Radfahrer zusammenstieß, der in entgegengesetzter Richtung zur Einbahnstraße fuhr. Der junge Mann bremste scharf und Sophie sprang erschrocken zurück auf den Bürgersteig.

»Entschuldigung!«, meinte sie, ärgerte sich aber gleichzeitig darüber, dass er sich nicht bemerkbar gemacht hatte. Sie fand die Regelung, dass Radler Einbahnstraßen in beide Richtungen befahren dürfen, ohnehin ziemlich gefährlich. Aber sie fragte ja keiner. Gab es diese Regelung in Wuppertal überhaupt?

»Kein Problem«, erwiderte der Radfahrer freundlich und trat wieder in die Pedale.

Sophie lief mit schnellen Schritten zurück zur Sophienkirche, wo sie ihr Auto am Vormittag abgestellt hatte. Der Radfahrer umrundete die Kirche und fuhr wieder auf die Luisenstraße, diesmal in der vorgeschriebenen Richtung.

31

Eva Siebenhausen zappte lustlos durch das Fernsehprogramm. Das Gespräch mit dem Kommissar schwirrte ihr noch im Kopf herum. Der Kerl war verdammt attraktiv gewesen. Es war ihr schwergefallen, sich ihm nicht an den

Hals zu werfen und ihm alles zu erzählen. Er hätte sie vor ihrem Mann beschützen können, groß und stark wie er war. Doch sie hatte gemerkt, dass sie nicht sein Typ war. Das fand sie ausgesprochen schade.

Sie dachte an ihren Mann. Was hatte sie nur jemals an Peter gefunden? Dieser Fettsack mit den gefärbten Haaren und den Wurstfingern und dem ewig süffisanten Grinsen. Seine Zähne waren so groß, dass man den Eindruck bekommen konnte, sie gehörten zu einem anderen Kiefer.

Sie war so jung und naiv gewesen, als sie ihn kennenlernte. Neunzehn Jahre erst. Was wusste man schon in dem Alter? Rein gar nichts. Sie war stolz gewesen, weil ein fast dreißig Jahre älterer Mann sich nach ihr verzehrte und ihr versprach, ihr die Sterne vom Himmel zu holen, wenn sie ihn nur erhörte. Damals hatte er leidlich besser ausgesehen, und dass er in Geld nur so zu schwimmen schien, war ein weiteres Argument auf der Pro-Seite gewesen. Eigentlich war es der einzige Posten auf der Pro-Seite. Natürlich war sie nicht so dumm gewesen, ihn direkt ranzulassen, denn sie hatte schnell bemerkt, dass es ihm vor allem darum ging. Sie hatte die spröde Unschuld vom Lande gespielt, bis er ihr den Ring an den Finger steckte. Es konnte ihm nicht schnell genug gehen.

In der Hochzeitsnacht zeigte er dann sein wahres Gesicht. Zum Glück war sie längst nicht so unschuldig, wie sie ihm weisgemacht hatte, sonst hätte sie wahrscheinlich den Schock ihres Lebens erlitten. Doch es war schlimm genug gewesen. Zum Glück verlor er danach das Interesse an ihr. So als sei sie nun verdorbene Ware. Ihr war es egal. Sie war nicht scharf auf seine Gelüste. Nur auf sein Geld und das angenehme Leben, das er ihr ermöglichen würde. Leider hatte er sie bei dieser einen Gelegenheit sofort geschwängert.

Das war das Letzte, was sie wollte. Auch Peter machte keinen Hehl daraus, dass er keine Lust auf Kindergeplärre hatte. Als sei sie die einzig Schuldige an der Misere. Das Gute war, dass er sie nun nicht mehr einfach vor die Tür setzen konnte. Das hätte sein Vater, der damals noch lebte, niemals zugelassen. Er war der Einzige, der sich auf das Baby freute.

Sie hatte ihr Studium vor der Hochzeit abgebrochen. Als Ehefrau brauche sie so etwas nicht, hatte Peters Vater argumentiert. Zu spät hatte sie erkannt, dass sie ihrem Mann damit auf Gedeih und Verderb ausgeliefert war. Nicht, dass er in Gelddingen nicht großzügig wäre, sie hatte ihr eigenes Konto, auf das er jeden Monat einen ansehnlichen Betrag überwies. Doch das reichte nicht aus, um das Leben an seiner Seite erträglicher zu machen. Bei Weitem nicht. Und im Falle einer Scheidung würde diese Quelle dank des Ehevertrags unweigerlich versiegen.

Sie hörte, wie sich ein Schlüssel im Schloss der Eingangstür drehte. Kurze Zeit später stampfte ihr Mann ins Wohnzimmer. Wie üblich ignorierte er sie und ging zu der großzügig gefüllten Bar, um sich einen Whisky einzugießen. Alkohol liebte er mehr als alles andere. Wenn er weiter so soff, würde es kein gutes Ende mit ihm nehmen. Wie sie diesen Tag herbeisehnte.

***

Als Carsten vor seiner Haustür stand, fiel ihm auf, wie wenig Lust er auf seine leere Wohnung und Tiefkühlpizza hatte. Kurz entschlossen steckte er den Schlüssel wieder ein und ging weiter. Er würde noch einen Abstecher ins Katzengold machen. Da war er schon viel zu lange nicht mehr gewesen. Er könnte dort eine Kleinigkeit essen. Und den Wirt ein wenig über das Art G ausquetschen, vielleicht wusste der ja etwas mehr darüber zu berichten als Sophie. So kam er wenigstens mal wieder unter Leute. Früher war er fast jedes Wochenende im Katzengold gewesen, und immer hatte er dort jemanden getroffen, den er kannte. Doch die Zeiten waren schon lange vorbei.

Er stapfte das Tippen-Tappen-Tönchen hinunter. Die lange, steile Treppe, die das Luisenviertel mit dem darüber liegenden Ölberg verband, wo er wohnte, war eine von vielen skurrilen Sehenswürdigkeiten von Wuppertal. So hatte er nebenbei auch noch ein bisschen Fitnesstraining. Das war auch mal wieder nötig. Er hatte in den letzten Monaten ein bisschen Speck angesetzt. Vom Fuß der Treppe aus war es nur noch ein Katzensprung bis zum Katzengold.

In der Kneipe war es proppenvoll und das unter der Woche. Alle Tische waren belegt. Er wollte gerade umkehren, als er die bildhübsche Blondine an einem der kleinen Tische im Nichtraucherbereich bemerkte, die konzentriert die Speisekarte studierte. Sie hatte nicht aufgeblickt, als er hereingekommen war, woraus er folgerte, dass sie niemanden erwartete. Vielleicht war sie genauso einsam wie er, obwohl er es sich kaum vorstellen konnte, so wie sie aussah. Aber er selbst war ja auch nicht der Hässlichste und trotzdem allein. Es wurde Zeit, dass der alte Carsten wieder zum Vorschein kam. Sein Jagdinstinkt, den er viel zu lange unterdrückt hatte, regte sich. Entschlossen bahnte er sich einen Weg durch die Reihe und blieb vor dem Tisch stehen.

»Entschuldigung, ist hier noch frei?«, erkundigte er sich höflich und drückte sich selbst die Daumen. Er setzte ein charmantes Lächeln auf. Kein Haifischlächeln, sondern ein ehrlich gemeintes.

Die Frau sah auf und funkelte ihn angriffslustig an. Sie schien keine Lust auf Gesellschaft zu haben, zumindest nicht auf männliche. Ein paar Sekunden geschah nichts, dann änderte sich ihr Gesichtsausdruck plötzlich.

»Carsten?«, fragte sie und begann zu strahlen.

Verdammt, dachte er, *kennen wir uns etwa?* Sie kam ihm vage bekannt vor, aber er wusste beim besten Willen nicht, wo er sie einordnen sollte. Hoffentlich war sie keiner seiner unrühmlichen One-Night-Stands, das würde aber mal so richtig peinlich werden, denn ein Name zu dem Gesicht wollte ihm partout nicht einfallen.

Sie hatte seine Verwirrung offenbar bemerkt. »Cordula«, meinte sie. »Siebert. Die Freundin von Sophie.«

Du lieber Himmel, Sophies Kindergartenfreundin. Im Leben hätte er sie nicht wiedererkannt. War sie damals schon so hübsch gewesen? Wahrscheinlich nicht, sonst wäre sie ihm aufgefallen. Unschlüssig blieb er stehen. Er hatte sie immer ziemlich herablassend behandelt. Wie man als Jugendlicher eben mit den Freundinnen der kleinen Schwester umgeht. Ob sie da Lust hatte, den Abend mit ihm zu verbringen? Aber so, wie sie ihn anlächelte, schien sie sich tatsächlich zu freuen, ihn wiederzusehen.

»Setz dich doch.« Sie machte eine einladende Handbewegung.

Was solls, dachte er und nahm Platz. Was konnte schlimmstenfalls passieren? Sie würde ihm ihr Weinglas ins Gesicht schütten, um sich für die erlittene Schmach früherer Zeiten zu rächen. Aber wenn er Glück hatte und sich ordentlich benahm, würde es vielleicht ein schöner Abend werden.

32

Peter stand im Türrahmen von Evas Schlafzimmer und betrachtete seine Frau, die reglos in ihrem Bett lag. Ein gemeinsames Schlafzimmer hatten sie nie gehabt. Wozu auch? In dieser Hinsicht spielte sich bei ihnen ohnehin nichts ab. Und auf diese Weise bekam sie nicht mit, wann er kam und ging.

Die blöde Kuh! Er hätte ihr schon längst den Hals umdrehen sollen. Ihre ständige Nörgelei ging ihm wahnsinnig auf die Nerven. In letzter Zeit gelang es ihm immer weniger, es einfach zu ignorieren. Das war nicht unbedingt Evas Schuld, musste er zugeben. Was sie sich jedoch letzte Woche erlaubt hatte, stellte alles Bisherige in den Schatten. Wie hatte sie ihn so hintergehen können? Er verstand es immer noch nicht. Sie hatte doch alles, was sie brauchte. Er war immer großzügig gewesen. Schon allein, damit sie den Mund hielt und ihn in Ruhe ließ. Doch das würde sich ändern. In Zukunft würde sie um jeden Cent betteln müssen. Das hatte sie von ihrer Hinterhältigkeit.

Er hatte sie ohnehin nur geheiratet, weil er sie damals unbedingt entjungfern wollte. Sie war das Schärfste gewesen, was ihm je untergekommen war, und dass sie sich zierte wie ein kleines Mädchen, hatte ihn nur noch mehr erregt. Und wenn sie zu ihrem Glück einen Ring am Finger brauchte, bitte schön. Sein Vater hatte ihn schon lange gedrängt, endlich sesshaft zu werden und eine Familie zu gründen, schließlich brauchte man einen Thronfolger für die Firma. Dass Peter nicht der Sinn nach Kindergeschrei und Eheleben stand, interessierte den Alten nicht.

In der Hochzeitsnacht durfte er dann feststellen, dass vor ihm schon der eine oder andere an Eva geknuspert hatte.

Ganz mies reingelegt hatte sie ihn. Und er war so blöd gewesen, auf sie hereinzufallen. Am liebsten hätte er die Ehe sofort annullieren lassen, doch dafür brauchte man einen triftigen Grund. Die Vorspiegelung falscher Jungfräulichkeit zählte da heutzutage nicht mehr. Das hatte man davon, wenn der Schwanz das Denken übernahm. Und dann war sie auch noch schwanger geworden. Ein Balg hatte ihm gerade noch gefehlt. Wenigstens sein Vater war zufrieden gewesen und hatte ihm endlich die Leitung der Firma übertragen, nun, da es einen Nachfolger gab. Als sei das Zeugen eines Sohnes die größte Leistung gewesen, die Peter je vollbracht hatte.

Er schwankte leicht, als er die Treppe hinunterging. Er betrat das Wohnzimmer, lief zur Bar und goss sich einen großzügigen Whisky ein. Gierig leerte er das Glas in einem Zug und ließ es achtlos zu Boden poltern. Einige Tropfen ergossen sich auf den dicken weißen Läufer. Er grinste hämisch. Eva würde vor Wut tot umfallen, wenn sie das sah. Sollte sie. Dann wäre das Problem wenigstens erledigt.

Er torkelte zum Sofa und musste sich kurz an der Lehne festhalten, um nicht umzukippen. *Himmel,* dachte er, *ist es jetzt so weit?* Er sollte wirklich weniger trinken. Er war nicht mehr der Jüngste. Langsam nagte der Zahn der Zeit tatsächlich auch an ihm. Er war nicht mehr so belastbar wie früher. Weder physisch noch psychisch. Die letzten Monate waren nicht spurlos an ihm vorbeigegangen. Er hätte sich niemals auf die Sache einlassen sollen, das war ihm klar, doch ihm war keine andere Wahl geblieben. Seine Existenz stand auf dem Spiel, und wenn dieser dämliche Kommissar nun auch noch anfing, in seinem Leben herumzustochern, konnte er für nichts mehr garantieren. Der Bursche war zwar heute Morgen schnell wieder abgezogen, doch man sah ihm an, dass er zu der hartnäckigen Sorte gehörte. Wenn der erst mal anfing zu graben, würde er sicherlich sämtliche Leichen im Siebenhausen'schen Keller ausbuddeln, und Eva würde ihm wahrscheinlich allzu gern die Schaufel reichen.

Sein Kopf dröhnte, als sei er ein Testgelände für neue Presslufthämmer. Peter kniff die Augen zusammen. Toll, ein Migräneanfall fehlte ihm zu seinem Glück noch. Wie sollte er da einen klaren Gedanken fassen? Er fuhr sich mit der Hand übers Gesicht und rülpste. Scheiße, jetzt musste er auch noch kotzen. Er presste seine Hand auf den Mund und flüchtete auf die Gästetoilette.

* * *

Cordula hatte es sich auf Carstens Couch gemütlich gemacht und sah sich neugierig im Wohnzimmer um. Viel zu sehen gab es nicht. Gegenüber dem riesigen Sofa standen auf einer langen Holzbank ein noch größerer Fernseher und eine Stereoanlage; der winzige Esstisch und die zwei Klappstühle unter dem Fenster zeugten davon, dass Carsten wohl selten Gäste zum Abendessen einlud, und in dem einzigen Regal befanden sich, alphabetisch sortiert, diverse CDs und DVDs. Nicht einmal ein Bild hing an der Wand. Gemütlich war es hier nicht gerade. Aber ziemlich sauber und ordentlich für eine Junggesellenbude. Da hatte sie schon wesentlich Schlimmeres gesehen.

Carsten kam mit einer Flasche Rotwein und zwei Gläsern aus der Küche. Ihr Herz schlug höher, als sie ihn ansah. Hoffentlich war es kein Fehler gewesen, mit zu ihm zu gehen. Doch sie verspürte nicht die geringste Lust, sich in ihrem alten Kinderzimmer zu verkriechen. Das hatte sie in den letzten Wochen zur Genüge getan. Außerdem war sie Mitte dreißig, da musste sie sich nicht mehr zieren wie ein kleines Mädchen. Carsten war immer noch verdammt

178

sexy mit seinen kurz geschorenen blonden Haaren, und der Vollbart stand ihm ausnehmend gut. Vielleicht war er etwas moppelig geworden mit den Jahren, aber bei seiner Größe fielen ein paar Extrapfunde nicht unangenehm auf. Und sein Interesse an ihr war offensichtlich. Worauf sollte sie also warten?

Genau genommen hatte sie schon lange genug darauf gewartet, dass Sophies Bruder endlich Notiz von ihr nahm. Schon mit sechzehn hatte sie von einer heißen Liebesnacht mit ihm geträumt. Und jetzt schien dieser Traum endlich in Erfüllung zu gehen. Diese Gelegenheit würde sie sich nicht entgehen lassen.

Er reichte ihr eines der Gläser und setzte sich neben sie. Ihre Knie fühlten sich weich wie Wackelpudding an. Wie gut, dass sie saß, sonst wäre sie zu Boden gesackt.

»Auf den schönen Abend«, meinte er und prostete ihr zu.

Cordulas Hände zitterten, als sie mit ihm anstieß.

»Haben wir eigentlich jemals Brüderschaft getrunken?«, fragte sie und wunderte sich über ihren Mut.

Carsten tat einen Moment so, als müsse er nachdenken. »Ich glaube nicht. Muss man das denn, wenn man sich schon duzt? Ach, egal. Also, ich bin Carsten.«

Sie kicherte. »Angenehm. Cordula.«

Sie verschränkten ihre Arme ineinander und tranken. Trotz des Weins war ihr Mund staubtrocken. Sie öffnete leicht die Lippen, als Carsten sich ihrem Gesicht näherte. Das Blut schoss ihr in den Kopf, als er sie sanft küsste. Sie hörte die Glocken läuten. Das ging aber fix; Glocken hörte sie für gewöhnlich erst später.

»Verdammt«, murmelte Carsten an ihrem Mund und löste sich widerwillig von ihr. »Tut mir leid, da muss ich rangehen. Hab Bereitschaft. Verdammt!«

179

Sie sah ihm nach, als er in den Flur ging und den Hörer von der Feststation riss.

»Kantner?«, meldete er sich. Einige Sekunden lauschte er. »Sie rufen mich um diese Zeit an, um mir mitzuteilen, dass mein Handy ausgeschaltet ist? ... Ach so.«

Carsten wurde sichtlich nervös. Cordula spitzte neugierig die Ohren, doch leider verstand sie nicht, was der Mensch am anderen Ende der Leitung sagte.

»Ach du Scheiße«, meinte er nun. Sein Gesicht wurde bleich. »Wann? Wie? Wo?«

Er warf Cordula einen entschuldigenden Blick zu und hob bedauernd eine Hand.

33

Wenige Minuten später begleitete er Cordula zu ihrem Wagen.

»Tut mir echt leid«, meinte Carsten bedauernd.

»Ja, mir auch«, erwiderte sie und strich ihm über die Wange.

»Wir holen das bald nach«, versprach er.

Sie nickte und gab ihm einen flüchtigen Kuss, bevor sie einstieg. Carsten winkte und wartete, bis sie sich aus der Parklücke manövriert hatte und davonfuhr. Dann machte er sich auf den Weg zu seinem eigenen Auto. Schnatternd vor Frust und Kälte startete er den Motor. Wenn er Glück hatte, war die Heizung warm, wenn er am Tatort ankam.

Was war nur los in Wuppertal? Der erste Advent stand vor der Tür, da sollte es doch eher besinnlich zugehen. Stattdessen hatte er einen weiteren Mord an der Backe. Hätte er ihn verhindern können? *Verdammt*, dachte er und schlug mit der Faust auf das Lenkrad, das ein erschrockenes Hupen von sich gab, *ich hätte ihn verhindern müssen.* Aber wer konnte ahnen, dass der Täter noch ein Opfer im Visier hatte? Die Schuldgefühle krochen wie eine Horde Ameisen auf Patrouille in ihm hoch. Er schüttelte sich kurz, als könnte er so das Sodbrennen vertreiben, das die imaginären Ameisen verursachten, und bemühte sich, seine Gedanken in andere Bahnen zu lenken.

* * *

Anton stieg langsam und widerwillig die Stufen zu Sammers Büro hinauf. Er kratzte gedankenverloren an einem Pickel auf seiner Nase. Sein Blick fiel auf die Mädchen unten, die sich, mehr oder weniger bekleidet, um die Stangen auf der Bühne schlängelten. Normalerweise hätte ihn der Anblick von so viel nacktem weiblichen Fleisch erregen müssen, doch keines der Mädchen sah aus, als wäre es freiwillig hier oder hätte Spaß an dem, was es tat. Anton fand das einfach nur deprimierend. Wie konnten die Kerle, die um die Tanzfläche herum saßen, nicht erkennen, dass die Mädchen lieber eine Wurzelbehandlung über sich ergehen lassen würden, als sich von ihnen begaffen zu lassen? Geile alte Böcke, denen war nur wichtig, sich einen rubbeln zu können. Widerlich!

Er straffte die Schultern, klopfte an die Tür und wartete brav, bis man ihn hereinbat. Sammer saß hinter seinem wuchtigen Schreibtisch und winkte ihn mit einer ungeduldigen Handbewegung zu sich. Zögernd machte der Junge einige Schritte in den Raum hinein und blieb vor dem Schreibtisch stehen. Er konnte nicht umhin zu bemerken, dass der Alte immer noch ziemlich gut aussah. Er ging ja auch regelmäßig in die Muckibude, und Anton hatte den Verdacht, dass Sammer sich Botox gegen die Falten spritzen ließ. Außerdem hatte er eine Haarverpflanzung hinter sich, wie dieser schwule Sänger. Tja, wer Kohle hatte, konnte sich halt alles leisten, sogar gutes Aussehen. Dabei war das gar nicht nötig. Wenn ein Mann in Geld schwamm, wie Sammer, dann liefen einem die geilen Weiber automatisch hinterher, egal wie man aussah. Und Sammer musste sich ohnehin nur unten bedienen. Die Mädchen würden einen Teufel tun, sich ihm zu widersetzen.

»Na, mein Junge«, sagte Sammer und sein Mund lächelte. Seine Augen nicht. Die lächelten nie. Die waren kalt wie tote Fischaugen. »Schön, dass du wieder da bist. Hat alles reibungslos geklappt?«

Anton nickte stumm. Es klappte immer alles reibungslos. Manchmal wünschte der Junge, es wäre anders. Aber seine Wünsche waren noch nie in Erfüllung gegangen. Der Boss sah zufrieden aus, er rieb sich die Hände. Wie er diesen Kerl verabscheute. Sich selbst verabscheute er auch, weil Sammer ihm so viel Angst einjagte, dass er es nicht wagte, sich ihm zu widersetzen. Doch was konnte ein Teenager wie er schon gegen einen Typen wie seinen Boss ausrichten? Zumal er auf sich allein gestellt war.

»Das ist gut, mein Junge«, meinte Sammer und schlug mit den Handflächen ein paar Mal sacht auf die Schreibtischplatte. »Wenn du dich nicht allzu dämlich anstellst, steht dir bei mir eine große Karriere bevor.«

Der Junge nickte wieder. Ehe es so weit kam, würde er lieber aus dem Fenster springen. Lange hielt er dieses Leben nicht mehr aus. Es war höchste Zeit, etwas gegen dieses Arschloch zu unternehmen. Er musste einfach all seinen Mut zusammennehmen. Doch das war leichter gesagt als getan. Wenn er sich nur nicht immer so alleingelassen fühlen würde.

34

Die Häuser in der Thomastraße sahen noch genauso aus, wie Carsten sie in Erinnerung hatte. Die meisten von ihnen waren in einem schäbigen Braunton gestrichen, der seine besten Tage lange hinter sich hatte. Früher musste er einmal im Monat mit seiner Omma Lotte und Sophie die steile Werléstraße im Stadtteil Heckinghausen erklimmen, um Ommas Tante Else zu besuchen, die weiter oben am Berg in eben jener Thomastraße wohnte. Carsten dachte mit Grauen an die alte Dame mit dem strengen Dutt und dem noch strengeren Blick. Bei ihrer Ankunft lag Tante Else immer im Fenster, um nach ihnen Ausschau zu halten. Dabei verbrannte ihr jedes Mal der Kuchen im Ofen, und Carsten wurde die Werléstraße wieder hinuntergeschickt, um in der Bäckerei auf der Hauptstraße Teilchen zu besorgen. Wenige Jahre später fuhren sie mit der Straßenbahn eine Haltestelle weiter, um Tante Else auf dem Norrenberger Friedhof zu besuchen. Doch auch das lag schon lange zurück. Die Straßenbahn fuhr in Wuppertal schon seit fast 25 Jahren nicht mehr.

In den Fenstern der Häuser lagen einige neugierige Bewohner, angelockt von den Blaulichtern und dem ungewöhnlichen nächtlichen Treiben auf der sonst eher ruhigen Straße – das Begrüßungskomitee à la Tante Else.

Carsten parkte den Wagen hinter einem Einsatzfahrzeug und ging unter der Absperrung hindurch. Er zeigte einem uniformierten Kollegen seinen Dienstausweis und begab sich zum letzten Haus vor der Kreuzung. Die Lehrerin wohnte tatsächlich im selben Haus wie Tante Else. Hoffentlich nicht in derselben Wohnung. Die Haustür stand offen, und das eingeschaltete Flurlicht gab den Blick auf ein enges Treppenhaus mit abgetretenen Holzstufen frei. Die Treppen und das Geländer hatten eine Neulackierung dringend nötig. Im Hausflur roch es muffig nach Essensresten – Carsten hasste Erbsensuppe –, aber wenigstens war kein Kuchen verbrannt.

Er erklomm die Stufen, die unter seinen Füßen ächzten und knarzten, ehe eine offenstehende Wohnungstür in der zweiten Etage ihm den Weg zum Tatort wies. Gott sei Dank handelte es sich nicht um Tante Elses Wohnung, die war im Erdgeschoss gewesen. Er zwängte sich in den unvermeidlichen Einwegoverall, der ihm mindestens zwei Nummern zu klein war. Jetzt bloß nicht mehr atmen, sonst platzte er am Ende aus allen Nähten.

* * *

Die Spurensicherung war bereits am Werk und damit beschäftigt, Fotos zu machen und sämtliche Möbelstücke mit schwarzem Fingerabdruckpulver zu bestäuben.

Carsten quetschte sich durch den viel zu engen Flur, an dessen rechter Wand sich eine Garderobe unter einer Vielzahl unförmiger Jacken bog, die nur darauf zu warten schienen, herunterzufallen, um die ausgetretenen Damenschuhe, die darunter ihr armseliges Dasein fristeten, unter sich zu begraben. Er schob sich vorsichtig, um das eigenartige Stillleben nicht zu zerstören, seitlich daran vorbei und betrat das kleine Wohnzimmer, wo Kollege Maier und Amelie Brandt sich in einer Ecke flüsternd unterhielten. Die beiden hatten auch schon mal wacher ausgesehen.

»Morgen«, begrüßte er die beiden kurz. Zu mehr fehlte ihm gerade die Energie.

Maier nickte ihm nur müde zu und Amelie Brandt reichte ihm die Hand, mit der sie vermutlich eben noch die Tote untersucht hatte. Wenigstens trug sie die Handschuhe nicht mehr.

»Morgen, Herr Kantner. Hätte nicht gedacht, Sie so bald wiederzusehen.«

»Dito. Wenn wir weiter so viel Zeit miteinander verbringen, wird man noch über uns reden.«

»Hmmm, Sie alter Romantiker.« Dr. Brandt zwinkerte und kitzelte ihn mit einer Hand am Bart.

Carsten bereute seine Worte augenblicklich und wandte sich hastig an Maier. »Was haben wir bis jetzt?«, wollte er wissen.

»Nicht viel. Der Anruf der Nachbarin ging gegen Mitternacht ein. Sie hatte tagsüber vergessen, die Katze des Opfers zu füttern, und ist nach ihrer Spätschicht im Krankenhaus mit dem Zweitschlüssel in die Wohnung, um das nachzuholen. Da hat sie die Frau tot auf dem Sofa gefunden«, berichtete Maier.

»Hat keiner der anderen Nachbarn etwas mitbekommen?«

»Nein, niemand hat etwas Ungewöhnliches gesehen oder gehört.«

»Bei Tante Else wäre das nicht vorgekommen«, murmelte Carsten.

»Bei wem?«, fragte Maier irritiert.

Carsten winkte ab. »Nicht so wichtig. Aber müsste unser Opfer nicht eigentlich im Krankenhaus sein? Wenigstens war sie heute Morgen noch da. Und sie machte nicht den Eindruck, als könnte sie in absehbarer Zeit bedenkenlos entlassen werden.«

Maier musste sich ein Grinsen verkneifen, als er an die Szene im Klinikum dachte. Grinsen war gerade nicht angebracht. »Da waren die Ärzte offenbar anderer Ansicht. Jedenfalls ist die Tote dort auf dem Sofa definitiv Barbara Ehrhardt-Gonzmann.«

Carsten sah zum Sofa, dessen Lehne den Blick auf den

Leichnam vorerst noch vor seinen Augen verbarg. Eigentlich verspürte er nicht das Bedürfnis, sich die Tote überhaupt anzuschauen, aber es würde sich allenfalls aufschieben, jedoch nicht vermeiden lassen.

»Doc, was haben Sie für mich?«, wandte sich Carsten an die Rechtsmedizinerin, um wenigstens noch ein paar Minuten Zeit zu schinden.

»Hätte ich Ihnen ein Geschenk mitbringen sollen?«, fragte sie wie üblich zurück.

Carsten sparte sich einen bissigen Kommentar und rollte stattdessen mit den Augen.

Sie zuckte gleichgültig mit den Schultern, weil ihr Scherz nicht die gewünschte Wirkung hatte, und ließ sich zu einer ernsthaften Antwort herab. »Der Tod muss am frühen Abend eingetreten sein. Sie wurde erdrosselt. An ihrem Hals sind deutliche Strangulationsmerkmale zu erkennen. Die Tatwaffe war wahrscheinlich ein Tuch oder ein Schal. Genauer kann ich es nicht sagen, der Täter muss sie mitgenommen haben. Für weitere Details müssen wir die Obduktion abwarten.«

Carsten nickte und ging zum Sofa, auf dem Barbara Ehrhardt-Gonzmann immer noch lag. Irgendwann musste er es ja hinter sich bringen. Er kniete sich hin.

Sie lag da, als würde sie schlafen, doch ihre bläuliche Gesichtsfarbe und die Zunge, die seitlich schlaff aus ihrem leicht geöffneten Mund hing, deuteten auf einen qualvollen Todeskampf hin. Carsten spürte förmlich, wie die arme Frau panisch nach Luft rang, während der Mörder das Tuch gnadenlos immer enger um ihren Hals zusammenzog. Ein solches Ende hatte sie nicht verdient.

Weshalb war sie getötet worden? Was verband sie und Goebel, abgesehen vom Offensichtlichen? War es von

Anfang an der Plan des Mörders gewesen, beide aus dem Weg zu räumen? Oder war die Ehrhardt-Gonzmann ihm irgendwie in die Quere gekommen? Hatte sie den Mörder gekannt? Ihm vertraut? Carsten vermutete es, doch sicher konnte er nicht sein. Aber hätte sie einem Fremden arglos die Tür geöffnet? Eher nicht. Sie musste demjenigen so viel Vertrauen entgegengebracht haben, dass sie lieber mit ihm statt der Polizei geredet hatte. Er fuhr sich frustriert mit der Hand über das Gesicht und stand auf.

Er wanderte zu dem kleinen Schreibtisch, der neben dem Fenster stand. Den Laptop hatte der Mörder diesmal dagelassen. Bedeutete das, dass nichts Brauchbares darauf zu finden sein würde? Die IT-Experten würden sich eingehend damit befassen. Er zog die Schublade des Schreibtischs auf. Nichts Interessantes auf den ersten Blick. Das übliche Chaos wie in jeder Schublade. Man warf einfach alles hinein und schob sie wieder zu.

»Ich wär dann so weit«, unterbrach Amelie Brandt. »Wir können die Leiche jetzt abtransportieren. Morgen Vormittag mache ich dann die Obduktion. Wenn Sie daran teilnehmen wollen, sind Sie herzlich eingeladen. Aber jetzt, Jungs, bin ich durch die Tür. Gute Nacht allerseits, auch wenn nicht mehr viel davon übrig ist.«

35

Sophie war am Morgen zum zweiten Mal in dieser Woche durch einen Telefonanruf geweckt worden. Es war Carsten gewesen, der sie über das gewaltsame Ableben Barbaras informierte. Mittlerweile wurde es zur Gewohnheit, sie mit telefonischen Todesnachrichten aus dem Schlaf zu reißen. Sie hatte Ben sofort wachgerüttelt, um ihm die schockierende Neuigkeit möglichst schonend – »Wach auf, Barbara ist ermordet worden!« – beizubringen.

Die beiden saßen stumm am Frühstückstisch in der Küche und konzentrierten sich auf ihre Teller.

»Wieso wird jetzt auch noch Barbara ermordet?«, fragte Sophie schließlich, um das Schweigen zu brechen. »War sie am Sonntag in der Schule und hat den Mord an Karl beobachtet? Aber was sollte sie so spät abends dort getrieben haben? Karl wird sie doch wohl kaum als Bodyguard mitgenommen haben. Außerdem hätte sie sofort die Polizei gerufen. Aber was kann es sonst für einen Grund geben? Hat sie etwas gewusst? Wenn ja, was? Sag du doch auch mal was!«

Ben ließ genervt sein Nutellabrot auf den Teller fallen. »Was soll ich dazu sagen? Zwei meiner Kollegen sind ermordet worden, meinst du, da hab ich Lust, Detektiv zu spielen? Woher willst du eigentlich wissen, ob die beiden Morde miteinander in Zusammenhang stehen? Barbara kann doch aus einem ganz anderen Grund getötet worden sein.«

»Sei doch nicht so pampig. Welcher andere Grund sollte das denn sein? Meinst du, sie hat sich einen Callboy ins Haus bestellt, der sie bei Sexspielchen versehentlich erwürgt hat?«

»Ja toll, danke. Die Bilder krieg ich nie wieder aus dem Kopf. Dabei muss ich jetzt los, Flöhe, äh, Kinder hüten in der Turnhalle. Meine Güte, wenn die anderen davon erfahren. Ich mag es denen gar nicht sagen.« Ben rieb sich die Augen und seufzte. »Was hast du so vor?«

»Ich? Och, nix Besonderes. Arbeiten und so …«

Sophie behielt ihre Tagesplanung lieber für sich, wie sie auch das Gespräch mit Philipp Goebel nicht erwähnt hatte. Wenn Ben wüsste, was sie heute vorhatte, würde er sie wahrscheinlich an den Küchenstuhl fesseln.

***

Carsten und Maier saßen in ihrem Büro, um die neuesten Erkenntnisse zu besprechen. Die sichergestellten Spuren aus der Wohnung von Barbara Ehrhardt-Gonzmann mussten noch ausgewertet werden; doch es sah auf den ersten Blick nicht so aus, als stünden sie kurz vor einem Durchbruch.

»Funktioniert Ihr Handy eigentlich wieder?«, fragte Maier beiläufig, während er konzentriert auf den Bildschirm seines Computers starrte.

Carsten brummte etwas, das entfernt wie ein Ja klang. Dass gerade Maier diese Peinlichkeit mitbekommen musste, passte ihm gar nicht in den Kram. Da hatte er doch glatt vergessen, sein Handy aufzuladen. So etwas war ihm noch nie passiert. Sollte Maier das im Präsidium weitertratschen, war Carsten der Spott für die nächsten Jahre sicher. Doch nun galt es erst mal, den heutigen Tag über die Bühne zu bringen. Mit frisch aufgeladenem Handy, verstand sich.

Hauptkommissar Paul Mattuschek hatte sich spontan bereit erklärt, Goebels Hausarzt aufzusuchen und nach Düsseldorf ins rechtsmedizinische Institut zu fahren. Ein Arztbesuch sei bei ihm schon lange überfällig, meinte er mit breitem Grinsen. Carsten verkniff sich einen bissigen Kommentar. Er wusste, Mattes hatte eine Schwäche für Amelie Brandt, aus welchem Grund auch immer. Deshalb nutzte sein älterer Kollege jede Gelegenheit zu einem Ausflug nach Düsseldorf. Ihm sollte es recht sein. Er war weder besonders scharf auf die Autopsie noch auf die Rechtsmedizinerin.

Carsten massierte seinen Nacken, der ihn seit Maiers Anruf gestern Abend plagte. Das kannte er schon. Immer, wenn etwas besonders heftig in seinem Kopf rotierte, bekam er einen steifen Hals. Da halfen auch die Yoga-Übungen, die

Sophie ihm empfohlen hatte, nichts. Im Gegenteil, diese Singsang-Stimmen auf den DVDs, die einem befahlen, wann man Ein- und Auszuatmen hatte, machten ihn nur aggressiv. *Genieß die Spannung in deinem Rücken.* Ja klar! Aus welchem Grund sollte man es genießen, sich die Wirbel auszurenken? Yoga war sowieso was für Mädchen. Und gegen ein schlechtes Gewissen half es schon mal gar nicht.

»Die Telefongesellschaft hat die Verbindungsnachweise von Karl Goebels Anschluss geschickt«, informierte Maier.

»Das ging ja mal flott. Und?«

»Er hat am Wochenende zwar niemanden angerufen, aber ein Gespräch entgegengenommen. Am Sonntagnachmittag. Der Anruf kam aus einer Telefonzelle.«

»Wo gibts denn noch Telefonzellen?«, fragte Carsten überrascht.

»Och, es gibt noch einige«, erwiderte Maier. »Zum Beispiel an den Bahnhöfen. Die Telefonzelle, die wir suchen, befindet sich am Hauptbahnhof. Soll ich jemanden von der KTU hinschicken, der sie auf Fingerabdrücke untersucht?«

»Na, ob das noch Sinn macht nach so vielen Tagen? Außerdem, wenn derjenige schon so pfiffig ist, ein öffentliches Telefon anstelle seines eigenen zu benutzen, wird er wohl auch darauf geachtet haben, keine Spuren zu hinterlassen. Falls es nicht Goebels Tante Trude aus Buxtehude war, die abgeholt werden wollte. Wie auch immer, wir wollen uns ja nicht nachsagen lassen, wir hätten schlampig gearbeitet, also schicken Sie ruhig jemanden hin.«

»Wird sofort erledigt.« Maier griff zum Telefonhörer.

»Was ist mit den Verbindungsnachweisen des zweiten Opfers?«, wollte Carsten wissen, nachdem sein Kollege den Auftrag durchgegeben hatte.

»Noch nichts. Ich habe die Anfrage allerdings auch gerade erst abgeschickt. Ob sie ein Handy hatte, müssen wir noch herausfinden.«

»Ich werde mal meinen Schwager fragen, das geht am schnellsten.« Carsten blätterte den vorläufigen Bericht der Spurensicherung durch. »Wenn wir wenigstens ein Motiv für die Morde hätten. Gut, bei Karl Goebel scheint die Liste der Verfehlungen lang zu sein, aber was hat die Lehrerin damit zu tun? Wir müssen irgendeine Gemeinsamkeit feststellen, außer der, dass sie an derselben Schule arbeiteten und Belege unterschrieben haben. Irgendetwas muss es doch da geben.«

Er fuhr sich mit der Hand durch die Haare. Zum Glück waren sie so kurz, dass diese Geste seine Frisur nicht im Mindesten durcheinander brachte. Ihm fiel ein, dass er noch einmal mit Schneiderchen, Siebenhausens Sekretärin, reden wollte. Wenn ihm nur ihr Vorname wieder einfallen würde. Auf ihrem Schreibtisch hatte doch ein Namensschild gestanden. Richtig, Vanessa war es gewesen, Vanessa Schneider. Hoffentlich stand ihre Adresse im Telefonbuch, denn er wollte sie nicht an ihrem Arbeitsplatz aufsuchen müssen, wo Siebenhausen auf der Lauer lag. Der Kerl brauchte noch nicht zu wissen, dass er in den Fokus der Ermittlungen gerückt war. Aber Carsten musste unbedingt erfahren, was die Sekretärin ihm hatte erzählen wollen.

36

Nachdem ihr Mann gegangen war, machte sich Sophie Gedanken über die vorangegangenen Ereignisse. Dieses Ding mit den kleinen grauen Zellen, das Hercule Poirot so schön praktizierte, gestaltete sich schwieriger, als sie dachte. In den Romanen fand sie es immer ganz einfach, dem Täter auf die Schliche zu kommen. Aber da gab es ja auch jemanden, der einem alles schön in schriftlicher Form darbot. Das brachte sie auf eine Idee.

Sie stürmte aus der Küche ins Arbeitszimmer und wühlte in Bens Schreibtischschublade nach einem Block. Meine Güte, hier musste aber dringend mal wieder aufgeräumt werden. Sophie schob einige Fotos und Rechnungen beiseite, die Ben achtlos in die Schublade geworfen hatte. Natürlich fand sie den Block erst, als sie sich bis ganz unten durchgekämpft hatte. Sie ließ sich auf den Schreibtischstuhl sinken und fischte nach einem Kugelschreiber. Ungeduldig knipste sie ein paar Mal mit der Kugelschreibermine, bevor sie zu schreiben begann. Was wusste sie bisher?

Karl war in der Schule ermordet worden. Der Täter fuhr anschließend zu Karls Haus. Er musste demnach auf der Suche nach etwas gewesen sein. Aber was war das? Wenn es das Geld gewesen war, hatte er es zumindest nicht gefunden. Oder befürchtete der Täter, Karl hätte belastendes Material gegen ihn in seinem Haus versteckt? Das wäre ein Hinweis darauf, dass der Schulleiter jemanden erpresst haben könnte. Wer kam dafür in Frage?

Arndt Giercke? Zog der Galerist irgendwelche krummen Dinger ab, von denen Karl Wind bekommen hatte? War es dem Schulleiter nicht genug gewesen, ihn und seinen Sohn auseinanderzubringen? Wollte er zusätzlich noch Geld für sein Schweigen kassieren? Natürlich durfte sie bei dieser Überlegung Philipp Goebel nicht außer Acht lassen. Wenn er, entgegen seiner Beteuerung, doch mit seinem Vater gesprochen hatte und die beiden in Streit geraten waren ... Sie wollte lieber nicht weiter darüber nachdenken, dazu mochte sie Philipp zu gern. Der konnte gar kein Mörder sein. Eine schöne Detektivin war sie. Poirot ließ sich nie von seinen Gefühlen leiten. Der hatte wahrscheinlich gar keine. Aber sie war nun einmal nicht Hercule Poirot. Also nicht Philipp, sondern jemand anderes.

Was war mit Siebenhausen? Wenn nun der Streit, den der Bauunternehmer mit Karl gehabt hatte, gar nicht um die Befindlichkeiten seiner Frau gegangen war? Aber worum dann? Und was wusste Goebel darüber? Hatte der Bauunternehmer Dreck am Stecken? Die mauschelten doch immer so gern mit den Politikern. Ging es darum? Hatte er jemanden im Rathaus bestochen, um an Aufträge zu kommen? Wäre nicht das erste Mal, dass so etwas in Wuppertal vorkam. Aber würde Siebenhausen so weit gehen zu morden, um das zu vertuschen?

Was wusste sie sonst noch? Nicht viel. Karls älterer Sohn und seine Frau waren nicht besonders gut auf ihn zu sprechen gewesen, doch da waren sie nicht die Einzigen. Ein Motiv für die beiden wollte ihr auch nicht einfallen. Dazu wusste sie zu wenig über sie. Das musste sich ändern.

Sophie knipste wieder mit der Kugelschreibermine.

Wie passte Barbara in die Geschichte hinein? War sie tatsächlich Zeugin des Mordes geworden? Oder wusste sie etwas, das dem Mörder gefährlich werden konnte? Aber was könnte das gewesen sein? Sophie konnte sich nicht vorstellen, dass Karl und Barbara ein gemeinsames Geheimnis hüteten, zumal sie nicht die besten Freunde gewesen waren. Oder lag ihre gegenseitige Abneigung gerade darin begründet, dass sie zusammen in eine undurchsichtige Sache verwickelt waren? Ging man davon aus, dass Karl sterben musste, weil er jemanden erpresst hatte, konnte Barbara eine Mitwisserin sein. Aber sie war eigentlich nicht der Typ, der bei so etwas mitmachte. Jedenfalls war das der Eindruck, den Sophie von ihr gewonnen hatte. Doch man konnte sich in einem Menschen täuschen, und so gut kannte sie Bens Kollegin nun auch wieder nicht.

Sophie stützte den Kopf auf ihre gefalteten Hände und starrte gedankenverloren ins Leere. Schließlich gab sie sich einen Ruck und stand entschlossen auf. Mochte Hercule Poirot dazu in der Lage sein, seine Fälle durch Herumsitzen und seine kleinen grauen Zellen zu lösen; sie war es nicht. Wahrscheinlich waren ihre Zellen noch nicht grau genug. Oder nicht klein genug. Oder allgemein nicht genug. Egal. Sie wollte heute noch eine ganze Menge erledigen, und wenn sie nicht bald damit anfing, kam sie zu spät zur Arbeit.

* * *

»Guten Morgen meine Damen, Herr Liebermann«, begrüßte Carsten die Lehrer der Grundschule, die immer noch in der Turnhalle festsaßen.

Er und Ben waren übereingekommen, dass es das Beste wäre, wenn Bens Kolleginnen nichts von ihrer verwandtschaftlichen Verflechtung wussten. So etwas führte nur zu unnötigen Komplikationen.

Alle, außer Herrn Liebermann, der nach einem Fluchtweg Ausschau hielt, sahen ihn erstaunt an.

»Ich sehe, Herr Liebermann hat Sie noch nicht über die neuesten Ereignisse unterrichtet.«

Die Köpfe der Damen flogen vom Hauptkommissar zum Konrektor, der unbehaglich von einem Bein auf das andere trat. Tatsächlich hatte Ben sich nicht getraut, seinen Kolleginnen von Barbaras Ermordung zu erzählen. Er fürchtete sich vor ihrer Reaktion. Zurzeit wäre er am liebsten irgendwo ganz weit weg. Australien wäre doch nett. Fernab von Schule und Mord. Da war das Wetter auch besser. Leider gab es aus der Turnhalle kein Entrinnen.

»Dann ist es also meine Aufgabe, Ihnen die unerfreuliche Nachricht zu überbringen, dass wir Ihre geschätzte Kollegin, Frau Ehrhardt-Gonzmann, tot in ihrer Wohnung aufgefunden haben«, fuhr Carsten ungerührt fort.

Eigentlich war er froh, dass Ben nichts gesagt hatte. So konnte er die Reaktionen der Lehrerinnen auf diese Neuigkeit beobachten. Alle wirkten angemessen überrascht und schockiert, wenn eine von ihnen schauspielerte, hätte sie eine Oscar-Nominierung verdient. Die hübsche Blonde mit dem langen Zopf begann sogar zu weinen. Normalerweise hatte Carsten einen Blick dafür, wenn jemand etwas zu verbergen hatte, aber in diesem Fall hätte er geschworen, dass das zur Schau gestellte Entsetzen echt war.

»Hat sie sich umgebracht?«, wisperte Paula Vogel, die als Erste die Sprache wiederfand.

»Hätte sie Ihrer Ansicht nach einen Grund dazu gehabt?«, forschte Carsten.

»N…nein, ich meine, ich weiß nicht«, stotterte Paula.

»Sie hatte tausend Gründe, sich umzubringen«, unterbrach Elke Isenberg ihre Kollegin barsch. »Die war so ein Typ, der sich alles zu Herzen genommen hat. Es käme also für uns nicht überraschend. War es nun Selbstmord oder nicht?«

Bei einer Kollegin wie der wäre er auch selbstmordgefährdet, schoss es Carsten durch den Kopf.

»Nein«, erwiderte er, »leider wurde auch sie Opfer eines Verbrechens.«

Er ließ die Damen diese Nachricht einige Sekunden lang verdauen. Keine von ihnen sagte ein Wort, selbst der vorlauten Alten mit dem Mecki-Schnitt schien es die Sprache verschlagen zu haben. Die Lehrerinnen beäugten sich gegenseitig argwöhnisch, als versuchten sie herauszufinden, ob eine von ihnen die Mörderin sein könnte.

»Hören Sie, ich will niemanden von Ihnen verdächtigen, etwas mit der Sache zu tun zu haben«, versicherte Carsten, auch wenn er sich da keineswegs sicher war. Kollege Schröders linker Zeh kam ihm in den Sinn. »Ich möchte Sie nur eindringlich darum bitten, falls Sie etwas wissen sollten, das Licht in diese Sache bringen könnte, nicht zu zögern, es mir mitzuteilen. Alles kann wichtig sein.«

»Meinen Sie, Barbara wurde getötet, weil sie etwas über den Mord an Karl wusste?«, ergriff Elke Isenberg nun wieder das Wort.

»Es ist nur eine Vermutung«, behauptete Carsten.

»Dann könnte jede von uns die Nächste sein?«

Dieser Gedanke schien den anderen Lehrerinnen bisher noch gar nicht gekommen zu sein. Entsetzt starrten sie Elke an, als könnte sie mit ihrer Frage das Unheil heraufbeschwören.

»Wenn eine von Ihnen Informationen zurückhält, die uns bei der Ergreifung des Täters helfen könnten, kann ich das nicht ausschließen. Ich will Ihnen aber keine Angst machen.« Doch, genau das wollte er und hoffte, es würde ihm gelingen. »Ich will nur diesen Mörder so schnell wie möglich hinter Schloss und Riegel bringen. Sollte also irgendjemand von Ihnen etwas auf dem Herzen haben, können Sie sich jederzeit an mich wenden.«

Carsten verstummte und wartete einige Augenblicke. Doch keine der Damen fühlte sich bemüßigt, seiner Bitte nachzukommen, auch wenn man merkte, wie es in einigen Köpfen arbeitete. Jede der Lehrerinnen schien darauf zu warten, dass eine ihrer Kolleginnen den Anfang machte. Doch nichts geschah. Entweder sie wussten tatsächlich nichts, oder sie nahmen seine Warnung immer noch nicht ernst genug. Leider konnte er die Wahrheit schlecht aus ihnen herausprügeln. Wenn sie lieber schweigen und so das Risiko eingehen wollten, die Nächste auf der Liste des Mörders zu sein, bitte.

»Nun denn«, meinte er frustriert und wandte sich zum Gehen, »wie gesagt, ich stehe jederzeit für ein Gespräch zur Verfügung.«

37

Lukas Maier wippte die kleine Elli auf seinem Schoß. Melanie Goebel, die ziemlich übernächtigt aussah, hatte ihn mehr oder weniger freundlich hereingebeten, einen dünnen Kaffee gekocht, unappetitlich aussehende Kekse auf den Tisch gestellt und sich in den geblümten Sessel gesetzt. Ihm selbst war der Platz auf der ungemütlichen Couch zugewiesen worden. Elli, deren Windel ganz offensichtlich nicht mehr das hielt, was der Hersteller versprach, wie Lukas trotz Schnupfennase feststellte, hangelte nach den Plätzchen auf dem Tisch. Er unterdrückte den Impuls, dem Mädchen in den Nacken zu niesen. Elli war in begeisterte »Papa, Papa«-Rufe ausgebrochen, als sie Lukas sah, und hatte mit kindlichem Trotz darauf bestanden, von ihm auf den Arm genommen zu werden.

Lukas' Blick wanderte zu dem Hochzeitsfoto, das auf dem kleinen Beistelltisch neben dem Sofa stand. Während Melli, hochschwanger, freudig in die Kamera lächelte, machte Kalli ein Gesicht, als sei er gerade beim Zahnarzt gewesen. Wie hatte Elli ihn nur mit ihrem Vater verwechseln können? Sie sahen einander nicht im Mindesten ähnlich. Sehr häufig schien sich Kalli nicht zu Hause blicken zu lassen, wenn jeder männliche Besucher für das Mädchen automatisch zum Erzeuger wurde.

Melanie wurde der schweigsame Polizist, der da mit ihrer

Tochter auf dem Schoß auf ihrem Sofa saß, allmählich unheimlich, und so forderte sie ihn auf, mit seinem Anliegen herauszurücken.

»Nun, Frau Goebel, leider ist ein weiteres Verbrechen geschehen, das mit der Ermordung Ihres Schwiegervaters in Zusammenhang stehen könnte«, begann er vage und wartete ihre Reaktion ab.

Melanie Goebel begann zu zittern und wischte mit beiden Händen über die fadenscheinigen Armlehnen des Sessels. Sie schien sich mit einem Mal noch unbehaglicher zu fühlen. Ihre Augen huschten unruhig von Lukas zu Elli und wieder zurück.

»Was denn für ein Verbrechen?«, hakte sie vorsichtig nach.

»Ein weiteres Mitglied des Kollegiums ist gestern Nacht verstorben«, berichtete Maier.

»Ein weiteres …? Wer?« Melanie schien erschüttert und gleichzeitig erleichtert zu sein.

»Barbara Ehrhardt-Gonzmann. Kannten Sie sie?«

»Was? Barbara? Tot? Äh, ja, ich kannte sie. Oh Gott, wieso …?«

Melanie schlug die Hände vor das Gesicht. Entweder war sie eine begnadete Schauspielerin, oder sie hörte in diesem Moment tatsächlich zum ersten Mal vom Tod der Lehrerin.

»Was ist denn passiert?«, fragte sie, als sie sich wieder gefangen hatte.

»Dazu darf ich leider nichts sagen. Aber sie ist in ihrer Wohnung, äh, verstorben.«

»Heißt das etwa, ein Serienkiller geht um, der Lehrer umbringt? Oder ein ehemaliger Schüler, der sich rächen will? Oh mein Gott!« Melanie presste die Lippen aufeinander, als hätte sie etwas Unanständiges gesagt.

»Wir gehen jeder Möglichkeit nach«, meinte Lukas. Eigentlich eine interessante Theorie. Vielleicht sollte er diese Kantner unterbreiten, dann könnte er sicher sein, dass sie unbeachtet blieb. »Haben Sie eine Idee, weswegen jemand gerade die beiden umbringen würde?«

Melanie Goebel dachte einen Augenblick angestrengt nach, dann schüttelte sie den Kopf. »Nein, keine Ahnung. Ausgerechnet Barbara. Sie war so ein netter Mensch. Was soll jetzt nur aus ihrer Mutter werden? Sie hatte doch nur noch Barbara. Schrecklich! Wer könnte dieser armen Frau etwas antun wollen? Sie hat doch nie was verbrochen.« Der Zusatz *im Gegensatz zu meinem Schwiegervater* hing unausgesprochen in der Luft.

»Genau das versuchen wir herauszufinden. Ihr Mann ist bei der Arbeit, nehme ich an?«

Melli zögerte. »Äh, ja sicher. Wo sollte er sonst sein?«

Lukas hatte vielleicht noch nicht viel Ahnung, was Zeugenvernehmungen anging, aber dass Melli etwas verbarg, hätte auch der Dümmste gemerkt. Sie machte einen gehetzten Eindruck, ihre Augen waren vom Weinen gerötet, und sie schien bei jeder seiner Fragen auf der Hut zu sein, nur ja nichts Falsches zu sagen. Vielleicht gelang es ihm, etwas aus ihr herauszukitzeln, wenn er jetzt hartnäckig blieb.

»Waren Sie beide gestern Abend zu Hause?«, fragte er.

Melanie wand sich unruhig in ihrem Sessel. In ihrem Kopf schien es lebhaft zu arbeiten, als suchte sie krampfhaft nach einer Ausrede. Es wollte ihr keine einfallen.

»Nein, ich, also, nur ich war hier. Und Elli natürlich. Sie war auch hier«, versicherte sie.

Natürlich! Lukas war nicht davon ausgegangen, dass das kleine Mädchen unterwegs gewesen war, um einen kaltblütigen Mord zu begehen.

»Und was ist mit Ihrem Mann? Wo war der?«, fragte er.

Melanie Goebel brach in Tränen aus.

* * *

Carsten fand Gudrun Schmittke auf einer Bank hinter dem Kloster sitzend. Sie war dick eingemummelt in eine Daunenjacke, ihr Gesicht halb verborgen hinter einem weißen Schal, die Hände in den Manteltaschen vergraben. Er gesellte sich zu ihr. Hinter sich hörte er die Wupper rauschen, was bei ihm einen sofortigen Harndrang auslöste. Gudrun, die tief in Gedanken versunken schien, schreckte auf, als er sich neben sie setzte. Als sie ihn erkannte, atmete sie erleichtert auf.

»Sie haben mich erschreckt«, stellte sie fest. »Dachte schon, irgendein älterer Herr will mir ein Gespräch aufzwingen.«

Carsten lächelte. »Nein, nur ich. Ist Ihnen nicht kalt hier draußen?«

»Schon. Aber hier kann ich am besten nachdenken.«

»Über Ihren Bruder?«

»Auch. Aber auch so ganz allgemein.«

»Kannten Sie Barbara Ehrhardt-Gonzmann?«, fragte Carsten. »Sie war eine Kollegin Ihres Bruders.«

Frau Schmittke horchte auf. »Kannten?«, wiederholte sie.

Sie war eine aufmerksame Zuhörerin. Der Hauptkommissar klärte sie über die Ereignisse der letzten Nacht auf. Sie wippte mit ihrem Oberkörper vor und zurück, als versuchte sie so, sich zu wärmen; ihr Atem ging stoßweise.

»Himmel!«, meinte sie, als Carsten geendet hatte. »Was ist nur los?«

»Dieselbe Frage wollte ich Ihnen stellen. Können Sie sich vorstellen, weshalb es jemand auf die beiden abgesehen hat?«

Sie zögerte einen Augenblick, als müsste sie über seine Worte nachdenken.

»Tut mir leid«, meinte sie schließlich. »Das Einzige, das ich Ihnen sagen kann, ist, dass Karl und Frau Ehrhardt-Gonzmann einander spinnefeind waren.«

»Es ist also nicht möglich, dass die beiden vielleicht eine Beziehung hatten oder Ähnliches?«

Obwohl Carsten es sich nicht bildlich ausmalen mochte, konnte man nicht ausschließen, dass die beiden Lehrer etwas miteinander gehabt hatten. In der Öffentlichkeit hatten sie so getan, als könnten sie einander nicht ausstehen, damit niemand auf die Idee kam, dass sie ein Paar waren. Aber der Blick, den Gudrun Schmittke ihm zuwarf, ließ ihn diese Idee gleich wieder verwerfen.

»Herr Kommissar, ich möchte nicht behaupten, dass Karl es nicht bei der einen oder anderen Kollegin versucht hat. Aber garantiert nicht bei dieser Barbara. So gut kannte ich ihn dann doch.«

»Nun gut. Eine weitere Frage hätte ich noch. Wussten Sie, dass Ihr Bruder einen Hirntumor hatte?«

Sie starrte ihn erst ungläubig an und presste dann ihre Hände vor den Mund. Es war das erste Mal, dass sie im Zusammenhang mit ihrem Bruder ihre gleichgültige Haltung aufgab. Stumm schüttelte sie den Kopf.

»Wie schlimm war es?«, fragte sie nach einigen Sekunden.

Als ob es darauf noch ankäme. Aber Carsten konnte sie verstehen. Sie hätte ihrem Bruder sicherlich gern beigestanden, wenn sie davon gewusst hätte, egal wie sie zueinander standen. Dazu war es nun zu spät.

»Genaueres wissen wir noch nicht. Ist Ihnen denn noch etwas eingefallen?«, erkundigte er sich.

Sie schien zu zögern. Carsten war überzeugt davon, dass

sie etwas wusste. Aber aus irgendeinem Grund hielt sie mit ihren Informationen hinter dem Berg. Er hatte weniger das Gefühl, dass es dabei um sie selbst ging. Doch etwas beschäftigte sie, das hatte er bereits gestern bemerkt. Musste erst ein dritter Mord geschehen, ehe die Leute bereit waren, mit ihm zu reden?

»Vielleicht wenden Sie sich noch einmal an Kalli«, antwortete sie dann doch.

»Wieso das? Was ist mit ihm?«

»Viel weiß ich nicht, ehrlich. Aber ich weiß, dass er in Geldnöten steckt und seinen Vater angepumpt hat. Karls Reaktion darauf können Sie sich wahrscheinlich vorstellen. Es hat einen Riesenkrach gegeben. Und wenn ich Melli richtig verstanden habe, ist Kalli seit Montagabend nicht mehr nach Hause gekommen.«

38

Sophie stand vor dem rot-weißen Flatterband, mit dem die Polizei die Umgebung rund um die Beyenburger Sparkassenfiliale abgesperrt hatte. Langsam wurde ihre Anwesenheit an Tatorten zur Gewohnheit. Eigentlich hatte sie nur ein unauffälliges Schwätzchen mit Kalli Goebel halten wollen, doch das konnte sie jetzt wohl vergessen.

»Un wo krich ich getz mein Geld her?«, krächzte ein alter Mann empört. »Ich bin extra mitte Taxe von zu Hause hierhin gefahren. *Sieben* Euro hat dat gekostet, dat muss man sich mal *vorstellen*. Bloß, um einmal den *Berch* runterzufahren. Wer *ersetzt* mir dat denn getz?«

»Jetzt kriegen Sie sich mal wieder ein, Herr Geiermann«, meinte Dietmar Reinstett, der bei der Absperrung stand. »Es kann ja niemand was dafür, dass jemand die Sparkasse überfallen hat.

»Und *ob* da jemand wat dafür kann. Der Bankräuber nämmich. Wenn ich *den* inne Finger krich, lernt der mich abber mal vonne ganz *andere* Seite kennen.«

»Was ist denn passiert?«, unterbrach Sophie das Gespräch.

»Wat *passiert* is?«, krakeelte der alte Mann. »Dat siehße doch, Mädchen, de *Sparkasse* haben se ausgeraubt. Mit mein ganzes Geld drin! Erst am *Montach* is mein Nachbar ermordet worden. *Fast* vor meine Augen. Un getz *dat*!«

Ach, der Alte war Goebels Nachbar? Der neigte wohl etwas zur Übertreibung. Reinstetts Gesicht sprach diesbezüglich Bände. Er rollte mit den Augen wie ein tollwütiger Waschbär.

»De *Terrassentür* haben se dem eingeschlagen un sein *Kopp* gleich mit«, redete Geiermann weiter.

Das fasste die Ereignisse der Sonntagnacht schön knapp in einem Satz zusammen. Wenn auch nicht in der richtigen Reihenfolge. Eine Idee versuchte, sich ihren Weg durch Sophies Gehirn zu bahnen. Sie kniff die Augen zusammen, in der Hoffnung, den Gedanken auf diese Weise an einem nützlichen Ort abzulegen.

»Seines *Lebens* is man hier nich mehr sicher«, schimpfte Geiermann und fuchtelte mit seiner knochigen Faust vor Sophies Nase herum.

Auf Wiedersehen, gute Idee. Der Gedanke rauschte einmal durch ihren Kopf und verpuffte dann unbearbeitet in ihrem Unterbewusstsein, wo er es sich als hartnäckiges »Da-war-doch-was« bequem machte.

»Ist ja gut jetzt, Herr Geiermann«, meinte Reinstett genervt. »Sie kriegen Ihr Geld schon noch. Nur nicht mehr heute.«

»Un *wovon* soll ich getz meine *Einkäufe* bezahlen? Ich hab *nix* mehr im Haus. Soll ich vielleicht verhungern, nur weil *ihr* eure Arbeit nich gescheit macht? Die Polizeiwache is doch praktisch aufe andere *Straßenseite.* Habt ihr Heinis denn *nix* von den Überfall mitgekricht? Habter *Mau-Mau* gespielt oder wat? Mann, Mann, *dat* is vielleicht 'n Haufen hier.«

Geiermann kroch, auf seinen Gehstock gestützt, schimpfend davon.

»Was machen Sie eigentlich hier?«, fragte Reinstett Sophie freundlich.

»Ich? Äh, ich hab meinen Mann zur Arbeit gebracht und wollte noch etwas Geld abholen«, log sie. »Aber wie ich sehe, ist es gerade ungünstig.

»Allerdings«, konstatierte eine Stimme hinter ihr. »Ich glaub, ich hab gerade ein Déjà-vu.«

»Du weißt doch gar nicht, wie das geschrieben wird«, meinte Sophie ungerührt und drehte sich zu ihrem Bruder um.

»Nee, aber wie man's spricht. Was lungerst du denn schon wieder hier rum?«

»Hab ich doch gerade erklärt.«

»Ja, und deine Nase ist schon so lang wie die von Pinocchio, und wie der geschrieben wird, weiß ich. Hast du nichts Besseres zu tun? Wie wärs mal mit arbeiten?«

»Bist du der Vatter oder was? Ich geh ja gleich arbeiten.«

»Dann sieh mal zu, dass du Land gewinnst, sonst erteile ich dir noch Dorfverbot.«

»Dorfverbot, du spinnst ja wohl. So was gibts gar nicht.« Sie tippte sich an die Stirn.

»Sollte man für neugierige Polizistenschwestern, die sich in alles einmischen, aber mal einführen. Du behinderst die Ermittlungen, mein Fräulein.«

Sophie stemmte empört die Hände in die Hüften. »Ich

behindere gar nichts. Und behandle mich nicht so von oben herab. Ich bin nicht dein Fräulein, du Zipfel!«

»Du wolltest sicherlich gerade gehen. Lass dich nicht aufhalten.«

Carsten machte eine galante Geste, um ihr den Weg hinaus aus Beyenburg zu weisen, und Sophie stolzierte davon, ohne ihn eines weiteren Blickes zu würdigen.

* * *

»Hier hat sich auch nichts verändert, seit ich das letzte Mal da war«, meinte Carsten und ließ sich auf einen der Holzstühle gegenüber von Reinstetts Schreibtisch fallen.

»Da haben Sie wohl recht«, erwiderte Reinstett und blickte sich in seinem Refugium um.

Die kleine Polizeiwache, in der er seit fast dreißig Jahren seinen Dienst versah, hatte die besten Jahre um einiges überschritten. Sein Schreibtisch hatte mehr Kratzer als eine alte Schallplatte, die Stühle waren so oft von ihm geleimt worden, dass sie wahrscheinlich nur noch aus Holzkleber bestanden und darauf warteten, unter dem Gewicht eines Sitzenden zusammenzubrechen zu dürfen. Auf den grau gestrichenen Wänden zeugten etliche hellere Stellen von Zeiten, als dort noch die Fahndungsplakate von RAF-Terroristen hingen. Hier war seit dem Einzug nichts mehr getan worden. Die Stadt musste sparen. Solange es noch genug Holzkleber gab …

»Was ist eigentlich passiert?«, fragte Carsten.

»Als der Filialleiter der Sparkasse heute Morgen aus dem Haus kam, hat ihn ein Maskierter überfallen, mit einem Messer bedroht und ist mit ihm hierher gefahren. In der Sparkasse hat er ihn dann gezwungen, den Tresor zu öffnen. Anschließend hat der Räuber ihn gefesselt und geknebelt und ist mit seiner Beute geflohen. Als die anderen

Mitarbeiter ankamen, fanden sie ihren Chef ordentlich verschnürt im Tresorraum.«

»Ist ja ein ganz schöner Zufall«, meinte der Hauptkommissar.

Reinstett stutzte. »Sie meinen, der Mord an Karl und der Überfall stehen miteinander in Zusammenhang?«

»Nicht unbedingt, aber wenn ich mich recht entsinne, arbeitet der Sohn von Goebel bei der Sparkasse. Haben Sie ihn schon vernommen?«

Reinstett schüttelte den Kopf. »Er ist nicht zur Arbeit erschienen. Wir gehen davon aus, dass er zu Hause geblieben ist, wegen seines Vaters und so. Sie glauben doch nicht etwa, er hätte was mit dem Überfall zu tun?«

»Goebels Schwester erwähnte etwas von Geldschwierigkeiten«, wich Carsten einer direkten Antwort aus.

»Da hat Gudi mir aber nie was von gesagt«, erwiderte Reinstett irritiert.

»Wieso sollte sie?«

Die plötzliche Erkenntnis traf Carsten wie ein Blitzschlag. Goebels Familie, die schon von dessen Ermordung wusste, bevor die Polizei überhaupt bei ihnen aufgetaucht war, Reinstett, der sich so freundlich angeboten hatte, Gudrun Schmittke die traurige Botschaft vom Tod ihres Bruders persönlich zu übermitteln. Natürlich blieb in Beyenburg nichts lange geheim, wenn der zuständige Polizeibeamte nichts Besseres zu tun hatte, als alles sofort weiterzutratschen.

»Wie lange sind Sie und Frau Schmittke schon ein Paar?«, fragte er ins Blaue hinein.

Reinstett ächzte, und das Blut schoss ihm in den Kopf. Er wurde puterrot. »Seit wann wissen Sie das?«, fragte er mit belegter Stimme und räusperte sich schnell.

»Seit gerade eben. Also?«

Der Polizist wischte mit den Händen über die Tischplatte und druckste ein wenig herum. »Wir sind eigentlich kein Paar«, gab er zu. »Also, nicht richtig. Ja, schon, wir sind miteinander befreundet. Aber doch erst seit dem Tod ihres Mannes. Also, danach, meine ich. Also nicht direkt danach, äh, na ja, irgendwann danach halt.«

Carsten nickte wissend. »Sie waren zur Stelle, als es darum ging, die trauernde Witwe zu trösten.«

»Also, so wie Sie das sagen, klingt das, als hätte ich nur auf eine Gelegenheit gewartet, mich an Gudrun, also Frau Schmittke, heranzumachen.«

»War es so?«

»Na hören Sie mal! Wofür halten Sie mich?«, rief Reinstett. »Ich war für Gudrun da, als sie jemanden brauchte, ganz ohne Hintergedanken. Ihre Familie war es ja nicht. Was sich dann ergeben hat, lag niemals in meiner Absicht.«

Aber erhofft hatte er es sich, das sah Carsten ihm an. Und so wie Reinstett sich gerade aufführte, war es unübersehbar, dass der Hauptkommissar mit seinen Vermutungen mitten ins Schwarze getroffen hatte.

»Wenn Sie das sagen. Sie hatten also vorher keinerlei Gefühle für Frau Schmittke?«

»Und wenn? Das geht Sie ja wohl nichts an.«

Reinstett war aufgesprungen. Sein Schuldbewusstsein stand ihm geradezu ins Gesicht geschrieben. Wenn Carsten ihn noch ein wenig mehr reizte, würde er vielleicht interessante Dinge aus seinem Kollegen herauskitzeln. Oder der würde explodieren. Er beschloss, das Risiko einzugehen und den Finger noch ein wenig tiefer in die Wunde zu bohren.

»In diesem Fall muss Ihnen der Tod von Herrn Schmittke doch recht gelegen gekommen sein«, meinte der Hauptkommissar mit süffisanter Stimme.

Reinstett glotzte Carsten an, als habe der den Verstand verloren. »Was soll das denn jetzt wieder heißen? Meinen Sie, ich hätte Bernd über den Haufen gefahren, um freie Bahn bei Gudrun zu haben?«

Netter Gedanke, aber dieser Todesfall war nicht der, den Carsten zu untersuchen hatte.

»Ich stelle mir lediglich die Frage, wie Karl Goebel dazu stand, dass Sie ein Techtelmechtel mit seiner Schwester angefangen haben.«

»Das ging ihn ja wohl einen feuchten Kehricht an«, erwiderte Reinstett.

»Also war er dagegen«, behauptete Carsten. »Hat er Sie zu überreden versucht, die Finger von ihr zu lassen? Vielleicht am Sonntagabend?«

Reinstett schnappte nach Luft. »Also hören Sie mal. Ich bin Polizist und kein Mörder. Und jetzt sage ich gar nichts mehr.« Er ließ sich zurück auf seinen Stuhl fallen, verschränkte die Arme vor der Brust, drehte den Kopf zur Seite und schob trotzig die Unterlippe vor.

»Wie Sie meinen«, antwortete Carsten ruhig.

Aus dem Inneren seines Jacketts erklang die Tatortmelodie. Den Klingelton hatte er sich extra ausgesucht, damit er sofort wusste, wenn die Arbeit rief. Wehe, es gab wieder einen Toten. Er fischte sein Handy aus der Tasche.

»Ja?«, meldete er sich und lauschte einige Sekunden. »Ich komme sofort.«

Er legte auf, verstaute sein Mobiltelefon wieder in seiner Jacke und erhob sich von dem unbequemen Stuhl. Dabei sah er Reinstett warnend an. »Verlassen Sie nicht die Stadt. Ich hoffe, wir verstehen uns.«

39

Sophie war immer noch außer sich vor Wut, als sie die Mördergrube betrat. Carsten war manchmal so was von ätzend. Spielte sich auf wie der große Zampano. Aber wenn er nicht mehr weiterwusste, war sie gut genug, um ihm aus der Klemme zu helfen. Sie erinnerte sich zwar nicht genau, wann das jemals der Fall gewesen wäre, aber das war ihr jetzt auch egal. Sie war stinksauer.

Robert, der gerade versuchte, einem älteren Herrn begreiflich zu machen, dass er sich in eine Krimibuchhandlung verirrt hatte und deshalb hier keine Reiseführer finden würde, ging sofort in Deckung, als er ihre schlechte Laune bemerkte.

»Was ist los?«, fragte er und lugte vorsichtig hinter einem Regal hervor.

»Carsten!«, stieß Sophie aus, und ihre Nasenlöcher blähten sich ein wenig. Gleich würde sie anfangen, Feuer zu spucken.

Sie stampfte wie ein Nilpferd quer durch den Laden, warf ihre Jacke über einen der Sessel und begann in einer Kiste zu wühlen, die am Morgen angeliefert worden war.

»Ach so!«, meinte Robert nur.

Er ließ seine Freundin weiter wühlen und wandte sich wieder seinem Kunden zu, der gemeinsam mit ihm hinter dem Regal in Deckung gegangen war, ohne so recht zu wissen, weshalb. Dies war ja eine Krimibuchhandlung, da gehörte so etwas sicherlich zum Entertainment.

Robert, der es schon gewohnt war, dass Sophie hin und wieder kurz vor einem Brudermord stand, hielt es für das Beste, wenn sie sich erst einmal ein wenig beruhigte. Das funktionierte meistens, indem sie ein paar Sachen um sich warf. Carsten war der einzige Mensch auf der Welt, der es schaffte, die sonst so ausgeglichene Sophie richtig in Rage zu bringen. Und er hatte den Eindruck, dass Carsten diese *Gabe* auch gern nutzte, einfach, weil es ihm Spaß machte, seine Schwester zur Weißglut zu treiben. Je schlechter die Laune von Sophie war, desto besser wurde Carstens. Wahrscheinlich war er ein Vampir, der Menschen nicht das Blut aussaugte, um zu überleben, sondern die gute Laune.

Auf der anderen Seite war Sophie nicht viel besser, wenn es darum ging, ihren Bruder wahnsinnig zu machen, auch wenn sie das empört abstritt. Wenn die beiden es brauchten ... Sie waren sich ähnlicher, als sie ahnten. Aber diese Erkenntnis behielt Robert lieber für sich, er hing zu sehr an seinem Leben.

Nachdem der Kunde sich verabschiedet hatte, wartete Robert neugierig darauf, was Sophie ihm berichten würde. Sie hatte den Inhalt der Kiste mittlerweile im Laden verteilt und stand nun ein wenig hilflos vor dem Chaos, das sie angerichtet hatte. Sie lächelte schuldbewusst und erzählte ihm schließlich, was sie am Vormittag erlebt hatte.

»Und gleich werde ich dem Arschie noch einen Besuch abstatten.« Sophie verstummte und tat sehr geheimnisvoll.

Die schweigsame Nummer schon wieder. Die hatte sie sich auch von Carsten abgeguckt. »Und was willst du da? Den Laden abfackeln, hoffe ich.«

»So ähnlich. Ich versuche herauszufinden, ob dieser Giercke der Mörder von Karl ist.«

Sie musste grinsen, als sie Roberts entgeistertes Gesicht sah.

»Bist du irre?«, schnappte er. »Wer hat dich denn auf diese Schnapsidee gebracht?«

Sophie berichtete ihm, was sie von Philipp Goebel und dem Professor erfahren hatte. Robert schüttelte den Kopf so heftig, dass ihm fast die Nickelbrille von der Nase rutschte.

»Ich sags ja nur ungern, aber du solltest deinem Bruder die Sache überlassen.« Er hob die Hand, als sie protestieren wollte. »Es ist das eine, über einen Mordfall zu diskutieren oder mal durchs Dörfli zu stapfen. Aber so wie es sich anhört, könnte dieser Giercke tatsächlich der Mörder sein. Wenn du dem auf den Schlips trittst, murkst er dich womöglich auch noch ab.«

Sophie tippte sich mit dem Zeigefinger an die Schläfe. »In seinem Geschäft, am helllichten Tag? Jetzt übertreib mal nicht. Pass auf, wir machen es so: Wenn ich in einer Stunde nicht zurück bin, kannst du die Kavallerie holen. Und ehe du mich jetzt an ein Regal bindest, bin ich dann mal weg. Bis gleich!«

Sie schnappte sich ihre Jacke und stürzte, ehe Robert eingreifen konnte, aus dem Laden.

***

Melanie Goebel saß wie das sprichwörtliche Häufchen Elend auf einem der Küchenstühle. Von Elli war weit und breit nichts zu sehen. Maier stand unsicher im Türrahmen – dem wohl sichersten Platz, falls das Haus einstürzen sollte – und schnäuzte gerade ausgiebig in ein Taschentuch, während Carsten an einem alten Küchenschrank lehnte. Die klapprigen Stühle sahen ihm nicht so aus, als könnten sie sein Gewicht tragen. Andererseits brachen sie unter Melli auch nicht zusammen. Aber natürlich wirkte er bedrohlicher, wenn er von oben auf sie herabblickte. Wegen ihr hatte er das Mittagessen ausfallen lassen müssen. Das hob seine Laune nicht gerade. Der Anblick von Melanie, die gerade ein gebrauchtes Papiertaschentuch zerpflückte und keine Anstalten machte, etwas zu sagen, tat ein Übriges.

Warum hatte sie ihn nicht bereits gestern über das Verschwinden ihres Mannes informiert? Hielt sie es nach der Ermordung ihres Schwiegervaters nicht für wichtig genug, der Polizei mitzuteilen, dass der Göttergatte sich abgesetzt hatte?

»Es wird Zeit, uns die Wahrheit zu sagen, Frau Goebel«, meinte er streng. »Wo ist Ihr Mann?«

Melli zog die Nase hoch und zeichnete mit den Fingern die Kaffeeränder auf der Tischplatte nach. »Ich weiß es wirklich nicht«, antwortete sie müde. »Ich habe ihn seit Montag nicht mehr gesehen. Er sagte, er wollte zu seinem Bruder.«

»Und? Ist er dort angekommen?«

Sie zuckte mit den Schultern. »Keine Ahnung. Ich habe doch keinen Kontakt zu Philipp.«

»Und Ihr Mann hat sich seitdem nicht bei Ihnen gemeldet?«

Melanie sah auf. »Nein, nicht ein Wort. Sein Handy ist ausgeschaltet. Ich weiß nicht, was ich machen soll. Vielleicht ist er schon tot.« Sie begann zu weinen. »Montagabend war hier so ein Kerl.«

Carsten horchte auf. »Was für ein Kerl?«

»Ein Russe. Er sagte, dass Kalli seinem Boss Geld schuldet. Der war bestimmt von der Russen-Mafia.«

»Weswegen leiht Ihr Mann sich Geld bei der Russen-Mafia?«, fragte Carsten.

Und wenn er sich hier so umsah ... wofür hatte er es ausgegeben?

»Er spielt«, antwortete Melli schlicht. »Er ist Dauergast in den Spielhöllen auf der Berliner Straße. Da ist er öfter als zu Hause. Was ist, wenn dieser Kerl ihm aufgelauert hat? Vielleicht schwimmt Kalli schon in der Wupper – mit einem Kanaldeckel an den Füßen.«

Carsten stellte sich bildlich vor, wie Kalli Goebel unterhalb des Schwebebahngerüsts mit einzementierten Füßen bis zum Bauchnabel – wenn überhaupt – im Wasser stand. Vielleicht an der Adler Brücke, wo vor sechzig Jahren das arme Elefantenmädchen Tuffi nach ihrem Sprung aus der Schwebebahn schon ein unfreiwilliges Bad genommen hatte. Sehr putzige Vorstellung. In der Wupper konnte man sicherlich vieles entsorgen, eine Leiche gehörte eher nicht dazu. Dazu war der Wasserstand entschieden zu niedrig. Andererseits konnte man, wenn die Bedingungen stimmten, sogar in einer Pfütze ertrinken.

»Nun malen Sie mal nicht gleich den Elefanten, äh Teufel an die Wand«, meinte er und tätschelte unbeholfen ihre Schulter. »Machen Sie sich nicht allzu viele Sorgen. Wir werden Ihren Kalli schon auftreiben.«

Und ihn dann wegen Mordes an seinem Vater und der doppelnamigen Lehrerin einbuchten, hoffte er.

40

Sophie stand unschlüssig vor der Galerie und starrte durch das Schaufenster. Sie liebte die Luisenstraße mit ihren vielen Cafés und Kneipen und den zahlreichen kleinen Geschäften. Anders als in der Innenstadt, wo sich die Ein-Euro-Läden aneinanderreihten, gab es hier viel Kunsthandwerk zu erwerben, von selbstentworfener Kleidung über Schmuck bis hin zu alten, restaurierten Möbeln. Nicht umsonst war diese Ecke auch als Künstlerviertel bekannt. Aber was das Art G anging, konnte sie nur den Kopf schütteln über die vermeintlichen Kunstwerke, die dort ausgestellt waren. Bei Tageslicht sahen sie sogar noch scheußlicher aus.

Im hinteren Teil des Ladens entdeckte sie Arndt Giercke,

der, scheinbar in Gedanken versunken, eines der Gemälde an der Wand betrachtete. Er trug einen giftgrünen Anzug, dazu ein weinrotes Hemd. Irgendwie erinnerte er Sophie an den Riddler aus Batman. Was Philipp Goebel an dem Mann fand, hätte sie interessiert. Andererseits, vielleicht lieber nicht. So viel wollte sie über Giercke dann doch nicht wissen.

Sie schloss die Augen, holte einmal tief Luft und sprach sich selbst Mut zu. Dann drückte sie entschlossen die Klinke der Ladentür herunter.

* * *

Arndt Giercke wandte sich strahlend zu der hübschen Kundin um, die soeben sein Geschäft betreten hatte. Sein Lächeln gefror jedoch, als er sie erkannte.

»Sie haben doch hier in der Gegend einen Laden«, stellte er statt einer Begrüßung fest. »Wenn Sie mich zu einer Weihnachtsfeier oder Ähnlichem einladen möchten, sparen Sie sich die Mühe, daran habe ich kein Interesse.«

»Aber nein, Herr Giercke«, gurrte sie. »Wissen Sie, ich bin gerade umgezogen und suche noch nach einem Bild für übers Sofa.«

Arndts Laune sank tiefer, als er es für möglich gehalten hätte. Menschen, die Bilder kauften, um sie sich über ihre Sofas zu hängen, vermutlich noch farblich passend, hatten seiner Ansicht nach nichts in seiner Galerie verloren. Schon gar nicht, wenn sie eine dieser Schrottbuden aus der Nachbarschaft betrieben. Doch die Geschäfte liefen nach wie vor schleppend, so dass er auf jeden Kunden angewiesen war. Also knipste er sein einstudiertes Geschäftsmann-Lächeln wieder an und ging mit ausgestreckten Armen auf die Frau zu, die, leicht verunsichert, einen Schritt zurückwich.

»Aber sicher, meine Liebe, schauen Sie sich nur in Ruhe um. Haben Sie denn schon etwas ins Auge gefasst?«

Die kleine Frau tat unentschlossen und betrachtete konzentriert einige der Gemälde. »Bei der Auswahl fällt die Entscheidung natürlich schwer«, meinte sie.

Sie wirkte eher, als sei das Gegenteil der Fall, fand Arndt. Er war nur nicht sicher, ob ihr angewiderter Blick den Gemälden oder den Preisschildern galt. Er fragte sich, was sie tatsächlich hier wollte.

»Wie kommen Sie eigentlich an ihre, äh, Kunstwerke?«, erkundigte sie sich nun.

»Na, ich reise natürlich viel und sehe mich um«, erklärte der Galerist. »Am Wochenende erst war ich in Hamburg, wo ein junger, avantgardistischer Künstler seine erste Vernissage hatte. Sehr interessant, wirklich.«

»Aha. Und, laufen die Geschäfte gut?«

Sie schlenderte den Gang entlang und blieb vor einem Bild stehen. Sie kniff die Augen zusammen, trat einen Schritt vor, dann wieder einen zurück und legte schließlich den Kopf schief. War ja klar, dass sie nicht in der Lage war zu erkennen, was das Gemälde darstellte.

»Das ist das ›Portrait einer jungen Frau‹«, erläuterte Arndt gönnerhaft.

»Ja, hübsch«, meinte sie ohne Überzeugung. »Schönes Gelb. Würde gut zum Farbkonzept meines Wohnzimmers passen.«

Arndt rollte hinter ihrem Rücken mit den Augen. Wusste er es doch, eine Kunstbanausin. Aber mittlerweile war ihm völlig egal, aus welchem Grund jemand ein Bild kaufte. Hauptsache, Geld kam in die klamme Kasse.

»Ja, das ist doch die Hauptsache«, pflichtete er ihr jovial bei und schwor, sich den Mund mit Seife auszuwaschen, wenn diese Frau endlich weg war.

»Mhm! In Hamburg waren Sie am Wochenende, sagten Sie?«

»Ja, ein aufgehender Stern am Kunsthimmel hat dort seine Werke ausgestellt, wie ich schon sagte.«

»Auch was in Gelb?« Sie klimperte mit den Augen.

»Äh, nein, nicht soweit ich mich erinnere. Es ging eher in Richtung Blau.«

Was faselte er denn da? Jetzt ließ er sich schon von der Dummheit dieser Frau anstecken. Er würde ein großes Stück Seife brauchen.

»Ach, wie schade, Blau passt gar nicht«, meinte sie bedauernd. »Das muss aber auch stressig für Sie sein, am Wochenende unterwegs und unter der Woche hier im Geschäft.«

»Ach, das kennen Sie doch sicherlich auch. Selbständig setzt sich schließlich aus den Wörtern selbst und ständig zusammen.«

»Sind Sie denn am Sonntag spät nach Hause gekommen?«

Arndt wurde langsam misstrauisch. Was ging diese Person sein Wochenendtrip an? Entweder sie entschied sich jetzt mal endlich für eins der Werke oder sie verkrümelte sich. »Es geht. Wieso?«

»Nur so. Ich bin immer ziemlich geschafft, wenn ich am Wochenende unterwegs war und dann montags im Laden stehen muss.«

»Tja, so ist das halt im Leben.«

»Und gestern Abend waren Sie auch noch so spät hier«, meinte sie schließlich. »Haben Sie eine Lieferung bekommen? Ich finde das immer lästig, früher da zu sein oder länger bleiben zu müssen, weil die Lieferanten es nicht auf die Reihe kriegen, während der Öffnungszeiten zu kommen.«

Arndt wurde es allmählich zu bunt. Was wollte diese Tussi eigentlich? Die war doch im Leben nicht hier, um ein Bild für übers Sofa zu kaufen. Er mochte vielleicht ein arroganter Fatzke sein, aber er war kein Dummkopf. Die Art und Weise, wie sie versuchte, ihm zu entlocken, wann er am Sonntag aus Hamburg zurückgekehrt war, und nun die Frage nach gestern Abend. Er hatte sich also nicht getäuscht. Sie war es gewesen, die sich die Nase an seiner Scheibe plattgedrückt hatte. Wurde er allmählich paranoid oder konnte es möglich sein, dass es eine Verbindung zwischen ihr und Karl Goebel gab?

41

Vanessa starrte den Fahrradkurier entgeistert an.

»Was willst du denn hier?«, zischte sie.

Der Junge trat unruhig von einem Fuß auf den anderen. »Haben Sie sich schon angesehen, was auf der DVD ist?«, fragte er. Seine Miene verriet eine begierige Spannung.

Vanessa war froh, dass Siebenhausen vor einer halben Stunde gegangen war. Natürlich nicht, ohne ihr noch einen Stapel Arbeit auf den Tisch zu knallen. Was fiel dem Bengel ein, sie ausgerechnet hier aufzusuchen?

»Ich hab gesehen, wie Siebenhausen weggefahren ist«, erklärte er, als könnte das seine Anwesenheit entschuldigen.

»Sag mal, bist du irre?«, fragte sie trotzdem.

»Also haben Sie?«, fragte er beharrlich.

Sie gab auf. Er würde nicht verschwinden, ehe er eine Antwort bekommen hatte. »Ja«, gab sie widerwillig zu.

»Und?«

»Was und?«

»Was unternehmen wir?«, wollte er wissen.

Er schien tatsächlich komplett verrückt geworden zu sein.

Was unternehmen wir? Wieso eigentlich *wir?* Sie hätte dem Jungen niemals ihre Hilfe anbieten sollen. Das hatte sie von ihrer Gutmütigkeit. Niemals hätte sie gedacht, in welch kriminellen Sumpf er sie hineinziehen würde. Ganz mies hereingelegt hatte er sie mit seinen immer traurigen Augen und der schüchternen Freundlichkeit.

»Gar nichts unternehmen *wir*«, erwiderte sie trotzig. »Ich will da nicht mit hineingezogen werden.«

Sie verschränkte die Arme vor der Brust, um ihm ihre Ablehnung zu demonstrieren. Er sollte bloß nicht denken, dass er sie noch einmal weichklopfen konnte.

»Wenn Sie mir nicht helfen wollen, dann geben Sie mir die DVD zurück.«

Er streckte auffordernd den Arm aus und hielt ihr die Handfläche entgegen. Vanessa seufzte ungehalten. Das würde sie unter Garantie nicht tun.

»Denkst du vielleicht, ich schleppe das Ding mit zur Arbeit?«, fragte sie. »Ich bin doch nicht lebensmüde. Sie liegt sicher verwahrt bei mir zu Hause.«

»Dann holen Sie sie eben.«

Sie schüttelte den Kopf. »Auf keinen Fall. Es wäre ohnehin besser, damit zur Polizei ...«

»Nein!«, unterbrach er sie barsch.

»Was hast du denn sonst vor?«, fragte sie. »Willst du Siebenhausen etwa erpressen?«

Er druckste etwas herum und scharrte mit dem Fuß über das Linoleum. Hatte sie es doch geahnt. Von wegen, wir müssen den Schweinen das Handwerk legen. Sein ganzes Gerede davon, dass er sich eine Zukunft aufbauen wolle, das Abitur machen und studieren, waren nur leere Worte gewesen. Hatte er etwa geglaubt, sie würde ihm bei einem Verbrechen zur Seite stehen?

In seinem Blick lag pure Verzweiflung. Sie erkannte plötzlich, dass es nicht nur leeres Gerede gewesen war. Er wünschte sich tatsächlich nichts sehnlicher, als seinem alten Leben den Rücken zu kehren. Aber so, wie er sich das vorstellte, würde es nicht funktionieren.

»Du kannst doch nicht deine kriminelle Vergangenheit hinter dir lassen, wenn du deine Zukunft auf einem weiteren Verbrechen aufbaust«, beschwor sie ihn.

Er schien nachzudenken. Vielleicht konnte sie es schaffen, ihn davon zu überzeugen, dass es wirklich besser war, zur Polizei zu gehen. Ursprünglich war sie der Ansicht gewesen, es hätte keinen Zweck. Das Video auf der CD, oder besser gesagt der DVD, verriet nichts weiter, als dass ihr Boss ein widerliches Schwein war. Doch da würde er sich mit Hilfe seines Anwalts vermutlich in weniger als einer halben Stunde herauswinden. Und mehr hatte sie nicht in der Hand. Nicht ohne die Aussage des Jungen. Wenn es ihr gelang, ihn zu überzeugen, hätten sie eventuell eine Chance, diesen Verbrechern das Handwerk zu legen. Der Kommissar gestern war doch sehr nett gewesen. Es würde ihn sicherlich interessieren, was Siebenhausen in seiner Freizeit trieb. Vielleicht lag darin ja auch das Motiv für den Mord am Schulleiter begründet. Man konnte nie wissen.

»Geh mit mir zur Polizei«, bat sie den Jungen. »Es ist das Beste, glaub mir.«

»Ich weiß nicht«, murmelte er unsicher. »Ich muss drüber nachdenken.«

Er wandte sich zum Gehen.

»Warte nicht zu lange«, rief sie ihm hinterher, als er das Büro verließ.

* * *

Carsten hätte vor Wut am liebsten die Tür eingetreten. Jetzt stand er schon zum zweiten Mal im Regen vor diesem Schrottladen vor verschlossenen Toren. Da hätte er sich den Weg hierhin glatt sparen können. Arbeitete dieser Giercke überhaupt mal? Meinten die Leute eigentlich, er hätte nichts Besseres zu tun, als sinnlos durch die Stadt zu gondeln? Frustriert stapfte er zur Mördergrube und polterte fluchend hinein. Er war klatschnass und mehr als genervt.

»Gehts noch?«, begrüßte Sophie ihn unfreundlich.

»Ist doch wahr«, maulte er, bevor ihm bewusst wurde, dass sie gar nicht wissen konnte, weswegen er sauer war.

Außerdem war er gekommen, um sich wegen des Vorfalls in Beyenburg bei ihr zu entschuldigen. Es passte ihm zwar nicht, dass sie hinter seinem Rücken Nachforschungen anstellte, aber deswegen musste er sie nicht vor anderen wie ein Kleinkind behandeln. Manchmal gingen einfach die Pferde mit ihm durch.

»Tut mir leid«, meinte er zerknirscht.

»Was?«, fragte sie, immer noch eingeschnappt.

»Das gerade … und das von vorhin. Ist Robert nicht da?«

Sophie stemmte die Hände in die Hüften, ein sicheres Zeichen, dass sie immer noch sauer war. »Hat Feierabend gemacht. Ist eh nicht so viel los. Bist du gekommen, um ihn zu sehen?«

»Nein. Ich war bei Giercke.«

»Und?«, wollte sie alarmiert wissen.

»Nichts und. Der Laden war zu. Kein Wunder, dass er kurz vor der Pleite steht, wenn er nie da ist.«

»Eben war er aber noch da«, wunderte sich Sophie und biss sich augenblicklich auf die Zunge.

»Ach ja? Woher weißt du das?«

220

»Äh, ich musste dran vorbei, als ich vom Auto hierhin gelaufen bin. Ich parke nämlich am Arsch der Welt«, erwiderte sie hastig.

Carsten nickte nur und brummelte vor sich hin. Puh, Gott sei Dank kaufte er ihr die Erklärung ab. Auch wenn er sich für sein unmögliches Benehmen entschuldigt hatte, sah sie keine Notwendigkeit, ihm von ihrem Besuch bei Giercke zu erzählen. Dann ließe das nächste Donnerwetter nicht lange auf sich warten. Sie hatte ja ohnehin nichts aus dem Galeristen herausbekommen. Wie stellte Miss Marple das nur immer an, die Leute zum Reden zu bringen? Lag es am Strickzeug? Vielleicht hätte sie zu ihrer Befragung ein Wollknäuel mitnehmen sollen. Leider kam diese Erkenntnis zu spät. Aber offenbar hatte sie Giercke doch irgendwie aus dem Konzept gebracht. Warum sonst sollte er seinen Laden so plötzlich dichtmachen? Nur, was könnte das gewesen sein?

»Was sinnierst du, Schwesterchen?«

»Nix. Ich wundere mich, warum die Galerie geschlossen ist«, meinte sie und log damit nicht einmal.

»Tja, vielleicht verhilft Giercke gerade seinem Liebhaber und dessen Bruder zur Flucht«, schlug Carsten verbittert vor und berichtete ihr von Kalli Goebels Verschwinden. »Er hat sich wohl mit dubiosen Typen eingelassen.«

»Ob die auch seinen Vater auf dem Gewissen haben?«, überlegte Sophie.

»Wie meinst du das?«

»Na, das kennt man doch. Wenn jemand nicht zahlt, wendet man sich an dessen Familie. Als Warnung.« Sie summte die Titelmelodie des *Paten* und schenkte Carsten einen bedeutungsschwangeren Blick.

Ihr Bruder runzelte nachdenklich die Stirn. »Aber dann

wäre doch eher Melli getötet worden. Oder Elli. Außerdem brechen die einem erst mal die Finger oder schneiden sie ab. Und was hat die Ehrhardt-Gonzmann mit der Sache zu schaffen?«

»Zur falschen Zeit am falschen Ort?« Sie hob eine Augenbraue.

Die unvermittelt einsetzende Darth-Vader-Auftrittsmelodie – sein Klingelton für unbekannte Anrufer – unterbrach ihr Gespräch. Carsten griff in seine Jacketttasche, holte sein Handy hervor und tippte den grünen Hörer auf dem Display an.

»Ja?«, fragte er.

»Is da der *Hauptkommissar* Kantner?«, krächzte eine ihm bekannte Stimme am anderen Ende.

Carsten brauchte einige Sekunden, bis er sie eingeordnet hatte. »Herr Geiermann? Ja, hier ist Kantner. Wie geht es Ihnen?«

»Et muss«, erwiderte der alte Mann. »Haben Se nich gehört, dat die *Sparkasse* bei uns ausgeraubt worden is?«

»Doch. Rufen Sie deswegen an?«

»Sind Sie denn dafür zuständich? Dann sehen Se mal zu, dat Se mir mein *Geld* wiederbeschaffen.«

»Nein, ich bin nicht dafür zuständig. Ich werde es meinem Kollegen aber gern ausrichten. Ist sonst noch was?«

»Ich sollte doch *anrufen*, wenn mir noch wat *einfällt*.« Geiermann klang beleidigt. Die Angewohnheit des Mannes, bestimmte Wörter besonders zu betonen, war Carsten schon am Montag gewaltig auf die Nerven gegangen.

»Richtig. Und Ihnen ist noch was eingefallen?«

»Sonst tät ich mich ja nich *melden*.« Der alte Mann verstummte und röchelte ein wenig. Ob er wohl seinerzeit Darth Vader synchronisiert hatte?

Carsten rollte mit den Augen und streckte dem Hörer die Zunge raus. Hoffentlich kam der Olle mal langsam zum Punkt.

»Sind Se noch *dran*?«

»Ja, Herr Geiermann. Was ist Ihnen denn nun eingefallen?«

»Hab ich Ihnen eigentlich *erzählt*, dat die Garage vom Goebel immer so am *Quietschen* is, wenn se aufgeht?«

»Ja!« *Tief Durchatmen. Genieß die Spannung.* »Aber schön, dass Sie es nochmal erwähnen.«

»Dat wollt ich doch *ga* nich erzählen. Mir is widder eingefallen, dat dat Garagentor Sonntachnacht *auch* aufgegangen is. Ich wär bald vonne *Couch* gefallen. Ich bin dann am Fenster gegangen un wie ich so rausguck, seh ich noch, wie dat Garagentor widder *zugeht*. Dat is so'n *automatisches* Dingen, dat mitte *Fernbedienung* auf- un zugeht. Goebel muss also in der Nacht nochmal nach Hause gekommen sein.«

»Wann war das?«

»So nach zwölf. Ich war aufe Couch eingenickt.«

Carsten kratzte sich am Kopf und versuchte, Sophie beiseite zu schieben, die sich auf einen der Sessel gestellt hatte und ihr Ohr an sein Handy hielt.

»Alles *klar*, Herr Kommissar?«, fragte Geiermann und gl&uumlckste fröhlich.

Sophie prustete ebenfalls los und schlug sich rasch die Hand vor den Mund. Carsten kam sich allmählich vor wie im Irrenhaus.

»Ja, alles klar, Herr Geiermann. Vielen Dank, dass Sie sich gemeldet haben.«

»Is doch meine *Pflicht* als anständiger *Bürger*.«

»Verstehst du das?«, fragte Carsten Sophie, nachdem er

aufgelegt hatte. »Wie kann Goebel in der Nacht nach Hause gefahren sein, wenn er tot in der Schule saß? Der Alte muss sich im Tag geirrt haben.«

Er sah ihr an, dass ihr eine Idee förmlich unter den Nägeln brannte. Vor lauter Aufregung fiel sie fast von ihrem Sessel. Er konnte sie gerade noch rechtzeitig auffangen. Offensichtlich hatte Geiermann mit seiner Aussage bei ihr genau ins Schwarze getroffen.

»Der Geiermann hat vorhin vor der Sparkasse was gesagt«, meinte sie. »Von der eingeschlagenen Terrassentür.«

Der Zusammenhang erschloss sich Carsten nicht. Was meinte Sophie damit? Und was machte Geiermann vor der Sparkasse?

»Wir waren uns doch einig, dass der Mörder Karls Schlüssel an sich genommen hat«, erinnerte sie ihn. Zumindest sie war sich darüber einig gewesen. »Warum hätte er dann das Risiko eingehen sollen, die ganze Nachbarschaft aufzuwecken, indem er eine Glastür einschlägt, wenn er doch einfach die Haustür hätte aufschließen können? Oder noch weiter gedacht: Was wäre, wenn er Karls Auto genommen hat und von der Schule zum Haus gefahren ist? Durch die Garage kam er ungesehen hinein, zumal sie ein automatisches Tor hat. Er konnte ja nicht ahnen, dass das Tor quietscht. Aber das war ja auch egal, weil es Karls Wagen war, mit dem er unterwegs war. Wenn ihn also jemand bemerkt hätte, hätte der sich nicht weiter gewundert. Genauso war es dann ja auch.«

»Goebels Auto stand aber nicht in der Garage«, warf Carsten ein.

»Klar, weil der Täter nach getaner Arbeit mit Karls Auto zu seinem eigenen Wagen gefahren ist. Das hat der olle Nachbar dann wohl nicht mehr mitbekommen. Wahrscheinlich hat er sein Hörgerät ausgeschaltet. Oder der Mörder hat die Garagentür noch schnell geölt.«

»Und wer hat dann die Scheibe der Terrassentür eingeschlagen und Maier eins über die Rübe gezogen?«

»Tja, jedenfalls nicht der Mörder, wie es aussieht.«

Ehe Carsten darauf eine passende Erwiderung einfallen konnte, erklang schon wieder die Darth-Vader-Melodie.

»Na, du bist ja heute beliebt«, stellte Sophie grinsend fest. »Welchen Klingelton hast du mir eigentlich zugedacht?«

»Die Miss-Marple-Titelmelodie, was sonst.«

42

Peter saß mit Winnie in dessen Büro und nippte an einem Glas Whisky. Das wievielte war das heute? Seine Kopfschmerzen waren seit letzter Nacht eher schlimmer als besser geworden. Vielleicht sollte er lieber eine Tablette nehmen und einen Schluck Wasser trinken, als den ganzen Tag dieses Zeug in sich reinzukippen. Wäre mal was anderes. Doch angesichts dessen, was sich während der letzten Tage abgespielt hatte, schien es nicht gerade der ideale Zeitpunkt, sich in dieser Hinsicht einzuschränken.

Winnie war fein raus aus der Sache, auf den war noch niemand aufmerksam geworden, denn Peter und die anderen hielten brav den Mund. Schon aus reinem Selbstschutz. Der Knabe wusste einfach zu viel über sie. Man hätte lieber ihn um die Ecke bringen sollen als Karl und die Lehrerin. Was hatte die eigentlich mit all dem zu tun? War sie Karls heimliche Geliebte gewesen? So tief konnte hoffentlich noch nicht einmal er sinken.

»Ich hoffe, du hast die Kombination für deinen Tresor mittlerweile geändert«, brummte Peter und nahm einen weiteren Schluck aus dem Glas. »Heutzutage kann man niemandem trauen. Noch nicht mal der eigenen Familie.«

Winnie prostete ihm zu, um ihm so seine Zustimmung zu signalisieren. »Es ist doch nochmal gutgegangen«, erwiderte er und lächelte versöhnlich.

Peter schnaubte. »Das nennst du gutgegangen? Jetzt weiß Eva über alles Bescheid, und die Bullen sind mir auf den Fersen.«

»Dass du immer gleich so schwarzsehen musst.« Winnie schüttelte betrübt den Kopf. »Es ist doch nichts weiter passiert.«

Nichts weiter passiert ist gut, dachte der Bauunternehmer. Wenn sein Freund besser aufgepasst hätte, wäre gar nichts passiert. Jetzt war das Kind in den Brunnen gefallen, und obwohl Karl nicht mehr würde reden können, änderte das nichts daran, dass Peter das Wasser bis zum Hals stand. Winnie hätte ihn ruhig früher warnen können, vielleicht wäre das Schlimmste dann noch zu verhindern gewesen. Aber nein, der Sack hatte sich lieber zurückgelehnt und den Dingen ihren Lauf gelassen. Wie eine fette Spinne hatte er darauf gewartet, dass sein Opfer sich in dem Netz, gesponnen aus Intrigen und Gemeinheiten, verfangen würde. Andere in die Falle zu locken und zuzusehen, wie sie sich wanden und langsam verendeten, bereitete ihm am meisten Vergnügen. Dafür ließ er selbst seine engsten Freunde über die Klinge springen. Freund war schon lange nicht mehr die richtige Bezeichnung für Winnie. Wäre er nur geblieben, wo der Pfeffer wächst, oder wo auch immer er sich all die Jahre herumgetrieben hatte. Dann wären sie alle besser dran. Sie hätten sich niemals wieder auf seine krummen Touren einlassen sollen. Hinterher war man immer schlauer.

»Geht denn alles klar heute Abend?«, wechselte Winnie das Thema.

»Ich weiß wirklich nicht, ob das so eine gute Idee ist«, meinte Peter nachdenklich. »Da die Bullen im Moment überall herumschnüffeln, wäre es sicherlich besser, mal ein paar Wochen den Ball flach zu halten.«

Man konnte nie wissen, vielleicht wurde er ja beschattet. Diesem Kantner war alles zuzutrauen. Da käme sein Kontakt zu Winnie nicht besonders gut an. Doch der schien sich diesbezüglich keinerlei Sorgen zu machen. Er lachte dröhnend und schlug seinem Gast kameradschaftlich auf die Schulter.

»Du bist viel zu ängstlich. Hast Schiss inne Bux, was? Du musst mal ein bisschen risikofreudiger werden. Außerdem ist es doch nur eine kleine Gedenkfeier für einen verstorbenen Freund. Wer soll da schon was dagegen haben?«

Er lachte wieder. Peter lachte nicht mit. Ihm war nicht danach zumute. Eine Gedenkfeier für Karl! Winnie war ein wahrer Gutmensch. Immer schon gewesen. Er konnte sich denken, wie das enden würde. Auf jeden Fall nicht in Tränen und Rührseligkeit. Aber immer noch besser, als den Abend mit seiner liebreizenden Gattin verbringen zu müssen. Wenn die nicht so dämlich gewesen wäre, wäre er erst gar nicht auf dem Schirm der Bullerei aufgetaucht. Wieso hatte die dumme Kuh sich auf Karl eingelassen, fragte er sich zum wiederholten Mal. Und was hatte der sich eigentlich bei der Sache gedacht? Sie waren doch Kumpel. Noch so ein Freund, der keiner war. Er musste bei der Wahl seiner Freunde im nächsten Leben unbedingt sorgfältiger sein.

* * *

Anton sah sich verstohlen um. Es war kein Problem gewesen, ins Haus zu gelangen. Irgendjemand hatte den kleinen Haken am Schloss der Haustür umgelegt, so dass es zwar den Anschein hatte, sie sei geschlossen, sie sich aber einfach aufdrücken ließ, als handele es sich bei dem Mehr-familienhaus um ein Geschäft. Das war gestern schon so gewesen, als er ihr bis hierhin gefolgt war. Er hatte sogar vor der Wohnungstür gestanden, sich aber nicht getraut zu klingeln. Unverrichteter Dinge war er wieder abgezogen. Doch nun würde er sich nicht mehr hindern lassen. Er musste schnell handeln.

Anton hatte dafür gesorgt, dass die Sekretärin den Weg nach Hause nicht allzu schnell würde antreten können. Alle vier Reifen ihres Autos hatte er aufgeschlitzt. Das würde sie eine Weile beschäftigen. Er hatte also genug Zeit, sich bei ihr umzusehen. In der Wohnung gegenüber war alles ruhig, es schien auch kein Licht unter der Tür hindurch. Einen Türspion hatten die Nachbarn glücklicherweise nicht. Er konnte ungestört ans Werk gehen.

Sein Bruder hatte ihm wenig Nützliches beigebracht, aber zumindest hatte er ihm gezeigt, wie man ein Türschloss ohne größeres Aufsehen knackte. Wenn Anton recht darüber nachdachte, wusste er nicht, ob das wirklich etwas Positives war, plante er doch keine Karriere als Einbrecherkönig von Wuppertal. Eher im Gegenteil. Sein schlechtes Gewissen, das seit dem Gespräch mit Frau Schneider an ihm nagte, schlug nun mit aller Gewalt zu. Einmal gegen die Innenseite seiner Stirn und irgendwo in seinen Gedärmen. Anton versuchte, es zu ignorieren.

Es war ein Glücksfall gewesen, dass sein Bruder vergessen hatte, die DVD aus dem Player zu nehmen. Normalerweise hielt er die Dinger streng unter Verschluss, damit Anton nur ja nicht an sie herankam. Von daher war es dem Jungen wie ein Wink des Schicksals vorgekommen.

Natürlich konnte er den Datenträger nicht zu Hause verstecken. Theo, der Arsch, durchwühlte ständig seine

Sachen. Und so war er auf die glorreiche Idee gekommen, die Sekretärin ins Vertrauen zu ziehen. Er hatte gehofft, sie würde ihm helfen, an ihren Boss ranzukommen. Dass sie die DVD nun der Polizei übergeben wollte, ging gar nicht. Es würde Anton unweigerlich mit ins Verderben reißen. Einen Neuanfang konnte er dann vergessen. Er wäre für den Rest seines Lebens gebrandmarkt. Außerdem hatte Siebenhausen genug Kohle, ein paar Tausend mehr oder weniger würden ihm gar nicht auffallen. Die Polizei interessierte es doch sowieso nicht, was der Bauunternehmer so trieb. Oder Sammer. Hatte es noch nie. Niemand wusste das besser als Anton. *Jeder ist sich selbst der Nächste*, flüsterte eine Stimme in seinem Kopf. Genau! Anton nickte entschlossen und machte sich an die Arbeit.

Das Schloss stellte in der Tat kein großes Hindernis dar. In weniger als zwanzig Sekunden stand er im Flur von Siebenhausens Sekretärin. Innen an der Tür war eine Kette angebracht. Die nutzte natürlich nur dann etwas, wenn der Wohnungseigentümer sich innerhalb seiner vier Wände befand. Einen Schutz vor Einbrechern bot sie nicht. Anton war froh darüber.

Er blieb einige Sekunden reglos stehen und dachte nach. Wenn er Vanessa wäre, wo würde er eine CD verstecken? Am besten dort, wo die anderen CDs waren. In eine falsche Hülle gesteckt, würde sie erst mal keinem auffallen. Anton ging entschlossen geradeaus in ein kleines, penibel aufgeräumtes Wohnzimmer. An der langen Wand zu seiner Linken sah er einige Regale. In einem davon standen Unmengen von Musik-CDs. Er seufzte. Das konnte eine Weile dauern, bis er die alle durchgesehen hatte. Falls die richtige CD sich überhaupt dort befand.

Eilig schlängelte er sich zwischen Sofa und Couchtisch

entlang. Vor der Regalwand stand ein Sessel, daneben ein kleiner Beistelltisch. Er blieb mit dem Fuß an einem der Beine des filigranen Tischchens hängen. Die Blumenvase, die darauf stand, geriet heftig ins Wanken. Ehe Anton sie auffangen konnte, fiel sie mit einem ohrenbetäubenden Knall zu Boden und zerbarst in tausend Scherben. Ein Schwall Wasser ergoss sich über Antons Füße. Er unterdrückte einen Fluch und lauschte mit hämmerndem Herzen in die Stille. Hoffentlich hatte keiner der Nachbarn etwas gehört. Doch außer seinem eigenen Herzschlag vernahm er kein weiteres Geräusch. Glück gehabt.

Einen Moment überlegte er, ob er die Überschwemmung mit einem Lappen aufwischen sollte, entschied sich dann aber dagegen. Welcher Einbrecher putzte schon die Wohnung seiner Opfer? Das war doch völlig absurd. Er sollte sich lieber beeilen, diese verdammte DVD wieder in seinen Besitz zu bringen, und sich schleunigst aus dem Staub machen.

Er umrundete den Schlamassel zu seinen Füßen und ging zum Regal.

»Verrätst du mir, was du hier zu suchen hast?«, fragte eine Stimme in seinem Rücken.

43

»Ich glaub, ich werd noch wahnsinnig«, jammerte Gabi und vergrub ihr Gesicht in den Händen. »Wer von uns wird wohl die Nächste sein?«

Die Lehrerinnen und Ben hatten sich an einem ruhigen Tisch im Cortina, der stadtweit bekannten Beyenburger Eisdiele, versammelt. Ben hatte sich genötigt gefühlt, seine Kolleginnen auf den Schreck zu einer Waffel und einem Kakao einzuladen. Elke hatte ihm heftige Vorwürfe gemacht, weil er sie nicht über Barbaras Ermordung informiert hatte. Die blöde Kuh hatte sich natürlich eine Waffel mit allem Drum und Dran bestellt. Er bezahlte ja.

»Ich brauch jetzt Nervennahrung«, behauptete sie und rieb sich freudig die Hände, als die Kellnerin den voll beladenen Teller vor ihr abstellte.

Als ob die Nerven hätte, die gefüttert werden müssten. Aber einen gesunden Appetit hatte sie. Im Gegensatz zu ihm. Während er und auch die meisten der anderen lustlos auf ihren Tellern herumstocherten, machte sie sich gierig über ihre Waffel her, als habe sie drei Tage nichts zu essen bekommen.

»Ich kann es immer noch nicht glauben, dass zwei unserer Kollegen nicht mehr da sind«, meinte Ingeborg und beobachtete missmutig, wie Elke sich gierig eine weitere Gabel voll Waffel, Sahne und heißer Kirschen in den Mund schob. Sie selbst legte ihre Gabel beiseite. »Ich glaube, ich krieg nichts runter.«

»Dann lass es halt«, erwiderte Elke ungerührt mit vollem Mund, während sie bereits nach Ingeborgs Teller schielte.

»Und dieser dämliche Kommissar tut nichts zu unserem Schutz«, entrüstete sich Hildegard Becker. »Behauptet einfach, der Täter könnte es auf jede von uns abgesehen haben und verschwindet wieder. Wir sollten uns über ihn beschweren.«

»Ganz so war es nun nicht«, warf Ben ein.

Nicht, dass Carsten am Ende noch Ärger bekam. Doch ganz unrecht hatte Hildegard nicht. Sein Schwager hatte den Lehrerinnen mit seinem Auftritt am Vormittag eine Heidenangst eingejagt. Genau das war wahrscheinlich seine Absicht gewesen. Doch er hatte niemanden damit aus der Reserve locken können.

Ben betrachtete seine Kolleginnen aufmerksam. Hatte eine von ihnen etwas zu verbergen? Das dynamische Duo eher nicht, die beiden schlangen genau wie Elke genüsslich ihre Waffeln herunter. Sina war recht still, doch das war nichts Neues. Sie beteiligte sich selten an gemeinsamen Aktivitäten. Verdenken konnte man es ihr nicht. Er selbst hatte nicht lange gebraucht, bis er merkte, wie die Damen tickten. Sie arbeiteten schon seit ewigen Zeiten zusammen an der Schule. Länger, als Karl dort Schulleiter gewesen war. Nach außen bildeten sie eine undurchdringliche, eingeschworene Front, aber hinter den Kulissen brodelte es gewaltig. Keine schien der anderen das Schwarze unter den Fingernägeln zu gönnen. Zickenkrieg, hatte Karl gemeint und es schulterzuckend hingenommen. Sollten sie sich doch gegenseitig die Augen auskratzen. Karl schien es manchmal sogar zu genießen, wie sie sich gegenseitig zerfleischten. Barbara traf es besonders hart. Sie war immer wieder den Angriffen ihrer Kolleginnen ausgesetzt gewesen, weil sie diejenige war, die sich am wenigsten zur Wehr setzte. Sie zog sich in ihr Schneckenhaus zurück und jammerte im stillen Kämmerlein. Nun war sie tot, und Ben hatte nicht den Eindruck, dass eine der Damen diesen Umstand auch nur eine Sekunde bedauerte. Sie machten sich höchstens Sorgen darüber, dass sie selbst in Gefahr schweben könnten.

»Ich kann echt nicht verstehen, warum sich einer die Mühe gemacht hat, Barbara zu killen«, stellte Elke kauend fest.

Paula sprang auf und stieß dabei ihren Stuhl um. Ben fuhr erschrocken zusammen. Mit einem solchen Ausbruch hatte er nicht gerechnet. Schon gar nicht bei Paula, die sich sonst immer wie ein Mäuschen in ihr Loch verkroch.

»Du bist echt das Allerletzte«, rief sie empört. »Hast du auch nur einen Funken Mitleid in dir? Oder Anstand?«

Sie griff ihre Jacke und ihre Handtasche und stürzte aus dem Lokal. Die Anderen sahen ihr entgeistert hinterher.

»Was ist denn in die gefahren?«, fragte Elke verblüfft.

»Paula, warte doch!«, rief Ben und eilte seiner Kollegin hinterher.

Sie war schon über die Brücke und die Treppe zur Hauptstraße hinuntergelaufen, als er sie erreichte.

»Ist alles in Ordnung?«, fragte er keuchend.

Sie blinzelte ein paar Tränen weg. »Nichts ist in Ordnung«, erwiderte sie. »Ich kann diese Frau nicht mehr ertragen. Und diese ganze verdammte Situation.«

»Wer kann das schon?«, meinte Ben und grinste schief.

Paula lächelte müde zurück. »Ich könnte dir so einiges erzählen.«

»Ja?«

Sie winkte ab. »Vielleicht ein anderes Mal. Jetzt geh lieber zurück, sonst behauptet Elke noch, du wolltest die Zeche prellen.«

Sie drehte sich um und ging in Richtung Parkplatz, wo sie ihr Auto abgestellt hatte. Ben blieb nachdenklich zurück. Er hätte gern mehr von ihr erfahren.

* * *

»Also?« Carsten hatte die Arme vor der Brust verschränkt und starrte mit finsterer Miene auf den Burschen hinunter.

Das Gesicht des Jungen lief rot an und man konnte die Angst in seinen Augen erkennen. Gut so.

»Äh, ich bin der, äh, Neffe«, murmelte er und betrachtete schuldbewusst die Wasserlache und die Glasscherben auf dem Boden.

»Der Neffe von wem?«, hakte Carsten nach.

Der Junge dachte angestrengt nach. »Meiner Tante«, erwiderte er dann lahm.

»So, so«, meinte Carsten.

»Wer sind Sie denn überhaupt?«, fragte der Junge nun forsch.

Carsten zog seinen Dienstausweis aus der Jackentasche und hielt ihn dem Teenager unter die Nase. Der schien beinahe in seinem zu großen Parka zu versinken.

»Und jetzt hätte ich gern *deinen* Ausweis gesehen.«

Der Junge wich einen Schritt zurück. »Hab ich nicht dabei«, behauptete er und seine Hand legte sich unwillkürlich auf seine Jackentasche.

»Bist du sicher? Hör mal, du kannst dich entscheiden. Entweder du siehst selbst nach, ob du deinen Ausweis nicht doch zufällig dabei hast, oder ich mach das.«

Der Junge hob abwehrend die Hände. »Schon gut, schon gut«, versicherte er hastig und schob eine Hand in die Jackentasche.

Carsten öffnete unauffällig sein Schulterholster und umfasste seine Waffe. Nicht, dass der Bursche am Ende noch ein Messer oder Schlimmeres aus seiner Tasche zog. Doch seine Sorge war unbegründet. Der Junge förderte ein zerfleddertes Portemonnaie zu Tage und riss mit zitternden Fingern den Klettverschluss auf.

»Da!« Er hielt dem Hauptkommissar seinen schmutzigen Ausweis hin.

»Anton Lange heißt du also«, las Carsten.

Antons Augen wanderten an ihm vorbei zu einem Punkt im Flur. Carsten runzelte die Stirn. Hatte das Bübchen etwa einen Komplizen, von dem er nichts bemerkt hatte? Er warf vorsichtig einen Blick über die Schulter.

»Du bist doch echt das Letzte«, rief Vanessa Schneider.

Carsten ächzte genervt auf. Sie sollte doch in Deckung bleiben.

Anton nutzte die kurzzeitig entstandene Verwirrung, schob sich an dem Hauptkommissar vorbei und stieß die Sekretärin gegen den Polizisten. Dann rannte er zur Tür hinaus und flog beinahe die Treppe zum rettenden Ausgang hinunter.

44

Arndt hockte auf einem Stuhl im Lagerraum der Galerie. Sein Asthmaspray hielt er mit beiden Händen umklammert. Er hatte dreimal inhalieren müssen, bevor er wieder Luft bekam, nachdem diese Büchertussi mit dem Monchichi-Gesicht endlich abgezogen war. Natürlich, ohne ein Bild für übers Sofa zu kaufen. Diese fadenscheinige Ausrede hatte er ihr nicht eine Sekunde abgekauft. Er war immer noch nicht sicher, was genau sie mit ihrem Auftritt bezweckt hatte. Wollte sie ihn aushorchen, ob er etwas mit dem Mord an Goebel zu tun hatte, oder wusste sie über seine Geschäfte Bescheid und plante, ihn zu erpressen? Er fand beide Möglichkeiten besorgniserregend.

Er röchelte ein paar Mal vor sich hin, bevor er aufstand und zum Telefon ging. Er wählte Franziskas Handynummer. Vielleicht konnte sie etwas Licht ins Dunkel bringen. Seine Geschäftspartnerin meldete sich schon nach dem zweiten Klingeln.

»Ich bins«, blaffte er sie an.

»Was ist denn los?«, wollte sie wissen.

»Ich glaube, Goebel hat eine Komplizin«, platzte er unvermittelt heraus.

»Ach, Quatsch«, meinte Franziska ungläubig. »Wer sollte das denn sein?«

»Was weiß ich, vielleicht war sie seine Geliebte. Jedenfalls war vorhin diese Tussi hier und hat ganz komische Fragen gestellt.«

»Was für Fragen denn?«

»Wo ich am Sonntagabend war, zum Beispiel. Und warum ich gestern Abend so spät noch im Laden war. Sie kam sich ziemlich geschickt vor, aber ich hab sie schnell durchschaut. Die hat was mit dem Alten zu tun, glaub mir! Die beobachtet mich und will die Lage checken, um groß abzusahnen. Aber nicht mit mir, sag ich dir!«

Seine Stimme klang ungewöhnlich hoch und viel zu schrill. Er rang nach Luft und griff wieder zu seinem Asthmaspray.

»Vielleicht war es eine Polizistin, die dich unauffällig aushorchen wollte«, meinte Franziska, die sich langsam von seiner Panik anstecken ließ.

»Nein, das war die Tussi aus dem Bücherladen. Mördergrube oder wie die Bude heißt.«

»Was hat sie denn genau gesagt?«

Arndt erzählte ihr vom denkwürdigen Auftritt des Monchichis.

»Du hörst schon die Flöhe husten«, erwiderte sie, halbwegs beruhigt. »Wahrscheinlich hat sie wirklich nach einem Bild gesucht und wollte nur etwas Smalltalk machen.«

»Gekauft hat sie aber nichts«, maulte Arndt.

»Das heißt ja nichts. Jetzt mach dir mal nicht ins Hemd. Selbst wenn sie etwas wissen sollte, hat sie keinerlei Beweise.«

»Dein Wort in Gottes Ohr«, murmelte er und legte auf.

Ohne recht zu wissen, was er tat oder warum, trug er einen Stapel Briefe vom Tisch im Lagerraum zur Kassentheke und legte ihn dort ab. Vielleicht hatte Franziska recht, und er bildete sich alles nur ein. Woher sollte das Monchichi Karl Goebel kennen? Und außer Philipps Vater wusste niemand von der Sache. Jedenfalls niemand, der nicht selbst darin verstrickt war. Nein, es war nahezu ausgeschlossen, dass der Bücherwurm die Wahrheit kannte.

Nahezu … Plötzlich fiel Arndt ein, dass Philipp ganz wild auf diese bescheuerte Buchhandlung war. Was, wenn Franziska ihm tatsächlich alles erzählt hatte? Oder Papi selbst hat ihm gesteckt, was in der Galerie vor sich geht, woraufhin Philipp zu der Büchertante gerannt ist, um sich bei ihr auszuheulen.

Verdammt, das könnte des Rätsels Lösung sein. Und wenn das Monchichi nicht vorhatte, ihn zu erpressen, dann würde sie ihn womöglich bei den Bullen anschwärzen. Vielleicht war sie scharf auf sein Ladenlokal. Arndt stützte sich mit einer Hand an der Ladentheke ab. Kalte Wut kroch in ihm hoch. Er würde sich sein Leben nicht zerstören lassen. Nicht von Philipp, nicht von Franziska, nicht von Goebel. Und erst recht nicht von einem Monchichi. Er musste sich etwas einfallen lassen.

* * *

Carsten war Anton bis zur nächsten Straßenecke gefolgt. Dann musste er einsehen, dass er gegen den Jungen auf dem Fahrrad keine Chance hatte. Zu ärgerlich. An das Fahrrad, das gegenüber dem Haus gestanden hatte, hatte er überhaupt nicht gedacht. Er griff zu seinem Handy und verständigte die Kollegen. Er gab eine Beschreibung von Anton Lange durch und erklärte, in welche Richtung er verschwunden war.

Er selbst ging zurück zur Wohnung von Vanessa Schneider. Die Sekretärin stand, mit einem Lappen in der Hand, etwas derangiert mitten in ihrem Wohnzimmer.

»Alles okay?«, fragte Carsten leicht außer Atem.

»Kann ich das aufwischen?« Sie deutete auf die Bescherung zu ihren Füßen. »Oder wird das noch gebraucht?«

Carsten schüttelte den Kopf. »Nein, ich denke, das geht in Ordnung. Warten Sie, ich helfe Ihnen.«

Gemeinsam sammelten sie die Scherben und Blumen auf. Anschließend legte Vanessa ein großes Schrubbtuch auf den Boden, um das Wasser aufzusaugen.

»Als ich die aufgeschlitzten Reifen an meinem Wagen entdeckte, hatte ich eigentlich angenommen, der Junge wollte sich an mir rächen. Dass er vorhatte, bei mir einzubrechen, hätte ich nicht vermutet«, meinte sie.

Sie hatte Carsten vom Büro aus angerufen und um ein persönliches Gespräch gebeten. Nachdem ihr das Malheur mit den Reifen aufgefallen war, hatte sie von Nächstebreck aus ein Taxi nach Hause genommen. Als sie dort ankam, wartete der Hauptkommissar bereits auf sie. Gemeinsam waren sie hineingegangen und gerade vor der Wohnungstür angekommen, als sie das Klirren aus dem Inneren hörten. Carsten hatte Vanessa mit Zeichen instruiert, leise zu sein und vor der Tür zu warten, und sich mit ihrem Schlüssel erstaunlich geräuschlos Zutritt zur Wohnung verschafft. Als sie Antons Stimme erkannte, war sie jedoch so wütend geworden, dass sie sich der Anweisung widersetzt hatte. Nun war der Junge ihretwegen entkommen.

»Tut mir leid, dass ich nicht auf Sie gehört habe«, entschuldigte sie sich.

»Schon gut«, erwiderte Carsten. »Dass das Haus so frei zugänglich ist, ist auch nicht gerade ungefährlich, wie man sieht.«

Vanessa Schneider nickte. »Wem sagen Sie das? Über mir wohnt eine alleinerziehende Mutter, deren zwei Mädels ständig ihre Schlüssel verbummeln. Darum schiebt sie den Haken morgens immer nach unten, damit sie wenigstens in den Hausflur können.«

»Was hat der Junge denn eigentlich gesucht?«, wollte der Hauptkommissar nun wissen.

»Ach ja, richtig. Das hätte ich fast vergessen.«

Sie wühlte in ihrer Handtasche, die auf dem Sofa lag, und zog schließlich eine CD in einer Papierhülle heraus.

»Ich hab ihm zwar gesagt, ich würde sie zu Hause aufbewahren, aber ich hielt es doch für sicherer, sie bei mir zu haben«, erklärte sie.

»Er hat Ihnen die CD gegeben?«, fragte Carsten.

»Die DVD«, korrigierte Vanessa und berichtete dem Hauptkommissar, wie sie und Anton zueinander gefunden hatten.

Er kam als Fahrradkurier häufig in ihr Büro. Vanessa hatte immer das Gefühl, dass den Jungen irgendetwas bedrückte. Seine Mutter sei tot und sein Vater kümmere sich nicht um ihn, erzählte er ihr. Er lebe bei seinem älteren Bruder, verstehe sich aber überhaupt nicht mit ihm. Einmal tauchte Anton mit einem blauen Auge auf, also drückte sie ihm einen Zettel mit ihrer Handynummer in die Hand und meinte, er solle sich melden, wenn er Hilfe brauche. Oder reden wolle. Wenige Tage später rief er tatsächlich an. Er rang ihr ein Treffen am Sonntagabend ab, bei dem er ihr die DVD überreichte.

»Ich nehme mal an, darauf befindet sich brisantes Material über Ihren Chef«, vermutete Carsten.

Vanessa hob erstaunt die Augenbrauen. »Richtig! Woher wissen Sie das?«

»Ich weiß es nicht, aber es liegt nahe. Weshalb sonst sollte der Junge sich an Sie wenden?«

Statt einer Antwort schaltete Vanessa ihren Fernseher und den DVD-Player an und legte die Disc ein. Gebannt starrten beide auf den Bildschirm, bis der Film startete. Carsten erkannte Peter Siebenhausen in Aktion mit einer jungen Frau, bei der es sich eindeutig nicht um die eiskalte Eva handelte. Die Frau war sehr jung, eher noch ein Mädchen. Sie schrie und versuchte, sich zu wehren, doch Siebenhausen schlug ihr so lange ins Gesicht, bis sie nur noch wimmerte. »1000 Euro hab ich für dich gelatzt«, schrie er sie an. »Da kann ich wohl etwas guten Willen von dir erwarten.« Dann umklammerte er ihre Handgelenke und drückte ihren Körper mit seinem Gewicht auf das Bett.

Vanessa stoppte das Video. »Das ist so widerlich«, meinte sie.

Carsten konnte ihr nur zustimmen. »Wie ist dieser Anton in den Besitz der DVD gekommen?«

»Wenn ich es richtig verstanden habe, arbeitet er für einen Bordellbesitzer. Sammer heißt er, glaube ich.«

Carsten pfiff durch die Zähne. Dieser Name war im Präsidium nicht unbekannt. Der Mann betrieb nicht nur einen Puff, sondern auch diverse Spielhallen auf der Berliner Straße. Schon länger machte das Gerücht die Runde, dass die Mädchen in dem Bordell nicht ganz freiwillig dort arbeiteten. Doch bislang hatte man Sammer nie etwas nachweisen können.

»Anton meinte, in jedem Zimmer des Bordells seien Kameras installiert. Angeblich, um die Mädchen vor gewaltsamen Übergriffen zu schützen.« Sie schnaubte verächtlich und machte eine Handbewegung in Richtung des Fernsehers, auf dem jetzt eine der nachmittäglichen Doku-Soaps flimmerte. »Wenn man sich den Film ansieht, ist es damit wohl nicht allzu weit her. Die eigentliche Funktion der

Kameras ist es, bestimmte Kunden, so wie meinen Boss, mit den Aufnahmen zu erpressen. Sagt jedenfalls Anton.«

»Kann ich die DVD mitnehmen?«, fragte Carsten.

»Natürlich. Ich will das Ding nicht mehr in meiner Wohnung haben. Vielleicht können Sie sie ja für Ihre Ermittlungen in dem Mordfall gebrauchen.«

Möglich, dachte Carsten, wenn auch nicht ganz überzeugt. Auf alle Fälle war der Film ein gutes Druckmittel, um Siebenhausen noch einmal auf den Zahn zu fühlen.

45

»Hallo, störe ich?«, fragte Cordula, als sie die Mördergrube betrat.

»Du störst doch nie«, versicherte Sophie.

»Ich dachte, du hast vielleicht viel zu tun, wo doch das Weihnachtsgeschäft vor der Tür steht.«

»Schön wärs«, meinte Sophie. »Komm noch mal an Heiligabend wieder, dann passt du wahrscheinlich nicht mehr durch die Tür. Was treibt dich denn hierher?«

Cordula druckste ein wenig herum und hockte sich dann in einen der beiden Sessel. Sie wusste nicht so recht, wie sie das heikle Thema ansprechen sollte.

»Lass mich raten«, sagte Sophie und nahm ebenfalls Platz. »Es geht um einen Mann.«

Cordula lief rot an. Ihre Freundin kannte sie immer noch ziemlich gut, daran hatten auch die Jahre, in denen sie sich so gut wie nie gesehen hatten, nichts geändert. »Na ja … also … äh.«

»Klingt ja hochinteressant«, grinste Sophie.

»Ich war gestern Abend noch im Katzengold«, begann Cordula. »Ewig mit meinen Eltern im Wohnzimmer hocken und mir anhören zu müssen, was ich in meiner Ehe falsch gemacht habe, ist auf Dauer ziemlich nervtötend. Und da hab ich dann zufällig, also, nun ja …«

»Jetzt machs doch nicht so spannend.«

»Ich hab Carsten getroffen«, platzte Cordula heraus.

»Aha. Und?«

»Ja, es war echt ein lustiger Abend und so. Irgendwann hat der Wirt uns dann rausgeschmissen, weil Feierabend war, und dann sind wir noch zu Carsten. Er wohnt ja gleich um die Ecke.«

Sophie zog entsetzt die Augenbrauen hoch. »Jetzt sag bloß nicht, zwischen euch ist was gelaufen!«

»Was? Nein … ich meine … wir wurden unterbrochen.«

»Wie beruhigend.«

Cordula sah ihre Freundin konsterniert an. Mit dieser Reaktion hatte sie nicht gerechnet. Insgeheim hatte sie gehofft, Sophie wäre begeistert davon, dass ihr Bruder und ihre beste Freundin sich nähergekommen waren. »Hättest du denn was dagegen, wenn Carsten und ich … du weißt schon?«

Sophie wiegte nachdenklich den Kopf hin und her und kaute auf ihrer Unterlippe, ein sicheres Zeichen dafür, dass sie etwas Unangenehmes sagen wollte, sich aber nicht so recht traute. So gut konnte Cordula ihre Freundin dann doch noch einschätzen.

»Jetzt sag halt«, forderte sie.

Sophie kratzte sich am Nacken. »Versteh mich nicht falsch. Ich freue mich, wenn es euch beiden gutgeht und ihr glücklich seid. Es ist nur … was ist, wenn es nicht funktioniert? Ich mag euch beide und möchte mich nicht für einen von euch entscheiden müssen. Außerdem ist Carsten ziemlich durch den Wind, seit seine letzte Freundin sich so unrühmlich aus dem Staub gemacht hat. Auch wenn es schon einige Jahre zurückliegt, irgendwie hat er das nie ganz verwunden.«

»Was ist denn passiert?« Cordula beugte sich neugierig vor.

»Sie war eine Kollegin von ihm. Es war ihm ziemlich ernst mit ihr. Irgendwann bot man ihr eine Stelle beim LKA in Wiesbaden an. Und ehe wir uns versahen, war die Dame mit Sack und Pack auf nach Hessen. Natürlich nicht, ohne Carsten zu versichern, dass eine Fernbeziehung nichts für sie sei.«

»Na, das ist ja nett.«

»Ja. Sie hat ihm noch nicht mal was von dem Angebot erzählt. Erst als sie die Stelle schon angenommen hatte, hat sie ihn informiert und gleichzeitig Schluss gemacht. Hat ihn echt hart getroffen.«

Cordula nickte mitfühlend. Es hatte sie auch hart getroffen, als sie ihren Mann zusammen mit der Sprechstundenhilfe auf der Behandlungsliege überrascht hatte. Eigentlich wollte sie sich nie wieder mit einem Kerl einlassen. Aber als sie Carsten gestern wiedergesehen hatte, konnte sie nicht umhin zu bemerken, wie attraktiv sie ihn immer noch fand.

Aber er war nun einmal der Bruder ihrer besten Freundin. Wenn sie sich auf ein wie auch immer geartetes Verhältnis mit ihm einließe und das ginge in die Hose, würde das ihrer Freundschaft zu Sophie nicht guttun, das hatte ihre Freundin ja gerade bewiesen. Im Zweifel würde sie sich bestimmt auf die Seite ihres Bruders stellen. Und dann wäre Cordula ganz allein. Vielleicht war es besser, dass es gestern nicht zum Äußersten gekommen war. Warum musste eigentlich immer alles so kompliziert sein?

»Bist du noch anwesend?«, fragte Sophie.

»Was? Äh, ja, sicher.« Sie stand abrupt auf. »Hör mal, vergiss das Ganze einfach, ist wahrscheinlich keine besonders gute Idee.«

»Bist du jetzt eingeschnappt?«

Sophie sah so zerknirscht drein, dass Cordula beinahe lachen musste. Sie hatte ihre Freundin schon immer so goldig gefunden, dass sie ihr nie lange böse sein konnte. Und war eine gute Freundschaft nicht viel mehr wert als eine schlechte Beziehung? Vielleicht war es an der Zeit, sich von der kindischen Schwärmerei für Carsten zu verabschieden.

»Nein, wieso denn?«, versicherte sie. »Vielleicht können wir ja ein anderes Mal darüber reden. Ich muss erst in Ruhe über alles nachdenken.

»Ja, sicher«, meinte Sophie. »Hast du Lust, am Freitagmorgen zum Frühstück zu mir kommen, da hab ich frei. Wie in alten Zeiten.«

Cordula nickte erleichtert. »Klingt gut. Okay, dann sehen wir uns am Freitag. Ich bring Brötchen mit. Wie in alten Zeiten!«

* * *

Carsten betrat das Büro im Präsidium, wo Maier hinter seinem Schreibtisch saß und fleißig seinen Tagesbericht tippte.

»Und, gibts was Neues von Kalli Goebel?«, fragte er seinen Kollegen.

Maier sah von seinem Monitor auf. »Die Fahndung läuft«, meinte er. »Sollte er irgendwo auftauchen, wird man ihn sofort in Gewahrsam nehmen. Er ist übrigens schon am Montagmorgen nicht zur Arbeit erschienen.«

»Ja, weil Melli ihn auf dem Weg dahin auf dem Handy angerufen hat, um ihn von der Ermordung seines Vaters in Kenntnis zu setzen«, erklärte Carsten.

»*Angeblich* war er auf dem Weg zur Arbeit.« Maier deutete auf die Beule auf seiner Stirn.

»Verdammt, Sie könnten recht haben. Er sah ziemlich abgehetzt aus, als er am Montag nach Hause kam. Und war einigermaßen erschrocken, als er mich sah. Wir müssen unbedingt Goebels Wagen aufspüren«, meinte Carsten und griff zum Telefon.

»Weshalb das denn?«, fragte Maier, der die Verbindung zwischen Kalli und dem Auto von Goebel nicht ganz begriff.

Der Hauptkommissar erzählte ihm kurz von Sophies Theorie.

»Bei ihrem Spürsinn wundert es mich, warum sie nicht zur Polizei gegangen ist«, sagte Maier beinahe bewundernd.

Der Gedanke war Carsten auch schon häufiger gekommen, aber abgesehen davon, dass seine Schwester die erforderliche Mindestgröße für Polizistinnen unterschritt, hätte sie wohl kaum die sportlichen Anforderungen geschafft, die bei der Aufnahmeprüfung erwartet wurden. Gelenkig wie eine Eisenbahnschranke, neckte Vatter sie immer. Außerdem gefiel sie sich in der Rolle der jungen Miss Marple, die gescheiter war als die Polizei und dem ermittelnden Kommissar, also ihm, auf die Nerven fiel.

»Das würde Kalli allerdings als Mörder ausschließen«, meinte Maier missmutig.

»Wenn es Kalli war, der Sie niedergeschlagen hat, und es sich bei dem morgendlichen Einbrecher und dem Mörder von Goebel um zwei verschiedene Personen handelt, ja. Allerdings haben wir für keine der beiden Theorien einen stichhaltigen Beweis. Ich habe übrigens noch einen Auftrag für Sie«, wechselte Carsten das Thema und berichtete seinem Kollegen von Anton Lange.

»Ich hab hier die Adresse. Nehmen Sie sich Schröder oder sonst jemanden zur Verstärkung mit und schauen Sie da mal vorbei.«

Maier nahm den Ausweis, der ordnungsgemäß in einer Beweismitteltüte steckte, ehrfürchtig entgegen.

Es klopfte, und Paul Mattuschek steckte den Kopf zur Tür herein.

»Mattes, grüß dich. Hast du was Interessantes für uns?«, fragte Carsten seinen älteren Kollegen.

Mattuschek hatte seine übliche ausgeleierte Jeans und das blau-rot karierte Holzfällerhemd gegen einen aus der Mode gekommenen Nadelstreifenanzug und ein weißes Hemd aus Polyester eingetauscht. Damit wollte er wohl Eindruck bei Amelie Brandt schinden. Carsten konnte sich ein Grinsen kaum verkneifen. In dem Aufzug konnte die Rechtsmedizinerin seinem Kollegen unmöglich widerstehen.

»Ich war doch bei der Obduktion unseres zweiten Opfers«, erklärte Mattes überflüssigerweise.

»Und, irgendwelche bahnbrechenden Erkenntnisse?«

»Außer, dass unsere geschätzte Gerichtsmedizinerin einen Narren an dir gefressen zu haben scheint? Kann ich gar nicht begreifen, wo sie doch mich haben könnte. Schöne Grüße übrigens, die letzte Nacht sei toll gewesen.«

Jetzt nervte ihn die Rechtsmedizinerin schon, wenn sie gar nicht anwesend war. Warum musste sie solche Gerüchte verbreiten? »Ja, schön für sie. Und, weiter?«

»Nicht viel. Wie bereits vermutet, wurde unser Opfer mit einem weißen Schal stranguliert. Die Fasern, die die Brandt am Hals gefunden hat, lassen diesen Schluss zu. Den Schal hat der Täter aller Wahrscheinlichkeit nach an sich genommen. Todeszeitpunkt war gegen 20 Uhr. Anscheinend war sie vom Angriff des Täters so überrascht, dass sie kaum

Widerstand geleistet hat. Der Täter muss die Enden des Schals von hinten gepackt und zugezogen haben. Unter ihren Fingernägeln wurden Hautpartikel gefunden. Die Schnellanalyse hat ergeben, dass die von ihr selbst stammen. Sie hat wohl versucht, ihre Finger unter den Schal zu bekommen. Das zeigen auch die Kratzspuren an ihrem Hals. Ansonsten gab es keinerlei Abwehrverletzungen oder andere verwertbare Spuren, die auf den Täter schließen lassen. Wäre auch zu schön gewesen.«

»Unser Freund war ja schon clever genug, in der Schule keine Spuren zu hinterlassen, wieso sollte es hier anders sein. Und das, obwohl es so aussieht, als seien beide Morde im Affekt geschehen. Der Täter greift sich den nächstbesten Gegenstand und schlägt oder zieht zu.«

»Hast du schon jemanden ins Visier genommen?«

»Ich wünschte, es wäre so. Aber irgendwie schaffen es sämtliche Verdächtige, sich meinem Zugriff zu entziehen. Ich kann ja noch nicht mal jemanden von meiner Liste streichen, weil sich alle dünne machen, anstatt mit mir zu reden.« *Oder sich ebenfalls ermorden lassen*, fügte er in Gedanken hinzu.

»Und was sagt dir dein Gefühl?« Mattes knöpfte sein Jackett auf, das um den Bauch arg spannte.

»Mein Gefühl sagt mir, dass sein Sohn irgendwas mit der Sache zu tun hat. Aber darauf würde ich nichts geben, gestern hat mir mein Gefühl gesagt, die Lehrerin sei in die Sache verwickelt, und dann wird sie quasi vor meiner Nase ermordet.«

»Dann war sie ja auch in die Sache verwickelt, wenn auch nicht so, wie du gedacht hast. Hoffen wir mal, dass es dem Sohn nicht ebenso wie ihr ergeht.«

Das hoffte Carsten auch. Das Bild von Kalli in der Wupper

erschien wieder vor seinem geistigen Auge. Sie mussten den Knaben möglichst schnell auftreiben, ehe ein weiteres Unglück geschah. Doch das schien ihm im Moment leichter gesagt als getan. Andererseits ... In Carstens Kopf begann es zu rotieren. Zwei imaginäre Puzzleteilchen legten sich aneinander. Sie ergaben zwar kein Gesamtbild, aber doch einen deutlich erkennbaren Hintergrund.

»Mattes, mein Hübscher, hast du Bock auf einen Bordellbesuch?«, fragte er.

46

»Bevor wir beginnen, lasst uns eine Schweigeminute für unseren lieben verschiedenen Freund Karl Goebel einlegen«, begann Winnie feierlich.

Alle senkten brav die Köpfe und verharrten in stummer Meditation. Jeder hing seinen Gedanken nach. Die wenigsten davon hatten etwas mit Goebel zu tun. Elke Isenberg öffnete ein Auge und beobachtete die anderen. Wenn einer von denen auch nur eine Sekunde um Karl trauerte, würde sie ein Pferd fressen, mit Schweif und Hufen. Sie fragte sich immer noch, warum Winnie das wöchentliche Treffen nicht abgesagt hatte. Aber der schien sich keinerlei Sorgen zu machen, dass die Polizei auf ihn aufmerksam werden könnte. Musste er auch nicht, solange ihn niemand in die Pfanne haute. Und das würde kaum jemand wagen. Er hatte sie alle in der Hand. Auf die eine oder andere Weise.

Sie waren heute Abend nicht die einzigen Anwesenden. Das waren sie nie. So viel zum Thema Gedenkfeier. Die anderen Gäste kannten Goebel zwar nicht, schwiegen aber dennoch höflich mit. Dickie schwitzte schon wieder wie ein Schwein und blickte verstohlen zu einer der Türen. Der würde sich bestimmt am liebsten aus dem Staub machen.

Nachvollziehbar, fand Elke, sie fühlte sich auch nicht besonders wohl in ihrer Haut. Trotzdem war sie heute Abend hier erschienen. Wenn Winnie pfiff, dann sprang man. Das war schon in der Schule so gewesen. Erstaunlich, dass sich daran bis heute nichts geändert hatte. Sie waren elende Feiglinge, jeder Einzelne von ihnen. Der Einzige, der es gewagt hatte, Winnie die Stirn zu bieten, war Karl gewesen. Und der war jetzt tot. Ein Zufall?

»So, nachdem das erledigt ist«, ergriff Winnie nicht sonderlich pietätvoll das Wort, »können wir endlich loslegen.«

Er nickte der jungen Frau, die ihm gegenüber saß, unauffällig zu.

* * *

Er war dem Monchichi bis zu ihrem Haus gefolgt. Wäre alles nach Plan gelaufen, hätte er sie sich schon früher vorgeknöpft. Aber als er zu diesem Bücherladen kam, war da eine blonde Tussi, die erstaunlich viel Sitzfleisch bewies. Und später auf der Straße waren zu viele Leute unterwegs. Wie sollte man da ungestört seinen verbrecherischen Neigungen nachgehen? Er hätte sie gleich heute Nachmittag in seiner Galerie zur Rede stellen sollen, aber er war zu perplex gewesen, um angemessen reagieren zu können. Wenigstens wären sie da ungestört gewesen, denn in sein Geschäft kam ja keiner.

Er war quer durch das Luisenviertel hinter ihr hergeschlichen, ohne dass sie auch nur das Geringste bemerkt hatte. Sein Herz machte vor Aufregung einen Satz, als er feststellte, dass sein Auto ganz in der Nähe von ihrem parkte. Das war ein Wink des Schicksals. So konnte er ganz bequem die Verfolgung aufnehmen.

Bei ihrem unorthodoxen Fahrstil hatte Arndt Probleme, nicht von ihr abgehängt zu werden, aber er schaffte es letztendlich, an ihr dranzubleiben. Als ob man schneller vorankam, wenn man ständig die Fahrspur wechselte. Oder hatte sie ihn bemerkt und versuchte auf diese Weise, ihn loszuwerden? Ihm war fast das Herz stehengeblieben, als er merkte, dass sie in Richtung Polizeipräsidium fuhr, doch Gott sei Dank bog sie vorher rechts ab.

Als sie in der Schlossstraße, unweit des Präsidiums, endlich einparkte, hielt er seinen Wagen ebenfalls an. Zum Glück herrschte hier keine Parkplatznot, er fand sofort eine passende Lücke. Er stieg aus und war froh, sein farbenfrohes Ensemble vom Nachmittag gegen eine schwarze Stoffhose und einen schwarzen Rollkragenpullover getauscht zu haben. In der dunklen Steppjacke sah er zwar aus wie ein dreckiges Michelin-Männchen, aber sie hielt ihn warm und ließ ihn beinahe mit der Dunkelheit verschmelzen.

Auch das Monchichi hatte es mittlerweile geschafft, ihre Klapperkiste in die Parklücke zu manövrieren. Arndt näherte sich mit leisen Schritten ihrem Wagen. Gleich würde er sie sich greifen, und dann würde sie sich wünschen, sie hätte wirklich nach einem Bild für übers Sofa gesucht. Sie schloss die Fahrertür ab und ging um ihr Auto herum.

»Nu komm wacker, Biggilein, Mama is kalt.«

Etwas stupste an sein Bein. Arndt fuhr herum. Hinter ihm stand ein kleiner grauer Pudel und sah ihn vorwurfsvoll an, als wolle er sich darüber beschweren, dass dieser dumme Mann genau dort stand, wo Biggilein hergehen wollte. Arndt verzog angewidert das Gesicht, weigerte sich aber standhaft, zur Seite zu treten. Das fehlte noch, dass er sich von diesem Vieh vorschreiben ließ, wo er zu stehen hatte. Er gab ein leises Knurren von sich. Der Pudel gab endlich auf und trottete weiter, im Schlepptau eine betagte Dame, die bei jedem Schritt schnaufte wie eine alte Dampflok.

Wieso habe ich sie nicht schon früher gehört?, wunderte sich Arndt. Er hastete nun doch über die Straße, ehe das Monchichi auf ihn aufmerksam werden konnte.

»Nicht so schnell, Biggilein, Mama kommt gar nicht mit.«

Als Biggilein mit ihrer unentschlossenen Mama endlich hinter der Biegung verschwunden war, sah Arndt gerade noch, wie das Monchichi in einem Hauseingang verschwand. Kurz darauf erleuchtete das Flurlicht ein Treppenhaus. Verdammt, er hatte seine Chance verpasst. Danke, Biggilein. Er sah an der schmucken Altbaufassade empor und beobachtete durch die Fenster auf jeder Etage, wie sie Stockwerk für Stockwerk erklomm. Im Dachgeschoss wohnte sie also. Wo wollte sie denn da ein Bild aufhängen? Die Wohnung bestand doch gewiss nur aus Schrägen. Aber das mit dem Bild war ja ohnehin gelogen gewesen, warum machte er sich deswegen eigentlich Gedanken? Jedenfalls wusste er jetzt, wo sie wohnte.

Das Licht im Hausflur erlosch und Arndt marschierte über die Straße. Die Namensschilder im Eingangsbereich des Mehrfamilienhauses waren illuminiert und gut zu lesen. ›Sophie und Ben Liebermann‹ las er auf dem obersten Schild. *Na also, Frau Liebermann*, dachte er, *ich glaube, es wird Zeit, dass Sie mich mal richtig kennenlernen.* Vielleicht nicht mehr heute, aber morgen war auch noch ein Tag. Er konnte warten.

47

Lukas Maier stand vor der Tür zur Wohnung der Brüder Lange. Die beiden jungen Männer wohnten in einem nicht besonders einladenden Terrassenhochhaus im Stadtteil Wichlinghausen. Er war mit einem gleichgültig wirkenden

Bewohner zusammen ins Innere des Hauses geschlüpft und mit dem Aufzug in die fünfte Etage gefahren. Natürlich hatte er sich keine Verstärkung mitgenommen. Das fehlte noch, dass er einen Aufpasser brauchte, um dem Angehörigen eines jugendlichen Kriminellen die frohe Botschaft vom Verschwinden seiner missratenen Brut zu überbringen. Das wäre an Peinlichkeit fast nicht mehr zu überbieten. Es war mehr als unwahrscheinlich, dass dieser Anton nach Hause zurückkehren würde, nachdem Kantner ihm seinen Ausweis abgenommen und somit Kenntnis von dieser Adresse hatte. Mit dessen ahnungslosem Bruder würde er schon allein fertig werden.

Energisch drückte er den Klingelknopf. Einige Minuten und dreimal Klingeln später hörte Lukas von innen schlurfende Schritte. Ungeduldig tappte er mit dem Fuß auf den Boden, während auf der anderen Seite der Tür jemand versuchte, selbige zu öffnen.

»Es ist abgeschlossen«, drang eine jammernde Stimme an Lukas' Ohr.

»Dann schließen Sie halt auf«, befahl er und freute sich über den unerwartet herrischen Klang seiner Stimme.

»Ich, ich hab keinen Schlüssel.« Die Stimme klang noch kläglicher als zuvor, falls dies überhaupt noch möglich war.

Da hatte dieses Früchtchen Anton doch tatsächlich seinen eigenen Bruder in der gemeinsamen Wohnung eingesperrt. Da fiel einem aber auch nichts mehr zu ein. Lukas warf einen prüfenden Blick auf die Tür. Solide sah sie nicht gerade aus. Das müsste zu schaffen sein. Ehe er hier stundenlang auf den Schlüsseldienst wartete.

»Treten Sie zurück«, forderte er und trat selbst einige Schritte nach hinten.

Dann preschte er nach vorn und warf sich, Schulter voran, mit seinem ganzen Körpergewicht gegen die Tür, die sich jedoch widerstandsfähiger erwies als erwartet. Viermal musste er die Prozedur wiederholen, ehe das Holz knackend nachgab und Lukas mit schmerzender Schulter in den dahinter liegenden Flur stolperte. Dort wartete bereits ein Männlein, das sich die Ohren zuhielt und den Polizisten entgeistert anglotzte. Das konnte doch unmöglich Antons Bruder sein. Lukas kniff kurz die Augen zusammen und glotzte den Mann ebenfalls an.

Er kannte ihn nur von Fotos, doch es bestand kein Zweifel an der Identität des Männleins. *Was macht der denn hier?*, fragte sich Lukas. Jetzt ärgerte er sich doch, keinen Kollegen mitgenommen zu haben. Einerseits, weil er unsicher war, wie er vorgehen sollte, andererseits, weil ihm der Triumph nicht vergönnt war, einen Zeugen der bevorstehenden Verhaftung des Jahres bei sich zu haben. Langsam sollte er etwas unternehmen, ehe das Männlein aus seiner Erstarrung erwachte und sich überlegte, dass Angriff vielleicht die bessere Verteidigung ist.

Mit schwitzenden Händen löste Lukas den Knopf am Halfter in seinem Rücken und zog seine Waffe hervor. Er erinnerte sich gerade noch rechtzeitig, sie zu entsichern, bevor er sie auf den Mann richtete, der erschrocken die Hände hob.

»Karl Goebel, ich verhafte Sie wegen Mordes an Karl Goebel.« Das klang irgendwie doof. Egal. »Und Barbara Ehrhardt-Dingenskirchen. Außerdem verhafte ich Sie ...« War das jetzt richtig? Man konnte einen Menschen doch nicht mehrmals gleichzeitig verhaften. Was solls, war ja sonst keiner dabei. »... wegen des Überfalls auf die Beyenburger Sparkasse und wegen Geiselnahme.« Hatte er sämtliche

Vorwürfe beisammen? »Nehmen Sie die Hände über den Kopf, ach das haben Sie ja schon. Dann drehen Sie sich langsam mit dem Gesicht zur Wand.«

»Zu welcher Wand?«, hauchte Kalli Goebel schwach.

»Ist mir doch egal. Suchen Sie sich eine aus. Aber zackig.«

Kalli Goebel drehte sich gehorsam zur Wand seiner Wahl und starrte auf das Kalenderbild von Miss November, die Hände artig hinter dem Kopf verschränkt.

* * *

Sophie lag ausgestreckt auf der Couch und ließ sich von Ben die müden Füße massieren. Ihr Gespräch mit Cordula spukte ihr noch im Kopf herum.

»Meinst du, es war egoistisch von mir, so zu reagieren?«, fragte sie ihren Mann.

»Weiß nicht«, antwortete er ausweichend. »Vielleicht ein bisschen.«

»Ich will doch nur nicht, dass einer der beiden verletzt wird«, verteidigte sie sich.

»Meinst du nicht, sie sind alt genug, das selbst zu entscheiden? Außerdem kannst du nicht in die Zukunft sehen. Du kannst nicht wissen, ob es nicht doch gutgeht mit den beiden. Du gehst automatisch davon aus, dass es nicht funktionieren wird.«

»Na, ich kenne doch meinen Bruder. Und Cordula hat sich gerade erst von ihrem Mann getrennt. Ob es da eine gute Idee ist, sich gleich in eine neue Beziehung zu stürzen?« Sophie richtete sich auf. Im Liegen konnte sie nicht diskutieren.

»Nur weil Carsten in den letzten Jahren etwas von der Rolle war, was die Damenwelt angeht, heißt das nicht, dass es für immer und ewig so bleiben muss. Und Cordula war doch früher ziemlich in ihn verliebt. Vielleicht hat sie all die Jahre nur gewartet, bis Carsten endlich bereit für sie ist.«

»Du bist ein unverbesserlicher Romantiker.«

Sophie rückte näher an ihn heran und legte den Kopf an seine Schulter. Sie hatte keine Lust mehr, über Cordula und Carsten zu reden. Zärtlich küsste sie Bens Hals. Ihre Hände wanderten zu den Knöpfen seines Hemds und nestelten daran herum.

»Frau, du bist unersättlich«, murmelte er und zog sie auf seinen Schoß.

***

»Wir warten auf deinen Einsatz, Dickie«, forderte Peter Siebenhausen.

»Verzeihung!« Dickie riss sich zusammen, schaute in seine Karten und warf fahrig ein paar Chips in die Mitte des Tischs.

Die doppelflügelige Tür öffnete sich und ein Mann betrat den Raum.

»Was zum Teufel …«, rief Winnie, verstummte jedoch augenblicklich, als er den großgewachsenen blonden Mann sah.

»Einen wunderschönen guten Abend, die Herrschaften«, begrüßte der Mann die Anwesenden überschwänglich. »Ihr Türsteher hat mich freundlicherweise hereingelassen. Wer von den Herren ist Winfried Sammer?«

Für einen winzigen Augenblick herrschte erschrockenes Schweigen, denn es war offensichtlich, dass es sich bei dem Mann um einen Polizisten handelte.

»Finden Sie es nicht etwas pietätlos, eine Gedenkfeier zu stören?« Winfried Sammer war aufgestanden und ging einen Schritt auf Carsten zu.

Für den Hauptkommissar sah die Veranstaltung eher nach einem kleinen, illegalen Pokerturnier aus, aber er war ja hier nur der Polizist. Außerdem interessierte es ihn nur mäßig, was sich im Hinterzimmer des Bordells abspielte, das war nicht sein Bier. Aber interessant wäre, für wen diese Gedenkfeier bestimmt war. Etwa für Karl Goebel? Oder Barbara Ehrhardt-Gonzmann?

»Ja, das tut mir jetzt natürlich extrem leid«, versicherte Carsten, und es gelang ihm, dabei kein bisschen ironisch zu klingen. »Ich habe nur ein paar winzige Fragen.«

»Mein lieber Herr … Kommissar. Sie sind doch gewiss Kommissar?«, meinte Sammer.

»Kriminalhauptkommissar!«

»Wie auch immer.« So interessiert war Sammer nun wieder nicht an Carstens beruflichem Werdegang. »Ich weiß wirklich nicht, was Sie von mir wollen.«

Carsten sah sich im Raum um, und sein Blick blieb an Dietmar Reinstett hängen, der gerade versuchte, unter den Tisch zu kriechen. Jetzt wusste der Hauptkommissar, weshalb die Durchsuchungen des Bordells in den letzten Monaten ergebnislos geblieben waren. Das Bewahren von Dienstgeheimnissen gehörte erfahrungsgemäß nicht zu Reinstetts Stärken.

Zu seiner nicht sonderlich großen Überraschung entdeckte er unter den Anwesenden auch Peter Siebenhausen, der sich flüsternd mit dem Mann neben sich unterhielt. Der Mann hatte dem Bauunternehmer eine Hand auf den Arm gelegt und schien seinen sichtlich erregten Gesprächspartner beruhigen zu wollen.

Als Carsten eine der Lehrerinnen – die Vorlaute mit dem Mecki-Schnitt – erkannte, war er sich sicher, für wen die Gedenkfeier gedacht war. Das war ja mal eine wirklich freudige Überraschung.

»Karl Goebel gehörte nicht zufällig auch zu dem erlauchten Verein hier?«, fragte er an Sammer gewandt.

»Aber sicher«, gab dieser unumwunden zu. Er sah offenbar ein, dass es besser war, mit der Polizei zu kooperieren, da das Offensichtliche sich ohnehin nicht mehr leugnen ließ. »Ein alter Schulfreund. Ihm zu Gedenken ist diese Veranstaltung. Wir sind alle sehr, sehr erschüttert über seinen Tod.«

Sammer senkte den Kopf und faltete die Hände ineinander, um seiner tiefen Betroffenheit Ausdruck zu verleihen. Oder um zu beten, dass der Polizist vom Blitz getroffen wird. So genau konnte Carsten das nicht sagen. Er selbst jedenfalls betete, dass die Kollegen bei der Durchsuchung mehr als fündig werden würden. Und er dem Mörder damit endlich einen Schritt näherkäme.

48

Carsten hielt das Handy an sein Ohr gepresst. Am anderen Ende der Leitung berichtete ein hörbar stolzer Maier von der Festnahme Kalli Goebels. Der Knilch war also mit Antons Bruder bekannt. Und letzterer stand ebenfalls in Diensten von Winfried Sammer. So viel zumindest hatte Maier bislang aus dem Knaben herauspressen können. Das wurde ja immer besser. Er ging in ein Büro in der ersten Etage des Etablissements, wo er schon von Puff-Papi erwartet wurde.

Winfried Sammer wies freundlich auf den freien Stuhl in seinem Büro. Carsten bedankte sich artig bei seinem Gastgeber und nahm Platz.

»Sie kannten also Karl Goebel«, konstatierte er.

Sammer setzte eine kummervolle Miene auf und nickte langsam. »Ein guter Freund aus Kindertagen, wie ich Ihnen bereits sagte. Sie ermitteln in dem Fall, nehme ich an. Sind Sie schon weitergekommen? Wissen Sie, wer ihn auf dem Gewissen hat?«

Carsten ging nicht darauf ein. Er war derjenige, der hier die Fragen stellte. »Als guter Freund von Goebel können Sie mir doch sicherlich sagen, ob er irgendwelche Feinde hatte. Warum hätte ihn jemand töten wollen?«

Sein Gegenüber schüttelte bedauernd den Kopf. »Ich bin natürlich stets bereit, unsere Polizei nach Kräften zu unterstützen. Es tut mir aber leid, Ihnen sagen zu müssen, dass mir niemand einfällt, der ein Motiv hatte, Karl zu ermorden.«

»Wie steht es mit Ihnen?«

Sammer lachte auf. »Mit mir? Sie glauben doch nicht ernsthaft, dass ich einen Grund hätte, einen kleinen, nichtssagenden Schulleiter aus dem Weg zu räumen. Wie käme ich denn dazu?«

»Keine Ahnung, sagen Sie es mir.«

Sammer hob in einer Geste, die seine Unschuld beteuern sollte, beide Hände. »Ich hatte wirklich keinen Grund«, beteuerte er.

»Und Ihr Kumpel Siebenhausen? Hatte der einen Grund?«

Sammer zuckte mit den Achseln. »Keine Ahnung. Nicht dass ich wüsste.«

»Wusste Karl Goebel von den Filmchen, die Sie hier mit ihren Kunden und Ihren, äh, Mitarbeiterinnen drehen? War er vielleicht selbst einer der Hauptdarsteller?«

In Sammers Augenwinkeln zuckte es kurz, dann hatte er sich wieder im Griff. »Ich weiß zwar nicht, wovon Sie reden, aber Karl gehörte nicht zu der Sorte Mann, die für Sex bezahlen.«

»Aber Siebenhausen«, beharrte Carsten.

Sammer machte eine Kopfbewegung, die einem Nicken nahekam.

»Und ihn erpressen Sie mit den Filmaufnahmen.«

»Von welchen Filmaufnahmen faseln Sie eigentlich ständig?« Sammer tat ernsthaft verwundert.

»Nun, das wird sich bei der Durchsuchung Ihrer Räumlichkeiten schon herausstellen. Der Beschluss ist bereits beantragt.« *Und wird hoffentlich so schnell wie möglich genehmigt,* fügte Carsten in Gedanken hinzu.

Sammer schnippte sich einen imaginären Fussel vom Revers. Offenbar war er ziemlich sicher, dass sie auch bei einer weiteren Durchsuchung seines Etablissements nichts Belastendes finden würden.

»Ihnen gehören einige der Spielhallen hier in der Straße«, wechselte Carsten das Thema.

Sammer hob erstaunt die Augenbrauen. »Und wenn? Ist das ein Verbrechen?«

Vor Carstens geistigem Auge erschienen die beiden Puzzleteilchen, die ihn hierher geführt hatten. Weitere Stücke gesellten sich hinzu und fügten sich nahtlos an. Melanie Goebel, die behauptet hatte, von einem russischen Schlägertypen bedroht worden zu sein, der Geld kassieren wollte, das Kalli dessen Boss schuldete. Kallis bevorzugtes Spielerparadies, das auf der Berliner Straße lag. Vanessa Schneider, die von Anton erfahren hatte, dass dessen Boss Sammer Besitzer einiger Spielhallen in derselben Straße war. Und nun noch die Tatsache, dass Kalli bei einem Mann untergeschlüpft war, der bei Sammer in Lohn und Brot stand. So viele Zufälle konnte es nicht geben.

»Wie ich hörte, steht Goebels Sohn Kalli bei Ihnen ziemlich tief in der Kreide«, behauptete er.

»Tut er das? Davon ist mir nichts bekannt. Ich kenne Karls Sohn gar nicht.« Sammer besah sich gelangweilt seine Fingernägel.

Ein weiteres Puzzleteilchen schwirrte durch Carstens Kopf. Laut Gudrun Schmittke hatte Goebel von den Geldnöten seines Sohnes gewusst. Auch davon, warum und bei wem der Junge Schulden hatte?

»Hat Karl Goebel Sie nicht darauf angesprochen?«

»Nein, hat er nicht«, erwiderte Sammer gereizt. »Ich weiß nicht, ob dieser Kalli Schulden bei mir hat.«

»Aber so etwas müssen Sie doch wissen«, beharrte Carsten, ebenso gereizt.

Sammer seufzte ergeben. »Mein lieber Herr Kommissar, ich besitze mehrere Spielhallen. Ich kann die nicht alle kontrollieren. Dafür habe ich Geschäftsführer, denen ich vertraue. Wenn einer von denen dem jungen Herrn Goebel Schuldscheine ausgestellt hat, dann ist das so. Ich habe keine Kenntnis darüber. Ich werde mich aber gern danach erkundigen.«

»Tun Sie das. Dann können Sie auch gleich nachhaken, wer am Montagabend bei Melanie Goebel zu Hause aufgetaucht ist und sie bedroht hat. Wo wir gerade bei ihren Mitarbeitern sind: Sind Anton und Theodor Lange zu sprechen?«

Sammer starrte Carsten verblüfft an. »Wer soll das sein?«

»Zwei Brüder, die für Sie arbeiten.«

»Kenne ich nicht«, behauptete Sammer.

Der arme Mann hatte ja keinen blassen Schimmer von dem, was sich in seinen Läden abspielte. Der konnte einem wirklich leidtun. Der Kerl nahm doch nicht ernsthaft an, dass Carsten ihm diese fadenscheinigen Ausflüchte abkaufte. Das würde nicht einmal Omma Lotte. Sollte Goebel tatsächlich gewusst haben, dass Sammer seinen Sohn im Schwitzkasten hatte? Waren die Freunde deswegen in Streit geraten?

Dietmar Reinstett saß wie das sprichwörtliche Häufchen Elend in Mattuscheks Büro und knetete unablässig seine Hände. Langsam bekam er eine Ahnung davon, wie es war, auf der anderen Seite des Verhörraums zu sitzen. Wenigstens war sein Kollege so freundlich gewesen, ihn nicht in einen solchen zu verfrachten, sondern die Befragung hier durchzuführen.

Seine Pension konnte er knicken. Dreißig Jahre im Staatsdienst und alles umsonst, von Gudruns Reaktion, wenn sie davon erfuhr, ganz zu schweigen. Das mit ihr konnte er sich endgültig abschminken. Er wollte sich am liebsten in den Hintern beißen für seine eigene Dummheit. Sein ganzes Leben weggeworfen für so etwas.

Seit seiner Kindheit hatte er immer nur irgendwo dazugehören wollen. Winnie, Peter, Elke und Karl hatten ihn großzügig in ihre Bande aufgenommen. Er war so glücklich gewesen, auch wenn sie ihm den Spitznamen Dickie verpasst hatten. Doch schon damals hatten die Vier nichts anderes im Sinn gehabt, als ihn die Scheiße ausbaden zu lassen, die sie verzapften. Trotzdem war er ihnen wie ein treues Hündchen hinterhergedackelt. Er hatte doch sonst keine Freunde.

Winnie hatte sich irgendwann nach der Schulzeit abgeseilt und war ins Ausland gegangen. Nach Osteuropa oder so. Ein bisschen Kommunist spielen. Jahrzehntelang hörten sie kein Wort von ihm. Dietmar konnte nicht behaupten, ihn zu vermissen. Ohne ihn war das Leben angenehmer. Die Freundschaft zwischen ihm und den anderen verlief weitgehend im Sande. Man sah sich zwar noch hin und wieder, das ließ sich in einem Dorf wie Beyenburg kaum vermeiden, aber die Treffen hörten auf. So als sei Winnie der Kleber gewesen, der sie zusammengehalten hatte. Und auch wenn Elke und Karl an derselben Schule arbeiteten, schien es zwischen ihnen kaum noch Berührungspunkte zu geben.

Dann war Winnie Anfang des Jahres plötzlich nach Wuppertal zurückgekehrt und hatte die alte Gang wieder zusammengetrommelt. Elke, Peter und Karl waren begeistert und hatten ihren alten Weggefährten sofort in ihrer Mitte willkommen geheißen. Als sei er nie fort gewesen. Vielleicht langweilten sie sich ohne die krummen Touren, zu denen Winnie sie alle anstiftete. Auch Dietmar musste sich eingestehen, dass er froh darüber war, wieder jemanden zu haben, mit dem er seine Freizeit verbringen konnte. Die Sache mit Gudrun hatte erst danach begonnen. Wäre sie nur früher in sein Leben getreten. Dann wäre nichts von all dem passiert.

Nach nur wenigen Wochen, in denen er glücklich war, der Einsamkeit endlich entronnen zu sein, war alles wieder beim Alten. Er war der Depp vom Dienst, auf dem die anderen nach Herzenslust herumhacken konnten. Und wie früher tat er einfach alles, um ihnen zu gefallen. Als ihm ein Kollege unter dem Siegel der Verschwiegenheit anvertraute, dass in einer von Winnies Spielhöllen eine Razzia stattfinden sollte, hatte er seinen Freund umgehend darüber informiert. Doch statt ihm dankbar dafür zu sein, erpresste Winnie ihn seither damit. Immer wieder musste er ihm kleine Gefälligkeiten erweisen, damit seine Indiskretion nicht aufflog. Und damit ritt er sich tiefer und tiefer in die Scheiße, machte sich nur noch abhängiger von Winnies Wohlwollen.

Paul Mattuschek betrat das Büro und ließ sich mit einem Stoßseufzer hinter seinem Schreibtisch nieder. Dietmar wäre vor Scham gern im Boden versunken. Er wich dem Blick seines alten Kollegen aus.

»Dietmar, Dietmar«, begann Mattuschek. »Was machst du nur für Sachen?«

Dietmar zog sein riesiges Stofftaschentuch aus der Hose und schnäuzte sich geräuschvoll die Nase. Was hätte er auch antworten sollen. Er wusste es doch selbst nicht.

»Ich hab das Ganze nicht gewollt«, erwiderte er schließlich lahm. »Es hat sich irgendwie verselbständigt.«

Mattes stützte die Ellenbogen auf die Schreibtischplatte und vergrub sein Gesicht in den Händen. Dietmar Reinstett war nie die hellste Kerze auf der Torte gewesen, aber was er sich dabei gedacht hatte, erschloss sich dem Hauptkommissar nicht. Offensichtlich hatte er überhaupt nicht gedacht. Sich als Polizist mit zwielichtigen Typen wie diesem Sammer einzulassen, war keine gute Idee, auch wenn er ein alter Schulfreund war.

»Ist dein Freund Sammer in die Morde verwickelt?«, fragte er nach einer Weile.

Dietmar dachte nach. Es war an der Zeit, auszupacken. Schlimmer konnte es nicht mehr werden. Nicht nur Winnie wusste einiges; Dietmar konnte ebenso das eine oder andere über dessen windige Geschäfte berichten. Ganz so blöd wie die Anderen dachten, war er dann doch nicht. Vor allem war er ein aufmerksamer Zuhörer. Vielleicht konnte er seinen Kopf noch einmal aus der Schlinge ziehen. Er war seinen sogenannten Freunden nichts mehr schuldig.

***

Als Carsten ins Pokerzimmer zurückkehrte, fand er dort nur noch Elke Isenberg vor, die Löcher in den Tisch starrte. Der schwarze Lidschatten, der wohl verrucht wirken sollte, war mittlerweile verlaufen und verlieh ihr das Aussehen eines Pandabären. Eines ziemlich übelgelaunten Pandabären. Sie saß mit verschränkten Armen und versteinertem Gesichtsausdruck auf ihrem Stuhl. Carsten nahm ihr gegenüber Platz und lächelte sie freundlich an.

»Wo sind denn Ihre Freunde?«, erkundigte er sich.

Sie schnaubte verächtlich. »Nach Hause«, murmelte sie.

»Wie, ohne meine Erlaubnis?«

»Ist das jetzt meine Schuld oder was?«, fuhr sie ihn an.

»Einer der Typen ist Anwalt. Der hat mit einem Kollegen von Ihnen verhandelt, dass die ganze Bande verschwinden darf, wenn sie sich für weitere Befragungen zur Verfügung hält.«

Mann, Mattes, dachte Carsten. Dass ausgerechnet der sich auf solche Deals einließ. Andererseits hatte er unter den Anwesenden den einen oder anderen Dezernenten aus dem Rathaus erkannt. Wenn die sich beim Polizeipräsidenten über die vermeintlich unverhältnismäßige Behandlung beschwerten, drohte den Kommissaren am Ende noch ein Dienstaufsichtsverfahren.

»Und was machen Sie dann noch hier?«, wollte Carsten wissen.

»Der Deal schloss mich nicht mit ein«, erwiderte sie mit unverhohlener Bitterkeit in der Stimme. »Ich bin ja keine Mandantin von diesem Winkeladvokaten.«

»Aber Siebenhausen, wie ich sehe.«

Sie sah ihn kurz an und nickte dann. »Geht es um ihn?«, fragte sie.

Er ließ die Frage unbeantwortet. Von wem er was wollte, ging die Dame nun wirklich nichts an. Doch vielleicht war sie nun, da ihre Kumpane sie so schön im Regen hatten sitzenlassen, gesprächig.

»Wie fühlen Sie sich?«, fragte er mit einer Anteilnahme, die er nicht wirklich empfand.

»Was meinen Sie denn?«, murmelte sie. »Ich weiß wirklich nicht, was ich hier noch soll. Dass man jetzt schon hopps genommen wird, nur weil man an einem Spieleabend teilnimmt, ist mir neu.«

Carstens Spieleabende sahen eher so aus, dass er mit Sophie und Ben am Esstisch saß, Salzstangen knabberte und kniffelte. Aber jedem das Seine.

»Niemand hat Sie *hopps* genommen. Sie sind freiwillig hier, um mir ein paar Fragen zu beantworten«, korrigierte er sie.

Elke Isenberg schnaubte verächtlich. »Ja klar, total freiwillig.«

»Sie sind Lehrerin an der Grundschule Beyenburg«, meinte Carsten.

»Danke für die Info. Das weiß ich selbst.«

»Warum haben Sie bei der Vernehmung nicht erwähnt, dass Sie und Karl Goebel so gut befreundet waren, dass Sie sich zu gemeinsamen … Spieleabenden getroffen haben?«, fragte er.

»Wir kennen uns schon seit der Grundschule«, gab sie zu. »Aber das hat doch nichts mit seiner Ermordung zu tun. Ich hielt es nicht für wichtig.«

Carsten hätte gern selbst entschieden, ob diese Information wichtig war oder nicht. Reinstett hätte ihm diesbezüglich natürlich einen Wink geben können. Aber der hatte ja noch einiges andere verschwiegen. Zumindest seinen Kollegen. Seinen Freunden gegenüber war er wesentlich gesprächiger gewesen.

»Dann kennen Sie Goebel demnach besser, als Sie meinen Kollegen gegenüber zugegeben haben.«

»Herrgott noch mal, natürlich«, fuhr sie ihn an. »Wahrscheinlich hat Winnie Ihnen schon gesteckt, dass Karl und ich mal ein Paar waren.«

Das hatte Sammer nicht getan, aber Carsten versuchte, sich die Überraschung über dieses Geständnis nicht anmerken zu lassen. Er bedeutete Elke Isenberg mit einer auffordernden Geste, fortzufahren.

»Es war während des Studiums. Nichts Ernstes«, warf sie hastig ein, doch Carsten glaubte ihr nicht. Zumindest für sie schien es sehr ernst gewesen zu sein. »Dann hat er seine spätere Frau kennengelernt, und wir haben uns aus den Augen verloren. Einige Jahre später kamen erst Karl junior und dann Philipp an unsere Schule.«

»Sie waren damals schon in Beyenburg beschäftigt?«, hakte Carsten nach.

Sie nickte. »Ja, ich arbeite dort schon fast dreißig Jahre. Als vor zehn Jahren unser alter Chef in Rente ging, kam Karl an seiner Stelle.«

»Und das hat Sie nicht gestört?«

Die Lehrerin wiegte nachdenklich den Kopf hin und her. Ihre ablehnende Haltung hatte sie mittlerweile abgelegt. »Natürlich. Aber was sollte ich machen?«

»Sie hätten sich versetzen lassen können«, schlug er vor.

»Wieso ich? Ich war doch länger dort als er. Er hätte sich doch gar nicht erst bewerben müssen. Ich habe nicht eingesehen, weswegen ich gehen sollte. Außerdem lag die Geschichte mit uns schon so lange zurück. Ihm war es ja auch egal.«

Aber ihr war es nicht egal gewesen, das sah Carsten ihr an. Er hätte nicht gedacht, dass eine Frau wie sie, die nach außen so gleichgültig und gehässig wirkte, so viele Jahre einer verlorenen Liebe nachtrauerte. Wahrscheinlich war sie gerade deshalb so hart geworden. Genau wie Carsten hatte sie sich einen undurchdringlichen Panzer zugelegt, der nur schwer zu knacken war. Hoffentlich hielt das bei ihm nicht ebenfalls dreißig Jahre an.

»Nein, Herr Kommissar, ich habe ihn nicht getötet«, kam sie seiner nächsten Frage zuvor. »Ich habe ihn gehasst, für das, was er mir angetan hat, aber einen Mord war er mir nicht wert.«

Er sah ihr in die Pandabären-Augen. Oh doch, er wäre ihr einen Mord wert gewesen.

Carsten stieg müde die Treppen zu seinem Büro hinauf. Er war heute Morgen nahe dran gewesen, den dämlichen Wecker einfach aus dem Fenster zu werfen. Drei Stunden Schlaf hatten kaum ausgereicht, um sich auch nur annähernd fit zu fühlen. Erst gegen drei Uhr in der Nacht war er nach Hause gekommen und sofort ins Bett gefallen. Er war noch nicht einmal in der Lage gewesen, seine Klamotten auszuziehen. Er kam sich vor wie ein alter Opa, während er mühsam Stufe um Stufe erklomm. Dankenswerterweise hatte Mattes die Leitung der Durchsuchung von Sammers Räumlichkeiten übernommen. Nach den Aussagen von Reinstett und der Isenberg war alles ziemlich schnell gegangen. Hoffentlich förderten die Kollegen etwas Brauchbares zu Tage.

Als Erstes musste er sich heute Peter Siebenhausen vorknöpfen, nachdem dieser ihm gestern Abend durch die Lappen gegangen war. Dachte der, er könne sich einfach davonschleichen und damit wäre die Sache erledigt? Dem würde er so lange auf die Füße treten, bis ihm die Zehen bluteten.

Lukas Maier sah nicht weniger übernächtigt aus als er selbst, fiel Carsten beim Betreten ihres gemeinsamen Büros auf. Seine Augen waren glasig, und er wirkte ein wenig fiebrig. Entweder lag es an seiner Erkältung oder an der glorreichen Verhaftung, die er gestern Abend hinter sich gebracht hatte.

»Herzlichen Glückwunsch zur Verhaftung«, gratulierte Carsten.

»Dass Kalli Goebel sich in der Wohnung von diesem Lange verkrochen hatte, war ein ziemlicher Glücksfall«, meinte

Maier bescheiden, als wollte er seinen Triumph nicht weiter auskosten. Doch sein Grinsen war zu breit, als dass es glaubhaft wirkte.

»Wir sollten ihn uns gleich vornehmen, bevor ich mich auf den Weg zu Siebenhausen mache«, schlug Carsten vor.

»Haben wir denn gegen den endlich was in der Hand?«, fragte der junge Polizist hoffnungsvoll.

Carsten warf einen prüfenden Blick auf die Uhr. »Ich hoffe, die Kollegen sind mit der Durchsuchung von Sammers Räumlichkeiten bald fertig und finden etwas, mit dem wir dem Bauunternehmer mal so richtig schön auf die Pelle rücken können. Ansonsten habe ich nur den Pornofilm, mit dem ich ihm drohen kann.«

* * *

Kalli Goebel saß am Tisch, als Carsten und Maier den Verhörraum betraten. Seine Wangen wirkten noch eingefallener als ohnehin schon, und seine Augen waren blutunterlaufen. Die Nacht im Gewahrsam hatte dem jungen Mann nicht besonders gutgetan.

»Guten Morgen«, begrüßte Carsten Goebel junior höflich und nahm gemeinsam mit Maier auf der anderen Seite des Tischs Platz.

Kalli erwiderte den Gruß nicht. Sein Blick wanderte unruhig durch den Raum, als suche er fieberhaft nach einer Fluchtmöglichkeit.

»Wie ich hörte, haben Sie auf Ihr Recht verzichtet, einen Anwalt zu diesem Gespräch hinzuziehen«, vergewisserte sich Carsten.

»Ich habe nichts getan, also brauche ich auch keinen Anwalt«, behauptete Kalli trotzig.

»Falls es die Kosten sind, die Ihnen Sorgen machen …«

Kalli schüttelte energisch den Kopf.

Carsten gab sich geschlagen. Er hatte seiner Pflicht Genüge getan. »Also gut. Ich gebe hiermit zu Protokoll, dass der Verdächtige von seinem Recht auf einen Anwalt keinen Gebrauch machen will«, sprach Carsten in Richtung des Aufnahmegeräts auf dem Tisch. »Anwesend sind der Verdächtige, Karl Goebel junior, Kommissaranwärter Lukas Maier und Kriminalhauptkommissar Carsten Kantner. Also, dann fangen wir mal an. Mein Kollege, Herr Maier, hat Sie gestern Abend in der Wohnung eines gewissen Theodor Lange aufgegriffen.«

Kalli zwang sich, dem Hauptkommissar in die Augen zu sehen. »Ja«, wisperte er und räusperte sich. »Ja«, wiederholte er mit festerer Stimme in Richtung Aufnahmegerät.

Carsten lehnte sich in seinem Stuhl zurück und verschränkte die Arme vor der Brust. »Warum waren Sie dort?«

Kalli zuckte mit den Schultern. »Hatte keinen Bock, nach Hause zu gehen.«

»Ihre Frau hat sich Sorgen gemacht.«

»Mir doch egal.«

»Ja, das merke ich. Wir haben sie übrigens gestern Abend angerufen, um ihr mitzuteilen, dass Sie wohlauf sind. Soll ich Ihnen was sagen? Ihr ist es auch egal.«

»Weswegen halten Sie mich eigentlich fest?«, wollte Kalli nun wissen.

»Das hat der Kollege Maier Ihnen doch bereits gestern gesagt.«

»Ja, aber ich habe nichts von dem getan, was Sie mir vorwerfen. Ich habe meinen Vater nicht umgebracht und auch die Sparkasse nicht ausgeraubt. Das ist doch lächerlich.«

»Also ist es Zufall, dass die Sparkasse überfallen wurde, kurz nachdem bei Ihnen zu Hause ein Geldeintreiber aufgetaucht ist und Ihre arme Frau bedroht hat.«

Kalli starrte den Hauptkommissar verblüfft an. »Davon höre ich zum ersten Mal. Jemand hat Melanie bedroht?« Es klang eher belustigt als besorgt, und allein dafür hätte Carsten dem Kerl gern eine reingehauen.

»Allerdings. Ein Herr osteuropäischer Herkunft.«

Kalli prustete los.

»Was ist daran so lustig?«, wollte Maier wissen.

»Das war bestimmt Theo«, vermutete Kalli. »Der mimt gern den fiesen Russen. Kann er richtig gut. So mit Akzent und allem.«

»Wieso sollte er das tun? Wo sie doch befreundet sind.«

»Keine Ahnung. Er hat mir jedenfalls nichts davon erzählt. Aber jetzt fällt mir gerade was ein.«

Carsten beugte sich in gespieltem Interesse vor und faltete die Hände ineinander. »So, so.«

Kalli nickte eifrig. »Ja, also am Dienstagabend, da war ich ja bei Theo.« Er machte eine kunstvolle Pause.

»Mhm!«, brummte Carsten zustimmend.

»Wir waren ziemlich blau. Also, zumindest ich war ziemlich blau.« Wieder Pause.

Carsten legte den Kopf in den Nacken und richtete den Blick auf die Decke. *Schön durchatmen, genieß die Spannung.* »Und?«

Kalli pochte mit dem Zeigefinger aufgeregt auf die Tischplatte. »Ich kann mich nicht genau an alles erinnern, ist ziemlich verschwommen, aber ich meine, Theo hat mich ausgehorcht wegen der Sparkasse. Wann die ersten Mitarbeiter kommen, wer wo wohnt, wer morgens der Erste ist und so.«

»Sie wollen also behaupten, dass nicht Sie es waren, der die Sparkasse überfallen hat, sondern Theodor Lange.«

Kalli richtete seinen Zeigefinger nun triumphierend auf die beiden Polizisten. »Ja, genau so muss es sein.«

»Wie praktisch für Sie, dass Theodor Lange zurzeit nicht auffindbar ist«, bemerkte Carsten. »Oder haben Sie Ihren Freund unauffällig verschwinden lassen?«

Er musste an das Bild von Kalli in der Wupper denken. Nicht, dass dort in absehbarer Zeit die Leiche von Antons Bruder auftauchte. Mit einem Kanaldeckel an den Füßen.

50

Sophie war den Tränen nahe, als sie ihren Wagen zum wiederholten Mal durch die Friedrich-Ebert-Straße lenkte. Sie kurvte seit gefühlten drei Stunden durch das Luisenviertel, ohne auch nur den Ansatz eines Parkplatzes entdeckt zu haben. Dabei brauchte ihr winziges Auto kaum Platz. Aber noch nicht mal eine halbe Parklücke war in Sicht. Mittlerweile würde sie sich aus lauter Verzweiflung auch ins absolute Halteverbot stellen; doch auf diese Idee schienen bereits andere verfallen zu sein. Was war nur los heute? Hatte sie was verpasst? Die Geschäfte in der Innenstadt waren noch nicht mal geöffnet, und ganz Wuppertal parkte im Luisenviertel? War die vorweihnachtliche Panik über Nacht ausgebrochen?

Es half alles nichts, sie musste tatsächlich die Riesenrunde über die Briller Straße drehen, um auf dem Ölberg nach einer Parkmöglichkeit zu suchen. Das Einbahnstraßengewirr in Wuppertal konnte einen ganz wuschig machen. Mit dem Auto war es unmöglich, vom Luisenviertel zum darüber liegenden Ölberg zu kommen, es sei denn man fuhr außen herum. Und wehe, man verpasste die Straße, in die man wollte, da konnte man aber kilometerweit fahren, bis man sich wieder an seinem Ausgangspunkt befand.

Wie gut, dass Carsten in der Gegend wohnte und sie sich daher hier auskannte. Wer sich diese Straßenführung ausgedacht hatte, dem sollte man den Hintern versohlen, aber gehörig.

Sophie knurrte und schnauzte ein paar andere Autofahrer an, dann lenkte sie ihren Wagen durch die enge Marienstraße, die im oberen Streckenabschnitt ausnahmsweise keine Einbahnstraße war. Wäre in diesem Fall aber wesentlich sinnvoller, denn sie war so schmal, dass man zwischen den rechts und links parkenden Wagen schon ohne Gegenverkehr kaum Platz hatte. Wenn einem dann noch jemand entgegenkam, half nur zu beten oder den Rückwärtsgang einzulegen.

Sie überlegte, wo sie sich am günstigsten hinstellen konnte, um keinen allzu weiten Fußweg zur Mördergrube zu haben. Sie fuhr durch die Charlottenstraße, die Schusterstraße und bog schließlich in die Gertrudenstraße ein. Sie jubelte innerlich, als sie hinter der 90-Grad-Kurve einige freie Plätze entdeckte, und entschied sich für die Lücke, die der Treppe zum Luisenviertel am nächsten war.

Jetzt musste sie nur noch das Tippen-Tappen-Tönchen hinuntersteigen, und dann war es höchstens noch ein Kilometer bis zu ihrem Laden. Eigentlich hätte sie auch zu Fuß von zu Hause aus gehen können, das wäre nicht wesentlich weiter gewesen. Sie stiefelte die verwinkelte Treppe hinunter, die ihren lustigen Namen dem Geräusch zu verdanken hatte, das die in früheren Jahren häufig getragenen Holzschuhe auf ihr machten.

Sophie summte im Takt ihrer Schritte das alte Lied ›Et Lehnchen vom Tippen-Tappen-Tönchen‹, das Omma Lotte ihr früher häufig vorgesungen hatte. Sie freute sich schon auf heute Abend, wenn sie den ganzen Weg im Dunkeln würde zurücklegen dürfen. Noch dazu bei diesem Wetter. Sie spannte ihren großen Stockschirm auf.

**

Carsten fuhr die geschwungene Auffahrt zum protzigen Anwesen der Siebenhausens hinauf und stellte zu seiner Zufriedenheit fest, dass ein schicker schwarzer Mercedes Marke ›Protzklasse‹ vor der Garage stand. Siebenhausen war demnach zu Hause und nicht verduftet oder in seiner Firma, um belastende Akten zu schreddern. Weil es dort nichts zu Schreddern gab? Oder war der Bauunternehmer sich sicher, dass sie nichts gegen ihn in der Hand hatten? Wenn er sich da mal nicht täuschte.

Er stellte seinen in die Jahre gekommenen Ford Escort neben dem Mercedes ab und stieg aus. So einen Dienstwagen hätte Carsten auch gern gehabt. Vielleicht, irgendwann mal, wenn er erst Polizeipräsident war. Er grinste schief. Dazu würde es nie kommen; Diplomatie gehörte nicht zu seinen ausgeprägten Stärken. Und die nötigen Kontakte besaß er auch nicht. Er wurde nicht zu Sammers Pokerabenden eingeladen. Da brächte es eher Maier mit seinem legendären Ex-Superbullen-Papa so weit. *Möge Gott mich davor bewahren!* Wenn sein Assistent sein Boss wurde, würde er lieber gemeinsam mit Sophie eine Detektei gründen.

Er stieg die Stufen zur Eingangstür empor und klingelte einige Male, ehe er von drinnen laute Schritte und eine wütende Stimme hörte. Dann wurde die Tür aufgerissen und Peter Siebenhausens hochroter Kopf kam zum Vorschein.

»Was wollen Sie denn schon wieder? Haben Sie mich noch nicht genug schikaniert?«

Ach was, dachte Carsten, *ich fange doch gerade erst an.* In der großen Empfangshalle standen einige teuer aussehende Gepäckstücke.

»Abhauen ist aber nicht«, meinte der Hauptkommissar und deutete auf die Koffer.

»Keine Sorge, es hat hier niemand vor, sich aus dem Staub zu machen«, knurrte Eva Siebenhausen, die am Fuße der Treppe stand, durch ihre zusammengepressten Zähne.

»Ach so, wer zieht denn aus, Sie oder Ihr Mann?«

»Ich gehe zu meiner Mutter nach Wermelskirchen.«

»Sie sind doch bestimmt nicht hier, um mit uns über unsere familiäre Situation zu diskutieren. Was wollen Sie denn schon wieder?«, fuhr Siebenhausen dazwischen.

»Haben Sie einen Durchsuchungsbefehl?«, krähte eine Kinderstimme von oben.

Ein feistes Kindergesicht tauchte zwischen den Holzstäben des Treppengeländers auf und lugte neugierig nach unten.

»Durchsuchungsbeschluss«, verbesserte Carsten automatisch. »Eine Durchsuchung wird beschlossen, nicht befohlen.«

Lennart gab sich mit dieser Antwort nicht zufrieden. »Und wieso heißt es dann Haftbefehl?«

Darauf wusste Carsten keine Antwort. Warum man eine Verhaftung befahl, aber eine Durchsuchung beschloss, war ihm ebenso ein Rätsel. Doch er war nicht hier, um mit einem neunmalklugen Kind über deutsche Beamtensprache zu diskutieren.

»Müsstest du nicht eigentlich in der Schule sein?«, fragte er und warf einen strengen Blick nach oben.

»Lenny kommt mit mir zu meiner Mutter«, erklärte Eva Siebenhausen muffig. Entweder bedauerte sie den Umstand, zu ihrer Mutter zurückzukehren, oder die Tatsache, dass sie ihren Sohn mitnehmen musste. Carsten tippte auf Letzteres.

»Morgen will ich aber wieder in die Schule«, nörgelte Lenny. »Wir gehen in den Zoo.«

»Geh jetzt in dein Zimmer«, befahl Eva.

Lenny tippte sich an die Stirn. »Jetzt, wo's spannend wird? Nö!« Er setzte sich demonstrativ auf die oberste Stufe.

Siebenhausen wurde es allmählich zu bunt. »Du machst jetzt sofort, was deine Mutter sagt, sonst werde ich ungemütlich«, herrschte er das Kind an und begann, drohend die Treppe hinaufzusteigen. Lenny sprang hastig auf und lief in sein Zimmer. Wenigstens bei dem Kind wirkten Siebenhausens Drohgebärden noch.

Der Bauunternehmer nickte zufrieden und wandte sich Carsten zu. »Was wollen Sie denn nun hier?«, verlangte er zu wissen.

»Ihr alter Schulfreund, Winfried Sammer, hat ein paar interessante Filme in seiner DVD-Sammlung«, meinte Carsten und lächelte. Ein Haifischlächeln, definitiv.

Peter Siebenhausen wurde weiß wie die Wand hinter ihm. Er stützte sich mit einer Hand auf der Kommode ab. Sein Blick flatterte unruhig von Carsten zu seiner Frau und wieder zurück. Dann fasste er sich theatralisch an die Brust, als drohe ihm ein Herzinfarkt.

»Herr Kommissar«, keuchte er. »Ich versichere Ihnen, ich hatte keine Ahnung davon.«

Zumindest nicht in dem Moment, in dem der Film entstanden war. »Sammer hat Sie mit diesen Aufnahmen erpresst«, warf er in den Raum hinein. »Sie mussten ihn bei seinen illegalen Aktivitäten unterstützen.«

Das war im Moment nur geraten. Aber der Hauptkommissar konnte sich nicht unbedingt vorstellen, dass Sammer es nötig hatte, seine *Kunden* um ihr Geld zu erleichtern. Davon hatte er dank seiner Geschäfte, ob nun legal oder nicht, genug. Carsten vermutete vielmehr, dass die Männer, die in dem Bordell ... verkehrten, Sammer Gefälligkeiten erweisen mussten, um sich dessen Schweigen zu sichern.

Siebenhausen legte flehend die Hände ineinander. »Herr Kommissar, ich versichere Ihnen, ich würde nie etwas Illegales tun.«

Außer minderjährige Zwangsprostituierte zu bumsen, dachte Carsten. »Ich weiß. Sammer hat Sie dazu gezwungen.« Wozu auch immer. »Warum haben Sie sich nicht an die Polizei gewandt?«

»Die Aufnahmen sind nicht unbedingt dazu geeignet, sie der Öffentlichkeit zu präsentieren«, entgegnete der Bauunternehmer. »Außerdem hat Winnie ziemlichen Einfluss, auch bei Ihren Kollegen.«

Damit spielte er doch wohl nicht auf den guten Dietmar Reinstett an? Oder gab es in den Reihen der Polizei noch mehr arme Würstchen, die Sammer in der Hand hatte?

»Karl Goebel war mit Ihnen und Sammer befreundet«, lenkte Carsten das Gespräch in eine für seine Ermittlungen relevante Bahn. »Wusste er von den Filmen? Hat er sie ebenfalls erpresst?«

»Karl? Nein, wieso?«, wehrte Siebenhausen ab.

»Goebel hat mir das widerliche Video zum Kauf angeboten«, mischte sich Eva Siebenhausen ein.

»Halt die Klappe, du dumme Kuh«, fuhr ihr Mann sie an.

»Von wegen, auf die Gelegenheit warte ich schon seit Jahren«, entgegnete sie giftig. »Also, Goebel kam letzte Woche mit einer DVD zu mir und wollte Geld. Nachdem er mir den Film vorgeführt hatte, sah ich darin eine Gelegenheit, meinen Mann ein für alle Mal loszuwerden. Ich dachte, ich biete ihm ein Tauschgeschäft an, die DVD gegen meine Freiheit. Und genug Kohle, um sie genießen zu können.

Nicht nur läppische 20.000. Mehr konnte ich Goebel nicht anbieten, aber er schien damit zufrieden zu sein.«

Siebenhausen ballte die Hände zu Fäusten. Beinahe sah es so aus, als wolle er seine Frau schlagen. Doch er hielt sich zurück. Der schöne Schein musste gewahrt bleiben, auch wenn sich ein gigantischer Schatten über die zur Schau gestellte Siebenhausen'sche Idylle ausgebreitet hatte.

»Leider ist die Sache nicht so gelaufen, wie ich es mir vorgestellt hatte«, fuhr Eva Siebenhausen fort. »Peter kam früher als erwartet nach Hause. Jemand hatte ihn wohl gewarnt. Ich konnte die DVD nicht mehr rechtzeitig auf die Festplatte kopieren, bevor Peter sie aus dem Laptop riss.«

»Und damit schnurstracks zu Goebel marschierte, um ihn zur Rede zu stellen«, vermutete Carsten. »Darum ging es also bei dem Streit am Donnerstag.«

»Ein schöner Freund war er«, empörte sich Siebenhausen, als würde das seine Situation verbessern.

»Tja, dann würde ich meine Freunde an Ihrer Stelle in Zukunft sorgfältiger auswählen«, riet Carsten. »Wo waren Sie eigentlich Sonntagabend?«

Siebenhausen wurde rot wie eine Tomate. Er wusste, worauf der Hauptkommissar hinauswollte. »Herr Kommissar, ich gebe zu, dass ich hin und wieder für Sex bezahle. Das ist nicht schön, aber auch nicht illegal. Aber ich habe mich weder am Sonntag in die Schule geschlichen, um Karl aufzulauern, noch habe ich die Ehrhardt-Gonzmann auf dem Gewissen. Das ist doch lächerlich. Karl hat mir versichert, dass die Sache mit den 20.000 Euro erledigt ist. Weswegen hätte ich ihm da noch nach dem Leben trachten sollen? Er hatte nichts mehr gegen mich in der Hand. Und die Ehrhardt-Gonzmann erst recht nicht.«

»Vielleicht haben Sie befürchtet, dass er die DVD kopiert hat«, schlug Carsten als Mordmotiv vor.

Siebenhausen wollte etwas erwidern, doch seine Frau kam ihm zuvor.

»Ich habe da am Montagabend etwas im Kofferraum von Peters Auto entdeckt, das Sie interessieren könnte«, erklärte sie Carsten.

Unter den neugierigen Augen der beiden Männer öffnete sie eine Tür unterhalb der Treppe, hinter der sich eine kleine Abstellkammer verbarg. Würde sie daraus Harry Potter hervorzaubern? Sie räumte eine Golftasche beiseite und kramte eine Tüte aus der Ecke.

»Bei diesem Raum kann ich mir sicher sein, dass Peter ihn nie betritt«, meinte sie und reichte die Tüte an Carsten weiter. »Ich dachte, ich könnte die Sachen gewinnbringend einsetzen, aber bei Ihnen sind sie, glaube ich, besser aufgehoben.«

Carsten öffnete den Plastikbeutel und sah hinein. Siebenhausen, der offenbar keinen Schimmer hatte, was seine Frau aus seinem Kofferraum entwendet haben könnte, versuchte ebenfalls, einen Blick zu erhaschen.

»Goebel wurde doch mit einem Pokal erschlagen, oder?«, wollte Eva wissen.

Carsten nickte abwesend. Das schon, aber der Pokal, der sich zusammen mit einem Paar Lederhandschuhe in der Tüte befand, konnte nicht die Mordwaffe sein. Doch nicht nur Karl Goebel war in jüngster Vergangenheit auf den Kopf geschlagen worden.

»Kommt mein Mann in U-Haft?«, erkundigte sich Eva gespannt.

»Sieht so aus«, erwiderte Carsten.

»Dann kann ich meine Koffer ja wieder auspacken.«

Sie drehte sich um, ohne ihren Mann eines Blickes zu würdigen, und stieg die Stufen zur oberen Etage hinauf.

51

Sophie wollte eben die Ladentür aufschließen, als sie durch die Glasscheibe Philipp Goebel auf die Mördergrube zustürmen sah. Was trieb den so früh am Morgen schon um? Sie öffnete hastig, um ihn hereinzulassen. Nicht, dass er am Ende noch gegen die Glastür prallte. Er war völlig außer Atem.

»Arndt ist weg!«, platzte er ohne eine Begrüßung heraus.

»Wie weg?«, fragte Sophie.

»Na weg!« Er machte eine hilflose Handbewegung. »Franziska, seine Geschäftspartnerin, hat mich angerufen. Sie ist völlig aufgelöst. Er hat das Geschäftskonto leergeräumt und ist getürmt.«

»Von heute auf morgen?«, wollte Sophie wissen.

»Vielleicht hat er es schon länger geplant.«

»Und welchen Grund sollte er haben?«

»Was weiß ich? Vielleicht hat er meinen Vater getötet«, vermutete Philipp.

»Aber was für ein Motiv hat er? Wenn Ihr Vater ihn, wie Sie sagen, dazu gezwungen hat, mit Ihnen Schluss zu machen, muss er doch irgendetwas gegen ihn in der Hand gehabt haben. Etwas, das jemanden dazu veranlasst, dafür zu morden und sich dann abzusetzen. Kommen Sie schon, Sie müssen doch was wissen«, drängte Sophie.

»Nein, ich habe wirklich keine Ahnung«, wehrte er ab. »Ich weiß nur, was Franziska mir gesagt hat, und das war nicht allzu viel. Sie meinte, wenn ich wissen wolle, wieso Arndt mir das angetan hat, solle ich mich an meinen Vater wenden. Aber dazu ist es nicht mehr gekommen.« Er verstummte und sein Blick ging ins Leere.

Sophie dachte nach. Sollte Giercke zu Ohren gekommen sein, dass diese Franziska ihn bei Philipp angeschwärzt hatte, könnte er eilig beschlossen haben, Karl zu töten, bevor sein Sohn mit ihm sprechen konnte. Sie wusste aber immer noch nicht, was der Galerist nun eigentlich verbrochen hatte. Vielleicht verkaufte er gefälschte Bilder oder war ein Meisterdieb, der im Auftrag reicher Kunstliebhaber Museen ausraubte. Wie aufregend!

»Was machen wir jetzt?« Philipp starrte Sophie auffordernd an, als müsste sie auf der Stelle eine Lösung aus dem Hut zaubern.

Sie druckste ein wenig herum. Sie würde wohl nicht umhinkommen, Carsten über alles in Kenntnis zu setzen. Die Sache wurde ihr langsam ein wenig zu heiß.

* * *

Mit stolzgeschwellter Brust koordinierte Lukas Maier die Durchsuchung der Wohnung der Brüder Lange. Keiner der beiden Männer hatte sich in den letzten Stunden in der Nähe des Hauses blicken lassen, informierten ihn zwei Streifenbeamte, die mit der Überwachung der Gegend beauftragt worden waren. Genau das hatte Lukas vorausgesehen. Die Langes würden hier nicht mehr auftauchen.

Die Tatsache, dass Anton Lange bei Vanessa Schneider eingebrochen war und beide Brüder in den Diensten des mittlerweile verhafteten Winfried Sammer standen, hatte ausgereicht, einer Durchsuchung der Lange'schen Räumlichkeiten zuzustimmen. Die von Lukas so heroisch aufgebrochene Tür war noch nicht repariert, so dass die Beamten keine Probleme hatten, in die Wohnung zu gelangen.

Lukas stand im Schlafzimmer des älteren Bruders, während seine Kollegen das Wohnzimmer auf den Kopf stellten. Er warf einen kritischen Blick in den Kleiderschrank, konnte jedoch nichts Verfängliches entdecken.

Nacheinander zog er die Schubladen einer altersschwachen Kommode auf. Außer diversen Pornoheftchen und Computer-Ballerspielen befand sich auch hier nichts Interessantes. Unter Ächzen ließ Lukas sich auf die Knie sinken, um einen Blick unter das Doppelbett zu werfen. Etwa in der Mitte konnte er einen alten Lederkoffer erkennen. Er legte sich auf den Bauch, schob einen Arm unter das Bett und hangelte nach dem Griff. Eine dicke Staubschicht ließ ihn blinzeln, und er musste krampfhaft einen Hustenanfall unterdrücken. Eine Vielzahl von Wollmäusen rollte bedrohlich auf ihn zu, bereit, ihn anzugreifen. Lukas hielt die Luft an. Wenn er die Dinger einatmete, würde er elendig an einer Staublunge krepieren.

Endlich bekam er den Griff zu fassen und zog den Koffer langsam unter dem Bett hervor. Neugierig löste er die beiden Lederriemen und ließ das Schloss aufschnappen. Ein überraschter Pfiff entglitt ihm, als er den Koffer öffnete.

»Was ist?«, fragte ein Kollege, der eben den Raum betreten hatte.

Lukas rückte beiseite und gab den Blick frei. Der Koffer war randvoll mit sorgfältig gebündelten Geldscheinen gefüllt.

»Wenn das mal nicht das geraubte Geld aus der Sparkasse ist, fress ich einen Besen«, meinte Lukas und grinste.

»Den würd ich an deiner Stelle für was anderes verwenden«, entgegnete der Kollege.

Lukas sah an sich herunter. Seine rechte Körperhälfte war grau vom Staub.

»Wir haben auch was Interessantes entdeckt«, bemerkte sein Kollege und ging voran ins Wohnzimmer. Lukas folgte ihm.

»Sieh mal«, meinte der Beamte und deutete auf eine geöffnete Schreibtischschublade.

»Eine Spindel mit CDs«, stellte Lukas unbeeindruckt fest.

»Sorgfältig nummeriert. Wir haben die erste schon eingelegt«, erwiderte sein Kollege und deutete auf einen Laptop.

»Ein Porno.« Lukas war immer noch nicht beeindruckt. Irgendwo musste Anton den Film mit Siebenhausen ja herhaben.

»Mann, sei doch nicht so begriffsstutzig«, stöhnte der Kollege. »Erkennst du den Mann denn nicht?«

Lukas rückte näher an den Bildschirm heran. »Im Moment seh ich nur einen nackten Hintern und den erkenne ich tatsächlich nicht.«

»Kerl, das ist Richter Braun.«

»Und das erkennst du an dessen Arsch?«

»Nein, gerade eben hat er seine Fresse in die Kamera gehalten. Wer weiß, was auf den anderen CDs zu finden ist.«

Der Kollege rieb sich erwartungsvoll die Hände.

* * *

Carsten steckte sein Handy zurück in die Tasche und summte zufrieden eine Melodie. Endlich hatte sich dieser verfluchte Philipp Goebel bei ihm gemeldet. Er wollte sich heute Nachmittag in der Mördergrube mit ihm treffen. Klar! Wo auch sonst? Seine Schwester hätte er am liebsten erwürgt. Da versuchte er tagelang vergeblich, den Burschen ausfindig zu machen, und nun stellte sich heraus, dass der in ihrer Buchhandlung ein und aus ging. Carsten hatte nicht übel Lust, Sophie wegen Behinderung der Ermittlungen einzubuchten. Eine Nacht im Gewahrsam täte dem Früchtchen mal ganz gut. Ein netter Nebeneffekt wäre, dass er sie damit endlich unter Kontrolle hätte.

Er betrat den Verhörraum und legte die beiden Beweismitteltüten vor Siebenhausen und dessen Anwalt auf den Tisch. Siebenhausen starrte angestrengt in eine andere Richtung und sein Anwalt, derselbe, der gestern Abend in Sammers Pokerzimmer so eifrig mit dem Bauunternehmer getuschelt hatte, hob fragend eine Augenbraue.

»Was soll das sein?«, fragte er. »Wollen Sie uns damit etwas Bestimmtes mitteilen?«

»Ich frage mich, wie ein Pokal, der Karl Goebel gehört, in Herrn Siebenhausens Wagen kommt«, antwortete Carsten und schob die Tüten etwas näher in Richtung des Anwalts. Er deutete auf das kleine Schild, das am Sockel des Pokals festgeschraubt und auf dem der Name Karl Goebel eingraviert war.

»Angesichts der neuen Beweislage würde ich mich gern mit meinem Mandanten besprechen«, warf der Rechtsvertreter ein.

»So neu ist die Beweislage für Ihren Mandanten zwar nicht, aber machen Sie nur. Ich werde die Sachen inzwischen zur Untersuchung ins Labor schicken. Das Leder der Handschuhe sieht genauso aus wie die Faserreste, die wir an Goebels Terrassentür gefunden haben. Und ich wette, es finden sich DNA-Spuren meines armen Kollegen Maier auf dem Pokal.«

Carsten schnappte sich die beiden Beutel und schickte sich an, den Raum zu verlassen.

»Warten Sie«, rief Siebenhausen ihm hinterher. »Ich möchte eine Aussage machen.«

Na also, geht doch, dachte Carsten und kehrte zu seinem Stuhl zurück.

»Also, ich gebe zu, dass ich mich am Montagmorgen in Karl Goebels Haus aufgehalten habe«, erklärte er und ignorierte seinen Anwalt, der wild gestikulierte, um ihn am Reden zu hindern.

»Was wollten Sie dort?«, fragte Carsten.

»Na, das Geld zurückholen, natürlich. Reinstett rief mich an, nachdem er Karl gefunden hatte.«

Dieser verdammte Reinstett, dachte Carsten. Wen hatte der eigentlich nicht informiert?

»Ich dachte, es sei eine gute Gelegenheit, mich schnell im Haus umzusehen, ehe die Polizei eintrifft«, fuhr Siebenhausen fort. »20.000 Euro sind schließlich kein Pappenstiel, und wenn ihr Brüder das Geld erst mal in die Finger bekommt, sehe ich es nie wieder.«

Die letzte Ausführung überhörte der Hauptkommissar geflissentlich. »Aber leider sind Sie dort nicht fündig geworden.«

»Leider nicht«, bestätigte Siebenhausen und hob bedauernd die Hände. »So wie es im Haus aussah, war ich auch nicht der Erste, der sich dort umgesehen hat. Ich habe alles abgesucht. Ohne Erfolg.«

Man sah ihm die Frustration darüber jetzt noch an.

»Und als Kommissaranwärter Maier ins Wohnzimmer kam, haben Sie ihm den Pokal über den Schädel gezogen«, vermutete Carsten.

»Ich wusste doch nicht, wer er war. Ich wollte niemanden verletzen, ich wollte nur verhindern, dass man mich sieht. Es war ein Unfall«, fügte Siebenhausen mit Nachdruck hinzu.

Ein Unfall, na klar. Der Pokal war versehentlich auf Maiers Stirn gelandet. Doch offensichtlich meinte der Bauunternehmer es ernst.

»Natürlich ist mir die Ironie der Sache nicht entgangen«, fügte Siebenhausen niedergeschlagen hinzu. »Karl wird mit einem Pokal erschlagen, und ich benutze einen, um diesen Jungen … na ja.«

»Wie sind Sie ins Haus gelangt?«, fragte Carsten, obwohl er die Antwort bereits ahnte.

»Ich habe meinen Wagen auf dem Parkplatz des Sportplatzes hinter dem Haus abgestellt und mich durch die Büsche in den Garten geschlichen. Dann habe ich die Terrassentür eingeschlagen.«

»Die Terrassentür war intakt, als Sie dort ankamen?«, forschte Carsten weiter.

»Natürlich, sonst hätte ich sie ja nicht zerdeppern müssen.«

Hatte Sophie, die alte Spürnase, also den richtigen Riecher gehabt. Der Mörder war mit dem Auto des Opfers in die Garage gefahren und auf diesem Weg ins Haus gelangt. Und der morgendliche Einbrecher, sprich Siebenhausen, hatte mit dem Mord nichts zu tun. Es sei denn, er gab bewusst den Einbruch zu, um von sich als Mörder abzulenken. Sie mussten unbedingt Goebels Wagen auf Spuren untersuchen. Wo war der eigentlich? Er hatte doch eine Fahndung rausgegeben.

»Wo waren Sie Sonntagabend?«, fragte Carsten.

»Herr Kommissar, ich versichere Ihnen noch einmal, dass ich mit den Morden nichts zu tun habe«, wehrte Siebenhausen ab.

Carsten starrte den Verdächtigen finster an. Finster gucken konnte er ausgesprochen gut, das hatte er lange vor dem Spiegel geübt. »Wo waren Sie?«

»Im Club«, gab Siebenhausen zu.

»Im Club von Sammer?«, hakte der Hauptkommissar nach.

Der Mann nickte und sein Anwalt stöhnte auf.

»Wie außerordentlich passend.«

52

Philipp klopfte an die Scheibe der Galerie und presste die Stirn gegen die Glastür, um besser ins Ladeninnere sehen zu können. Franziska kam langsam aus dem Lagerraum. Ihr abweisender Blick wich Erleichterung, als sie ihren Freund erkannte. Sie ging zur Theke und griff in die Schublade darunter, um den Schlüssel hervorzuholen. Dann eilte sie zur Tür, um ihn hereinzulassen. Er hatte das Geschäft noch nicht ganz betreten, als sie sich in seine Arme warf und hemmungslos anfing zu schluchzen. Philipp schob sie behutsam in den Raum zurück und schloss die Tür hinter sich. Er hielt sie mit einem Arm umschlungen und drehte mit seiner freien Hand den Schlüssel im Schloss zweimal herum.

»Er bringt mich um«, wimmerte sie an seiner Schulter.

»Wer? Arndt? Weswegen sollte er das tun?«, fragte Philipp überrascht.

»Nicht Arndt«, schluchzte sie. »Mein Vater!«

Jetzt verstand Philipp gar nichts mehr. Was hatte ihr Vater mit Arndts Verschwinden zu tun? Und warum wollte er seine eigene Tochter umbringen? Franzi erzählte nie viel von ihrer Familie. Er wusste, dass ihre Mutter aus Weißrussland stammte und bei ihrer Geburt gestorben war. Sie war von diversen Gouvernanten großgezogen worden, bis sie alt genug war, um ins Internat abgeschoben zu werden. Von ihrem Vater sprach sie nie. Sie schien sich nicht sonderlich gut mit ihm zu verstehen. Das war einer der Gründe, warum Philipp sich ihr so nahe fühlte. Sie hatten beide Väter, denen die Gefühle ihrer Kinder egal waren. Doch während ihm die Abnabelung im letzten Jahr gelungen war, stand sie offenbar immer noch unter der Fuchtel ihres Erzeugers. Und das bekam ihr nicht sonderlich gut.

»Jetzt komm erst mal«, meinte er und schob sie in den Lagerraum, wo er sie auf einer Holzkiste absetzte und ihr ein Taschentuch reichte. »Und nun erzähl mir die ganze Geschichte.«

Sie nickte ein paar Mal unter Schluchzen, wischte sich die Tränen aus dem Gesicht und putzte sich anschließend geräuschvoll die Nase. Dann begann sie zu sprechen. Es schien, als sei sie erleichtert, sich endlich alles von der Seele reden zu können. Philipps Augen wurden größer, je mehr er erfuhr.

»Du meine Güte«, meinte er, als sie geendet hatte. »Das muss ich erst mal verdauen.«

Er setzte sich neben sie auf die Kiste, die bedrohlich unter ihrer beider Gewicht ächzte. Wo war er da nur hineingeraten?

»Und mein Vater hat die Geschichte verwendet, um Arndt zu zwingen, die Finger von mir zu lassen?«, fragte er ungläubig. Er wusste zwar, dass sein Erzeuger niederträchtig sein konnte, aber so viel Kaltblütigkeit hätte er ihm nicht zugetraut. Die Erpressung war die eine Sache, das konnte er fast noch nachvollziehen. Als Vater wollte Karl verhindern, dass sein Sohn mit einem Kriminellen zusammen war. Doch Franziska da unweigerlich mit hineinzuziehen und zu riskieren, dass die ganze Geschichte auf sie zurückfiel, war einfach das Letzte.

»Er wollte bestimmt nur dein Bestes«, verteidigte sie Karl.

Philipp lachte auf. »Das wäre mal ganz was Neues. Der wollte immer nur das Beste für sich selbst«, erwiderte er bitter.

Franziska dachte nach. Philipp hatte recht. Sie hatte Karl vertraut. Und wie hatte er es ihr gedankt? Er hatte alles, was sie ihm erzählte, eiskalt für seine eigenen Zwecke missbraucht, ohne auch nur eine Sekunde daran zu denken, was es für sie bedeutete. Andererseits hätte er von Arndt wesentlich mehr verlangen können, als nur die Trennung von seinem Sohn. Oder hatte er am Ende mehr verlangt? Sie hatte diesbezüglich nur Arndts Aussage. Was war, wenn er gelogen hatte?

* * *

Christa Kantner, Sophies Mutter, kam mit einer großen Platte frisch belegter Brötchen und ein paar Stücken Kuchen in die Mördergrube. Sophie war gerade mit Frau Hamacher beschäftigt, die seit Neuestem an Krücken ging. Christa sah sofort, dass ihre Tochter ihr Gehirn auf Autopilot geschaltet hatte. Ihre Augen waren glasig, und sie hatte die Wackeldackel-Funktion aktiviert. Sophie stierte wie hypnotisiert ein Regal an und nickte zu allem, was Frau Hamacher erzählte. Was Christa immer wieder erstaunte, war die Tatsache, dass Sophie, auch wenn sie den Eindruck machte, als würde sie keine Sekunde zuhören, meistens jedes Wort wiedergeben konnte, das ihr jeweiliger Gesprächspartner von sich gab. Ihr Gedächtnis war wirklich phänomenal.

Sophie hatte ihre Mutter bemerkt und deutete unauffällig mit dem Kopf in Richtung Teeküche. Christa verstand den Hinweis, sich möglichst unsichtbar zu machen, um nicht auch in den Bann der geschwätzigen Kundin zu geraten, und ging in den hinteren Bereich, um ihre Einkäufe nett herzurichten.

Seit einiger Zeit war es den beiden Frauen zur lieben Gewohnheit geworden, es sich donnerstags, an Roberts freiem Tag, in der Mördergrube gemütlich zu machen. Oder Mama Kantner half ihrer Tochter, wenn ein Kundenansturm im Anmarsch war. Wilhelm, Christas Mann, wurde währenddessen zu seiner Mutter Lotte geschickt, die ein paar Straßen weiter in einem Seniorenheim wohnte. Heute war er sogar bei der Heimleitung eingeladen, weil Omma Lotte einen der Mitbewohner mit einer Fliegenklatsche verdroschen hatte. Was stand dieser Kerl auch immer nachts an Ommas Bett?

Christa schaltete die Kaffeemaschine an und warf einen Blick in den Verkaufsraum, wo Sophie immer noch so tat, als lauschte sie gespannt den wenig interessanten Anekdoten von Frau Hamacher.

»Wissen Sie, junge Frau, mit so einem verstauchten Fuß ist nicht zu spaßen«, sagte die alte Dame gerade und ließ den Plümmel ihrer bunten Mütze wippen. »Mein Bruder hat sich auch mal den Fuß verstaucht, und ehe er sich versah, war der Fuß ab.«

»Ach je«, murmelte Sophie, die aussah, als sei sie gerade ins Wachkoma gefallen. »Das ist ja furchtbar.«

Frau Hamacher bemerkte nichts von Sophies offenkundigem Desinteresse. Das tat sie nie. Sie plapperte munter weiter. »Das war natürlich noch im Krieg. Da haben sie ja alles abgeschnitten, was nicht bei drei aufm Baum war. Aber mit so'nem appen Fuß ist nicht zu spaßen.«

»Das ist wohl wahr, Frau Hamacher«, antwortete Sophie ergeben.

Kurz darauf humpelte Frau Hamacher, unablässig schwatzend, mit ihrem noch nicht *appen* Fuß in Richtung Kasse. Wenige Minuten später verließ die alte Dame, um einige Euro ärmer, mit einer dicken Tüte voller neuer Wälzer das Geschäft. Christa kam mit zwei großen Tellern, auf denen sie ihre ausgewählten Köstlichkeiten arrangiert hatte, aus ihrem Versteck.

»Kaffee ist gleich fertig«, trällerte sie wie eine viel zu gut gelaunte Kellnerin und stellte die Teller auf dem Lese-tisch ab.

»Erwarten wir noch Gäste?«, fragte Sophie und beäugte erstaunt die Massen an Leckereien, die ihre Mutter aufge-tischt hatte. *Wer soll das denn alles essen? Mama sicher nicht, die isst meistens weniger als ein Spatz. Hauptsache, sie kann ihre Familie dick und rund füttern.*

»Ich wusste nicht, wonach dir war, da hab ich von allem etwas mitgebracht«, verteidigte sich Christa.

»Na dann! Ansonsten können wir den Kunden noch et-was anbieten.«

»Nix da!«, meinte Christa entrüstet. »Nachher richten die sich hier noch häuslich ein.«

»Wenn sie dabei ein paar Bücher kaufen, soll es mir recht sein. Na ja, Carsten kommt gleich noch vorbei, der hat ja immer Hunger.«

»Was will Carsten denn hier? Doch sicher keine Krimis kaufen.«

Ihr Sohn hatte eine Aversion gegen jegliche Art von Kri-minalromanen. *Hing wahrscheinlich mit seinem Beruf zu-sammen,* vermutete Christa. Das wäre ja fast so, als würde man sich Arbeit mit nach Hause nehmen, hatte er mal ge-sagt.

Sophie schnappte sich ein Stück Schokoladenkuchen und biss herzhaft hinein.

»Nh, mhm mrmd vnmn«, antwortete sie mit vollem Mund.

»Kind, du spuckst hier alles voll Krümel«, ermahnte ihre Mutter. »Außerdem verstehe ich kein Wort.«

Sophie schluckte den Rest ihres Kuchens hinunter und versuchte es noch einmal. »Nein, er will einen meiner Kun-den vernehmen.«

»Ach so. Ja, das klingt logisch«, meinte Christa verwirrt.

Sophie klärte ihre Mutter über ihren Kunden Philipp Goebel und dessen ehemaligen Liebhaber auf. Christa schüttelte missbilligend den Kopf.

»Also, dass du da jetzt auch noch mitmischst, gefällt mir gar nicht, Kind.«

»Carsten auch nicht«, gab das Kind zu. »Aber ich kann doch nix dafür, wenn der Sohn eines der Opfer zufällig mein Kunde ist. Und mein Mann ein Kollege. Und überhaupt.«

»Ja ja, Ausreden hast du immer.«

Ehe Sophie etwas erwidern konnte, stürmte eine Horde älterer Damen in den Laden, als sei ein neuer Rosamunde-Pilcher-Roman in limitierter Auflage erschienen. Die Damen stürzten sich mit einem begeisterten »Nein, wie entzückend!« auf die Leckereien auf dem Tisch.

53

Theo Lange lehnte sich in Natalias Bett zurück und verschränkte die Arme hinter dem Kopf. Sie hatte ihm letzte Nacht Unterschlupf gewährt, als er völlig außer Atem bei ihr geklingelt hatte. Aber nur für eine Nacht, hatte sie betont und dann die Hand aufgehalten. Er hatte ihr seine letzten Kröten geben müssen, damit sie ihn hereinließ. Schließlich hatte sie Verdienstausfall, wenn er bei ihr pennte. Sie war keins von Sammers Mädchen, sie verkaufte ihren Körper freiwillig.

Wie lange würden die Bullen wohl brauchen, um ihn aufzuspüren? Das war verdammt knapp gewesen gestern Abend. Er war nur kurz zum nächsten Büdchen gelaufen, um neuen Schnaps zu besorgen. Als er zurückkehrte, sah er gerade noch, wie Kalli in Handschellen abgeführt wurde.

Er hatte sich rasch hinter ein paar Büschen verkrochen und gewartet, bis der kleine Bulle und Kalli weggefahren waren. Quasi zeitgleich hielt ein Streifenwagen vor dem Haus. Da hatte er lieber das Weite gesucht.

Er hatte vorgehabt, eine Weile im Club unterzutauchen, doch auch dort hatte es von Polizisten nur so gewimmelt. Der Kioskbesitzer, bei dem er erst vor einer Stunde seinen Alkoholvorrat aufgefüllt hatte, stand draußen, um sich das Spektakel anzusehen. Er berichtete einer Oma mit Gehstock, das sei bestimmt die längst überfällige Razzia. Deswegen waren sie also bei ihm aufgetaucht. Warum hatte Sammer ihn nicht gewarnt? War er selbst ahnungslos gewesen? Hatte der Polizeifunk dieses Mal nicht funktioniert?

Was würden die Bullen wohl zu dem Koffer mit der Kohle sagen, den er unter seinem Bett versteckt hatte? Es stand außer Frage, dass sie ihn entdecken würden, wenn sie seine Bude erst auseinandernahmen. Mann, das Geld hätte locker ausgereicht, um sich schön gepflegt nach Mallorca abzusetzen und ein neues Leben zu beginnen. Ohne Sammer und ohne Anton. Jetzt war alles futsch. Er konnte froh sein, überhaupt davongekommen zu sein. Kalli hatte da weniger Glück gehabt.

Er hatte ihn in einer der Spielhöllen von Sammer kennengelernt. Der Knabe war fast jeden Abend da, und so war er Theo irgendwann aufgefallen. Nachdem er Melli am Montag kennengelernt hatte, oder sie ihn, wie auch immer man das sehen wollte, war ihm klargeworden, warum Kalli die Abende nicht zu Hause verbrachte. Vom Zocken hatte er allerdings noch weniger Ahnung als von Frauen. Dafür war er ziemlich vertrauensselig und geschwätzig. Treuherzig hatte er seinem neuen besten Freund erzählt, wo er arbeitete. Theo hatte sofort geahnt, dass sich dieser Umstand mal als nützlich erweisen würde. Großzügig hatte er ihm Kredite eingeräumt und auf den Tag gewartet, an dem die Schulden Kalli über den Kopf wuchsen.

Um Sammers vermeintlichen Forderungen Nachdruck zu verleihen, war er dann am Montag als gemeingefährlicher Russe bei Melli aufgetaucht. Auf diese Weise hoffte er, Kalli genug Angst einzujagen, um ihm Informationen über die Sparkasse entlocken zu können.

Doch die Aktion war völlig unnötig gewesen, denn Montagnacht stand Kalli plötzlich vor seiner Tür und heulte ihm die Ohren voll. Der dämliche Kerl hatte sich schon wieder verzockt. Hilfsbereit wie Theo nun einmal war, gewährte er Kalli Zuflucht. Am Dienstagabend, nach etlichen Gläsern Schnaps, konnte er dem Dummkopf endlich die Adresse des Filialleiters entlocken.

Nachdem Kalli ins Schnapskoma gefallen war, fuhr Theo in dessen Wagen nach Beyenburg und bezog Posten vor dem Haus des Mannes. Der Filialleiter war sehr kooperativ gewesen, als er das Messer in seinem Rücken spürte. Alles war genau nach Plan verlaufen. Einfach perfekt. Er hätte ahnen müssen, dass es viel zu einfach gewesen war und das dicke Ende nicht auf sich warten lassen würde.

Irgendjemand musste Sammer verpfiffen haben. Aber wer? Die Erkenntnis traf Theo wie ein Blitzschlag. Anton! Ja sicher, es konnte gar nicht anders gewesen sein. Sein Bruder war schon seit Wochen aufmüpfig und widerspenstig. Theo hatte doch geahnt, dass der etwas im Schilde führte. Er hätte besser auf ihn aufpassen, ihn keine Sekunde aus den Augen lassen sollen. Wo war der Bursche überhaupt abgeblieben? Noch bei den Bullen? Hatten die ihn in ein Heim gesteckt? Das würde Anton nicht mit sich machen lassen.

Theo dachte einige Minuten angestrengt nach. Er musste diesen miesen, kleinen Verräter unbedingt ausfindig machen. Dem würde er eine Abreibung verpassen, die er nicht so schnell vergaß. Er überlegte, wo er mit der Suche beginnen sollte. Einer plötzlichen Eingebung folgend, fischte er nach seiner Jeans, die er vor das Bett geworfen hatte. Er kramte einen zerknüllten Zettel aus der Hosentasche. Wie gut, dass er Antons Klamotten immer so akribisch filzte. Vielleicht würde er bei der Adresse eine Antwort auf seine Frage finden.

* * *

»Hey, Paula, bist du wieder okay? Du bist so still«, fragte Ben seine Kollegin besorgt.

Er hatte sich gestern nach ihrem Ausbruch in der Eisdiele große Sorgen um seine Kollegin gemacht. So aufbrausend kannte er sie gar nicht. Irgendetwas gärte in ihr und wartete darauf, ans Licht zu kommen.

Sie sah überrascht auf, als habe sie Ben bis dahin noch gar nicht bemerkt.

»Was?«

»Was mit dir los ist, will ich wissen.«

»Na, geht dir die ganze Sache nicht an die Nieren? Erst Karl, dann Barbara? Wer weiß, wen von uns der Killer als Nächstes auf der Liste hat.«

Ben erschrak. Hatte Paula womöglich recht, und sie alle schwebten in Gefahr? Carsten hatte ja auch so etwas angedeutet. Aber dann hätte er ihnen doch Polizeischutz zur Verfügung gestellt. Hoffte Ben wenigstens. Am Ende war das für seinen Schwager eine willkommene Gelegenheit, ihn loszuwerden. Ach nein, bestimmt nicht. Dafür verstanden sie sich zu gut. Oder? Bei Carsten wusste man nie so recht.

»Ja, ich grüble auch schon die ganze Zeit darüber, wer die beiden ermordet haben könnte und warum«, erwiderte er. »Aber mir scheint, du machst dir noch ganz andere Gedanken. Ich meine, die Sache gestern. Das war doch nicht nur wegen Elkes Taktlosigkeit.«

Die Lehrerin hob resigniert die Arme und zog die Nase hoch. Sie wischte sich eine Träne aus dem Augenwinkel.

»Ja weißt du, also, Karl und ich, na ja, ach, ist ja auch egal.« Sie schniefte und fischte in ihrer Hosentasche nach einem Taschentuch.

Ben hielt ihr automatisch eine Packung Tempo hin. Als Grundschullehrer war er in diesen Dingen allzeit bereit.

»Willst du damit andeuten, du hattest was mit Karl?«, fragte er ungläubig. So ziemlich alles hätte er sich vorstellen können, aber diese Bilder wollten ihm lieber nicht in den Kopf.

Paula schluchzte in ihr Taschentuch. Sie drehte sich zur Wand, damit niemand sie beobachten konnte. Nicht auszudenken, wenn Elke in diesem Moment etwas bemerkte. Doch ihre Kollegin war schon den ganzen Vormittag geistig abwesend und schien ihren eigenen Gedanken nachzuhängen.

»Es ist schon einige Zeit her«, meinte sie leise.

»Aber du hast ihn noch geliebt«, vermutete er. Warum sollte sie sonst so durch den Wind sein?

»Nein!«, erwiderte sie entrüstet. »Es geht um was völlig anderes. Ich überlege schon die ganze Zeit, was ich machen soll. Ich meine, es hat nichts mit dem Mord zu tun, aber ...«

»Aber?«

»Na ja, vielleicht ist es an der Zeit, dass die Wahrheit endlich ans Licht kommt.«

54

Lukas saß seit gefühlten Stunden in dem kleinen Kabuff, das man großzügig als Technikraum bezeichnete, und starrte missmutig auf den Bildschirm. Er sollte da draußen auf Mörderjagd sein, stattdessen hatte Kantner ihn dazu abkommandiert, sich diese widerwärtigen Pornos anzugucken, die sie bei Theodor Lange sichergestellt hatten. Theodor Lange, der immer noch frei herumlief.

Lukas fragte sich, was Kantner sich von der Sichtung der DVDs versprach. Er hatte den Verdacht, dass der Hauptkommissar ihn auf diese Weise mal wieder loswerden wollte. Kaltgestellt hatte er ihn. Die Videos hätte genauso gut ein Mitarbeiter der KTU sichten können.

»Bei Ihnen kann ich mir sicher sein, dass Sie währenddessen nicht an sich herumspielen«, hatte Kantner am Telefon gemeint.

Sollte das etwa ein Kompliment sein? Oder dachte Kantner, Lukas wäre schwul? Das war er nicht, trotzdem hatte der Hauptkommissar recht mit seiner Vermutung, bei diesen Filmen regte sich bei ihm unterrum gar nichts. Im Gegenteil, er hatte das Gefühl, dass der kleine Lukas angewidert den Kopf einzog. Und das, obwohl seine letzte Beziehung – zu einer Frau, wohlgemerkt – schon so lange zurücklag, dass er nur noch eine vage Ahnung davon hatte, wie das mit dem Sex überhaupt ging. Trotzdem stand er nicht auf Pornos, schon gar nicht auf solche, die verschwitzte, alte Männer mit Schwabbelbäuchen zeigten, die wie Tiere über junge Mädchen herfielen. Mädchen, die von ihren Vätern, Brüdern oder Onkeln für ein paar Rubel an skrupellose Schlepperbanden verschachert worden waren, oder die ihre Heimat und ihre Familien freiwillig verlassen hatten, in der Hoffnung auf ein besseres Leben in der

Ferne. Gelandet waren sie in der Hölle. Wenn er darüber nachdachte, dass all die Mädchen, die er hier sah, zu den sexuellen Handlungen gezwungen wurden, kam ihm die Galle hoch. Den Freiern war es scheißegal, ob die Mädchen freiwillig mitmachten oder nicht. Vergewaltigungen waren das, allesamt.

Wenn es nach ihm ginge, sollte man die Kerle einbuchten oder abschieben. Aber nach ihm ging es ja nicht. Es ging nie nach ihm. Stattdessen wurden die armen Frauen wie Verbrecherinnen behandelt, weil sie es gewagt hatten, sich illegal in Deutschland aufzuhalten.

Oh, der Drecksack auf dem Bildschirm war offensichtlich fertig. Lukas nahm die DVD aus dem Computer und schob die Nächste hinein.

»Vielleicht entdecken Sie ja was Interessantes«, hatte Kantner sich verabschiedet.

Arschloch! Gut, Lukas hatte den einen oder anderen Dezernenten aus dem Rathaus erkannt, das wäre aber nur dann interessant, wenn er sich ein zweites Standbein als Erpresser aufbauen wollte. Das hatte er eigentlich nicht vor. Kantner glaubte doch nicht ernsthaft, dass sich aus diesem Schweinkram ein Mordmotiv herauskristallisieren würde. Höchstens, wenn Lukas den Hauptkommissar aus Wut erwürgte. Könnte man dann mildernde Umstände geltend machen?

Die Protagonisten des neuen Films hatten mittlerweile losgelegt. Lukas sparte sich das Hinsehen und spielte stattdessen eine Runde Tetris auf seinem Smartphone.

Er zuckte zusammen, als er einen Schrei hörte, gefolgt von einem Klatschen.

»Stell dich nicht so an, du dummes Stück«, sagte ein Mann, und es klatschte noch einmal.

Lukas erstarrte. Die Stimme kannte er. Er wagte kaum, auf den Bildschirm zu schauen. Schließlich riskierte er doch einen Blick. Scheiße, er hatte sich nicht getäuscht. Der Mann bewegte sich rhythmisch auf dem Mädchen auf und ab, während er es immer wieder ohrfeigte. Dieser nackte Arsch kam ihm tatsächlich bekannt vor. Die Tetris-Bausteine purzelten in immer schnellerer Folge übereinander, und schließlich erschienen die Worte Game Over auf dem Handydisplay. Er bemerkte es nicht. Gebannt starrte er auf den Computermonitor.

»Na sieh einer an«, murmelte er.

Es überraschte ihn nicht unbedingt, dass der Mann die junge Frau misshandelte, etwas anderes hätte er von ihm nicht erwartet. Doch den Beweis dafür quasi in Händen zu halten, erfüllte Lukas mit einer nie dagewesenen Zufriedenheit. Als guter Sohn hätte er die DVD natürlich verschwinden lassen müssen. Aber er war es leid, ein guter Sohn zu sein. Es hatte ihn im Leben nicht weit gebracht, immer alles nur seinem Vater zuliebe getan zu haben. Der Alte ließ ihn nach wie vor spüren, dass Lukas in seinen Augen eine einzige Enttäuschung darstellte.

Er dachte nach. Sollte er den Film ins Computernetzwerk des Präsidiums einspeisen, damit jeder Kollege das Machwerk morgen früh als Erstes auf seinem Monitor erblickte? Oder sollte er es direkt auf Youtube stellen? Wo jeder sehen konnte, was der legendäre Ex-Superbulle Ludwig Maier in seiner Freizeit trieb? Dann würde die Welt ihren Helden endlich mit anderen Augen sehen. Dann würde jeder erkennen, wer sein Vater wirklich war. Ein brutaler Mistkerl, der sich nur für sich selbst interessierte.

Er stoppte den Film und nahm die DVD aus dem Computer. Bevor er etwas unternahm, was er später vielleicht bereute, musste er erst darüber nachdenken. Nur nichts überstürzen, der Film lief ihm nicht weg. Er packte die DVD in eine Plastikhülle und verstaute sie sicher in seiner Jackentasche.

***

Als Carsten mit einiger Verspätung endlich bei der Mördergrube ankam, strömte gerade eine Busladung alter Damen fröhlich schwatzend heraus. Seine Schwester und seine Mutter – was machte die denn um Himmels willen hier? – hingen ermattet in den beiden Sesseln der Leseecke. Beim Bücherregal mit den Neuerscheinungen stand ein junges Pärchen.

»Tag die Herrschaften«, begrüßte er die Anwesenden und deutete eine kleine Verbeugung an.

»Hallo«, hauchte Sophie und hob schlaff die rechte Hand.

»Na, Schwesterherz, was ist denn mit dir los? Musstest du zur Abwechslung mal arbeiten?«, fragte Carsten und tätschelte ihr den Kopf.

»Ha ha! Da wollte ich dich mal sehen, wenn sich hundert Ommas auf dich stürzen«, erwiderte sie.

»Freu dich doch«, meinte Carsten und wandte sich dann den beiden Besuchern zu. »Hallo nochmal. Ich bin Hauptkommissar Kantner.«

»Hallo«, meinte der junge Mann. »Philipp Goebel.«

»Ich geh dann mal, oder braucht ihr mich noch?«, verkündete Christa zu Carstens Erleichterung.

»Nee, ist schon okay, schön, dass du da warst«, erwiderte er.

Christa verstand zwar nicht ganz, warum ihr Sohn das jetzt schön fand, beließ es aber dabei. Sie verabschiedete sich von ihren Kindern und machte sich auf den Weg zu

Omma Lotte, um ihren Mann einzusammeln.

»So, Herr Goebel, nun zu Ihnen«, meinte der Hauptkommissar. »Sie haben sich also endlich dazu durchgerungen, mit mir zu reden?«

»Ja«, antwortete Philipp Goebel schlicht. »Sophie meinte, es sei das Beste.«

Ja, wenn Sophie das meinte, dann war das wohl so. Carsten grummelte etwas Unverständliches in seinen Bart.

»Es ist nämlich so, mein Ex-Freund ist verschwunden.«

»Giercke? Er ist verschwunden?« Carsten wollte die Hände über dem Kopf zusammenschlagen. Kaum hatten sich die Brüder Goebel eingefunden, war der nächste potentielle Verdächtige verschollen.

»Er bringt mich um«, heulte die junge Frau neben Philipp.

»Wer? Giercke?« Carsten kam so langsam nicht mehr mit.

»Nein«, flüsterte sie. »Mein Vater.«

»Wer sind Sie eigentlich?«

Sie schluchzte ein paar Mal, zog ein Taschentuch aus ihrer Handtasche und schnäuzte sich ausgiebig die Nase. Den Blick auf den Boden gesenkt antwortete sie: »Franziska Sammer.«

»Ach herrje«, war das Einzige, das Carsten dazu einfiel.

»Nun sag Herrn Kantner schon alles, was du weißt«, forderte Philipp seine Freundin ungeduldig auf. Er wollte die ganze Sache endlich hinter sich bringen.

Sie begann wieder zu schluchzen. »Na, weil Arndt doch mit seinem Geld durchgebrannt ist. Am Dienstagabend hat ein Bote Arndt Geld gebracht. Und mit diesem Geld und dem, was noch auf dem Konto war, hat sich der Arsch aus dem Staub gemacht.«

»Hat Ihr Vater ihm das Geld für ein Bild gegeben?«, fragte Carsten erstaunt.

»So kann man es auch nennen«, erwiderte sie und lachte bitter auf. »Es geht um Geldwäsche. Sie machen das schon eine ganze Weile. Mein Vater gibt ihm Bargeld, bekommt dafür pro Forma irgendeinen wertlosen Schinken, den er anschließend wieder an Arndt verkauft. Abzüglich einer Provision natürlich. Mein Vater hielt den Laden für eine gute Tarnung. Weil Arndt gerade auf der Suche nach einer Geldquelle war, wurde ich als Teilhaberin eingeschleust. Nach einigen Wochen kam mein Vater dann *zufällig* vorbei und unterbreitete Arndt ein Angebot, das er nicht ablehnen konnte.«

Vor Carstens geistigem Auge erschien Marlon Brando.

»Mein Vater hat Wind von der Sache bekommen und Arndt dazu genötigt, sich von mir zu trennen«, fügte Philipp hinzu.

»Woher wusste Goebel von Sammers und Gierckes Geschäften?«, wollte Carsten wissen. »Die beiden werden ihm das wohl kaum unter die Nase gerieben haben.«

»Ich hab es Karl erzählt. Ich dachte, er kann mir helfen«, erklärte Franziska und ignorierte Philipps verächtliches Schnaufen. »Ich hab ihn im Club kennengelernt. Er war immer so nett zu mir. Ich hatte gehofft, er wüsste einen Weg, wie ich aus dem ganzen Schlamassel rauskomme. Dass er sein Wissen benutzt, um Arndt zu erpressen, hätte ich nie vermutet.«

»Er hat eben immer alles zu seinem eigenen Vorteil genutzt«, meinte Philipp. Seine Verachtung für seinen Vater war beinahe mit Händen greifbar. »Klar war er nett zu dir. Hast du mal in den Spiegel geguckt? Der wollte dich nur in die Kiste kriegen, der machte doch vor nichts Halt. Nicht mal vor der Tochter eines Freunds.«

Franziskas Augen füllten sich wieder mit Tränen.

»Wussten Sie auch, dass Kalli Goebel Schulden bei Ihrem Vater hatte?«, fragte Carsten.

Sie schüttelte energisch den Kopf. »Um Himmels willen, nein«, erwiderte sie. »Davon habe ich erst letzte Woche erfahren. Karl hatte mir eine DVD mit ... brisantem Material geklaut.«

So also war Goebel an die Aufnahme von Siebenhausen gelangt. Damit wäre auch diese Frage geklärt.

»Ich habe die DVD heimlich aus dem Safe meines Vaters genommen«, erklärte Franziska. »Ich wollte Karl zeigen, was für widerliche Arschlöcher seine Freunde sind. Später habe ich dann festgestellt, dass sie aus meiner Tasche verschwunden war.«

»Darauf war ein Film von Peter Siebenhausen und einer jungen Frau«, sagte Carsten.

Franziska nickte, erstaunt darüber, dass der Kommissar bereits davon wusste. »Richtig. Mein Vater hat ihn damit erpresst, nachdem der sich zunächst geweigert hatte, ihn bei seinen dubiosen Geschäften zu unterstützen. Das macht er immer so.«

»Das wissen wir schon.«

Sophie wusste es noch nicht, sie saß mit offenem Mund da und kam aus dem Staunen nicht mehr heraus. Wo war sie denn hier gelandet, in *Der Pate*, Teil vier?

»Als mein Vater bemerkte, dass die DVD fehlte, hat er mir eine ganz schöne Abreibung verpasst.« Sie deutete auf ihr rechtes Auge, das bei näherem Hinsehen von einem blauen Schatten umrandet war. »Ich sollte sie zurückholen, aber Karl erklärte mir, er hätte sie verkauft, um Geld für seinen Sohn zu beschaffen.«

Carsten schüttelte den Kopf, angesichts der Tatsache, dass Goebel derart tief gesunken war, die Notlage eines verzweifelten Mädchens auszunutzen. Sammer hätte seiner Tochter Schlimmeres antun können, als ihr nur ein Veilchen zu verpassen. Was schlimm genug war. Doch das schien dem Schulleiter egal gewesen zu sein. Und das Geld hatte er Kalli auch nicht gegeben. Weil er nicht mehr dazu gekommen war? Oder hatte er es sich in letzter Sekunde anders überlegt?

»Warum hat Giercke sich ausgerechnet jetzt aus dem Staub gemacht?«, wollte er wissen.

»Weiß nicht«, schniefte Franziska. »Vielleicht, weil *sie* gestern bei ihm rumgeschnüffelt hat.« Sie deutete anklagend auf Sophie.

»Du hast was?« Carsten fuhr herum.

Sophie setzte eine Unschuldsmiene auf. »Ich wollte ein Bild kaufen, für übers Sofa«, entgegnete sie lahm.

»Das glaubst du doch selbst nicht. Darüber sprechen wir noch.«

Gewahrsam, dachte er. *Das Früchtchen gehört definitiv in Gewahrsam.*

55

Nachdem Carsten und Franziska gegangen waren, saß Sophie gemeinsam mit Philipp in der Mördergrube. Sie konnte immer noch nicht fassen, was sie soeben gehört hatte.

»Wussten Sie von diesem ganzen Zeug?«, fragte sie den jungen Mann. »Die Geldwäsche und so?«

»Nun«, begann er zögernd, »mir war natürlich klar, dass Arndt irgendetwas angestellt haben musste. Mit irgendwas musste mein Vater ihn in der Hand gehabt haben, das haben Sie ja selbst gesagt. Aber so etwas hätte ich mir in meinen kühnsten Träumen nicht vorgestellt. Ich dachte, Arndt hätte vielleicht einen Kunden übers Ohr gehauen oder die Versicherung beschissen.«

Sophie hätte die Idee mit dem Meisterdieb gut gefallen, aber man konnte nicht alles haben.

»Wo könnte er hin sein?«, wollte sie wissen.

»Keine Ahnung. Wahrscheinlich aalt er sich mit dem Geld irgendwo in der Karibik. Ehrlich, ich weiß es nicht.«

»Glauben Sie wirklich, er hat Ihren Vater getötet? Und Barbara?«

Philipp sinnierte einige Sekunden und schüttelte dann den Kopf. »Ich kann ihn mir eigentlich nicht als kaltblütigen Mörder vorstellen. Er ist zwar ziemlich geldgeil, aber so was ist nicht sein Stil. Ich wüsste auch gar nicht, woher er Frau Ehrhardt-Gonzmann kennen sollte. Oder sie ihn.«

Wuppertal war kleiner als man dachte, das hatte der Fall bisher mehr als deutlich gezeigt. Sophie konnte sich zwar auch nur schwer vorstellen, wo Barbara und Giercke zusammengetroffen sein könnten, aber in den letzten Tagen waren seltsamere Dinge passiert, als dass man diese Möglichkeit einfach ausschließen sollte. Und jetzt war der Galerist verschwunden. Carsten war deswegen ziemlich sauer auf sie. Als sei es ihre Schuld. Na ja, ein bisschen vielleicht. Blieb nur zu hoffen, dass man ihn bald finden würde, sonst buchtete ihr Bruder sie noch ein. Sozusagen als Ersatz.

**

Langsam geht uns der Platz im Gewahrsam aus, dachte Carsten, als er ins Präsidium zurückkehrte. Da hatte Sophie nochmal Glück gehabt, dass für sie keine Zelle mehr frei war. Aber war er dem Mörder auch nur einen Schritt nähergekommen? Er hatte nicht das Gefühl.

Er schleppte das Whiteboard, auf dem der bisherige Stand der Ermittlungen vermerkt war, aus dem Konferenzraum in sein winziges Büro und postierte es vor der Wand gegenüber seinem Schreibtisch. Nachdem er die neuesten

Erkenntnisse darauf eingetragen hatte, setzte er sich auf die Tischplatte und betrachtete die Tafel.

Alle Fäden liefen bei Sammer zusammen, stellte er fest. Elke Isenberg, die mit beiden Männern ein Verhältnis gehabt hatte. Siebenhausen, der in dunkle Geschäfte mit Sammer verwickelt war. Giercke, der in seinem Laden die illegale Kohle porentief reinwusch. Kalli, der in Sammers Spielhöllen einen Haufen Schulden gemacht hatte, die er nicht zurückzahlen konnte. Nicht zu vergessen Reinstett, der seinen alten Kumpel Winnie schön brav über sämtliche Polizeiaktionen auf dem Laufenden hielt. Und Goebel hatte von all dem gewusst. Jeder von ihnen hätte ein Motiv gehabt, den Schulleiter aus dem Weg zu räumen. Hatte einer von ihnen seinen Wunsch in die Tat umgesetzt?

Siebenhausen? Carsten war tatsächlich geneigt, dessen Version zu glauben. Er hätte sich gleich denken können, dass ein Mörder nicht so blöd sein würde, die ganze Nacht im Haus des Opfers zu verbringen, um dann fast der Polizei in die Arme zu laufen. So dämlich konnte nicht einmal der Bauunternehmer sein.

Kalli stritt die Morde vehement ab, und auch Carsten konnte sich nur schwer vorstellen, dass der Junge derart ausgerastet war, weil sein Vater ihm kein Geld leihen wollte. So viel Eigeninitiative passte nicht zu ihm. Der brauchte jemanden, der ihm sagte, wo es langgeht. Seine Alibis für die Mordnächte waren allerdings mehr als dünn. Vielleicht waren bei ihm doch die Sicherungen durchgebrannt.

Sammer hatte natürlich für beide Nächte wasserdichte Alibis aus dem Hut gezaubert. Doch ein Mann wie er würde sich die Hände nicht selbst schmutzig machen. Vielleicht hatte er Theodor Lange geschickt, um die Probleme für ihn zu lösen. Doch ein Auftragsmörder würde seine Opfer nicht mit den erstbesten Gegenständen erledigen, die zufällig herumlagen. Der kam vorbereitet zu einem Mord. Außerdem hätten weder der Schulleiter noch die Lehrerin einem Kerl wie ihm bereitwillig die Tür geöffnet.

Warum war Giercke so plötzlich verschwunden? Doch wohl nicht, weil Sophie sich in seinen Laden verirrt hatte. War ihm das Pflaster in Wuppertal zu heiß geworden? Und das bei dem Wetter. Oder war er für die Morde verantwortlich? Aber woher kannte er Barbara Ehrhardt-Gonzmann? Und was hatte die gewusst? Carsten konnte die Teile drehen und wenden, wie er wollte, die Lehrerin passte einfach nicht in das Puzzle.

Was übersah er?

Es klopfte, und Paul Mattuschek steckte den Kopf zur Tür herein. *Und täglich grüßt das Murmeltier.* »Ich bringe dir Besuch mit«, verkündete er.

Mattes machte den Weg frei für eine dünne, kleine Frau, die nur zögerlich näher kam.

»Mein Name ist Paula Vogel«, stellte sie sich vor. »Ich bin Lehrerin an der Grundschule in Beyenburg. Ich müsste Ihnen da was erzählen.«

* * *

Franziska hockte im Lagerraum der Galerie und wusste nicht, ob sie lachen oder weinen sollte. Die Entscheidung fiel wirklich schwer, also tat sie beides. Sie lachte und heulte, bis ihr der Bauch wehtat. Sie konnte nicht glauben, dass nun alles vorbei war. Ihr Vater war im Gefängnis, Arndt von der Bildfläche verschwunden, und sie war endlich frei. Die unsichtbaren Fesseln, die ihr Vater ihr angelegt hatte, hatten sich in der Sekunde gelöst, als sie dem Hauptkommissar ihre Geschichte erzählt hatte. Es war weniger schlimm gewesen als befürchtet. Weshalb sie nicht schon längst zur

Polizei gegangen war, konnte sie sich im Nachhinein selbst nicht erklären. Sie hoffte nur, dass man ihrem Vater genug nachweisen konnte, um ihn für viele Jahre wegzusperren. Er hatte es mehr als verdient.

Eigentlich hatte sie ihn nie richtig gekannt. Er war in ihrem Leben nicht wirklich präsent gewesen. Sicher, er tat alles, damit sie ordentlich aufwuchs. Sie hatte Gouvernanten gehabt, die sich um sie kümmerten, doch er war nur selten zu Hause gewesen, in der großen Villa vor den Toren Frankfurts.

Ihr Vater sei ein wichtiger Geschäftsmann, erzählte man ihr. Er habe viele Jahre in Weißrussland gelebt, wo er auch ihre Mutter kennengelernt hatte, und nach seiner Rückkehr ein Imperium aufgebaut. Ein Imperium, das auf der Ausbeutung verzweifelter Mädchen fußte, die er aus Weißrussland importierte. Mädchen, denen in ihrem Heimatland versprochen wurde, dass es im goldenen Westen Arbeit im Überfluss für sie geben würde. Dass es bei dieser Arbeit darum ging, zahllosen Männern sexuell zu Diensten zu sein, erfuhren sie erst, nachdem man sie nach Deutschland geschmuggelt und ihnen die Pässe gestohlen hatte. All das verschwieg man ihr natürlich; davon erfuhr Franziska erst Jahre später.

Als sie alt genug war, wurde sie in ein Internat abgeschoben. Ihren Vater sah sie, wenn überhaupt, nur noch in den Ferien. Sie war nicht traurig darüber. Irgendwie hatte er ihr schon immer Angst eingejagt. Daran hatte sich bis heute nichts geändert. Nach dem Abitur begann sie auf seinen Wunsch – eigentlich eher auf seinen Befehl – hin ein Wirtschaftsstudium.

Sie wusste nicht, was genau geschehen war, aber das Pflaster in Frankfurt wurde zu heiß für Winfried Sammer.

Er hatte es natürlich anders formuliert. Ihm sei nach Veränderung und Frankfurt nicht mehr das, was es mal war. Ihm schwebte ein Neuanfang in seiner Heimatstadt vor, und Franziska, die gerade ihren Uni-Abschluss in der Tasche hatte, sollte ihn begleiten. Widerspruch war da zwecklos. Winfried Sammer bekam immer seinen Willen.

Der Umzug nach Wuppertal war natürlich nicht wirklich ein Neuanfang, er machte einfach dort weiter, wo er in Weißrussland begonnen und in Frankfurt aufgehört hatte. Mit Erpressung, Prostitution und Menschenhandel. In irgendeiner Frankfurter Zeitung hatte er einen Artikel über seinen alten Kumpel Peter Siebenhausen entdeckt, der ziemlich dick in der Baubranche verdiente. Ohne es zu ahnen, sollte er Winfried bei seinem Neustart helfen. Zur Tarnung hatte ihr Vater seine alte Clique zusammengetrommelt. In Wahrheit ging es ihm allein um den Bauunternehmer und dessen Beziehungen und Kontakte.

Winfried kannte Siebenhausens Vorliebe für junge, unverbrauchte Mädchen und beschaffte ihm welche. Dass diese nette Geste einzig und allein dazu diente, kompromittierende Filme mit seinem Freund in der Hauptrolle zu drehen, ahnte dieser natürlich nicht. Franziska wunderte sich immer wieder, wie es ihrem Vater gelang, andere zu manipulieren. Selbst wenn er jemanden eiskalt erpresste, so wie Siebenhausen, klang es bei ihm immer, als erweise er seinen Opfern einen Freundschaftsdienst, für den sie sich dankbar zeigen mussten.

Franziska überlegte, was sie nun mit ihrem Leben anfangen sollte. Die Polizei würde ihr das Geld, das ihr Vater mit seinen illegalen Geschäften verdient hatte, wohl kaum überlassen. Sollte sie die Galerie weiterführen? Immerhin war sie offiziell Teilhaberin. Nur leider verstand sie rein gar nichts vom Kunstgeschäft, und es interessierte sie auch nicht sonderlich. Sie war lediglich als Strohfrau hier eingestiegen, weil ihr Vater es verlangt hatte. Außerdem würde sie wahrscheinlich wegen der Geldwäschegeschäfte sowieso dichtmachen müssen. Vermutlich drohte ihr sogar eine Anklage wegen Mittäterschaft. Der Hauptkommissar hatte zwar nichts dergleichen gesagt und sie auch nicht verhaftet, aber wenn die Ermittlungen erst einmal ins Rollen kamen, war das nicht auszuschließen.

Karl Goebel, ihr Held in schillernder Rüstung, hatte sich als herbe Enttäuschung entpuppt. Im Nachhinein betrachtet, überkam sie das Gefühl, dass er aus reiner Berechnung ihre Nähe gesucht hatte. Dass es ihm von Anfang an nur darum gegangen war, Informationen von ihr zu beschaffen, die er gegen andere verwenden konnte. Wie ihr Vater war auch Karl ein Mann gewesen, der sich durch unlautere Methoden persönliche Vorteile verschaffte. Sie wurde wütend, wenn sie nur an ihn dachte. Er hatte den Tod verdient.

Sie wanderte ein letztes Mal durch die Galerie. Wenn man es richtig angefangen hätte, wären die Geschäfte bestimmt erfolgreicher gelaufen. Aber nicht mit dem Müll, den Arndt angeschleppt hatte. Das Ladenlokal war eigentlich sehr schön. Falls sie nicht doch im Knast landete, könnte sie es behalten und eine Modeboutique eröffnen. Sie hatte sich schon immer für Mode und Design interessiert, mehr als für Wirtschaft. Vielleicht würde Philipp mitmachen. Das wäre zu schön.

Sie fuhr verträumt mit der Hand über die Ladentheke und fegte dabei die Briefe, die darauf lagen, zu Boden. Sie ging in die Knie, um sie wieder einzusammeln, und sah sie der Reihe nach durch. Der letzte Brief war an sie adressiert, doch jemand hatte ihn offensichtlich bereits geöffnet. Bestimmt

Arndt, der Arsch. Franziska kniff wütend die Augen zusammen. Er hatte ihre Post gelesen. Sie öffnete die Lasche des großen Umschlags und zog einige handgeschriebene Seiten und ein weiteres Kuvert heraus. Wenigstens das war noch verschlossen.

Jemand klopfte von außen an die Fensterscheibe. Franziska richtete sich ein wenig auf und sah über den Tresen hinweg in Richtung Tür. Drei Männer standen davor. Einer hielt etwas an die Scheibe, das wie ein Ausweis aussah. Ihre kurzzeitigen Träume zerplatzten wie Seifenblasen.

»Wir sind von der Spurensicherung«, rief er. »Lassen Sie uns bitte herein, wir haben einen Durchsuchungsbeschluss.«

»Ja, brüllt es doch noch lauter, damit es jeder in der Straße mitbekommt«, murmelte Franziska.

Sie steckte die Seiten und das Kuvert zurück in den Umschlag, faltete ihn zusammen und schob ihn in die Gesäßtasche ihrer Jeans.

56

Paula Vogel saß auf einem Stuhl und knetete nervös das Leder ihrer Handtasche.

»Ich weiß nicht, ob es was mit den Morden zu tun hat«, begann sie zögernd. »Aber Herr Liebermann meinte, es könnte doch wichtig sein.«

Der feine Herr Liebermann, so so. Was wollte Ben ihm denn da aufhalsen? Carsten hatte doch schon genug Lichter in dunkle Ecken gebracht, die nichts mit den Morden zu tun hatten. Noch ein weiteres Puzzleteilchen, das nicht ins Bild passte, konnte er nicht gebrauchen. Andererseits steckte er gerade in einer Sackgasse, vielleicht war es da gar nicht schlecht, einen anderen Weg einzuschlagen.

Mattes war Frau Vogel neugierig ins Büro gefolgt und versuchte nun, mit seinem massigen Körper das Whiteboard mit den Ermittlungsergebnissen vor ihren Blicken zu verbergen, doch sie hatte es in ihrer Nervosität gar nicht wahrgenommen.

»Ich weiß nicht, ob Herr Goebel mit Ihnen darüber gesprochen hat«, sagte sie mit fragendem Unterton.

Carsten hob erstaunt die Augenbrauen und schüttelte den Kopf. Als er Goebel das erste Mal gesehen hatte, konnte der über gar nichts mehr sprechen. Er warf Mattes einen Blick zu, doch der zuckte mit den Achseln. Ihm war in dieser Richtung auch nichts zu Ohren gekommen.

»Also nicht«, stellte Paula Vogel fest. »Ich hätte es wissen müssen. Dann werde ich das wohl oder übel übernehmen. Es geht um mich und Herrn Goebel. Es ist schon einige Monate her, aber, na ja, wir hatten eine Affäre. Nur ein paar Wochen, eigentlich nicht der Rede wert. Ich wohne in einem der Häuser in Werbsiepen, also an der L 58, nur ein paar Meter von der Unfallstelle entfernt.«

»Welche Unfallstelle?«, fragte Carsten, dem sich der Zusammenhang nicht erschloss.

»Da, wo dieser Fahrradfahrer letztes Jahr tödlich verunglückt ist«, antwortete Mattuschek an ihrer statt und gab seine Stellung als lebender Sichtschutz auf. »Jetzt erinnere ich mich wieder an Sie. Ich hab Sie damals vernommen. Ich habe die Ermittlungen geleitet. Sagen Sie bloß, Sie haben mich belogen?«

Paula wurde in ihrem Stuhl noch kleiner, als sie ohnehin schon war. Carsten starrte Mattes böse an. Der sollte sich hier mal nicht so aufspielen. Am Ende überlegte es sich die Lehrerin noch anders mit ihrer Aussage.

»Beachten Sie Herrn Mattuschek einfach nicht«, versuchte

er sie zu beruhigen. »Jetzt erzählen Sie erst mal.«

Sie nickte erleichtert. »Ja, also, Karl und ich trafen uns immer heimlich bei mir zu Hause, wenn mein Mann nicht da war. Auch in der Nacht des Unfalls.« Paula holte einmal tief Luft. »Gegen halb drei verabschiedeten wir uns voneinander.«

»Zur Zeit des Unfalls«, fiel Mattes auf.

»Richtig!«, bestätigte Paula. »Das Haus, in dem ich wohne, liegt etwas oberhalb der Straße, deswegen habe ich von dem Unfall nichts mitbekommen. Ich war total schockiert, als ich am nächsten Morgen davon erfuhr. Ich habe Karl danach gefragt, aber er meinte, ihm sei nichts aufgefallen. Er sei zu dem Zeitpunkt wohl schon weg gewesen. Das habe ich ihm aber nie so richtig geglaubt.«

»Weshalb nicht?«, wollte Carsten wissen.

Sie legte nachdenklich den Zeigefinger an die Nasenspitze. »Einer meiner Nachbarn aus dem Nebenhaus hatte in der Nacht einen Knall gehört. Er saß gerade auf der Toilette. Es dauerte etwas, bis er am Fenster war, und als er hinaus sah, hat er von einem Unfall nichts gesehen, aber er bemerkte einen Mann, der die Straße überquerte. Karl hat, wenn er bei mir war, immer bei dem Restaurant auf der anderen Straßenseite geparkt, damit die Nachbarn sein Auto nicht bemerkten. Jedenfalls war der alte Herr sich sicher, dass er den Mann nach dem Unfall gesehen hat, weil er ja nur wegen des Geräuschs, das er gehört hatte, aus dem Fenster geguckt hat. Doch Karl behauptete mir gegenüber steif und fest, er sei nicht dieser Mann gewesen.«

»Wir haben diesen Mann damals als Zeugen gesucht«, warf Mattes vorwurfsvoll ein.

»Ich weiß«, bestätigte Paula Vogel. »Ich habe Karl seine Version aber letztendlich abgenommen, weil es sich bei dem Unfallopfer um seinen eigenen Schwager handelte.«

»Herr Schmittke?« Carsten wurde hellhörig.

Sie nickte. »Ich dachte, wer würde schweigen, wenn er etwas über den Tod seines eigenen Schwagers wüsste? Das habe ich noch nicht einmal Karl zugetraut. Ich hätte es besser wissen müssen. Aber ich muss zugeben, dass ich erleichtert war, nicht mit in die Sache hineingezogen zu werden. Schließlich stand meine Ehe auf dem Spiel, sollte herauskommen, dass Karl den Abend bei mir verbracht hat. Ich habe ihm einfach glauben *wollen*.«

»Was hat Sie dazu veranlasst, jetzt Ihre Meinung zu ändern?«, fragte Mattes.

»Karls Tod«, erwiderte sie schlicht. »Er hat sich in den letzten Wochen merkwürdig verhalten. Also, noch merkwürdiger als gewöhnlich. Ich habe ihn darauf angesprochen und ihm auf den Kopf zugesagt, dass ich glaube, er habe ein schlechtes Gewissen wegen der Sache damals. Er gab zu, dass ich recht hätte mit meiner Vermutung. Er hätte tatsächlich etwas gesehen, sich nur in besagter Nacht keine weiteren Gedanken darüber gemacht. Erst, als er am nächsten Tag von dem Unfall erfuhr, stellte er den Zusammenhang her. Er versprach mir, die Angelegenheit in den nächsten Tagen zu klären. Ich dachte, er meinte damit, sich nun endlich bei der Polizei zu melden. Aber offenbar hat er etwas anderes im Sinn gehabt.«

»Und was hatte er gesehen?«, fragte Carsten.

»Ein Auto, das in der Einmündung zu unserer Anliegerstraße stand.«

* * *

»Was ist mit dem Fahrer? Hat Karl Paula was über ihn gesagt?«, fragte Sophie.

Ben war nach der Schule in die Mördergrube gefahren, um

314

seiner Frau von seinem Gespräch mit Paula zu erzählen.

Er schüttelte den Kopf. »Nein, das war alles. Und dass er die Sache in Ordnung bringen wollte. Was immer das auch heißen mochte.«

Sophie nagte an ihrer Unterlippe. »Offensichtlich ist er nicht zur Polizei gegangen, sonst hätte Carsten davon erfahren«, meinte sie.

»Ja, weil er vorher ermordet worden ist«, gab Ben zu bedenken.

»Oder weil er etwas anderes vorgehabt hat, als zur Polizei zu gehen.«

»Und was sollte das gewesen sein?«

»Vielleicht hat er den Fahrer selbst zur Rede gestellt«, erwiderte sie.

»Woher sollte er den kennen?«, fragte Ben zweifelnd.

»Keine Ahnung. Aber wenn er ihn tatsächlich kannte, wäre das eine Erklärung, warum er damals nichts unternommen hat. Er wollte denjenigen schützen.«

»Du meinst, er war zufällig am Unfallort, an dem zufällig sein eigener Schwager ums Leben gekommen ist, und kennt zufällig auch noch den Unfallfahrer? Ein bisschen viel Zufall für meinen Geschmack«, entgegnete Ben zweifelnd.

»Wenn es keine Zufälle gibt, wieso gibt es dann ein Wort dafür?«, meinte Sophie in einem Anflug von Weisheit. »Vielleicht hat er denjenigen aber auch über das Kennzeichen ausfindig gemacht.«

»Wieso sollte er sich die Mühe machen, sich das Kennzeichen zu merken, wenn er ohnehin nicht vorhatte, den Fahrer anzuzeigen?«

»Was weiß ich. Vielleicht um ihn mit seinem Wissen zu erpressen. Nach allem, was ich heute gehört habe, ist das gar nicht mal so abwegig.«

»Und warum hat er nach einem Jahr Schweigen seine Meinung plötzlich geändert?« Ben war nach wie vor skeptisch. Diese ganze Geschichte ging über seinen Verstand. Oder besser gesagt, er hatte kein Verständnis für Karls Verhalten.

»Weil er sein Leben in Ordnung bringen wollte, bevor er vor seinen Schöpfer tritt«, vermutete Sophie. »Oder er wollte noch ein letztes Mal so richtig absahnen. Und der Täter hat sich gedacht, auf einen Toten mehr oder weniger kommt es nicht an.«

»Du meinst auf zwei Tote«, meinte Ben, der an Barbara denken musste.

»Stimmt! Wie gut, dass er nichts von Paula weiß, sonst wäre sie die Nächste auf seiner Liste.«

57

Paula Vogel war erleichtert. Endlich war sie diese Bürde, die seit einem Jahr auf ihrer Seele lastete, losgeworden. Sie hätte schon viel früher mit der Sprache herausrücken und der Polizei damals gleich einen Hinweis geben sollen, dass Karl ein potentieller Zeuge sein könnte. Die hätten ihn schon zum Reden gebracht.

Sie fragte sich, wovor sie eigentlich all die Monate Angst gehabt hatte. Davor, dass ihr Mann von ihrer Affäre erfuhr? Lächerlich, er interessierte sich sowieso nicht mehr für sie. Und was hätte sie im Falle einer Scheidung zu befürchten? Sie verdiente ihr eigenes Geld, konnte ihren Lebensunterhalt selbst bestreiten. Einsamkeit? Ihr Mann war ständig auf Geschäftsreise, wo wäre also der Unterschied, wenn er gar nicht mehr nach Hause käme? Sie bedauerte, dass man durch ihr Zögern den verantwortlichen Fahrer nun nicht mehr ausfindig machen würde. Ohne die Aussage von Karl gab es nichts, was der Polizei bei einer Fahndung helfen konnte.

Nach ihrem Besuch im Polizeipräsidium fuhr sie nicht gleich nach Hause, sondern marschierte in den nahegelegenen Kothener Wald. Sie brauchte ein bisschen Bewegung, um sich die letzten trüben Gedanken aus dem Kopf pusten zu lassen.

Bei diesem Wetter waren nicht viele Leute unterwegs. Der Kothen schien überdies nicht besonders beliebt bei Spaziergängern zu sein. Wahrscheinlich waren den Leuten die Wege zu steil. Was auch immer der Grund sein mochte, ihr war es nur recht, niemandem zu begegnen. Manchmal ging ihr das ewige Guten-Tag-Sagen, wenn sie durch den Wald lief, ziemlich auf den Wecker. Natürlich war es höflich, einander zu grüßen, aber wenn man durch die Stadt ging, machte man das doch auch nicht. Da käme man ja aus dem Grüßen gar nicht mehr heraus.

Nach einer Weile wurde es ungemütlich. Der Wind frischte auf, und die Bäume waren schon zu kahl, als dass sie den Regen auffangen konnten. Ihr riesiger Stockschirm wurde ihr allmählich zu schwer. Es war Zeit, sich auf den Rückweg zu machen. Ihr war so leicht ums Herz, wie seit langem nicht mehr. Jetzt würde endlich alles gut werden. Beschwingt bog sie an der nächsten Weggabelung links ab.

* * *

Er folgte ihr schon seit geraumer Zeit unbemerkt. Der Regen verschluckte sämtliche Geräusche, und selbst wenn sie sich umgewandt hätte, würde ihr riesiger Schirm ihr die Sicht behindern. Er zog die Kapuze seiner Jacke tiefer in die Stirn und verbarg das Gesicht hinter seinem Schal.

Die Ereignisse der letzten Tage schwirrten in seinem Kopf herum wie ein aufgeregter Schwarm Bienen, die wussten, dass ihnen Gefahr drohte, den Feind aber nicht ausmachen konnten. Wie hatte es so weit kommen können? Erst der Schulleiter, dann die triefäugige Lehrerin und nun … Verdammt, er war kein Mörder. Okay, streng genommen war er einer, aber welche Wahl hatte er gehabt? Die hatten es doch herausgefordert. Er war gezwungen gewesen, etwas gegen sie zu unternehmen. Dabei war die Lehrerin nicht einmal eingeplant gewesen, er hatte improvisieren müssen. Wenn Goebel und sie den Mund gehalten hätten, wäre nichts von alldem geschehen.

Und nun war er gezwungen, schon wieder jemanden zum Schweigen zu bringen. Er war nicht sicher, ob er es ein weiteres Mal schaffen würde, aber was blieb ihm anderes übrig? Er konnte nicht riskieren, dass sie irgendwann zwei und zwei zusammenzählen und auf die richtige Lösung kommen würde. Sie wusste einfach zu viel, auch wenn ihr das im Moment noch nicht bewusst zu sein schien. Doch das konnte sich jederzeit ändern.

Gerade bog sie nach links ab. Er blieb mit einigen Metern Abstand hinter ihr. Seine rechte Hand glitt in die Tasche seiner Jacke. Das Messer schien ihm ein Loch ins Futter zu bohren. Er umklammerte den Griff und fuhr mit dem Daumen vorsichtig über die Klinge. Gleich war es so weit. Sein Mund war trocken und sein Herz begann, schneller zu schlagen. Irgendwie war es auch ein gewisser Nervenkitzel, musste er zugeben. Bereits zweimal war er unentdeckt geblieben, das verschaffte ihm ein gewisses Hochgefühl. Aber er war nicht so dumm, sich unbesiegbar zu fühlen. Er durfte nicht übermütig werden, sonst kam man ihm doch noch auf die Schliche.

Ihr Schirm, der ihn bislang davor bewahrt hatte, von ihr entdeckt zu werden, konnte sich nun als Problem erweisen, doch es würde schon irgendwie gehen. Musste ja. Sie war am Fuß der Treppe angelangt. Er beschleunigte seine Schritte. Weit und breit war niemand zu sehen. Es gab nur sie und ihn. Jetzt oder nie! Er musste die Gelegenheit nutzen. Jeder weitere Tag, den er sie am Leben ließ, war gefährlich. Er zog das Messer aus der Tasche. Dieses Mal war er vorbereitet.

58

»Dieses Wetter macht mich noch wahnsinnig«, schimpfte Carsten und zwängte sich aus dem Auto.

Es goss wie aus Kübeln, und er öffnete fluchend die hintere Tür, um den Schirm von der Rückbank zu klauben. Mattes, ganz Hollywood-Diva, wartete, bis sein Kollege um das Auto herum zur Beifahrertür gelaufen war, damit er trockenen Hauptes aussteigen konnte.

»So, Madonna«, meinte Carsten mit freundlichem Grinsen, »dann zeig mir mal, wo dieser Bernd Schmittke damals zu Tode gekommen ist.«

Was der Kollege sich von dieser Aktion versprach, erschloss sich Carsten zwar nicht, aber Mattes war überzeugt, es könnte hilfreich sein, den Tatort zu inspizieren. Also hatte er sich überreden lassen. Er war verzweifelt genug, nach jedem Strohhalm zu greifen.

Mattes hakte sich zu seinem Unbehagen bei ihm ein und führte ihn die Anliegerstraße hinunter, die zur L 58 führte. Sie sahen vermutlich aus wie ein altes Ehepaar. Hoffentlich begegneten sie niemandem. Sie wandten sich nach links und gingen die breite Straße ein Stück bergauf. Im Bereich der Kurve blieb Mattes stehen und deutete auf die hohe, dichte Hecke zu seiner Linken. Auf der anderen Seite des Bürgersteigs sollte eine Leitplanke verhindern, dass unbescholtene Fußgänger von einem ausbrechenden Fahrzeug überrollt wurden. Dumm für Schmittke, dass er auf der Straße unterwegs gewesen war. Noch dazu im Herbst, wo das Licht schon tagsüber spärlich war. Nachts war es hier stockfinster, denn es gab in diesem Straßenabschnitt keine Laternen, die ein wenig Helligkeit gespendet hätten. Wenn man dann das Fernlicht nicht einschaltete, konnte man einen einsamen Radfahrer leicht übersehen.

»An dieser Stelle hat der Jogger ihn gefunden«, erklärte Mattes. »Vermutlich ist Schmittke über die Leitplanke geflogen und in die Hecke gestürzt.«

»Und das Fahrrad?«, fragte Carsten.

»Das lag neben ihm.«

»Ist das mit über die Leitplanke geflogen? Kommt mir ein bisschen seltsam vor.«

»Ja, uns damals auch. So recht erklären konnten wir es uns nicht. Es sei denn, der Unfallverursacher hat das Rad von der Straße gezogen, um Spuren zu verwischen. Das war die einzige Erklärung, die uns logisch erschien. Aber leider nicht weiterhalf.«

Hier gab es sonst nichts zu sehen. Die beiden Männer kehrten zurück zur Anliegerstraße. Das Haus mit der grauen Schieferverkleidung, in dem Paula Vogel wohnte, lag weiter oben am Berg auf der linken Seite.

»Dann rekonstruieren wir doch mal, was sich aus Goebels Sicht in dieser Nacht zugetragen haben könnte«, schlug Mattes vor und rieb sich voller Tatendrang die Hände. »Er kommt gegen halb drei Uhr nachts aus dem Haus seiner Geliebten und geht die Gasse hinunter zur Hauptstraße. Sein Wagen steht auf dem Parkplatz des Restaurants ein Stückchen tiefer auf der anderen Seite.« Er marschierte den Weg entlang. »Nehmen wir mal an, der Unfall ist kurz zuvor passiert und Goebel hat tatsächlich nichts gehört. Aber er bemerkt einen Wagen, der in der Einmündung steht. Vom Fahrer ist weit und breit nichts zu sehen.«

»Weil der die Straße hochgelaufen ist, um nach dem Unfallopfer zu sehen«, konstatierte Carsten.

»Und um Spuren zu verwischen«, nickte Mattes. »Weiter im Text. Was macht Goebel? Er will nicht gesehen werden, also versteckt er sich, vermutlich hier bei den Garagen.«

Mattes schwenkte nach rechts, zwischen zwei Blumenkübeln hindurch, auf eine Doppelgarage zu. Beim ersten Garagentor blieb er stehen und lugte vorsichtig links an der Mauer vorbei auf die wenige Meter vor ihm liegende Einmündung.

»Was soll das denn jetzt?«, wollte Carsten wissen und postierte sich neben seinen Kollegen.

»Ich prüfe, ob er von hier aus das Kennzeichen erkennen konnte. Geht ganz gut, findest du nicht?«

»Geht so.« Carsten versuchte mit zusammengekniffenen Augen, das Kennzeichen eines vorbeifahrenden Wagens zu entziffern. Er brauchte wohl demnächst nicht nur eine Lesebrille.

»Du musst bedenken, dass das Auto wahrscheinlich ein paar Minuten in der Einfahrt stand.«

Carsten winkte ab. »Ja ja, schon klar. Er beobachtet die ganze Szene, merkt sich das Kennzeichen, wartet, bis der Fahrer zurückkommt und wegfährt, und dann? Trabt er seelenruhig zu seinem Auto und braust davon? Ohne sich Gedanken darüber zu machen, was passiert sein könnte?«

»Selbst wenn er nachgesehen hätte; Schmittke war durch die Büsche so gut verborgen, dass man ihn im Dunkeln unmöglich sehen konnte, wenn man nicht gezielt nach ihm gesucht hätte. Vielleicht dachte Goebel, der Fahrer wäre nur mal austreten gewesen.«

»Jetzt tut mir Goebel fast leid. Was muss das für ein Schock gewesen sein, als er am nächsten Tag erfuhr, dass er quasi Zeuge geworden war, wie sein eigener Schwager totgefahren wurde. Dass er ihn vielleicht sogar hätte retten können.«

»Umso schlimmer, dass er sich nie bei uns gemeldet hat«, erwiderte Mattes grimmig. »Und alles nur, um seinen guten Ruf zu schützen. Den Kerl hätte ich nicht in meiner Familie haben wollen.«

Da konnte Carsten ihm nur zustimmen. Die ersten Takte von Alice Coopers ›School‘s out‹ ertönten aus dem Inneren seiner Manteltasche. Er reichte Mattes großzügig den Schirm und entfernte sich ein paar Schritte, um den Anruf ungestört entgegenzunehmen.

Mattes beobachtete, wie sein Kollege wild gestikulierend auf sein Handy einredete. Was da wohl wieder los war? Jetzt nahm Carsten den Hörer vom Ohr, schüttelte den Kopf und fuhr sich mit der freien Hand durch die nassen Haare. Er kehrte zu Mattes zurück.

»Es hat einen weiteren Überfall gegeben«, meinte er tonlos.

***

»Was willst du?«, fragte Vanessa ungehalten durch den Türspalt. »Die DVD hat der Polizist, der dich gestern hier erwischt hat.«

Anton starrte geknickt auf seine Füße. Er war nicht wegen dieser verdammten DVD gekommen. Er hatte die ganze Nacht kein Auge zugemacht, was nur zum Teil daran gelegen hatte, dass es unter der Brücke verdammt kalt gewesen war. Sein Gewissen wollte ihm einfach keine Ruhe lassen. Er war kein Krimineller, jedenfalls wollte er keiner mehr sein. Vanessa hatte recht gehabt, mit allem, was sie gesagt hatte. Er hätte zur Polizei gehen sollen. Auch wenn sie ihm nicht geglaubt hätten, wäre es doch eine Möglichkeit gewesen, seinem Bruder und Sammer auf diesem Wege zu entkommen. Dann wäre er eben im Heim gelandet. Oder in einer betreuten Wohngruppe. Wäre doch scheißegal gewesen. Immer noch besser als bei seinem Bruder.

Doch seit ihm dieser dämliche Film mit Siebenhausen in die Hände gefallen war, hatte er nicht mehr klar denken können. In den rosigsten Farben hatte er sich seine Zukunft ausgemalt. Dass er dadurch nur noch tiefer in den Schlamassel rutschen würde, war ihm gar nicht in den Sinn gekommen. Oder er hatte es einfach ignoriert.

»Ich wollte mich bei Ihnen entschuldigen«, begann er.

»Aha!«, meinte sie nur und schickte sich an, die Tür wieder zu schließen.

»Sie haben recht gehabt«, fügte er rasch hinzu. »Mit allem. Es tut mir wirklich leid. Ich bin bereit, mich der Polizei zu stellen. Aber vorher wollte ich Sie um Verzeihung bitten. Wenn die mich einbuchten, weiß ich ja nicht, ob ich noch dazu komme.«

Vanessa gab ihre ablehnende Haltung auf. »Na, komm erst mal rein. Ich mach uns einen Tee. Und dann überlegen wir gemeinsam die nächsten Schritte.«

Sie schloss die Tür, um die vorgelegte Kette beiseite zu schieben, und ließ Anton anschließend herein. Er folgte ihr mit schlurfenden Schritten, den Kopf immer noch demütig gesenkt, ins Wohnzimmer. Die Überschwemmung, die er verursacht hatte, war mittlerweile beseitigt.

»Ich bezahl Ihnen die Vase«, versprach er und blickte ihr zum ersten Mal in die Augen.

Sie winkte ab. »Lass mal. Ist nicht nötig. Kamille oder Pfefferminz?«

»Häh?«

»Der Tee.«

»Ach so. Haben Sie auch 'ne Cola?«

»Hab ich auch«, erwiderte sie und lächelte. Dann verschwand sie in der Küche.

Nur wenige Sekunden später kam sie mit einer Flasche Cola, zwei Gläsern und einer Tafel Schokolade zurück.

»Nervennahrung!«, erläuterte sie und nahm auf dem Sofa Platz. »Setz dich doch.«

Anton ließ sich gehorsam in den Sessel gegenüber der Couch sinken. Vanessa goss die Cola ein und schob ihm eines der beiden Gläser über den Tisch. Mit einer einladenden Geste forderte sie den Jungen auf, sich an der Schokolade zu bedienen. Anton wickelte sie eilig aus der Verpackung und biss herzhaft hinein.

»'tschuldigung«, murmelte er mit vollem Mund, »hab seit gestern nichts mehr gegessen.«

»Kein Problem. Die Polizei hat Siebenhausen verhaftet«, informierte sie ihn.

»Echt? Cool.«

»Ja. Cool. Jetzt bin ich ohne Job.«

Anton nickte verständnisvoll. »Ich auch.«

»Na ja, die Arbeit war eh Scheiße.«

»Meine auch.«

Die beiden lachten. Anton brach sich zwei weitere Riegel von der Schokolade ab und hielt ihr den Rest hin.

»Da! War ich auch nicht mit dem Mund dran.«

»Gut zu wissen«, grinste Vanessa. »Was hast du denn jetzt vor?«

Er zuckte mit den Schultern. »Zur Polizei gehen. Denen alles erzählen. Vielleicht werd ich ja Kronzeuge oder so.«

Aus dem Hausflur waren Schritte zu hören. Jemand

stampfte die Treppe herauf. Anton erstarrte. Diese Schritte kannte er. Er hatte sie oft genug gehört.

59

Mattes raste mit Blaulicht über die Ronsdorfer Straße und das Kleeblatt hinunter. Am Ende der Straße bog er mit quietschenden Reifen nach rechts in Richtung Innenstadt ab. Er überquerte die große Kreuzung am Döppersberg und fuhr die Straße hoch zum Karlsplatz. Beim St.-Josef-Krankenhaus angekommen, preschte er in die erstbeste Parklücke. Im Laufschritt hetzten er und Carsten zum Eingang des Kappellchens, wie das Krankenhaus liebevoll genannt wurde.

Außer Atem erreichten sie die Notaufnahme, wo sie Ben schon von Weitem erblickten. Christa und Wilhelm Kantner waren auch da. Während Christa die Tränen nur so über die Wangen liefen, versuchte Wilhelm krampfhaft, die Fassung zu bewahren. Er tätschelte seiner Frau ein wenig hilflos die Schulter und sah immer wieder zur Tür eines Untersuchungszimmers.

»Wie siehts aus?«, fragte Carsten statt einer Begrüßung und nahm seine Mutter in den Arm.

»Jemand wollte Sophie erstechen!«, schluchzte Ben.

»Na, na, mein Junge, ist doch alles gutgegangen.« Ein älterer Mann in völlig durchnässter Kleidung war von einem Stuhl aufgestanden und ergriff nun fürsorglich Bens Hand.

»Und Sie sind?«, erkundigte sich Carsten.

»Gestatten, Professor. Und Sie sind sicherlich der Polizistenbruder von unserer Sophie. Hab schon viel von Ihnen gehört.« Der Alte reichte Carsten die Hand und schüttelte sie heftig.

»Häh? Sie sind hier der Chefarzt?« Carsten konnte es nicht fassen.

»Ich? Nö, wie kommen Sie denn darauf? Ach so, wegen Professor.« Er malte mit den Zeigefingern Gänsefüßchen in die Luft, während er das letzte Wort aussprach. »Nein, ich bin der Professor des Luisenviertels.«

Der Mann warf sich stolz in Pose und salutierte. Carsten begriff immer noch nicht. Es war ihm im Moment aber eigentlich auch egal. »Und Sie haben Sophie gefunden?«

»Nee, mein Junge, ich habe das Verbrechen sozusagen verhindert, bevor es geschehen konnte.«

»Ach ... dann ist Sophie gar nicht verletzt?« Carsten atmete erleichtert auf.

»Doch, der Schweinehund hat sie zu Boden geworfen, ehe er sich aus dem Staub gemacht hat«, berichtete der Professor empört. »Aber mal von vorn. Also, ich hab meine übliche Runde durch das Luisenviertel gedreht. Ich pass ja nachts immer auf, damit kein Bösewicht sein Unwesen treibt. Und wie ich gerade das Tippen-Tappen-Tönchen runtergehe, seh ich unser Sophiechen, wie sie da so vor sich hin tapst.

Hinter ihr schleicht so ein komischer Typ her, die Kapuze tief in die Stirn gezogen und einen Schal ums Gesicht geschlungen. Ich denk noch, dem ist doch nicht nur kalt, der führt bestimmt was im Schilde, da seh ich, wie er was aus seiner Jacke zieht. Was Langes, Glänzendes. Ich denk, der will unsere Sophie abstechen. Ich also losgelaufen und immer am Brüllen. Sophie dreht sich um, gerade als der Kerl mit dem Messer ausholt. Sie nimmt ihren Stockschirm und hält ihn wie einen Schutzschild vor sich.« Der Professor machte ein paar ausholende Bewegungen, um seinen Bericht anschaulicher zu gestalten. »Das und mein Gebrüll haben den Kerl dann in die Flucht geschlagen. Er hat den Schirm gepackt und ihn samt Sophie zur Seite geschleudert, so dass sie hinfiel. Dann ist er wie ein geölter Blitz den

Berg runter Richtung Luisenstraße und ab dafür. Ich wär ihm ja gefolgt, aber leider bin ich nicht mehr der Jüngste; außerdem wollte ich Sophie da nicht so rumliegen lassen. Ich bin dann zu ihr und hab ihr aufgeholfen. Das arme Mädel stand völlig unter Schock und konnte kaum laufen. War voll am Zittern. Ich hab sie gleich hierher geschafft. Ist ja nicht so weit!«

Der Professor ging zu seinem Platz zurück und griff nach einem Schirm, den er neben dem Stuhl abgestellt hatte. Er reichte ihn an Carsten weiter. Der nahm ihn an sich und blickte den alten Mann fragend an.

»Den hab ich sichergestellt«, erklärte der Professor. »Vielleicht sind ja Fingerabdrücke drauf. Unten an der Spitze hat er ihn gepackt.«

»Können Sie den Mann beschreiben?«, fragte Carsten.

Der alte Mann schüttelte bedauernd den Kopf. »Dazu war es zu dunkel. Und meine Augen sind auch nicht mehr die besten. Außerdem war er, wie schon gesagt, ziemlich vermummt. Ich könnte noch nicht einmal sagen, ob es tatsächlich ein Mann war.«

»Schade eigentlich.«

»Ja, tut mir leid. Aber ich habe nur Augen für das arme Sophiechen gehabt.«

»Sie haben meiner Tochter das Leben gerettet. Ich weiß nicht, wie ich Ihnen dafür danken soll.« Ergriffen schüttelte Wilhelm dem Obdachlosen ausgiebig die Hand.

»Ach, das war doch nichts.« Der Professor rieb sich verlegen mit der freien Hand die rote Knollennase. Schließlich gelang es ihm, Wilhelm seine Hand wieder zu entreißen, und er wandte sich schnell ab. »Ich glaub, ich geh dann mal lieber. Sagen Sie Sophie schöne Grüße von mir.«

Eilig hastete der Obdachlose auf den Ausgang zu und war

verschwunden, ehe jemand protestieren konnte.

Kurze Zeit später öffnete sich die Tür des Untersuchungszimmers, und eine sichtlich angeschlagene Sophie humpelte an Krücken heraus. Ein junger Mann in weißer Montur
folgte ihr.

»Ach Gott, was wollt ihr denn alle hier? Ist doch gar nix
passiert, bloß ein verknackster Fuß«, stöhnte Sophie, doch
man sah ihr an, wie erleichtert sie war, ihre Familie voll-
zählig versammelt um sich zu haben und nun von allen um-
armt und getröstet zu werden.

Der junge Arzt räusperte sich und wandte sich an Carsten.
»Sind Sie der Polizistenbruder?«

Nun wurde er schon zum zweiten Mal innerhalb weniger
Minuten mit diesem Titel begrüßt. Er nickte.

»Dann kümmern Sie sich um das Polizeiliche? Sonst muss
ich die Sache melden.«

»Nein, nein, ich regle das schon«, versprach Carsten.

»Gut, dann darf ich mich jetzt verabschieden. Ich schicke den Bericht ins Präsidium. Gute Besserung, Frau Liebermann.« Der Arzt drückte kurz Sophies Arm und verschwand im nächsten Untersuchungsraum, wo ein weiterer
Versehrter auf ihn wartete.

»Ich will jetzt nur noch nach Hause«, stöhnte Sophie und
lehnte sich an Ben.

»Süße, ich muss dir aber noch ein paar Fragen stellen«,
warf Carsten ein.

»Hat das nicht Zeit bis morgen? Ich hab Hunger«, quengelte sie.

Solange sie noch essen konnte, war Sophies Welt in Ordnung.

»Je eher wir die Fahndung einleiten können, desto besser.«

»Das nutzt doch nix. Ich hab den Kerl ja gar nicht richtig

gesehen. Außerdem ist der doch längst über alle Berge.«

Carsten gab sich geschlagen »Ja sicher. Hast ja recht. Ich komm dann morgen früh bei euch vorbei, einverstanden?«

»Einverstanden. Das ist so lieb von euch, dass ihr alle gekommen seid!«

Sophie liefen ein paar Tränchen über die Wangen.

»Wir sind froh, dass es dir einigermaßen gutgeht«, meinte Christa und wischte ihrer Tochter fürsorglich mit einem Papiertaschentuch über das Gesicht. Zum Glück für Sophie hatte sie vorher nicht noch darauf gespuckt.

Unter besorgten Blicken und umringt von ihrer Familie humpelte Sophie Richtung Ausgang.

»Ich komm mir fast vor wie ein Filmstar mit Bodyguards«, witzelte sie.

»Da kannst du dich drauf gefasst machen, dass wir ab sofort ständig auf dich aufpassen«, meinte ihr Bruder entschlossen.

»Das ist ja lieb und nett, aber wozu? Ich meine, der Kerl wollte mich wahrscheinlich nur ausrauben. Da wird er mich wohl kaum zu Hause aufsuchen.«

»Solange ich da nicht ganz sicher bin, machen wir es so. Basta!« Carsten nickte nachdrücklich, und die anderen schlossen sich an. Man hätte sie für ein Rudel Wackeldackel halten können.

»Also ehrlich, wer sollte mir denn nach dem Leben trachten?« Sophie war die Einzige, die den Kopf schüttelte. Der schwarze Wackeldackel der Familie.

»Nach deinem Auftritt bei diesem Giercke, wer weiß ...«, meinte ihr Bruder. »Mit der Russen-Mafia ist nicht zu spaßen.«

Sophie schluckte. »Also schön, wenn du meinst.«

Sie humpelte mit Ben zum Auto. Carsten holte sein Handy aus der Jackentasche, um die Spurensicherung zum

Tippen-Tappen-Tönchen zu beordern. Bei dem Regen war es eher unwahrscheinlich, dass sie etwas finden würden, aber er wollte die Möglichkeit nicht ungenutzt lassen. Nachdenklich sah er zu, wie Bens Auto davonfuhr.

»Was hast du?«, fragte Mattes.

»Die ganze Sache gefällt mir nicht«, antwortete Carsten langsam. »Es wird allmählich Zeit, dass wir diesen Mörder schnappen.«

Schon wieder klingelte sein Handy. Darth Vader zur Abwechslung. Der Hauptkommissar zog das Gerät umständlich aus seiner Jackentasche und ging ran. Ein paar Sekunden lauschte er stumm dem Gesprächsteilnehmer am anderen Ende.

»Wir kommen sofort«, verkündete er schließlich und legte auf.

»Was ist los?«, fragte Mattes alarmiert. Noch mehr Aufregung an diesem Tag konnte er eigentlich nicht gebrauchen.

»Theo Lange ist wieder aufgetaucht«, verkündete Carsten, der ein wenig blass um die Nase war.

Das war es dann mit dem gemütlichen Abend vor dem Fernseher. »Wo?«

»Am Rott!«

60

Vanessa und Anton hatten sich im Wohnzimmer verschanzt. Sie hatten die schwere Kommode vor die Tür gezogen und sich hinter dem Sofa verkrochen. Vor der Wohnungstür hörten sie Theo toben und wilde Verwünschungen ausstoßen.

»Hast du ihm etwa gesagt, wo ich wohne?«, fuhr sie Anton an.

Der schüttelte den Kopf und dachte einen Moment lang

nach. »Nein, verdammt. Er muss den Zettel gefunden haben, auf dem ich deine Adresse notiert hatte.«

»Na super!«

Sie schrie entsetzt auf, als sie hörte, wie die Wohnungstür mit einem lauten Knall aus den Angeln flog.

»Ich habe gedacht, du hättest die Kette vorgeschoben?«, kreischte sie.

»Hab ich auch, aber Theo ist ein ziemlich kräftiger Kerl«, erwiderte Anton erstaunlich ruhig.

Vanessa hätte ihn am liebsten rechts und links geohrfeigt. Das hatte sie von ihrer Gutmütigkeit. Da wollte sie einem Jungen, den sie im Grunde kaum kannte und der sogar bei ihr eingebrochen war, aus seiner misslichen Lage helfen und wurde zum Dank dafür von dessen kriminellem Bruder abgeschlachtet. Und Anton? Der hockte einfach neben ihr und tat, als wäre alles in Ordnung.

»Die Polizei ist doch schon da«, verkündete er und deutete auf das Fenster, in dem sich die Blaulichter spiegelten.

Das nutzte ihnen auch nichts mehr. Ehe die die Wohnung gestürmt hatten, war Theo sicherlich längst bis zu ihnen vorgedrungen, um ihnen den Garaus zu machen.

»Macht die verdammte Tür auf«, brüllte Theo von draußen und warf sich dagegen. Doch die Kommode hielt dem Angriff erstaunlicherweise stand. Da sollte einer nochmal was gegen deutsche Eiche sagen. War jedenfalls widerstandsfähiger als eine dämliche Metallkette.

»Damit du uns abstechen kannst, oder was?«, brüllte Anton zurück. »Du kannst mich mal. Wir haben die Bullen angerufen, die sind schon auf dem Weg nach oben. Meinst du, die lassen dich leben, wenn du hier ein Blutbad anrichtest?«

»Reiz ihn doch nicht«, flehte Vanessa.

»Den braucht man nicht zu reizen, der ist reizend genug«, gab Anton zurück, und Vanessa ohrfeigte ihn in Gedanken noch einmal.

»Das glaubst aber auch nur du«, höhnte es von der anderen Seite der Tür.

Vanessa hielt sich die Ohren zu und kniff die Augen zusammen. Als sie spürte, wie Anton sich von ihr entfernte, öffnete sie sie vorsichtig wieder. Am Fenster erblickte sie einen Kopf, der zu ihnen hineinsah. Sie wollte gerade losschreien, als sie Carsten Kantner erkannte. Wie kam der vor ihr Fenster? Er war zwar groß, aber so groß, dass er bis zum ersten Stock ihres Hauses reichte, nun auch wieder nicht. Vor der Wohnzimmertür polterte und fluchte immer noch Antons Bruder. Anton robbte über den Boden, hangelte sich wie ein Fassadenkletterer an der Fensterbank hoch und öffnete das Fenster, um den Polizisten hereinzulassen.

Kantner kletterte geräuschlos ins Zimmer und legte den Finger an die Lippen, um den beiden zu signalisieren, leise zu sein. Dieser Aufforderung hätte es nicht bedurft. Vanessa hatte es ohnehin die Sprache verschlagen. Der Hauptkommissar half Anton auf die Leiter, die an der Hausfassade lehnte, und forderte Vanessa auf, ebenfalls zum Fenster zu kommen.

»Ich kann nicht«, wisperte sie mit tränenerstickter Stimme. »Ich kann mich nicht bewegen.«

Vor der Tür polterte es wieder und diesmal wackelte die Kommode bedenklich. Kantner ging auf die Knie und krabbelte bis zu ihrer Position.

»Keine Angst, ich helfe Ihnen«, versicherte er und legte einen Arm um sie.

Vanessa zitterte am ganzen Leib. Wie sollte sie es nur jemals bis zum Fenster schaffen? Sie konnte sich nicht rühren. Und dann sollte sie noch eine Leiter hinuntersteigen? Bei ihrer Höhenangst? Erster Stock hin oder her, alles, was höher als zwei Meter war, ließ sie in Panik geraten. Der Kommissar würde sie schon huckepack nehmen müssen. Die Wohnzimmertür knallte wieder gegen die Kommode. Als sei es der Startschuss zum olympischen Einhundertmeterlauf, fuhr Vanessa hoch, spurtete zum Fenster und kletterte eilig hinaus. Die Angst, ermordet zu werden, übertraf ihre Höhenangst bei Weitem. Ehe sie sich weitere Gedanken machen konnte, stieg sie die Sprossen hinunter.

Geht doch, dachte Carsten und schloss das Fenster. Wenn er gewusst hätte, dass es so einfach war, ihr Beine zu machen … Er zog seine Waffe und hoffte, dass Mattes inzwischen im Hausflur angekommen war, um ihm Rückendeckung zu geben. Theo Lange stieß die Wohnzimmertür wieder und wieder gegen die Kommode und schob das Möbelstück Zentimeter für Zentimeter in den Raum hinein. Der Hauptkommissar duckte sich hinter das Sofa und legte seine Arme, die Waffe im Anschlag, auf der Lehne ab.

Theo hatte die Tür weit genug aufgeschoben und zwängte sich hindurch.

»Wo bist du, du Arschloch?«, rief er.

»Hier«, antwortete Carsten. »Und jetzt hebst du schön die Hände hoch.«

Er sah, wie Mattes unbemerkt hinter Theo das Wohnzimmer betrat. Sein Kollege griff mit einer Hand nach Langes rechtem Arm und verdrehte ihn nach hinten, während er den Kerl gleichzeitig in den Schwitzkasten nahm.

***

Carsten stand vor dem Haus in der Nelkenstraße und sah dem Streifenwagen hinterher, der Theodor Lange abtransportierte. Vanessa Schneider und Anton saßen in einem Krankenwagen und wurden medizinisch versorgt. Während Anton den Überfall gut überstanden zu haben schien, sah man der Sekretärin den Schock deutlich an. Teilnahmslos ließ sie die Untersuchung über sich ergehen. Ihre Augen starrten ins Leere. Mit diesem Ausgang des Tages hatte sie sicherlich nicht gerechnet. Carsten auch nicht, wie er zugeben musste. Wenn er geahnt hätte, dass dieser Theo sich aufmachen würde, um sich blutig an seinem eigenen Bruder und der Sekretärin zu rächen, hätte er einen Streifenwagen vor Vanessa Schneiders Haus postiert. Zum Glück war die Sache glimpflich verlaufen. Noch mehr Tote konnte er wahrlich nicht gebrauchen.

Er ging zu einem älteren Herrn, der vor einer Garage wartete.

»Vielen Dank noch mal für ihre tatkräftige Hilfe«, meinte er.

Der Mann winkte ab. »Ach, dat war doch selbstverständlich«, erwiderte er bescheiden.

»Nein, wirklich, Ihre Idee mit der Leiter war genial.«

»Ich wär da abber auch selber hochgekrabbelt«, versicherte der Mann.

Das konnte Carsten sich lebhaft vorstellen. Als er und Mattes am Tatort angekommen waren, hatte Vanessa Schneiders Nachbar die ausziehbare Leiter schon aus seiner Garage geholt und vor dem Wohnzimmerfenster der Sekretärin postiert.

»Gehdet den beiden gut?«, fragte der Nachbar und deutete auf den Krankenwagen.

»Den Umständen entsprechend«, meinte Carsten. »Zumindest wurde niemand verletzt.«

»Können wir denn getz widder in unsere Wohnungen?«

»Ja sicher. Wir haben den Mann ja.«

Carsten hoffte inständig, dass sie mit Theodor Lange nicht nur einen Bankräuber, sondern auch den Mörder der beiden Lehrer gefasst hatten.

61

Paul Mattuschek war mit Theodor Lange im Streifenwagen mitgefahren und hatte den jungen Mann anschließend in einen der Verhörräume verfrachtet. Sie saßen einander gegenüber und musterten sich kritisch. Lange machte nicht den Eindruck, in irgendeiner Form eingeschüchtert zu sein. Ob er wusste, dass sein Boss einige Etagen tiefer in einer Zelle hockte? Wenn ja, würde es ihn beeindrucken? Eher nicht, schätzte der Hauptkommissar. Dazu schien ihm die nötige Intelligenz zu fehlen. Die Dummen waren immer die Gefährlichsten, weil sie nicht begriffen, in welchem Schlamassel sie steckten.

»In deiner Wohnung haben wir einen Koffer mit einem ganz schönen Batzen Geld gefunden«, eröffnete Mattes das Gespräch.

»Das gehört mir nicht«, erwiderte Theo etwas zu schnell und schenkte dem Hauptkommissar ein selbstgefälliges Grinsen.

Mattes nickte bedächtig. Freiwillig würde der Knabe gar nichts zugeben. »Er lag aber unter deinem Bett.«

»Dann hat ihn jemand da hingelegt.«

»Und wer sollte das wohl gewesen sein?«

Lange überlegte einige Sekunden. »Mittwochmorgen stand mein Kumpel Kalli mit einem Koffer vor der Tür«, behauptete er.

»Bist du sicher? Ich glaube vielmehr, dass es dein Koffer war und du am Mittwoch die Sparkasse in Beyenburg überfallen hast.«

Theo blickte den Hauptkommissar mit schlecht gespieltem Erstaunen an. »So? Das müssen Sie aber erst mal beweisen.«

»Keine Angst, das werden wir.«

Theo grinste höhnisch. »Da bin ich ja mal gespannt.«

Das konnte er gern sein. Anton hatte erst vor wenigen Minuten bereitwillig ausgesagt, dass Kalli Goebel am frühen Mittwochmorgen auf der Couch im Wohnzimmer der Brüder geschlummert hatte und zwar genau zu der Zeit, als jemand den Filialleiter der Sparkasse mit einem Messer bedroht und gezwungen hatte, den Tresorraum zu öffnen. Es war dem Jungen ein inneres Fest gewesen, seinen Bruder der Polizei auszuliefern.

»Und die Sache vorhin? Du hast gedroht, deinen Bruder zu erstechen.«

Theo grinste wieder und verschränkte die Arme lässig hinter dem Kopf. »Da muss er was falsch verstanden haben. Ich hab mir Sorgen gemacht, weil ich nicht wusste, wo er war. Dann fiel mir der Zettel mit der Adresse von der Tussi ein, den ich in seiner Hosentasche gefunden hab. Dachte, die Alte will ihn verführen. Das geht doch nicht. Ich mein, mein Bruder ist erst sechzehn. Ist doch eklig.«

Mattes seufzte. Das Verhör würde sich zu einer zähen Angelegenheit entwickeln. Theo Lange war zwar dumm, hatte jedoch bereits genug Erfahrung mit der Polizei gesammelt, um ihm nicht so einfach auf den Leim zu gehen. Der würde bei seiner Geschichte bleiben, lediglich als besorgter Bruder gehandelt zu haben, komme, was da wolle. Nun, zumindest für den Banküberfall würden sie ihn drankriegen. Bei dem Vorstrafenregister reichte das, um ihn für einige Jahre wegzusperren. Aber was Mattes eigentlich interessierte, war, ob der Mann auch in die Mordfälle verstrickt war.

»Wo warst du am Sonntagabend?«, fragte er.

Theo sah ihn aufgrund des abrupten Themenwechsels erstaunt an. »Wieso wollen Sie das denn jetzt wissen?«

»Beantworte einfach die Frage.«

Der junge Mann starrte einige Sekunden in die Luft. Dann leckte er sich provokativ die Lippen. »Sonntagabend, Sonntagabend … ich glaub, da hatt ich 'nen geilen Fick mit Natalia. Kannst sie ja fragen. Für'n Hunni besorgt sie's dir auch mal.«

Mattes erwiderte das Grinsen. »Aha, wie schön. Und Dienstagabend?«

»Wollen Sie mich verarschen, Mann? Wo war ich an dem Abend? Wo war ich an jenem Abend?« Theo verdrehte genervt die Augen.

»Hättest du die Güte, meine Frage zu beantworten? Es ist verdammt spät und ich will heute noch irgendwann ins Bett.«

»Ich muss das hier nicht haben«, entgegnete Theo und machte eine großzügige Geste. »Wegen mir können wir sofort nach Hause.«

»Ja, *ich* kann nach Hause, wenn du meine Fragen beantwortet hast. Wann *du* nach Hause kannst, steht in den Sternen.«

Theo seufzte theatralisch. »Also gut, ich bin ja nicht so. Dienstagabend war ich zu Hause, mit meinem Kumpel Kalli. Den ihr gestern einkassiert habt«, fügte er hinzu.

»Ich dachte, der sei erst mittwochmorgens aufgetaucht.«

Und schade. Jetzt hatte Lange sich doch noch verplappert.

»Hab ich gesagt Mittwoch? Ich meinte natürlich Dienstag«, erwiderte Theo hastig.

»Natürlich«, nickte Mattes. »Mit dem Koffer.«

Theo nickte eifrig und deutete mit dem Finger auf den Hauptkommissar. »Genau.«

»Voller Geld.«

»Ja!«

»Geld, das erst am Mittwoch erbeutet wurde.«

Theo kratzte sich am Kopf. »Dann war er halt leer. Ich hab doch nicht rein geguckt. Hab gedacht, da wären Klamotten drin.«

»Was denn nun? Leer oder Klamotten drin?«

»Keine Ahnung. Vielleicht hatte Kalli den Überfall da ja schon geplant.«

»Und in weiser Voraussicht seinen Koffer dabeigehabt.« Mattes lehnte sich in seinem Stuhl zurück und verschränkte die Arme vor der Brust. »Aber sicher. Hör mal, Junge, ich bin schon dreimal konfirmiert. Ich lass mich nicht mehr so leicht verarschen. Wir können meinetwegen noch in drei Tagen hier herumsitzen und Seemannsgarn spinnen. Zu Hause ist es sowieso langweilig.«

»Oder?«, fragte Theo, dem es allmählich dämmerte, dass er sich aus der Sache nicht würde herauswinden können. Jetzt galt es, den bestmöglichen Deal für sich herauszuschlagen.

»Oder du rückst langsam mit der Wahrheit heraus. Du hast die Sparkasse überfallen, während dein dösiger Freund auf deinem Sofa seinen Rausch ausgeschlafen hat. Du hattest am Sonntagabend kein Rendezvous mit der reizenden Natalia, sondern hast dich auf den Weg nach Beyenburg gemacht, um es Kallis Papa mal so richtig zu zeigen. Hat er mitgekriegt, wie du seinen Sohn verarscht hast?«

Theo glotzte Mattes an, als habe der nicht mehr alle Tassen im Schrank. »Sind Sie irre? Ich hab niemanden kaltgemacht. Dafür müsst ihr euch schon jemand anderen suchen.

Ich kann Lehrer zwar nicht leiden, aber deswegen kill ich sie nicht. Oder glauben Sie, ich hab das Kalli zum Gefallen getan? Also ehrlich!«

Der junge Mann war aufrichtig empört darüber, dass man ihm einen solchen Freundschaftsdienst zutraute.

»Dein Boss, Winfried Sammer, kannte Goebel ebenfalls«, erklärte Mattes. »Vielleicht hatte er ja einen Grund, ihm den Tod zu wünschen.«

Theos Finger wanderte in Richtung Stirn, doch er konnte sich gerade noch zusammenreißen. »Wie, und da schickt er mich als Killerkommando? Ist es das, was Sie glauben? Echt jetzt? Also ehrlich, wir sind doch nicht die verdammte Mafia«, erwiderte er. »Was soll der Sammer denn überhaupt gegen den Typen gehabt haben?«

Mattes beantwortete die Frage nicht. Es war eher unwahrscheinlich, aus dem Knaben noch etwas Brauchbares herauszubekommen. Theo selbst hatte kein Motiv für die Morde und schon gar nicht für den Überfall auf Sophie. Die Zeit zwischen dem Angriff auf Kantners Schwester und Langes Auftritt vor Vanessa Schneiders Wohnung war ohnehin äußerst knapp bemessen. Und selbst wenn Sammer ihm den Auftrag für die Morde erteilt hatte, passte Sophie dabei überhaupt nicht ins Bild. Vielleicht irrte sich Carsten, und sie war doch von jemandem angegriffen worden, der mit den Morden nichts am Hut hatte. Die einzige Chance, das herauszufinden, war die Untersuchung von Sophies Schirm, den dieser Professor Carsten im Krankenhaus übergeben hatte. Vielleicht gelang es der KTU, Spuren daran sicherzustellen, die sie dem Täter näher brachten. Ob diese Spuren aber zu Lange führten, war in Mattes' Augen mehr als fraglich.

62

Nachdem Ben sie am späten Abend unter Anwendung seiner geballten männlichen Kraft die Wendeltreppe zu ihrem Schlafzimmer hinaufgeschleppt und sich noch diverse Male versichert hatte, dass es ihr auch wirklich gutging, hatte Sophie sich die ganze Nacht unruhig hin und her gewälzt. Die Warnung ihres Bruders war ihr nicht mehr aus dem Kopf gegangen. Die Vorstellung, das zufällige Opfer eines Überfalls geworden zu sein, war schlimm genug. Wenn es sich aber, wie Carsten vermutete, um einen gezielten Anschlag auf sie gehandelt hatte, trachtete ihr irgendjemand tatsächlich nach dem Leben. Womöglich sogar die Russen-Mafia. Ihr wurde ganz flau bei dem Gedanken.

Bens Wecker klingelte und wurde mit einem gezielten Schlag ausgeschaltet. *So wie dem armen Wecker hätte es mir auch ergehen können,* dachte Sophie und schüttelte sich. Ben beugte sich besorgt über sie und atmete ihr eine Ladung Morgenduft ins Gesicht.

»Bäh, geh Zähne putzen«, maulte sie und schüttelte sich erneut.

»Na, dir scheints ja schon wieder besser zu gehen.«

Ben wandte sich beleidigt ab und schälte sich aus der Bettdecke. Wo er nun nicht mehr leise sein musste, trampelte er mit der Energie einer Elefantenherde die Treppe hinunter und verschwand im Bad, wo kurz darauf der Klodeckel geräuschvoll hochgeklappt wurde. Dieser Mann war morgens so was von unsensibel.

Da sie ohnehin nicht mehr damit rechnete, doch noch einzuschlafen, kroch Sophie aus dem Bett und belastete vorsichtig ihr ›schlimmes Bein‹. Das Auftreten tat zu ihrer Erleichterung schon gar nicht mehr so weh wie noch am gestrigen Abend, und sie humpelte zur Treppe. Das Hinabsteigen erwies sich dann aber doch als Ding der Unmöglichkeit, und so kroch sie wie ein Kleinkind auf allen Vieren, oder in ihrem Fall auf Dreien, rückwärts die Stufen hinunter. Gott sei Dank beobachtete sie niemand. Außer Ben, der sein morgendliches Geschäft erstaunlich schnell erledigt hatte und nun, von ihrem Ächzen und Stöhnen herbeigelockt, in der Badezimmertür stand und losprustete.

»Sehr elegant, Madame«, meinte er und postierte sich am Fuß der Treppe, um sie notfalls aufzufangen.

»Ha ha, wie witzig, du weißt gar nicht, was das für Schmerzen sind.«

»Du hättest ja unten im Arbeitszimmer auf der Couch schlafen können.«

»Da kann ich nicht pennen, ich brauche meine gewohnte Umgebung.«

»Du hast ja sowieso nicht geschlafen, ich hab doch gemerkt, wie du dich die ganze Nacht herumgewälzt hast. Ich wäre fast seekrank geworden.«

Sophie winkte ab und ging in die Küche, um die Kaffeemaschine einzuschalten. So viel Unterhaltung am frühen Morgen ging eindeutig über ihre Kräfte, zumal sie ihre übliche Dosis Koffein noch nicht intus hatte. Ben ging zurück ins Bad, um sich endlich, wie befohlen, die Zähne zu putzen. Wo er schon einmal da war, sprang er auch gleich unter die Dusche.

Sophie, müde und ungewaschen, beobachtete, wie der Kaffee tröpfchenweise in die Kanne lief und lauschte dem Rauschen des Wassers im Bad. Ihre Blase drückte unangenehm. Leider befand sich die zweite Toilette der Wohnung in der oberen Etage, und sie verspürte keine Lust, die Treppe wieder hochzukriechen. Also kniff sie die Oberschenkel zusammen und hoffte, dass Ben bald mit dem Duschen fertig war. Sie gehörten nicht zu den Paaren, bei denen der eine genüsslich seinen kleinen und großen Geschäften nachging, während der andere in der Wanne lag. Sie wäre gern, um sich abzulenken, von einem Fuß auf den anderen getreten, aber das war dann doch zu schmerzhaft. Sie musste an den *appen* Fuß von Frau Hamachers Bruder denken.

Endlich hörte das Rauschen des Wassers auf. Sophie wartete kurz, um Ben die Gelegenheit zu geben, sich wenigstens oberflächlich abzutrocknen, dann humpelte sie in den Flur und hämmerte an die Badezimmertür.

»Mach hin, ich muss mal«, brüllte sie.

Ben öffnete, nur mit einem Handtuch bekleidet, das er sich gerade um den Kopf schlang, um seine Haare trocken zu rubbeln, die Tür und machte eine einladende Geste. Sophie stürmte, so gut es auf einem Bein eben ging, an ihm vorbei. Er schüttelte den Kopf und schloss die Tür von außen.

Als sie, frisch gewaschen und in ihren Bademantel gehüllt, wieder aus dem Bad kam, saß Ben zu ihrem Bedauern bereits fertig angezogen am Frühstückstisch und mümmelte ein Nutellabrot.

»Wann kommt Carsten denn?«, fragte er. »Ich muss gleich los. Wir machen heute einen Ausflug in den Zoo, da darf ich nicht zu spät kommen.«

Sophie zuckte mit den Schultern. »Keine Ahnung«, meinte sie. »Wird bestimmt nicht mehr lange dauern. Du musst nicht hierbleiben, bis er kommt. Der Täter wird mir bestimmt nicht zu Hause auflauern.«

»Wer weiß?«

»Solange ich ihm nicht die Tür aufmache, kann ja nichts passieren.«

»Vielleicht sollte ich lieber hierbleiben«, meinte Ben und

eilte um den Tisch herum, um Sophie an sich zu drücken. »Das wäre alles nicht passiert, wenn du mich gestern nicht losgeschickt hättest, damit ich schon mal mit dem Kochen anfange. Dann wären wir schön zusammen nach Hause gefahren.«

»Konnte ich ja nicht ahnen, dass mir einer die Lichter ausblasen will, sonst hätte ich mich selbstverständlich von dir beschützen lassen«, murmelte Sophie, das Gesicht an seine Brust gepresst.

»Mein Gott, ich darf gar nicht drüber nachdenken, was wäre, wenn der Kerl ... Was sollte ich denn ohne dich machen?«

Er drückte sie noch etwas fester.

»Wenn du mich weiter so quetschst, wirst du es früher erfahren, als dir lieb ist«, stellte sie, romantisch wie sie nun einmal war, fest. »Du kannst ruhig gehen. Es sind doch höchstens ein paar Minuten. Ehrlich, was soll da schon groß passieren?«

***

Als Carsten das Büro betrat, saß Maier bereits an seinem Schreibtisch und tippte wie üblich auf der Tastatur seines Computers herum. Er begrüßte ihn kurz und informierte seinen Kollegen anschließend über den Überfall auf Sophie.

»Um Himmels willen! Ich hoffe, es geht Sophie gut? Konnte sie den Angreifer identifizieren?«, erkundigte sich Maier schockiert.

»Leider nicht. Ging wohl alles ziemlich schnell. Es geht ihr einigermaßen gut. Aber so leicht lass ich das Schwein nicht davonkommen. Vor allem, weil ich mir vorstellen kann, dass die ganze Sache mit unserem Fall in Zusammenhang steht.«

»Sie meinen, Ihre Schwester wurde von unserem Mörder

angegriffen?«, fragte Maier verblüfft. »Wie kommen Sie darauf?«

»Na, so wie sie ihre Nase in alles reingesteckt und was weiß ich wem für dumme Fragen gestellt hat, ist es durchaus möglich, dass sie dem Kerl dabei unangenehm aufgefallen ist. Und wozu unser Täter fähig ist, wenn er sich in die Enge getrieben fühlt, hat ja schon die hysterische Lehrerin am eigenen Leib erfahren müssen.«

Maier nickte nachdenklich. »Na ja, die Hauptsache ist doch, dass nichts Schlimmeres passiert ist. Übrigens habe ich soeben die Daten der Telefongesellschaft erhalten, bezüglich des Anschlusses von Frau Ehrhardt-Gonzmann.«

»Und?«

»Keine Anrufe seit Sonntagabend. Und ein Handy besaß sie nicht.«

Verdammt, das konnte doch nicht wahr sein. Irgendwie hatte Carsten das Gefühl, dass sie mit ihren Ermittlungen wieder ganz am Anfang standen. Halb Wuppertal saß hinter Schloss und Riegel, nur der Mörder lief immer noch frei herum. Vielleicht sollte er die andere Hälfte auch noch einlochen, dann wäre er garantiert mit dabei.

»Übrigens ist Theo Lange wieder aufgetaucht. Wir haben ihn gestern in der Wohnung von Vanessa Schneider aufgegriffen«, erläuterte Carsten.

Maiers Gesicht war voller imaginärer Fragezeichen.

»Er wollte sich seinen Bruder vorknöpfen. Mattuschek hat ihn in der Nacht noch vernommen. Den Überfall auf die Sparkasse musste er irgendwann einräumen.«

Maier zog ein Schnütchen. Wahrscheinlich war er sauer, dass ihn niemand darüber in Kenntnis gesetzt hatte. »Jetzt sagen Sie nur, er hat die Morde gestanden.«

»Nein, das leider nicht. Keine Sorge, so schräg bin ich

dann doch nicht drauf, dass ich Ihnen Neuigkeiten nur
häppchenweise mitteile. Ich habe übrigens für heute eine
nette Aufgabe für Sie.«

63

Das mit den paar Minuten war wohl leicht übertrieben,
dachte Sophie, inzwischen angezogen, als sie zum wiederholten Male auf die Uhr sah. Wo blieb Carsten nur? Gestern
Abend hatte er noch so ein Geschiss gemacht, von wegen
keine Sekunde allein lassen, und jetzt tauchte der feine
Herr nicht auf. Das war mal wieder typisch. Sie wollte es
nicht zugeben, erst recht nicht vor Ben, der sich schon genug Sorgen machte, aber ihr war ziemlich mulmig zumute.
Sie könnte in den Laden fahren und Robert Gesellschaft
leisten, aber sie traute sich ohne Begleitung nicht hinaus.

So ein Blödsinn, schimpfte sie mit sich selbst. Es stand gar
nicht fest, dass der Angriff auf sie in Zusammenhang mit
den Morden stand, das hatte Carsten sich doch nur so zu-
rechtgelegt, um ihr Angst zu machen. Wahrscheinlich war
es lediglich ein mehr oder weniger harmloser Junkie gewesen, der etwas Geld für seinen nächsten Schuss brauchte.

Wie auch immer, sie traute sich trotzdem nicht allein hinaus. Mit ihrem lädierten Fuß würde sie ohnehin nicht weit
kommen. Der Weg zur Schwebebahnstation war lang und
Autofahren konnte sie sich auch abschminken. Zumal ihr
Wagen immer noch in der Gertrudenstraße stand.

Sophie seufzte und humpelte ins Arbeitszimmer. Wenn
sie schon zu Hause festsaß, konnte sie auch etwas Nützliches machen, wie zum Beispiel das kreative Chaos ihres
lieben Mannes etwas entschärfen. Sie setzte sich an den
Schreibtisch und zog lustlos die oberste Schublade auf.
Ben warf immer alles dort hinein und ließ es dann so lange

in Vergessenheit geraten, bis sie überquoll. Dann nahm er einen blauen Müllsack und kippte den Inhalt der Schublade hinein, um dann später panisch nach wichtigen Unterlagen zu suchen. Sehr effektive Methode.

Sie wühlte sich durch diverse Papiere, Stifte, Büroklammern und Fotos. Was für ein Sammelsurium. Sophie betrachtete die Bilder. Das Kollegium nach den Sommerferien vor der Schule. Karl und Ben in der Mitte, umringt von ihren Damen. Ben an seinem Schreibtisch in der Schule. Die Schule ohne Personen. Der Kothener Wald im Sommer, im Herbst, im Winter. Sophie vor einem Baum, einem Strauch, auf einer Wiese. Meine Güte, wer brauchte denn so was?

Sie wollte die Fotos gerade weglegen, um sie später in ein Album zu kleben, als sie stutzte. Sie nahm eines der Bilder und hielt es sich vor die Nase. Das war doch nicht möglich! Oder doch? Irrte sie sich auch nicht? Es war schon ziemlich lange her. Sie schloss die Augen und ging in Gedanken ein paar Jahre zurück. Nein, sie irrte sich nicht. Aus welchem Grund hatte er diesen Umstand verschwiegen? Sollte sie es Carsten gegenüber erwähnen? Nach der Misere mit Giercke sollte sie besser keine Geheimnisse mehr vor ihm haben. Eine weitere Aktion dieser Art würde ihren Bruder am Ende dazu veranlassen, sie in ein finsteres Verlies zu werfen und den Schlüssel einschmelzen zu lassen. Trotzdem kam es ihr wie ein Verrat vor.

* * *

Carsten wollte sich gerade auf den Weg zum Gewahrsam machen, um sich Theodor Lange noch einmal zur Brust zu nehmen, als es an der Tür klopfte.

»Komm rein, Mattes«, rief er und ließ sich wieder auf seinen Stuhl fallen.

Die Tür wurde geöffnet und Paul Mattuschek steckte den Kopf hindurch.

»Woher wusstest du, dass ich es bin?«, fragte er.

»Nur so eine Ahnung«, erwiderte Carsten.

Er versuchte ein schiefes Grinsen, aber heute Morgen war ihm nicht nach Lachen zumute.

»Ich bring dir Besuch mit«, verkündete sein älterer Kollege.

Öfter mal was Neues. »Wie machst du das nur immer? Lauerst du den ganzen Tag auf dem Flur und fängst jeden ab, der vorbeikommt?«

»Ha ha!« Mattes machte den Weg frei, und Franziska Sammer betrat das Büro.

»Frau Sammer!« Carsten war überrascht. »Was führt Sie zu mir?«

Wollte die junge Frau etwa ein Geständnis ablegen? Hatte sie Goebel ermordet, weil er sie so mies behandelt hatte? Oder hatte ihr Vater sie dazu gezwungen?

»Guten Morgen«, grüßte Franziska höflich. »Ich habe gestern etwas gefunden, das Sie vielleicht interessiert.«

Sie verstummte und wühlte in ihrer Handtasche herum.

»Sie machen es ja spannend«, meinte der Hauptkommissar.

Franziska wühlte immer noch. »Warum ist das, was man sucht, eigentlich grundsätzlich ganz unten? Ah, hier!«

Triumphierend zog sie einen Umschlag hervor und legte ihn vor Carsten auf den Tisch. Mattes kam neugierig näher.

»Ein Umschlag«, stellte er fest.

»Ja«, bestätigte Franziska. »Quasi eine Nachricht aus dem Jenseits.«

Carsten blickte die junge Frau fragend an.

»Der ist von Karl Goebel«, erklärte sie.

»Aus dem Jenseits?«

Sie lächelte. »Wohl eher nicht. Er hat ihn mir in die Galerie geschickt. Ich habe ihn erst gestern durch Zufall gefunden.«

»Und was schreibt Goebel?«

»Eine ganze Menge. Aber lesen Sie selbst.«

Carsten zog einige Seiten und ein weiteres Kuvert aus dem Umschlag. Mattes hatte sich hinter ihn gequetscht und lugte neugierig über seine Schulter.

Liebe Franziska,

sicher wunderst du dich, warum ich dir schreibe, nach allem, was zwischen uns vorgefallen ist. Ich möchte dir hiermit sagen, dass es mir leidtut. Ich weiß, ich habe dein Vertrauen missbraucht, und für dich muss es so aussehen, als habe ich dabei nur meinen eigenen Vorteil im Blick gehabt. Ich kann dir versichern, dass dem nicht so ist. Ich habe das alles nur getan, um meinen Söhnen zu helfen. Ich habe die CD mit dem Video von Siebenhausen entwendet, um ihn zu erpressen, damit mein ältester Sohn seine Spielschulden zurückzahlen kann.

Was du mir über Giercke anvertraut hast, habe ich verwendet, um den Mann dazu zu bringen, die Finger von Philipp zu lassen, aber das weißt du ja schon. Ich wollte nicht, dass mein Sohn irgendwann auch in diesen kriminellen Sumpf hineingezogen wird. Ich wollte nur sein Bestes. Vielleicht kannst du ihm das sagen.

Doch darüber habe ich dich vergessen. Du bist zu mir gekommen und hast mir deine Geschichte anvertraut, in der Hoffnung, dass ich dir irgendwie helfen kann, und ich habe dich schändlich im Stich gelassen. Ich würde es gern wiedergutmachen und dir nun meine Hilfe anbieten. Egal, was du vorhast, ich werde dich unterstützen, auch wenn ich nicht sicher bin, ob ich dazu in Zukunft noch in der Lage sein werde.

Ich bin sehr krank. Ich habe einen Gehirntumor und nicht mehr lange zu leben. Es kann jederzeit vorbei sein. Ich möchte damit nicht um dein Mitleid heischen, sondern dir nur sagen, wie es um mich steht.

Für dich wäre es sicherlich das Beste, wenn du zur Polizei gehst und ihnen alles sagst, was du über deinen Vater weißt. Sonst wirst du dich nie von ihm lösen können. Wenn ich noch in der Lage dazu bin, werde ich dich gern begleiten.

Sollte mir in der Zwischenzeit etwas passieren, hätte ich eine große Bitte an dich. Ich weiß, es ist viel verlangt, aber ich habe sonst niemanden, dem ich vertrauen kann.

In dem Umschlag, den ich diesem Brief beigefügt habe, ist eine schriftliche Aussage von mir. Sollte es mir nicht mehr möglich sein, es selbst zu tun, übergib sie bitte der Polizei. Es ist sehr wichtig, dass du das tust. Die Wahrheit muss endlich ans Licht kommen.

Du siehst, Franziska, ich bin ein noch viel schlechterer Mensch als dein Vater. Du hast leider dem falschen Mann vertraut. Ich tauge einfach nicht zum Retter. Ich hoffe, du kannst mir eines Tages verzeihen.

Ich denke an dich und weiß, du wirst es schaffen,
dein Karl

Sie waren am Ende des Briefes angelangt. Carsten legte ihn beiseite und nahm sich das zweite Kuvert vor.

»Jetzt kommt der eigentliche Knaller«, kündigte Franziska an.

Carsten zog weitere Blätter aus dem zweiten Umschlag und entfaltete sie. Gemeinsam mit Mattes las er weiter.

»Du meine Güte«, sagte Mattes, als er fertig war. »Jetzt bin ich aber platt.«

»Ich auch«, erwiderte Carsten. »Hast du Lust auf einen Ausflug in den Zoo?«

* * *

Sophie wäre gern, um die Wartezeit zu verkürzen und ihre Nerven zu beruhigen, durch die Wohnung gelaufen. Doch schon nach wenigen Schritten musste sie vor den Schmerzen in ihrem Fuß kapitulieren. Sie war drauf und dran, Carsten anzurufen, als es endlich klingelte. Sie hüpfte, so schnell sie konnte, auf einem Bein zur Tür und betätigte den Öffner. Sie ließ die Wohnungstür angelehnt und hüpfte zurück ins Arbeitszimmer, um das Foto zu holen. Sie war gespannt, was er zu der Theorie, die sie in den letzten Minuten ausgetüftelt hatte, sagen würde.

Mit dem Bild in der Hand kehrte sie in den kleinen Flur zurück.

»Das wird aber auch langsam Zeit, dass du dich mal hierher bequemst. Ich glaube, ich habe soeben den Mörder entlarvt«, rief sie.

»Hast du?«

»Ach, äh, Lukas«, empfing Sophie ihren Besucher. »Was willst du denn hier? Wo ist mein Bruder?«

Sie schaute über seine Schulter hinweg ins Treppenhaus.

»Immer noch auf Mörderjagd. Ich soll heute auf dich aufpassen. Wie ich hörte, hat man dich gestern überfallen. Wie gehts dir denn?«

»Ganz okay«, erwiderte Sophie. »Mein Fuß tut ein bisschen weh.«

»Das tut mir leid. Was ist denn nun mit deinem entlarvten Mörder?«

Sie starrte ihn einen Moment verwirrt an. »Mörder? Ach

so, ja, also, das ist nur so eine Idee von mir.«

»Immer raus damit.«

64

Mehrere Einsatzfahrzeuge rasten mit Blaulicht und Sirenengeheul die enge Straße hinauf und hielten mit quietschenden Reifen auf dem großen Vorplatz des Zoologischen Gartens. Carsten sprang aus einem der Autos, noch bevor es richtig zum Stehen gekommen war.

»Nun renn doch nicht so«, keuchte Mattes, als er Carsten folgte, der im Stechschritt am Kassenhäuschen vorbeilief.

Die Kassiererin sah entgeistert zu, wie die beiden Männer durch den Eingang hetzten. Sechs Polizisten in Uniform stürmten hinterher.

»Was ist denn los?«, rief sie und gab ihrem Kollegen, der für die Kartenkontrolle zuständig war, ein Zeichen.

Die Beamten hielten sich nicht lange mit Erklärungen auf und ließen die beiden verwirrten Zoomitarbeiter hinter sich.

»In einer halben Stunde ist die Seehund-Fütterung«, rief der alte Mann beim Eingang ihnen nach.

Carsten spurtete den Weg entlang in Richtung Flamingos. Nur vereinzelt waren Besucher unterwegs. Hinter ihm röchelte Mattes.

»Wir müssen uns aufteilen«, verkündete der Hauptkommissar. »Mann, warum müssen die ausgerechnet heute in den Zoo gehen?«

»Grmpf«, machte sein Kollege. Zu mehr war er nicht in der Lage.

Carsten brüllte den Uniformierten einige Anweisungen entgegen, und die Polizisten schwärmten in Zweier-Teams in verschiedene Richtungen aus. Er selbst blieb mit Mattes einen kurzen Moment stehen, damit der ältere Mann wieder zu Atem kommen konnte. Carsten dachte nach. Sehr weit konnten sie noch nicht gekommen sein, hoffte er. Doch weder bei den Seehunden noch beim darüber liegenden Eisbärengehege waren Besucher zu sehen.

»Also, ich hätte ja mit vielem gerechnet«, meinte Mattes, als er wieder sprechen konnte. »Aber dass es eine Frau war, die den beiden Lehrern an den Kragen gegangen ist, hätte ich nie gedacht.«

Carsten nickte. Doch Karl Goebels Brief ließ keinen Zweifel zu. Jetzt galt es nur noch, die Lehrerin zu verhaften. Aber wie sollte er sie ausfindig machen, ohne den gesamten Zoo auf den Kopf zu stellen? Er brauchte dringend Schützenhilfe. Er griff in seine Jackentasche und holte sein Handy hervor.

* * *

Carstens Herz hämmerte wild in seiner Brust, und die kalte Luft, die er keuchend einatmete, stach unangenehm in seiner Lunge, als er endlich am Elefantenhaus angekommen war. Seinen Kollegen Mattes hatte er unterwegs verloren. Der Wuppertaler Zoo war zwar einer der schönsten in Deutschland, aber leider auch der mit Abstand steilste. Wie fast überall in dieser Stadt ging es nur bergauf. Dabei hatten sie noch Glück, dass sie nicht zum Löwengehege mussten, das lag nämlich ganz oben am Berg. *Warum mussten die ausgerechnet heute einen Schulausflug machen*, fragte Carsten sich erneut. Wenigstens waren ihm Lennart Siebenhausens Worte eingefallen, sonst wäre er mit einem Sondereinsatzkommando in die Schule gestürmt.

Er stützte sich an dem eisernen Handlauf ab und versuchte, erst einmal zu Atem zu kommen, bevor er das Haus der Dickhäuter betrat. Drinnen empfing ihn der typische

Geruch nach Stroh und Großtier-Ausscheidungen. Einige Kinder und zwei Lehrerinnen lauschten gebannt den Worten eines Pflegers, der ihnen gerade die einzelnen Elefantendamen und deren Nachwuchs vorstellte.

»Anfang des kommenden Jahres werden zwei unserer Kühe, Sabie und Punda, wieder zwei süße Babys zur Welt bringen«, erklärte er stolz.

Elke Isenberg erstarrte, als sie Carsten entdeckte. Unsicher trat sie einen Schritt zurück, um sich aus seinem Sichtfeld zu schieben. Als ob das etwas nutzen würde. Er hatte sie doch längst gesehen. Sie stieß gegen ihre Kollegin. Die sah erst sie irritiert an und dann den Besucher, der gerade das Elefantenhaus betreten hatte. Sie wirbelte auf dem Absatz herum und rannte zum zweiten Ausgang auf der anderen Seite. Carsten, der immer noch versuchte, zu Atem zu kommen, stöhnte auf und hetzte hinter ihr her. Elke Isenberg starrte ihm nach und wusste nicht, ob sie lachen oder weinen sollte, weil das Interesse des Hauptkommissars offensichtlich nicht ihr galt.

Als Carsten zur Tür hinauslief, sah er die Lehrerin, wie sie gerade hinter der nächsten Kurve verschwand. Tusker, der riesige Elefantenbulle, stand an der Gittertür seines Geheges und verfolgte scheinbar interessiert die Szene. Er legte den Kopf schief und deutete mit seinem Rüssel in die Richtung, in die die Frau verschwunden war, als wollte er Carsten den Weg weisen.

Der Hauptkommissar rannte den Berg hinunter. Nach wenigen Sekunden hatte er die Biegung erreicht, die sie kurz zuvor passiert hatte. Sie war inzwischen bei der ersten Weggabelung angelangt. Im Laufen wandte sie sich zu ihrem Verfolger um und bemerkte den Mann nicht, der ihr auf dem zweiten Weg entgegenkam. Die beiden prallten zusammen und purzelten übereinander.

Carsten dankte dem lieben Gott dafür, dass er genau im richtigen Moment einen einsamen Zoobesucher geschickt hatte, und eilte zu dem ineinander verknäuelten Paar. Als er die beiden erreichte, erkannte er den Mann am Boden, der sich an die Frau klammerte.

»Ben, was machst du denn hier?«

»Du hast mich doch eben angerufen, um zu fragen, an welchem Gehege sie sich aufhält. Ich dachte, du könntest ein wenig Hilfe gebrauchen«, ächzte sein Schwager, während er versuchte, seine zeternde Kollegin festzuhalten.

* * *

Mattes hatte es mittlerweile geschafft, seinen Kollegen einzuholen. Nun verartzete er Ben, der sich beim Nahkampf mit seiner Kollegin das Knie aufgeschlagen hatte. Carsten stand mit Sina Monhaupt unter dem Dach der ehemaligen Imbissbude des Zoos. Die junge Frau lehnte an der Mauer des Hauses und rieb sich die klammen Hände. Sie kniff die Lippen zusammen und senkte den Blick auf den Boden. *Okay*, dachte der Hauptkommissar, *dann konfrontieren wir sie mal mit den Tatsachen.*

»Bis Ende letzten Jahres war ein silbermetallic-farbener Golf IV mit dem Kennzeichen D-SM 1985 auf Sie zugelassen.« Eine Feststellung, keine Frage, damit sie gar nicht erst auf die Idee kam, es zu leugnen.

Sina Monhaupt sah ihn kurz an und schluckte dann hörbar.

»Ja«, erwiderte sie leise.

»Mit einem Fahrzeug wie dem Ihren wurde in der Nacht vom 5. auf den 6. November 2009 auf der L 58 ein Radfahrer angefahren und tödlich verletzt. Wir haben eine Zeugenaussage, die belegt, dass es sich dabei um Ihren Wagen handelte.«

»Ja«, meinte sie schlicht. Sie schlug die Hände vor das Gesicht und begann zu weinen.

»Wollen Sie mir sagen, was damals genau passiert ist?«

»Ich kann nicht mehr. Ich habe das alles nicht gewollt«, schluchzte sie nach einer Weile.

Das wollten sie nie. Aber dennoch war es passiert.

»Was ist geschehen?«, wiederholte Carsten.

»Es war dunkel. Der Radfahrer war nicht zu sehen. Es ging alles so schnell. Ich wünschte, ich könnte es ungeschehen machen.«

»Ihr Chef, Karl Goebel, hat damals alles beobachtet«, sagte der Hauptkommissar.

Sie nickte. »Das muss er wohl. Da war er aber noch nicht mein Chef.«

»Und er hat Sie damit konfrontiert?«

Sie nickte erneut. »Ja, letzten Freitag.«

»Was verlangte Goebel von Ihnen?«

»Er wollte, dass ich mich der Polizei stelle«, erklärte sie.

Carsten war überrascht. »Mehr nicht? Und das war der Grund, weshalb Sie ihn getötet haben? Und Barbara Ehrhardt-Gonzmann?«

Sina zuckte zusammen. »Nein!«, antwortete sie mit Bestimmtheit.

Nein? »Nein?« Jetzt war Carsten aber doch verwirrt.

»Ich habe niemanden getötet. Weder den Radfahrer noch Karl und auch nicht Barbara.«

65

»Du hast uns ziemlich an der Nase herumgeführt«, meinte Sophie während sie den Wagen durch die Heckinghauser Straße lenkte.

Nachdem Maier klar geworden war, dass sie seine Verbindung zu Sina Monhaupt aufgedeckt hatte, hatte er unvermittelt ein Messer gezückt und es ihr an die Kehle gehalten.

»Wir machen jetzt einen kleinen Ausflug«, hatte er gesagt und sie ins Treppenhaus gestoßen. »Und komm nicht auf die Idee zu schreien oder irgendwelche Spielchen zu spielen.«

In diesem Moment war Sophie das finale Licht aufgegangen. Zunächst hatte sie vermutet, Sina hätte Karl und Barbara getötet und Maier habe seine Ex-Freundin decken wollen. Doch nicht die Lehrerin, er selbst hatte die Morde begangen. Und nun hatte er sie in seiner Gewalt.

Sophie hatte keine Ahnung, wohin er mit ihr wollte, und folgte einfach seinen Anweisungen. Solange sie fuhr, konnte er sie nicht töten. Zumindest hoffte sie das. Sie schielte vorsichtig nach dem Messer, das er ihr in die Seite presste.

»Wie hast du das die ganze Zeit durchgehalten?«, fragte sie.

»Blieb mir ja nichts anderes übrig«, erwiderte er und klang ein wenig frustriert. »Ich hätte mir am Montag vor Angst fast in die Hose geschissen, als ich dich auf dem Schulhof erkannt habe.«

»Bist du deshalb so schnell aufs Klo verschwunden?«

Maier lachte auf. »Nicht wirklich. Aber ich war mir sicher, dass du dich an das Bild meiner früheren Freundin erinnern würdest, das auf meinem Schreibtisch im Kinderzimmer stand. Ich weiß, dass du ein ziemlich gutes Gedächtnis hast. Wie ein Elefant. Deswegen musste ich Sina anrufen, um zu verhindern, dass sie an der Schule aufkreuzt und dir in die Arme läuft. Was für ein Glück, dass ihr euch vorher nie begegnet seid.«

Angesichts der Tatsache, wie viele Schulfeste Sophie schon besucht hatte, war es wirklich mehr als Glück. Sofern man in diesem Zusammenhang überhaupt von Glück reden konnte.

»Außerdem habe ich versucht, Spuren zu verwischen«, fuhr Maier fort. »Oder besser gesagt zu hinterlassen. Ich hatte mich Sonntagnacht nach getaner Arbeit dort gewaschen. Falls man also meine DNA gefunden hätte, wäre die Erklärung einfach gewesen. Der blöde kleine Maier musste am Tatort kotzen.«

»Du warst in der Nacht mit Sina zusammen, als Bernd Schmittke überfahren wurde«, vermutete sie. »Wer von euch beiden ist gefahren?«

Maier sah sie erstaunt an. »Woher weißt du von dem Unfall?«

»Äh, ein Vögelchen hat es mir gezwitschert«, antwortete sie ausweichend. Stimmte ja sogar indirekt. Sie war überrascht, dass er nicht wusste, in welche Richtung die Ermittlungen mittlerweile liefen. Vertraute Carsten seinem Kollegen so wenig? Aber immerhin genug, um ihm das Leben seiner Schwester anzuvertrauen. *Danke, Carsten!*

»Ein Vögelchen, so so«, meinte Maier amüsiert, ging jedoch nicht weiter darauf ein.

»Ich nehme an, dass Karl Sina wiedererkannt hat, als sie nach den Sommerferien an die Schule kam«, fuhr sie fort.

»Richtig. Es hat wohl ein paar Wochen gedauert, aber schließlich kam er drauf, warum sie ihm so bekannt vorkam. Letzten Freitag hat er sie vor die Wahl gestellt, sich entweder selbst bei der Polizei anzuzeigen oder ihm die Sache zu überlassen. Netterweise gab er ihr bis Montag Bedenkzeit.«

»Sina erzählte dir alles, und du hast dich daraufhin mit Karl in der Schule verabredet, um ihn zu töten.«

»Nicht ganz. Sina hat mir gedroht, der Polizei zu verraten,

dass ich damals gefahren bin. Ich habe ihr versprochen, die Sache zu klären und sie überredet, ein Treffen mit Goebel zu arrangieren.«

»Sie rief ihn von einer Telefonzelle aus an, damit die Nummer nicht zu ihr zurückverfolgt werden konnte. Und du hast dir ihren Schulschlüssel ausgeliehen, um dich unbemerkt ins Gebäude schleichen zu können.«

»Stimmt auffallend. Fahr an der Ampel geradeaus.«

Sophie fädelte sich in die linke der beiden Spuren ein, um die Rechtsabbieger zu überholen. Die wollten bestimmt alle zum Norrenberger Friedhof. Da würde sie wohl auch bald ein Plätzchen beziehen. Hoffentlich nicht neben Tante Else.

»Er hätte einfach weiter den Mund halten sollen«, meinte Maier. »So wie er es schon ein Jahr lang gemacht hatte.«

Weil er nicht zugeben wollte, zu einem Stelldichein bei Paula Vogel gewesen zu sein, dachte Sophie grimmig. Sein Ruf oder was auch immer war ihm wichtiger gewesen als Gerechtigkeit für seinen Schwager. *Und jetzt haben wir den Salat.* Sie bog rechts ab und schlich die Straße entlang an einer Baustelle vorbei. Wann die wohl endlich mit der Sanierung fertig waren? Das konnte ihr eigentlich egal sein, sie würde es ohnehin nicht mehr erleben.

»Dieses selbstgerechte Arschloch!«, meinte Maier wütend. »Nach allem, was ich in dieser Woche über ihn erfahren habe, habe ich der Menschheit einen Gefallen damit getan, ihm die Lichter auszublasen.«

»Warum mit dem Pokal? Hattest du keine adäquate Waffe dabei?«

»Hatte ich schon, aber als ich den Pokal im Regal stehen sah, kam mir der Gedanke, dass es klüger wäre, ihn mit etwas zu töten, das vor Ort war«, meinte er und Sophie sah aus den Augenwinkeln, wie er grinste. »So würde man am ehesten auf eine Tat im Affekt tippen.«

Sie schwieg eine Weile. Was sollte sie auch noch sagen? Der kleine Kerl war völlig neben der Spur. Die Morde schienen seinen Verstand ausgelöscht zu haben. Wo war nur der liebenswerte Junge von früher geblieben? Oder hatte er nie wirklich existiert? Hatte er schon damals eine Maske getragen?

»Warum hast du Sina nicht auch umgebracht? Immerhin ist sie eine Mitwisserin«, wollte sie schließlich wissen.

»Wofür hältst du mich?«, schnappte er. »Für einen gewissenlosen Killer?«

Äh, ja, dachte Sophie, zog es aber vor, ihre Antwort für sich zu behalten.

»Sie hält den Mund«, meinte Maier zuversichtlich. »Sie steckt genauso tief in der Sache drin wie ich.«

Sophie biss die Zähne aufeinander. Sie hoffte, dass Lukas sich in seiner Freundin täuschte. Sie selbst könnte nicht mit dem Wissen leben, dass drei Menschen sterben mussten, obwohl sie es hätte verhindern können. Aber sie kannte Sina Monhaupt nicht. Vielleicht war sie ebenso eiskalt wie ihr Freund und froh darüber, dem Gefängnis entgangen zu sein.

»Bieg nach links ab«, befahl Maier.

Langsam dämmerte ihr, wo er hinwollte.

»Was hatte Barbara mit der ganzen Sache zu tun?«, fragte sie nach einer Weile. Wenn sie schon sterben musste, dann wenigstens nicht dumm. Und daran, dass er sie ebenfalls umbringen würde, hatte sie nicht den geringsten Zweifel. Ansonsten würde er ihr wohl kaum so ungeniert von seinen Taten berichten. Außerdem hatte er es erst gestern Abend schon einmal versucht.

»Frau Ehrhardt-Gonzmann hat unbemerkt das Gespräch belauscht, das Sina und ihr Boss am Freitag hatten«, erklärte er. »Als Goebel dann am Montag tot aufgefunden wurde, hat sie eins und eins zusammengezählt.«

»Und hat dich angerufen, um dir mitzuteilen, was sie wusste«, vermutete Sophie.

Arme Barbara. Da hatte sie das Richtige tun wollen und sich ausgerechnet an den Falschen gewandt. Die Frau war wirklich ein ausgemachter Pechvogel.

Maier nickte bestätigend. »Sie rief mich vom Krankenhaus aus auf meinem Handy an. Die Nummer hatte sie von der Visitenkarte, die ich ihr gegeben hatte.«

Scheiße, dachte Sophie, *ich hätte diese blöde Karte einfach zerreißen und in den Müll werfen sollen.*

»Sie wollte sich nicht an den schrecklichen Hauptkommissar wenden, meinte sie.« Maier grinste gehässig. »Das kann dein Bruder sich in sein Tagebuch schreiben. Aber für mich war das natürlich eine glückliche Fügung.

Ach, du fährst ja schon automatisch in die richtige Richtung. Anscheinend hast du mittlerweile erraten, wo es hingeht. Hab deinem Bruder schon gesagt, dass du einen ziemlich guten Spürsinn hast. Die Sache mit Goebels Auto und der Garage – Respekt. Spätestens da war mir klar, dass du mir irgendwann auf die Schliche kommen wirst.«

»Wo ist eigentlich Goebels Auto abgeblieben?«, fragte sie.

»Keine Sorge, das habe ich bereits entsorgt. Schrottpresse«, erklärte er. »Jemand schuldete mir noch einen Gefallen.«

»Aha.«

»Du wolltest doch wissen, wie das mit der Ehrhardt-Gonzmann war. Sie bestellte mich zu sich nach Hause und erzählte mir dann treuherzig von dem Gespräch zwischen

Sina und Goebel. Nachdem sie mir versichert hatte, dass niemand sonst von der Sache wusste, schnappte ich mir die Enden des Schals, den sie um den Hals trug, und …«

»Danke, mehr muss ich nicht wissen«, meinte Sophie beklommen.

Es war widerlich, wie er mit seinen Taten prahlte. Er kam sich augenscheinlich ziemlich clever vor. Dabei hatte er die ganze Zeit über mehr Glück als Verstand gehabt. Wäre sie Sina in den letzten Monaten irgendwann einmal begegnet, hätte sie sofort einen Zusammenhang zwischen den beiden herstellen können. Und wenn Barbara sich statt an Maier an Carsten gewandt hätte, wäre die Sache spätestens dann erledigt gewesen. Und hätte der blöde Karl Goebel mal etwas eher den Mund aufgemacht, könnten er und Barbara noch leben, und Sophie säße jetzt nicht so in der Tinte.

»Nun ja, es ist ja auch so ziemlich alles gesagt«, meinte Maier. »Eigentlich schade. Ich mag dich echt gern. Du warst damals fast wie eine Schwester für mich.«

66

Die Kollegen hatten Sina Monhaupt zur weiteren Vernehmung ins Präsidium gebracht. Carsten selbst war mit Ben zu dessen Wohnung gefahren. Die Fahndung nach Sophie und Maier lief, doch bislang gab es keine Spur von den beiden.

Zwei Streifenbeamte hatten die Wohnungstür der Liebermanns bereits aufgebrochen. Carsten ging, dicht gefolgt von Ben durch die Räume, in der Hoffnung, irgendeinen Hinweis zu finden, der ihm verriet, wohin Maier seine Schwester verschleppt hatte. Dass Sophie freiwillig mit ihm gegangen sein könnte, kam ihm erst gar nicht in den Sinn.

Hinter sich hörte er Ben schluchzen, doch er wagte es

nicht, sich umzudrehen, um ihm ein paar tröstende Worte zuzuflüstern. Zu sehr schämte er sich dafür, seine Schwester in Gefahr gebracht zu haben. All das war seine Schuld. Er musste Sophie unbedingt finden. Er würde nie, nie wieder an ihr herummäkeln, wenn er sie nur wohlbehalten wiederbekäme. Sollte ihr etwas passieren, könnte er Ben und seinen Eltern nie wieder in die Augen sehen.

»Carsten«, rief Ben plötzlich.

Der Hauptkommissar wandte sich nun doch um.

»Sieh mal, das klemmte hinter dem Spiegel im Flur.«

Ben reichte Carsten ein Foto.

»Das wurde nach den Sommerferien aufgenommen. Das gesamte Kollegium vor der Schule. Da ist Sina.«

Er deutete auf die Frau rechts von Karl Goebel, als sei Carsten nicht in der Lage, sie selbst zu erkennen.

»Sophie muss das Foto versteckt haben«, vermutete Ben.

»Warum das?«

»Wenn Sina früher einmal Maiers Freundin war, dann kannte Sophie sie sicherlich. Und sie vergisst nie ein Gesicht. Sie wird sich gewundert haben, warum er nichts von seiner Bekanntschaft mit Sina erwähnt hat. Und dann kam Maier ...«

Er verstummte und Carsten bildete sich ein, dass sein Schwager ihn tadelnd anblickte. Wo um alles in der Welt war Maier mit Sophie hingefahren?

* * *

Maier hielt Sophie mit der linken Hand hinten am Kragen ihres Pullovers fest und stieß sie durch das Lehrerzimmer ins Schulleiterbüro. In ihrem Rücken spürte sie das Messer.

»Das Ganze tut mir wirklich leid«, meinte er. »Es tut mir genauso weh wie dir. Aber du lässt mir keine Wahl. Du konntest deine Neugier mal wieder nicht zähmen und musstest

362

dich hier umsehen. Dabei bist du leider dem Mörder in die Arme gelaufen. Und ich kam zu spät, um dich zu retten. Es wird mir nicht mal schwerfallen, dich zu betrauern. Der Täter ist natürlich über alle Berge. Und falls die KTU irgendwelche Spuren von mir sicherstellt, ist das ganz einfach zu erklären. Ich war der erste Polizist am Tatort. Wie schon bei der dämlichen Lehrerin. Weil dein Bruder zu blöd war, sein Handy aufzuladen, hat man mich angerufen.«

Sophie hörte fassungslos zu. Glaubte er wirklich, Carsten würde ihm diese Geschichte abkaufen? Wie sollte sie denn wohl ohne Auto hierhin gekommen sein? Mit dem Bus? Noch dazu in Hausschuhen und ohne Jacke. Nun, das zu erklären, war nicht ihr Problem. Da musste er sich selbst herauswinden, wenn es so weit war. Sie würde ihn gewiss nicht darauf hinweisen.

Sie versuchte, sich aus seinem Griff zu winden, doch er packte den Kragen ihres Pullovers fester, so dass es ihr beinahe die Luft abschnürte. Das Amtszimmer war bislang nicht gereinigt worden, und so kam sie jetzt doch noch in den zweifelhaften Genuss, sich am Tatort umsehen zu dürfen. Darauf hätte sie in diesem Moment liebend gern verzichtet. Maier stieß sie weiter vor sich her.

»Lukas, ich …«, begann sie.

»Hatschi«, nieste Maier ihr in den Nacken.

Er stolperte einen Schritt nach vorn, blieb an einem liegengebliebenen Ordner hängen und kam ins Straucheln. Sein Griff an ihrem Kragen lockerte sich. Sophie nutzte die kurze Ablenkung, machte eine halbe Drehung und stürmte an ihm vorbei in Richtung Tür.

»Mach es uns beiden doch nicht so schwer«, seufzte Maier, wirbelte herum und packte sie am Ärmel.

Sophie riss sich los und versuchte, ihrem Angreifer zu

entkommen. Doch mit lädiertem Fuß war das ein ziemlich aussichtsloses Unterfangen. Außerdem war Maier als ausgebildeter Polizist wesentlich sportlicher als sie. Sie schaffte es bis ins Lehrerzimmer, griff in Panik nach dem Notfallordner, den Ben irgendwann im Laufe der Woche auf die Tischgruppe in der Mitte des Raums gelegt hatte, und hielt ihn wie einen Schutzschild vor ihre Brust. Das würde eine Schlagzeile geben. *Notfallordner rettet Ehefrau des Konrektors vor Messerattacke in der Schule!* Nun, ihr sollte es recht sein, wenn das Ding ihr tatsächlich das Leben retten würde. Sie holte aus und schlug nach der Waffe, doch Maier ahnte ihre Absicht und zog die Hand mit dem Messer zurück.

Sophie schickte ein Stoßgebet in den Himmel und schwor, sich nie, nie mehr in die Ermittlungen ihres Bruders einzumischen, wenn sie die ganze Sache lebend durchstand. Ihr war nur nicht ganz klar, wie das möglich sein sollte.

»Lukas, du musst das nicht tun«, meinte sie und bemühte sich, ihn anzulächeln. »Du willst mich doch eigentlich gar nicht umbringen.«

Sie merkte, wie er zögerte. Ein Funke des alten Lukas Maier, der sie wie eine Schwester liebte, war offenbar doch noch in ihm. Er sah erst sie an und dann das Messer in seiner Hand. Er runzelte die Stirn und schien zu überlegen, ließ aber das Messer nicht sinken. Doch einen Moment war er abgelenkt. Sophie nutzte diese winzige Chance, legte ihr ganzes Gewicht nach vorn und stürzte sich, den Notfallordner voraus, mit einem lauten Schrei auf ihn. Er war von ihrem plötzlichen Angriff so überrascht, dass er das Gleichgewicht verlor und zu Boden ging. Das Messer bohrte sich durch den Ordner und verfehlte sie nur um Haaresbreite. Sophie ließ ihn erschrocken fallen, und er polterte zu Boden. Sie drehte auf dem Absatz um und wollte losrennen, als Maier ihr von hinten in die Beine grätschte. Sie schlug der Länge nach hin. Er hechtete vorwärts und setzte sich mit seinem ganzen Körpergewicht auf ihren Rücken. Sie versuchte, sich unter ihm hervor zu winden, doch er war zu schwer. Sie war bewegungslos unter ihm gefangen, ihre Arme nutzlos unter ihrem Oberkörper eingeklemmt. Sie spürte, wie sich zwei Hände um ihren Hals legten.

»Nicht, bitte!«, röchelte Sophie und rammte Hände und Füße in den Boden, in dem hilflosen Versuch, sich hochzustemmen. »Lukas, bitte!«

Sie hatte nicht die geringste Chance. Die Sterne begannen, vor ihren Augen zu tanzen, und das Blut in ihrem Kopf pulsierte so heftig, dass sie meinte, er würde jeden Moment explodieren. Sie wartete darauf, dass ihr Leben im Schnelldurchlauf an ihr vorüberzog, aber nichts geschah. Nicht einmal darauf konnte man sich verlassen. Sie spürte, wie das Leben immer mehr aus ihrem Körper wich. Das letzte, was sie hörte, war ein dumpfes Geräusch.

67

Carsten fuhr mit Ben ziellos durch die Straßen von Wuppertal. Er versuchte krampfhaft, sich in Maiers Gedankenwelt hineinzuversetzen, doch es wollte ihm nicht gelingen. Warum hatte der Kerl Sophie nicht gleich in der Wohnung getötet? Weil man sie dort zu schnell entdeckt hätte? Was hatte er stattdessen mit ihr vor? Wollte er sie irgendwo entsorgen, wo sie niemals gefunden werden würde?

Sein Handy kündigte Darth Vader an, und er zog es mit zitternden Fingern aus seiner Jackentasche. Zu seiner Verwunderung war Cordula am anderen Ende der Leitung. Sie hätte sich keinen unpassenderen Moment aussuchen können.

»Ist gerade echt schlecht«, meinte er kurz angebunden.

»Nicht auflegen!«, rief sie panisch. »Ich bin in Beyenburg. In der Schule.«

Carsten wusste im ersten Moment nicht, was er sagen sollte. Was trieb Cordula denn dort? Fühlte sie sich jetzt etwa auch noch ermuntert, ihm bei seinen Ermittlungen unter die Arme zu greifen?

»Ich war mit Sophie zum Frühstück verabredet«, erklärte sie. »Als ich bei ihr zu Hause ankam, fuhr sie gerade weg. Mit einem Mann. Sie hat mich so komisch angesehen, also bin ich hinterher. Leider habe ich sie an einer roten Ampel am Norrenberg verloren. Aber aus irgendeinem Grund habe ich mir gedacht, dass sie unterwegs zur Grundschule sind.«

Carsten hörte aufmerksam zu. Cordula war zur Schule gefahren und ins Gebäude gelaufen. Aus Richtung des Verwaltungstrakts hatte sie verdächtige Geräusche gehört und sich dorthin begeben. Im Lehrerzimmer hatte sie ihre Freundin und den Mann entdeckt.

»Was ist mit Sophie?«, wollte Carsten wissen.

***

Paul Mattuschek betrat den Verhörraum, in den Sina Monhaupt gebracht worden war. Sie saß zusammengekauert auf einem der Stühle und riss ein Papiertaschentuch in kleine Fetzen. Ihr Blick war auf die Tischplatte gerichtet. Sie sah noch nicht einmal auf, als Mattes sich auf den Stuhl ihr gegenüber setzte. Er legte eine Akte vor sich auf den Tisch und las ihr die Aussage von Goebel vor, die sie von Franziska Sammer erhalten hatten.

In der Nacht vom 5. auf den 6. November wurde ich Zeuge eines Autounfalls mit Fahrerflucht. Gegen 2.30 Uhr befand ich mich auf der Anliegerstraße am Werbsiepen, wo ich einen silbernen VW Golf bemerkte, der in der Einfahrt stand. Das amtliche Kennzeichen war D-SM 1985. Neben dem Fahrzeug stand eine junge Frau.

Aus Gründen, die ich nicht näher ausführen möchte, versteckte ich mich bei der Doppelgarage und wartete, bis ich hörte, dass der Wagen wegfuhr, ehe ich mich auf den Weg zu meinem eigenen Auto machte. Erst am nächsten Morgen erfuhr ich, dass in dieser Nacht ein Fahrradfahrer überfahren worden war. Zu allem Unglück handelte es sich bei dem Opfer um meinen eigenen Schwager, Bernd Schmittke.

Ich habe lange mit mir gerungen, ob ich der Polizei meine Beobachtung mitteilen sollte, habe es am Ende aber nicht getan. Zum einen, weil ich nicht sicher sein konnte, ob das Fahrzeug tatsächlich in den Unfall verwickelt war, zum anderen, weil es die Frage aufgeworfen hätte, was ich um diese Zeit in der Gegend zu tun hatte. Es ist unverzeihlich, dass ich mein eigenes Wohl über den Seelenfrieden meiner Schwester gestellt habe, doch ich hatte meine Gründe, die mir zumindest damals plausibel erschienen.

Wie dem auch sei, ich habe die Frau einige Monate später wiedergesehen. Es handelt sich um die neue Lehrerin meines Kollegiums, Sina Monhaupt. Ich stellte sie zur Rede, und an ihrer Reaktion merkte ich, dass ich recht hatte mit meiner Vermutung. Sie war es, die meinen Schwager überfahren hat. Ich habe ihr drei Tage Zeit gegeben, sich selbst bei der Polizei anzuzeigen, bevor ich etwas unternehmen würde. Sollte mir in der Zwischenzeit etwas zustoßen und ich nicht mehr in der Lage sein, persönlich bei der Polizei zu erscheinen, bitte ich, dies als meine Zeugenaussage zu betrachten.

Karl Goebel

»So, Frau Monhaupt«, meinte er, als er merkte, dass sie unruhig auf ihrem Stuhl zu zappeln begann, »dann erzählen Sie doch nochmal, was sich in jener Nacht vor einem Jahr zugetragen hat.«

»Lukas und ich trafen uns zufällig auf der Geburtstagsfeier eines gemeinsamen Freunds von früher«, begann sie. »Wir hatten uns ewig nicht mehr gesehen. Ich hatte ein bisschen was getrunken, und er bot mir an, bei ihm zu übernachten. Ich wohnte damals noch in Düsseldorf. Vielleicht hat er sich mehr erhofft, ich weiß es nicht. Jedenfalls fuhren wir mit meinem Auto die L 58 entlang. Er saß am Steuer. Er war ziemlich schnell, weil er oben auf Linde die Ampel noch bei grün erwischen wollte. Kurz danach hörte ich es scheppern und sah, wie etwas durch die Luft flog. Lukas hielt bei der Einmündung an, und wir sind ausgestiegen. Er ist die Straße hochgelaufen, um nachzusehen, was passiert war. Ich blieb beim Wagen stehen.«

»Wobei Sie von Goebel beobachtet wurden«, half Mattes ihr weiter, als sie verstummte.

Sina nickte. »Ich hatte ihn gar nicht bemerkt. Lukas kam nach einigen Minuten zurück und drängte mich ins Auto. Ich fragte ihn, was los sei. Er sagte, es sei nur ein großer Hund gewesen, der über die Straße gelaufen war. Ich war erleichtert, bis ich am nächsten Tag im Radio hörte, dass ein Mann überfahren worden war.«

»Warum haben Sie sich nicht bei uns gemeldet?«

»Ich hatte Angst«, erklärte sie. »Schließlich war es mein Auto. Und niemand hat gesehen, dass Lukas gefahren ist. Er hätte ja nur behaupten müssen, von der ganzen Sache nichts zu wissen. Außerdem war sein Vater doch mal bei der Polizei. Der hätte im Zweifel bestimmt was drehen können. Lukas hat den Wagen dann von einem Kumpel reparieren und verkaufen lassen. Nach Afrika oder so.«

»Und letzte Woche kam Goebel auf Sie zu und outete sich als Augenzeuge.«

Sie nickte. »Ich wäre fast aus den Latschen gekippt. Ich hatte den Unfall so gut es ging verdrängt und gedacht, ich hätte das alles hinter mir gelassen. Und dann kommt Karl und meint, er habe alles gesehen. Dabei hat er gar nichts gesehen. Er wusste noch nicht mal, dass Lukas dabei war, weil er sich wie ein Mädchen hinter den Garagen versteckt hatte, bis wir weggefahren waren. Natürlich war ich wieder die Blöde. Er hatte nur mich gesehen. Und mein Auto. Karl faselte etwas von Schuld und Sühne und dass wir beide für unsere Verfehlungen geradestehen müssten.

Ich wollte wissen, wieso er dann ein Jahr lang nichts unternommen hat. Er meinte, er hätte seine Gründe gehabt, doch die seien nun nicht mehr wichtig. Wichtig sei nur, dass endlich die Wahrheit ans Licht kommt und er mit der Sache abschließen kann.« Sie lachte bitter auf. »Deswegen soll ich ins Gefängnis. Um sein schlechtes Gewissen zu beruhigen.«

Sie sah Mattes erzürnt an, als erwartete sie von ihm Zustimmung. Doch der Hauptkommissar saß reglos auf seinem Stuhl, die Hände auf die handschriftliche Aussage von Goebel gelegt. Er konnte einfach kein Mitleid mit dieser Frau empfinden. Sie hatte mindestens ebenso viel Schuld auf sich geladen wie Goebel. Hätte sie nicht geschwiegen, könnten die beiden Lehrer noch leben.

Sina hatte sich etwas beruhigt und fuhr fort. »Ich bat ihn um ein paar Tage Bedenkzeit. Ich wollte Lukas unterrichten. Er sollte sich stellen. Schließlich hatte ich nichts getan. Ich habe behauptet, Karl hätte uns beide in der Nacht gesehen, damit er nicht auf die Idee kommt, mich in dem

Schlamassel sitzen zu lassen. Lukas meinte, er wolle selbst noch einmal mit Karl reden. Ich musste ihn anrufen und einen Termin mit ihm vereinbaren. Ich wusste nicht, was Lukas vorhatte, ich schwöre es. Ich hätte nie gedacht, dass er ihn ermordet.«

Sie verbarg ihr Gesicht in den Händen und schluchzte. Ihr Selbstmitleid widerte Mattes an. Was hatte sie denn gedacht, das Maier plante? Einen kleinen Plausch von Mann zu Mann? Schon allein die Tatsache, dass sie Goebel von einer öffentlichen Telefonzelle aus anrufen musste, hätte ihr zu denken geben sollen. Doch wahrscheinlich war sie insgeheim froh gewesen, dass Maier ihr die Drecksarbeit abnahm.

»Warum haben Sie nach dem Mord an Goebel immer noch geschwiegen?«, fragte er.

»Lukas sitzt doch am längeren Hebel«, erklärte sie. »Er kann Beweise fälschen und es so aussehen lassen, als sei ich die Mörderin.«

»Aber Sie hatten ein Alibi«, erinnerte er sie.

»Nein, hatte ich nicht«, gab sie zu. »Ich hab meine Freundin gebeten zu bestätigen, dass ich bei ihr war. Ich habe ihr gegenüber behauptet, ich hätte die Nacht mit einem verheirateten Mann verbracht, der nicht wollte, dass unsere Affäre ans Tageslicht kommt. Tatsächlich war ich allein in meiner Wohnung und habe darauf gewartet, dass Lukas sich bei mir meldet. Als ich auch nach Stunden nichts von ihm hörte, war ich ziemlich beunruhigt. Erst am frühen Morgen rief er an und erzählte, was geschehen war. Und später noch einmal, weil die Frau von Ben aufgetaucht war. Ich sollte mich von der Schule fernhalten, bis er Entwarnung gibt.«

»Und aus welchem Grund hat Maier nach dem Mord noch Goebels Haus durchsucht?«

Sie hob in einer hilflosen Geste die Hände. »Ich weiß es nicht. Wahrscheinlich wollte er sichergehen, dass Karl nichts Schriftliches hinterlegt hat. Deswegen hat er auch den Computer und das Handy mitgenommen. Hat ja nicht viel genutzt.« Sie deutete auf die Blätter, die vor Mattuschek auf dem Tisch lagen. »Ich glaube, die Sachen sind noch in seiner Wohnung. Er wollte sie später entsorgen, wenn Gras über die Sache gewachsen ist.«

»Dann werden wir uns da wohl mal umsehen.«

»Was passiert mit mir?«, wollte Sina wissen. »Ich meine, ich bin doch unschuldig.«

Sie sah ihn mit großen Kulleraugen an und versuchte sich an einem Lächeln. Mattes seufzte. Glaubte sie ernsthaft, sie käme ungeschoren davon, wenn sie jetzt anfing, mit ihm zu flirten?

»Man wird Ihnen wohl zugutehalten, dass Sie ein umfassendes Geständnis abgelegt haben, wenn auch reichlich spät. Es kann aber sehr gut möglich sein, dass eine Anklage wegen Beihilfe auf Sie zukommt.«

Mattes hoffte, dass es dazu kam.

68

Auch wenn er nicht wusste, wie es geschrieben wurde, hatte Carsten schon wieder ein Déjà-vu, als er mit Ben im Laufschritt durch den endlos langen Gang zur Notaufnahme des Barmer Klinikums eilte. Cordula saß auf einem Stuhl und sprang auf, als sie die beiden Männer erblickte. Sie warf sich in Carstens Arme.

»Es geht ihr gut«, informierte sie die beiden Männer, bevor sie vor Erschöpfung in Tränen ausbrach.

Carsten tätschelte ihr hilflos die Schulter und musste an seinen Vater denken, der erst gestern dasselbe bei seiner

Mutter gemacht hatte. Wenn seine Eltern von den Ereignissen erfuhren, bekamen sie wahrscheinlich einen kollektiven Herzinfarkt. Neben ihm schluchzte Ben. Der Hauptkommissar hätte am liebsten auch geheult, riss sich aber zusammen. Einer musste hier einen kühlen Kopf bewahren. Und das war, wie es aussah, wieder einmal er.

»Sie ist im Krankenwagen aufgewacht und ansprechbar. Im Moment wird sie noch untersucht. Dieser Scheißkerl hat versucht, sie zu erwürgen. Zum Glück konnte sie ihn niederschlagen. Mit einem Pokal!«, berichtete Cordula, als sie wieder in der Lage war zu sprechen.

Carsten musste beinahe lachen angesichts der Vorstellung, dass Maier dasselbe Schicksal widerfahren war, das er seinem ersten Opfer hatte zuteil werden lassen. Noch einmal.

»Was ist mit ihm?«, fragte er.

»Er wirds überleben«, antwortete Cordula, und man sah ihr deutlich an, wie sehr sie diesen Umstand bedauerte. »Er liegt auf einem Einzelzimmer. Einer deiner Kollegen ist schon da und schiebt Wache.«

»Ich will sofort zu Sophie«, quengelte Ben und schickte sich an, die nächstbeste Tür aufzureißen.

Cordula hielt ihn sanft zurück. »Lass die Ärzte erst ihre Arbeit machen. Du kannst bestimmt bald zu ihr. Keine Angst, sie ist in besten Händen. Dafür habe ich persönlich gesorgt.«

***

Paul Mattuschek fühlte sich nicht wohl bei dem Gedanken, die Wohnung eines Kollegen durchsuchen zu müssen. Er bat die Mitarbeiter der KTU darum, sich erst mal ein paar Minuten allein umsehen zu dürfen. Sollte sich Lukas Maier wider Erwarten doch als unschuldig erweisen, hätte wenigstens nicht das halbe Präsidium in seinen persönlichen Sachen herumgewühlt. Die Chance, dass ein Irrtum vorlag, war zwar verschwindend gering, aber die Hoffnung starb immer noch zuletzt. Mattes wollte sich lieber nicht ausmalen, was passierte, wenn der alte Ludwig Maier von der Geschichte erfuhr.

Er hatte den alten Haudegen, wie Maier senior sich selbst gern bezeichnete, nie gemocht. Der Mann war zu keiner Zeit auch nur ansatzweise teamfähig gewesen. Stets musste er die Lorbeeren einheimsen, die andere mühsam zusammengetragen hatten. Dafür ließ er den einen oder anderen Kollegen auch gern über die Klinge springen. Auf der einen Seite hatte ihm das die Bewunderung einiger eingebracht, auf der anderen Seite verbreitete er Angst und Schrecken bei den weniger Durchsetzungsfähigen, von denen jeder befürchtete, der Nächste auf Ludwig Maiers Abschussliste zu sein.

Wie mochte es wohl für den jungen Lukas gewesen sein, mit solch einem Vater aufwachsen zu müssen? Mattes konnte sich lebhaft vorstellen, wie der schüchterne Knabe Tag für Tag von ihm fertiggemacht worden war und wahrscheinlich immer noch wurde.

Lukas Maier musste in helle Panik geraten sein, nachdem er den Radfahrer überfahren hatte. Und genau das mochte der Grund gewesen sein, weswegen er Schmittke und das Fahrrad in den Büschen verborgen und sich anschließend aus dem Staub gemacht hatte. Als sich dann letzte Woche herausstellte, dass es außer Sina Monhaupt noch einen weiteren Mitwisser gab, hatte er sich vermutlich aus Angst vor seinem Vater und um seine gerade aufkeimende Karriere dazu hinreißen lassen, zum Mörder zu werden. Erschreckend, wozu Menschen in der Lage waren, wenn sie sich in die Enge getrieben fühlten. Doch Mattes hatte in seinem Berufsleben schon mehr Dinge gehört und gesehen, als dass es ihn noch gewundert hätte.

Seufzend ließ er den Mann vom Schlüsseldienst die Tür öffnen. Es dauerte kaum eine Minute, und er stand in der Diele von Lukas Maiers Wohnung. Zögernd öffnete er die erste Tür und fand sich im Badezimmer wieder. Hier war nichts Ungewöhnliches zu entdecken. Er verließ das Bad und nahm sich das nächste Zimmer vor.

Das Schlafzimmer war klassisch eingerichtet. Auf der einen Seite ein Kleiderschrank, auf der anderen ein Doppelbett mit zwei Kopfkissen und zwei Bettdecken. Da war wohl der Wunsch Vater des Gedankens, dachte Mattes.

Er warf einen Blick in den Kleiderschrank. Die Hemden und Hosen hingen ordentlich nach Farben sortiert auf der Kleiderstange. Was er auf dem Boden entdeckte, entlockte ihm einen kurzen Pfiff und die traurige Erkenntnis, dass Lukas Maier wohl für lange Zeit ins Gefängnis wandern würde. Der PC-Tower, das Notebook und das Handy waren bestimmt nicht als Weihnachtsgeschenke gedacht. Ebenso wenig wie die CD in der Plastikhülle, die die Aufschrift ›27‹ trug. Hatte Maier etwa eines der Live-Pornos aus Langes Wohnung stibitzt?

Er griff sich den Rucksack, der neben den Geräten stand, und warf einen Blick hinein. Darin befand sich nichts außer einem gebrauchten Einwegoverall der Polizei. Bei den eingetrockneten roten Flecken auf der Vorderseite dürfte es sich vermutlich um das Blut von Karl Goebel handeln. Damit schwand die letzte Möglichkeit des Jungen dahin, den Mord als eine Affekttat hinzustellen.

69

Carsten hatte sich kurz vergewissert, dass es Sophie den Umständen entsprechend gutging, bevor er sich auf den Weg zu Maiers Krankenlager machte. Er wusste, er würde den Fall wegen eventueller Befangenheit an einen Kollegen abtreten müssen, aber er wollte diesem elenden, kleinen Wurm wenigstens noch einmal Auge in Auge gegenüberstehen. Sicherheitshalber bat er den Beamten, der vor der Tür Wache schob, ihn ins Zimmer zu begleiten. Einerseits, damit der bestätigen konnte, dass keine illegalen Absprachen getroffen wurden, andererseits um zu verhindern, dass Carsten Lukas Maier in Stücke riss.

Maier lag wie ein Häufchen Elend im Bett. Sein Kopf war bandagiert, ansonsten schien er keine Verletzungen davongetragen zu haben. Als er Carsten sah, wurde er blass. Er griff nach dem Klingelknopf, um notfalls eine Schwester herbeirufen zu können. Oberdrache Marianne würde ihm sicher gern zu Hilfe eilen.

Carsten postierte sich am Fußende des Betts. »Maier! Wie schön, Sie wohlauf zu sehen«, meinte er sarkastisch, und seine Stimme hatte den Klang eines knurrenden Dobermanns.

Maiers Augen zuckten panisch von seinem Vorgesetzten zum uniformierten Kollegen und wieder zurück, als befürchtete er, die beiden könnten sich jeden Moment auf ihn stürzen und ihn windelweich prügeln. Doch Carsten hatte nicht ernsthaft vor, durch eine unüberlegte Aktion die Verurteilung seines Kollegen zu gefährden.

»Geht es Sophie gut?«, hauchte der junge Mann als Erstes.

»Würde es Ihnen besser gehen, wenn ich Ihnen sage, dass sie den Angriff nicht überlebt hat?«, fragte Carsten.

Der junge Beamte verzog schmerzerfüllt das Gesicht. »Ich hab versucht, sie zu retten«, behauptete er mit von falschen Tränen erstickter Stimme. »Als ich bei ihrer Wohnung ankam, war sie nicht mehr da. Irgendetwas sagte mir, dass sie zur Schule gefahren ist. Als ich dort ankam, lag sie am Boden und rührte sich nicht mehr. Ich beugte mich über sie, um nach ihr zu sehen und *rumms* krieg ich schon wieder eins über den Schädel. Ich bin zu spät gekommen.«

Er schluchzte herzerweichend. Carsten musste tief einatmen, um sich zu beruhigen. Wäre Sophie tatsächlich gestorben und hätten sie nicht mittlerweile Sina Monhaupts Aussage, könnte Maier mit dieser rührseligen Geschichte sogar durchkommen.

»Ich habe gefragt, ob es Ihnen besser ginge, wenn sie nicht überlebt *hätte*«, sagte er langsam. »Ich habe nicht gesagt, dass sie nicht überlebt *hat*.«

Maier runzelte die Stirn und sah den Hauptkommissar verwirrt an. »Dann lebt sie also?«, vergewisserte er sich.

»Allerdings. Und sie hat ausgesagt, dass Sie sowohl gestanden haben, die Morde an Karl Goebel und Barbara Ehrhardt-Gonzmann verübt zu haben, als auch derjenige waren, der versucht hat, sie in der Schule zum Schweigen zu bringen.«

So ganz stimmte das nicht. Sophie hatte lediglich genickt, als Carsten ihr diesbezüglich Fragen gestellt hatte. Aber das kam ungefähr auf das Gleiche hinaus.

»Es tut mir leid«, stammelte Maier und seine Augen füllten sich erneut mit Tränen. »Ich habe das alles nicht gewollt.«

Jetzt kam der Kerl auch noch mit der Mitleidstour. Die Opfer waren selbst Schuld, sie hatten ihn, den Unschuldsengel, dazu getrieben, sie zu ermorden. Diese Leier kannte der Hauptkommissar zur Genüge. Jedes Mal einen Euro für diesen Spruch, und er hätte sich schon lange zur Ruhe setzen können.

»Ich wollte Sophie wirklich nicht töten. Ich wollte auch

Karl Goebel und die Lehrerin nicht töten. An allem ist nur Sina schuld.«

Natürlich, jetzt brachte er seine Ex-Freundin ins Spiel, um ihr den Schwarzen Peter zuzuschieben. Schließlich hatte sie sich von Goebel dabei beobachten lassen, wie sie neben ihrem Wagen stand, während Maier damit beschäftigt war, das Unfallopfer zu verstecken, damit es möglichst nicht mehr lebend gefunden wird. Da war es geradezu eine Unverschämtheit von ihr, die Schuld nicht auf sich nehmen zu wollen. Carsten ballte die Hände zu Fäusten. Wenn er nicht gehörig aufpasste, würde er Maier gleich doch noch eine Abreibung verpassen.

»Frau Monhaupt ist bereits in Gewahrsam. Sie hat ein umfassendes Geständnis abgelegt, was den Unfall, die Morde und Ihrer beider Rollen darin betrifft.«

Maier schniefte. »War ja klar.« Seine Stimme triefte vor Verachtung.

Carsten wunderte sich immer mehr über seinen Kollegen. Was hatte Maier erwartet? Dass Sina angesichts der Beweislage weiterhin schwieg oder die Schuld auf sich nahm? So tief gingen ihre Gefühle für ihren Ex-Freund wahrhaftig nicht. Eher im Gegenteil.

»Sie waren auch derjenige, der Sophie gestern Abend überfallen hat«, meinte der Hauptkommissar.

Maier nickte ergeben. »Ich bin ihr gefolgt, als sie nach Ladenschluss zu ihrem Auto gegangen ist«, gab er zu und senkte den Blick auf die Bettdecke.

»Nur ist Ihnen leider ein Penner dazwischengekommen, der das Schlimmste verhindern konnte.«

***

Cordula klopfte leise an die Zimmertür. Sie hatte Ben ein wenig Zeit allein mit seiner Frau gönnen wollen. Doch nun musste sie sich davon überzeugen, dass ihre Freundin den Mordanschlag unbeschadet überstanden hatte. Mehr oder weniger unbeschadet. Bei dem Gedanken daran, wie sie im Lehrerzimmer Sophie und diesen Maier reglos am Boden liegend gefunden hatte, stellten sich ihr die Nackenhaare auf. Nicht auszudenken, wenn sie auch nur ein paar Sekunden später gekommen wäre. Wahrscheinlich hätte sie Sophie dann nicht mehr retten können.

Sie betrat das Zimmer. Sophie war an diverse Maschinen angeschlossen, die ihre Vitalfunktionen überwachen sollten. Ben saß am Kopfende des Betts und streichelte mit dem Daumen vorsichtig ihre Stirn. Er sah aus, als hätte er nächtelang nicht geschlafen. Sophie drehte den Kopf in ihre Richtung und lächelte, als sie ihre Freundin erkannte.

»Cordi, wie schön, dass du nach mir schaust«, krächzte sie. Ihr Hals tat fürchterlich weh. Es fühlte sich an, als hätte sie drei Stunden bei einem Rammstein-Konzert mitgegrölt.

»Ich geh mal kurz raus«, sagte Ben mit belegter Stimme. Wahrscheinlich wollte er in Ruhe ein paar Tränen der Erleichterung vergießen, ohne dass seine Frau es mitbekam. »Söphchen hätte gern ein Eis gegen die Halsschmerzen.«

Er stand auf, warf Sophie noch einen besorgten Blick zu und eilte dann aus dem Raum.

»Wie gehts meiner allerliebsten Lieblingsfreundin?« Cordula setzte sich auf die Kante des Betts und nahm Sophie vorsichtig in die Arme.

»Dank dir bin ich zumindest noch am Leben«, stellte Sophie fest und betastete vorsichtig ihren Hals. Die Würgemale waren deutlich zu erkennen. »Wenn du nicht gewesen wärst ...«

»Ich hab dich doch nur gefunden«, wehrte Cordula bescheiden ab. »Und dich ein bisschen wiederbelebt. Nichts Wildes.«

»Na, von wegen«, erwiderte Sophie. »Du hast einen Mörder unschädlich gemacht.«

Ihre Freundin sah sie erstaunt an. »Ich? Das warst du doch. Du hast ihn mit dem Pokal niedergeschlagen, bevor du ohnmächtig geworden bist. Als ich im Lehrerzimmer ankam, lagt ihr beide einträchtig nebeneinander.«

Sophie schüttelte verwirrt den Kopf. »Nein, das wüsste ich noch. Ich konnte mich doch gar nicht bewegen, geschweige denn einen Pokal durch die Gegend schwingen.«

»Na, ich war es aber auch nicht«, beharrte Cordula.

Die beiden Frauen schwiegen einen Moment und versuchten, ihre Erinnerungen an den Vorfall miteinander in Einklang zu bringen. So recht gelingen wollte es ihnen nicht.

»Ich kann immer noch nicht fassen, dass Lukas mich beinahe erwürgt hätte«, meinte Sophie schließlich. »Du hättest ihn sehen sollen; Frodo Beutlin wird zu Gollum. Ich schwöre dir, er sah nicht mehr aus wie er selbst. Ich hab nur drauf gewartet, dass er ›Mein Schatz!‹ röchelt und mir den Ehering vom Finger zerrt. Voll gruselig. Dabei machte er immer einen so netten Eindruck. Ich versteh das Ganze nicht.«

Sie schüttelte den Kopf bei dem Gedanken an ihren ehemaligen Nachhilfeschüler. Niemals hätte sie gedacht, dass dieser nette kleine Kerl einmal zum Mörder werden würde. Sie hatte verdammt viel Glück gehabt.

»Na ja, auch Gollum war irgendwann mal ein liebenswerter kleiner Hobbit«, erinnerte Cordula.

»Was ist eigentlich mit ihm?«

»Maier? Der liegt mit Brummschädel und unter strengster Bewachung ein paar Etagen über dir.«

»Wird er wieder gesund?«

»Du hast Sorgen. Aber ich kann dich beruhigen, er wird keine bleibenden Schäden davontragen. Er kann also irgendwann munter und wohlbehalten in den Knast wandern.«

Die Tür wurde geöffnet und Carsten stürmte, eilig wie immer, in den Raum. Er ließ sich schnaufend auf einen der Stühle fallen und schloss für einen Moment die Augen.

»Was ist?«, fragte Cordula vorsichtig.

Carsten öffnete die Augen wieder und schien seine beiden Zuschauerinnen erst jetzt zu bemerken. So ganz hatte er die Geschichte noch nicht verdaut. Er atmete einmal tief durch und berichtete den beiden Frauen von seinem Gespräch mit Maier.

»Was für eine Frechheit«, rief Cordula empört. »Da versucht er, sich noch als Held darzustellen. So ein fieser Möpp!«

»Versuchen kann man's ja mal«, erwiderte Carsten und grinste schief.

»Das hättest du ihm doch niemals geglaubt«, behauptete Sophie. »Wie soll ich denn ohne Auto zur Schule gekommen sein? Außerdem hat Cordi doch gesehen, wie ich mit ihm weggefahren bin.«

Daran hatte Carsten in der ganzen Aufregung gar nicht gedacht. Zum Glück hatte er noch eine Schwester, die ihn auf solche Dinge hinweisen konnte. Und sprechen konnte sie auch schon wieder, auch wenn sie klang wie die uneheliche Tochter von Bonnie Tyler und Bryan Adams. Hoffentlich legte sich das wieder, die tiefe, rauchige Stimme passte so gar nicht zu ihr. Egal, die Hauptsache war, dass sie wieder gesund wurde.

»Hat er die Morde denn nun ganz offiziell gestanden?«, wollte Cordula wissen.

Carsten nickte. »Ja, nachdem ihm klar wurde, dass Sina

bereits ausgepackt hatte, blieb ihm nicht mehr viel übrig. Allerdings hat er versucht, das Meiste auf seine Ex-Freundin zu schieben.«

»Fieser Möpp!«, wiederholte Cordula.

»Wem sagst du das.«

»Ich hätte da noch eine Frage«, meinte Cordula.

»Und die wäre?«, wollte Carsten wissen.

»Also, ich habe doch gedacht, Sophie hätte Maier niedergeschlagen.«

»Ja, so hast du es mir erzählt.«

»Ich hab ihn aber nicht niedergeschlagen«, erklärte Sophie.

»Häh?«

»Ja, eben«, bestätigte Cordula. »Wenn sie es nicht war und ich auch nicht, wer war es dann?«

70

Arndt Giercke stand am Hafen von Rotterdam und betrachtete die großen Containerschiffe. Sein Seesack, den er seit seiner Studentenzeit nicht mehr benutzt hatte, lag zu seinen Füßen. Er konnte fast nicht glauben, es bis hierhin geschafft zu haben, ohne von der Polizei aufgegriffen zu werden. Doch der Europäischen Union sei Dank gab es keine Grenzkontrollen mehr. Die Nummernschilder seines Mercedes' hatte er mit denen eines gleichen Fabrikats getauscht, für den Fall, dass man nach seinem Fahrzeug fahndete. Aber er war während seiner Reise nicht angehalten worden.

Er hielt Ausschau nach der ›Maxim Gorki‹ und Kapitän Juri Semenov. Nicht nur Winfried Sammer hatte weitreichende Kontakte. Auch Giercke kannte den einen oder anderen, der bereit war, ihm gegen großzügige Bezahlung zu helfen. Und dank Sammer und dessen Schwarzgeld hatte er im Moment mehr als genug Kohle, um sich abzusetzen. Ganz zu schweigen von dem Geld, das er sich in den Monaten davor abgezweigt hatte. Seinen Notgroschen, wie er es nannte. Den konnte er jetzt gut gebrauchen. Am liebsten würde er Sammer und allen anderen eine lange Nase drehen. Die hielten ihn doch nur für einen eitlen Dummkopf. Aber er war alles andere als dumm, das war ihnen inzwischen hoffentlich aufgefallen.

Er dachte an das Monchichi. Fast hätte es sie erwischt. Er hatte sich am Morgen aufgemacht, um sie zu Hause zu überraschen, ihr ein wenig zu drohen. Nur so zum Spaß. Er hatte der Versuchung einfach nicht widerstehen können. Er wollte sie überwältigen, an einen Stuhl binden, knebeln und ihr alles ins Monchichi-Gesicht schreien, was ihm so in den Sinn kam.

Doch als er in der Schlossstraße angekommen war, sah er sie gerade aus dem Haus kommen, mit einem kleinen Kerl, der ihr ein Messer in die Seite hielt. Was hatte sie dem denn getan? Neugierig, wie er nun einmal war, nahm er die Verfolgung auf. Die Fahrt endete vor der Schule, wo der dämliche Goebel Rektor gewesen war. Durch das Fenster des Lehrerzimmers beobachtete er, wie die beiden miteinander kämpften. Und dann geschah etwas, das Giercke sich nicht erklären konnte: Das Monchichi tat ihm leid. Er hätte sich selbst für diese Gefühlsregung ohrfeigen können, aber er konnte nichts dagegen tun. Im Alter verweichlichte er langsam.

Ehe er wusste, was er tat, war er zur Eingangstür gerannt, die Gott sei Dank unverschlossen war. Im Flur stand eine große Glasvitrine, die über und über mit schwarzem Puder überzogen war. Sie stand einen Spalt offen. Giercke nahm einen der Pokale heraus. Dann hastete er durch eine weitere Glastür bis zu einer offenstehenden Tür. Er betrat geräuschlos den Raum.

Die Kleine rührte sich nicht mehr. Sie schien die Besinnung verloren zu haben. Höchste Zeit einzugreifen. Er zog dem Kerl, der auf ihr saß und die Hände um ihren Hals gelegt hatte, mit aller Kraft den Steinsockel des Pokals über die Rübe. Der Typ sackte ohnmächtig zusammen. Giercke zerrte ihn von der Frau herunter und drehte sie auf den Rücken, um zu überprüfen, ob sie noch atmete. Dann hörte er plötzlich Schritte auf dem Flur, die sich rasch näherten. Er dachte nicht lange nach, öffnete eines der Fenster und sprang hinaus. Nicht, dass man ihn am Ende doch noch erwischte und einbuchtete. Und das, weil er dem Monchichi das Leben retten wollte. Er rannte zu seinem Wagen und sah zu, dass er so schnell wie möglich verschwand.

»Arndt, alter Freund!« Die tiefe Stimme mit dem unverkennbar russischen Akzent riss Giercke aus seinen Gedanken.

»Juri!«, begrüßte er den Mann in dem dicken blauen Seemannspullover und der Kapitänsmütze.

»Bereit für die große Überfahrt?« Juri zwinkerte ihm zu und hielt dann die Hand auf.

Giercke legte ein dickes Bündel Geldscheine hinein und nickte. Er warf sich seinen Seesack über die Schulter und folgte Juri Semenov zu dessen Schiff, das ihn in sein neues Leben bringen würde.

Danksagung

Als erstes möchte ich Ihnen, liebe Leserin/lieber Leser, dafür danken, dass Sie dieses Buch gekauft haben. Und wenn Sie diese Zeilen gerade lesen, haben Sie wohl tatsächlich bis zum Ende durchgehalten. Ich hoffe, es hat Ihnen gefallen.

Mein ganz großer Dank gilt meinen Testlesern, allen voran den beiden fleißigsten unter ihnen: meinem einzigartigen Mann Holger und meiner liebsten Freundin Silke Brück. Ihr seid die Größten! Auch die folgenden Personen waren daran beteiligt, dieses Buch zu dem zu machen, was es ist: die weltbeste Mama, der weltbeste Papa, Silke „Cordula" Richter, Gaby Papenbreer, Gesa Jürgensen, Gerd Stratmann und Katja Theisges.

In zufälliger Reihenfolge gewählt, gibt es noch ein paar Menschen, denen ich Danke sagen möchte, einfach dafür, dass es sie gibt: Robin, Hermi, Peter, Steffi, Lars, Andreas, Florian, Silas, Jona, Rosi, Klaus, Gisela, Micha, Jackie und meiner wunderbaren Omma!

Maßgeblichen Anteil daran, dass dieser Krimi überhaupt erschienen ist, hatte natürlich der Bergische Verlag. Mir zur Seite standen hierbei insbesondere meine großartige Lektorin Katrin Adam, aka Die Textmamsell, und Ernst-Wilhelm Bruchhaus, der das Buch „in Form" gebracht hat. Danke für alles!